제1의 대죄

1

제1의 대죄

THE FIRST DEADLY SIN

1

로렌스 샌더스 장편 추리소설

최인석 옮김

황금가지

| 차 례 |

제1장

천지가 고요했다. 그는 '악마의 바늘'이라 불리는 높다란 바위 꼭대기에 누워 있었다. 의식을 잃고 허공을 떠다니는 것 같은 기분이었다. 몸뚱이 위로는 푸른 하늘이 무한히 펼쳐져 있었다. 그 푸른 하늘 여기저기 구름이 떠 있었고, 레몬 같은 태양도 떠 있었다.

아무런 소리도 들려오지 않았다. 오직 그 자신의 심장이 거세게 고동치는 소리와 이제까지 산을 오르느라 거칠어졌다가 차츰 평정을 되찾아가는 호흡소리뿐이었다. 이 우주 전체에 오직 그 자신만이 홀로 남아 있다 해도 믿을 것 같았다.

마침내 그는 몸을 일으켜 사방을 둘러보았다. 나뭇잎들이 거대한 물결처럼 그가 선 높다란 바위 아랫부분에 뒤덮여 있었다. 가을을 알리는 황갈색의 나뭇잎들이 거품처럼 떠 있을 뿐 전체가 녹색의 대양이었다. 멀리 고속도로와 칠턴 주택가의 타르를 칠한 지

7

붕들이 보였고, 남쪽으로 곧게 뻗어가는 강물은 기다란 강철의 띠 같았다.

대기에서는 벌써 가을 냄새가 풍겼다. 산들바람을 따라 가을 기운이 그의 허파 깊은 곳을 예리하게 파고들었고, 살갗을 베듯 스쳐갔다. 그는 마치 물을 마시듯 그 청량한 대기를 들이켰다. 그렇게 하지 못할 까닭이 없었다.

그는 바위 끝부분의 벼랑으로 다가가 허리띠에 고정된 나일론 밧줄을 끌어당기기 시작했다. 그 밧줄 끝에 배낭이 매달려 있었다. 배낭 안에는 샌드위치와 블랙커피가 담긴 보온병, 구급상자와 등산화에 부착시키는 아이젠, 피톤(piton, 하켄이라고도 하며 암벽이나 빙벽을 등반할 때 바위나 얼음에 박아서 확보 지점을 표시하는 등반 보조용 쇠못—옮긴이)과 여벌의 스웨터가 들어 있었다. 그리고 배낭 바깥쪽에는 얼음도끼가 고정되어 있었다.

유기농법으로 재배한 밀로 구운 빵으로 만든 샌드위치는 그가 직접 만들었다. 빵 사이에는 얇게 저민 양파와 흰 무, 그리고 신선한 토마토를 넣었다.

그는 부드러운 화강암에 앉아 천천히 샌드위치를 먹었다. 커피는 아직도 따뜻했고, 샌드위치도 아삭아삭할 만큼 신선했다. 어디선가 갑자기 어치 한 마리가 날아와 짤막한 두 음절의 노래를 부르며 그를 반겼다. 어치는 화강암에 앉더니 겁도 없이 그를 빤히 쳐다보았다. 그는 웃으며 빵조각을 던져주었다. 어치는 빵조각을 입에 물었다가 곧 떨어뜨리고는 재빨리 어디론가 날아가 버렸다.

샌드위치를 다 먹은 다음 그는 포장지와 보온병을 배낭 안에 꾸려넣고 배낭을 베개 삼아 바위에 드러누웠다. 모로 누워 무릎을 가슴 쪽으로 끌어당기고 갈비뼈를 한껏 구부렸다. 그는 30분 동안만 자기로 마음먹었다. 그리고 그 즉시 잠에 빠져들었다. 그는 꿈을 꾸었다. 남자의 손바닥 같은 대머리 여자의 꿈을.

30분 뒤에 잠에서 깨어난 그는 담배에 불을 붙여 물었다. 날이 저물어가고 있었다. 어두워지기 전에 암벽을 내려가 공원에서 나가야 했다. 그러나 아직 담배 한 대 피울 시간 정도는, 정적 속에 앉아 있을 여유는, 마지막 한 잔의 커피를 마실 여유는 있었다. 커피는 이제 차가웠다. 커피를 마시자 입 안에 찌꺼기가 남았다.

그가 이혼한 것은 얼마 전의 일이었다. 그러나 큰일이랄 것은 없었다. 마치 그 자신이 아닌 다른 사람에게 일어난 일인 듯 여겨질 정도였다. 그가 내심 당황한 것은 길다와 헤어지고 난 뒤에 그에게 벌어지고 있는 일들 때문이었다. 그는 조각그림 맞추기를 하고 있었다. 그런데 조각그림 몇 개가 사라지고 없었다. 전체 그림이 어떤 모양일지 전혀 짐작이 가지 않았다.

그는 실로 짠, 차양이 달린 모자를 벗었다. 물처럼 흘러내리는 햇빛 아래 민머리가 드러났다. 그는 딱딱한 두개골을 감싼 부드러운 피부를 손바닥으로 몇 번 눌렀다.

이혼이, 그것도 멕시코 주에서 허락된 것은 불과 얼마 전의 일이지만 그가 아내와 별거를 시작한 것은 벌써 2년 전부터였다. 별거하기로 아내와 결정한 직후에 그는 머리를 박박 밀어버리고 두 개의 가발을 샀다. 하나는 '아이비 리그'라는 이름이 붙은 것으로 직장에 나갈 때나 공식적인 모임에 참석할 때 사용했다. 다른 하나는 '비아 베네토'라고 불리는 컬이 많은 가발이었다. 그것은 파티에 갈 때나 집에서 여흥을 즐길 때 썼다. 두 개 모두 자신의 머

9

리칼과 같이 진한 암갈색이었다.

그가 스물네 살이 되던 때부터 머리칼의 숱이 줄어들기 시작한 것은 사실이었다. 길다와 헤어진 것은 서른세 살 때였는데, 그 무렵에는 양쪽 옆 머리칼이 상당히 많이 빠져 이마 윗부분의 머리칼은 각진 V자를 이루고 있었고, 뒤쪽에도 머리칼이 없는 작은 빈터가 생겨나기 시작하고 있었다. 그러나 아직은 대머리라고 할 수 없었다. 남은 머리칼이 넉넉했고, 윤이 났으며, 머리숱도 꽤 많았다.

그런데도 그는 가발을 산 다음 머리칼을 완전히 박박 밀어버렸다. 이발사는 가발이 본래의 머리칼과 잘 어울릴 테니까 ("절대로 들킬 염려가 없습니다, 선생님.") 거듭 자르지 말라고 권했지만 그는 고집을 굽히지 않았다.

등산을 할 때나 수영을 할 때, 또는 아파트에 혼자 있을 때는 박박 깎은 머리를 그대로 드러내고 있기를 좋아했다. 두피를 손으로 어루만지고, 그 안의 곧 깨질 듯 연약한 두개골의 촉감을 음미하며 두개골 속에 감춰진 위험한 물질을 상상하는 것이 습관이 되었다. 아니 습관이라기보다는 사소한 신경증 같은 것이 되었다.

그는 다시 모자를 귀밑까지 덮어썼다. 그는 하산에 대비하여 말가죽으로 만든 장갑을 거친 면이 바깥으로 나오도록 끼었다. 그 다음 배낭을 아래쪽의 표석(漂石)에 내려놓았다. 밧줄 끝은 아직도 그의 허리띠에 매달려 있었다. 전문적으로 고층 빌딩 유리창을 닦는 사람들이 사용하는 것과 비슷한 굵기의 밧줄이었다.

'악마의 바늘'의 꼭대기로 올라갈 수도 있고 밑으로 내려갈 수도 있게 되어 있는 바위 사이의 균열은 하나의 침니(chimney, 굴

뚝처럼 세로로 깊이 갈라진 암벽의 틈을 이르는 말—옮긴이)였다. 그것은 기둥 모양의 화강암 바위 속에 세로로 기다랗게 벌어져 있었다. 밑바닥 부분의 균열 폭은 약 120센티미터가량이었는데, 위로 올라갈수록 점점 좁아져서 꼭대기 부분에 이르면 그 틈으로 한 사람이 겨우 빠져나올 수 있을 만큼 좁았다.

침니를 등반할 때는 어깨와 등으로 침니의 한쪽 벽면을 떠받치고 무릎을 굽혀 침니의 반대편 벽면에 등산화 밑바닥을 한껏 밀어 붙이면서 밑으로 떨어지지 않을 만큼 충분한 힘을 엉덩이와 넓적다리, 종아리에 모아 버티며 침니의 벽을 조금씩 기어올라야 한다. 다른 한 발이 침니의 벽에 완전히 밀착되었다는 것이 확인되기 전에는 나머지 발을 떼어놓지 말아야 한다. 그렇게 주의 깊게 발을 옮겨놓는 사이에 어깨로는 벽을 밀면서 위로 올라가야 하는 것이다. 한 번은 왼쪽 어깨로, 다른 한 번은 오른쪽 어깨로 번갈아 가며 벽을 밑으로 밀어내리며 발을 따라 몸을 위쪽으로 움직여가는 것이다. 침니의 양쪽 벽을 버텨내는 동시에 허공에 놓인 몸의 균형을 잃지 않기 위해서는 잠시도 굽힌 다리에서 힘을 빼서는 안 된다.

침니의 꼭대기 쪽으로 올라갈수록 균열의 폭은 몹시 비좁아진다. 등반가는 더욱 깊숙이 몸을 굽혀야 한다. 한쪽 벽을 떠받친 무릎이 뺨에 닿을 지경이 되도록 침니 내부는 좁아진다. 그에 따라 한 번 발을 옮겨봐야 위로 움직일 수 있는 거리는 불과 몇 센티미터 정도에 불과하다. 꼭대기에 가까워질수록 발로 침니의 벽을 버티는 것이 불가능해진다. 등반가는 이제 발 대신 무릎으로 침니의 벽을 버텨야 한다. 그쯤 되어서야 비로소 그는 두 팔을 뻗어 침니 꼭대기에 설치된 두 개의 단단한 피톤을 붙잡을 수 있었다. 그 피톤은 '악마의 바늘'을 앞서 정복했던 어떤 사려 깊은 등반가가 남겨놓은 것이었다. 피톤에 의지해 비로소 등반가는 비좁은 침니의 균열에서 빠져나와 침대처럼 넓고 평평한 화강암인 '악마의 바늘' 정상에 올라설 수 있게 된다.

내려가는 것은 올라오는 것보다 힘들지만, 경험이 풍부한 등반가에게는 크게 위험할 것이 없다. 두 손으로 피톤을 잡고 균열 사이로 몸을 늘어뜨린다. 침니 내부의 화강암 한쪽 벽을 무릎으로 힘껏 떠받친 다음 등으로 다른 쪽 벽면을 힘껏 떠다민다. 그렇게 몸의 균형을 잡은 후에 한쪽 벽을 떠받친 무릎을 조금씩 밑으로 이동시키면서 등으로 다른 쪽 벽면을 미끄러지듯 내려가는 것이다. 피톤을 놓은 다음에는 무릎걸음으로 침니의 벽을 떠받들고 조금씩 조금씩 기어 내려간다. 균열이 조금 더 넓어지면 비로소 발을 벽면에 댈 수 있게 된다.

그가 침니를 하강하기 시작하는 9월 여느 날의 이만한 시각이라면 '악마의 바늘' 정상에서는 아직도 눈부신 햇빛이 출렁거리고 있을 것이다. 그러나 그가 온몸으로 버둥거리며 미끄러져 내려가고 있는 침니 안은 짙은 그림자 속에 잠겨 있었고, 축축한 습기 냄새까지 풍겼다.

그는 무릎으로 몸을 버티고 가슴 깊이 숨을 들이마신 다음 피톤을 놓았다. 그의 몸은 어둠에 잠긴 텅 빈 공허 속에 매달려 있었다. 그는 손바닥을 쫙 펴서 벽을 힘껏 떠다밀며 몸의 균형을 유지했다. 무릎을 잠시 쉬게 하기 위해서였다. 그런 다음 그는 밑으로 기어 내려가기 시작했다.

침니의 균열이 좀 더 넓어졌다. 이제 두 발로 벽을 버틸 수 있었다. 그는 좀 더 빠른 속도로 침니의 벽을 타고 기어 내려갔다. 그는 몸을 왼쪽 오른쪽으로 번갈아 비틀고, 왼발과 오른발로 번갈아 벽을 버티면서 밑으로 몸을 이동시켰다. 마침내 그는 침니 밑바닥의 어둠 속에 내려섰다.

호흡이 평온을 되찾기까지 그는 5분 동안 휴식을 취했다. 그 다음 자일을 감고 배낭을 둘러멨다. 그는 널찍한 표석을 가로질러 풀밭을 뚫고 걸어갔다. 먼지 나는 길을 한동안 걷자 목장의 오두막이 나타났다.

공원 관리인은 노인이었다. 혼자서 등반하면 안 된다는 경고를 남자가 받아들이지 않자 그 노인은 퉁명을 부렸다. 아직도 화가 덜 풀린 듯 노인은 목제 카운터 너머로 등록부를 거칠게 동댕이쳤다. 남자는 등록부의 '하산' 란에 서명을 하고 시간을 기록했다.

거기 씌어진 그의 이름은 대니얼 블랭크였다.

별거 조건에 따라 길다 블랭크는 그들 부부가 쓰던 차를 차지하게 되었다. 문 네 개짜리 뷰익 승용차였다. 그래서 블랭크는 시보레 콜벳 스팅레이를 구입했다. 강력한 엔진을 탑재한 산뜻한 디자인의 차였다. 그 스포츠카를 구입한 이래 그는 두 번이나 과속으로 걸려 벌금을 물었다. 한 번만 더 위반하면 면허를 정지당하게 될 상황이었다.

블랭크는 차 옆에 서서 등산재킷과 스웨터, 면 티셔츠를 벗었다. 그는 자기 차의 말끔하고 아름다운 여성적인 곡선에 다시 한 번 경탄했다. 상체가 벌거숭이가 되자 그는 수건으로 머리와 얼굴, 목과 어깨, 팔과 가슴을 닦았다. 밤공기는 알코올처럼 서늘했다. 그는 건강과 활력을 느꼈다. 힘든 등반, 한 발 또 한 발 힘겹게 움직이며 보낸 하루, 소박하고 신선한 음식으로 그의 체내에는 새로운 일을 시작할 수 있는 활력이 가득 충전되었다.

대니얼 블랭크는 키가 컸다. 180센티미터가 약간 넘었다. 몸매는 이제 호리호리해졌다. 고등학교와 대학교에 다닐 때에는 수영과 경주(200미터 허들), 테니스 등 팀워크를 요구하지 않는 개인종목 경기에 참가했다. 그런 활발한 체육 활동 덕분에 몸에는 잘 발달된 단단한 근육들이 생겨났다. 어깨와 가슴, 넙적다리의 근육은 탱탱했다. 손발은 늘씬했고, 손가락 발가락은 길었다. 그는 자신의 몸이 균형과 유연성을 유지하도록 신경 써서 관리했다.

아내와 별거를 시작한 직후, 그는 욕실 문 안쪽에 붙은 전신거울로 자신의 벌거벗은 몸을 한동안 관찰하여 '신체적 재고목록'을 작성했다. 그는 거울을 본 즉시 퇴화가 진행 중이라는 것을 깨달았다. 턱 밑의 살이 늘어지고, 어깨는 처지고, 아랫배에는 군살이 붙기 시작하고 있었다. 그의 몸은 힘이 없이 유약하기만 했다.

블랭크는 그 즉시 엄격한 식이요법에 의한 다이어트와 신체훈련을 시작했다. 자신이 개발한 조직적 방법론에 따라 영양 섭취에 관한 책과 신체훈련에 관한 책을 몇 권 사들였다. 그는 메모까지 해가며 그 책들을 모두 주의 깊게 통독했다. 그리하여 자신을 위한 훈련 계획을 고안해 냈다. 그 계획에 따라 착실히 훈련해 나가면 그의 몸매는 대번에 개선될 것이 틀림없었다.

블랭크는 열광하는 성격은 아니었다. 그는 금주나 금연 따위의 맹세는 하지 않았다. 그러나 음주량을 반 이하로 줄이고 담배도 마른 양상추로 만든, 니코틴이 함유되지 않은 종류로 바꾸었다. 전분과 탄수화물, 낙농 제품과 달걀, 그리고 육류의 섭취를 피했다. 블랭크는 신선한 과일과 야채, 구운 생선, 레몬주스 드레싱 샐러드를 먹었다. 그 결과 석 달 사이에 그의 체중은 10킬로그램가량이 줄었고, 갈비뼈와 엉치뼈가 드러날 정도가 되었다.

한편 블랭크는 매일 체조를 하기 시작했다. 아침에 침대에서 일어나서 30분, 밤에 잠자리에 들기 전에 30분씩이었다.

그가 택한 체조는 핀란드 체육인들을 위한 책에서 따온 것이었다. 동작 하나하나가 몸에 꽉 끼는 흰색 원피스를 입은 금발여성의 사진으로 세밀히 묘사되어 있었다. 그러나 블랭크는 그런 것에는 관심도 없었다. 그에게 필요한 것은 오직 훈련뿐이었다. 이 책은 그에게 기민성과 유연성, 우아함을 약속해 주었다.

체조의 효과가 훌륭하다는 것이 입증되었다. 블랭크의 허리는 이제 83센티미터로 줄어들었다. 청년 시절에 달리기와 수영을 많이 했던 탓으로 엉덩이는 넓적했고(비대한 것이 아니라), 가슴은 크게 부풀어 올랐다. 그는 몸이 마치 모래시계 모양처럼 여성적인 곡선을 지니도록 발달시킬 수 있었다. 그리하여 블랭크의 모든 근육은 젊었던 시절의 단단하던 활력을 회복했다. 피부는 부드러웠고 혈액은 원기왕성하게 순환되었다. 세월이 정지한 것 같았다.

그러나 다이어트와 체조는 몇 가지 기묘한 부수적 결과를 가져왔다. 젖꼭지가 늘 곤두서 있는 것이었다. 블랭크는 속옷을 입지 않았다. 따라서 얇은 옷감의 와이셔츠나 레이스실로 뜬 티셔츠를 걸치면 곤두선 젖꼭지가 곧 드러나 보였다. 그러나 그것이 크게 불쾌할 것은 없었다. 좀 더 두터운 옷, 그러니까 털실 터틀넥 스웨터 같은 것을 맨살 위에 입는 경우에도 때로 거기 느껴지는 자극은 그다지 불쾌하지 않았다.

예기치 못했던 또 하나의 결과는 국부의 외양이 바뀌었다는 점이었다. 고환은 뭔지 모르게 전보다 더 밑으로 늘어진 모습이 되었다. 성기는 비록 더 커지지는 않았지만(성기가 커진다는 것은 블랭크의 나이에 이른 사람에게는 불가능한 일이었다.) 색깔과 탄력은 분명히 달라졌다. 언제나 약간 발기상태였고, 진한 자주색을 띠고 있었다. 이 또한 크게 나쁠 것 없는 결과였다. 어쩌면 그것은 그가 요즘 구입한 몸에 꽉 끼는 바지와 성기가 늘 마찰하는 탓일 수도 있었다.

마지막으로 한 가지를 더 든다면, 결혼한 이후 줄곧 이따금 나타나서 그를 괴롭히던 설사증세가 사라졌다는 점이었다. 블랭크는 그것이 십중팔구 새로운 식이요법이나 체조, 아니면 그 두 가지 모두의 결과라고 생각했다. 이유가 무엇이든 간에 블랭크는 규칙적으로 배설하게 되었다. 배변 중에 통증도 느껴지지 않았고, 배변 후의 기분도 만족스러웠다. 완벽했다.

블랭크는 맨해튼으로 차를 몰았다. 그가 갈아입은 옷은 서늘한 벨루어 와이셔츠였다. 라디오의 음악소리는 이제 무의미한 흥얼거림에 지나지 않았다. 그는 고속도로로 통하는, 불이 밝혀지지 않은 2차선 도로를 따라 달려갔다.

자동차의 속도계는 천천히 상승했다. 80킬로미터, 90킬로미터, 100, 120……. 차는 마치 헤드라이트 불빛을 따라잡으려는 듯 내달렸다. 나무들이 뒤로 나자빠졌다. 광고판과 집들이 흘끔 엿보였다가는 순식간에 뒤로 밀려 나가며 흐릿하게 어둠 속으로 사라졌다.

블랭크는 속도를 사랑했다. 속력이 주는 감각적인 만족감 때문이라기보다는 엄청난 속도로 달릴 때의 고독한 혼돈스러움 때문에 그는 속도를 좋아했다.

토요일 밤이었다. 고속도로는 도심으로 들어가는 차량들로 붐비고 있었다. 이제 그는 잔인한 적대감을 품고 차를 몰았다. 갑작스럽게 다른 차 앞을 가로지르며 난폭하게 차선을 바꿨다. 블랭크는 운전대 앞으로 바짝 다가앉아 다른 차들 사이로 끼어들 틈을 찾았고, 갑작스럽게 브레이크를 밟아서 차들이 깜짝 놀라는 틈에 재빨리 차선을 바꿔 다른 차의 앞으로 파고들었다.

그는 다리 앞에 당도했다. 단단한 건물들, 예리하게 각이 진 건물들, 맨해튼의 싸구려 불빛들이 있었다. 교통신호에 묶여 속력을 줄이면서 트럭과 버스 사이로 끼어든 블랭크는 과속 욕구를 절제하기 위하여 안간힘을 다 썼다. 그는 96번가에서 동쪽으로 방향을 바꿨다. 블랭크의 도시는 폐쇄되어 있었다.

그것은 추악하고 더러운 도시였다. 도시는 절름발이처럼 절룩거렸고, 비정한 웃음과 환희로 죽음을 축하했다. 추잡함이 악몽과도 같은 거리에 흩뿌려졌고, 대기에서는 잿더미의 더러운 악취가 풍겼다. 학교에서는 어린아이들이 제 혈관에 능숙하게 헤로인을 주사해 넣었다.

간이식당 주인 한 사람은 성미 급한 고객이 재촉을 하는데도 사과파이를 제때 가져다 주지 않았다는 이유로 총에 맞아 피살되었다. 프랑스에서 온 관광객은 대낮에 강탈당한 다음 총에 맞아 전신마비가 되고 말았다. 임신한 여자가 아침 10시 30분에 지하철역에서 세 남자에 의해 윤간당했다. 폭발물이 설치되었다. 환각제가 밀매되었다. 대사관과 은행과 교회가 폭발물로 파괴되었다. 갓난아기가 맞아 죽었다. 유리창이 깨지고 살이 베어졌다. 식물은 뿌리 뽑히고, 대리석 기념비가 구호로 더럽혀졌다. 동물원이 침입당해 작은 짐승들이 갈가리 찢겨 죽었다.

독약에 오염된 블랭크의 도시는 미치광이의 춤을 추고 있었다. 검게 오염된 태양이 붉은 눈으로 무의미한 세계를 굽어보고 있었다. 밤이 되면 한 사람 한 사람이 철창 안에서는 온전히 살아남을 수 있으리라는 기대를 품고 스스로를 감옥에 감금했다. 자신의 온전한 정신은 가슴속 깊이 은폐한 채 사람들은 누가 공격을 가해오기만 하면 곧 예리한 칼날로 반격할 만반의 준비를 갖추고, 어깨 너머로 사방을 흘끗거리며 군중으로 들끓는 거리를 돌아다녔다.

대니얼 블랭크가 사는 아파트는 에나멜 칠을 한 강철과 유리로 신축한 건물이었다. 34층 높이의 그 건물은 이스트 83번가의 한 블록을 다 차지하고 있었다. U자 형태로 지은 건물이었다. 아파트 건물의 현관까지 검은 아스팔트 도로가 이어져 있었다. 차에서 내리는 주민들이 비가 오는 날에도 비를 맞지 않도록 건물 정면에는 스테인리스 스틸로 만든 높다란 차양이 설치되어 있었고, 현관 계단에는 녹색의 옥외 카페트가 깔려 있었다.

현관으로 들어서면 유리문을 마주 보는 곳에 책상이 놓여 있었고, 그곳에서 하루 스물네 시간 경비원들이 근무를 했다. 경비원들은 그곳에서 폐쇄회로 텔레비전을 통해 지하차고와 후문, 복도와 승강기 등을 감시할 수 있었다. 책상 너머 널찍한 로비에는 편안한 의자와 소파가 놓여 있었다. 벽에는 추상화들이 걸려 있었고 로비 중앙에는 '탄생'이라는 제목이 붙은, 역시 비구상 계열의 묵직한 청동 조각 작품이 자리 잡고 있었다.

대니얼 블랭크는 완만하게 휘어진 아파트 구내도로를 따라 차를 몰아 차고로 들어갔다. 아파트 입주자들이 추가로 임대하게 되어 있는 그곳은 차를 세워둘 수도 있고, 세차를 할 수도 있으며, 필요한 경우에는 수리를 받을 수도 있는 시설이었다. 입주자들이 요청하면 아파트의 차고지기가 그곳에 주차된 차를 현관까지 옮겨다 주기도 했다.

블랭크는 근무 중인 차고지기에게 차를 넘겨주고, 차 안에서 배낭과 등산복을 꺼냈다. 에스컬레이터를 타고 로비로 올라간 그는 접수부로 갔다. 입주자들에게 오는 우편물과 배달물, 외부에서 전달되는 메시지 등을 받아놓았다가 전달해 주는 곳이었다.

밤 10시가 가까워오고 있었다. 접수부에는 직원이 보이지 않았다. 경비원 가운데 한 사람이 접수부로 다가왔다. 대니얼 블랭크의 접수구에는 우편물은 없고 한 번 접힌 작은 종이쪽지가 들어 있었다.

브런치야. 일요일(내일). 오전 11시 30분. 늦지 마. 일찍 와야 해. 재미있는 인종들이 수천 명이나 올 거니까. 사랑의 키스를 보내며.

　　　　　　　　　　　　　　　　　　　—플로렌스와 새뮤얼

그는 메모를 읽은 다음 그것을 셔츠 주머니에 쑤셔 넣었다.

그때까지 블랭크에게 말을 붙이지도 않고, 눈도 마주치지 않은 채 경비원은 접수부에서 빠져나가 책상으로 돌아갔다. 그의 이름은 찰스 립스키였다. 그는 약 1년 전에 발생했던 어떤 사건으로 블랭크와 인연을 맺은 적이 있는 사람이었다.

그때 블랭크는 출근하기 위해서 현관 앞에 서서 택시를 기다리는 중이었다. 그는 직장에 나갈 때 거의 자가용을 이용하지 않았다. 9번로와 46번가 부근의 주차장에는 거의 언제나 빈 공간이 없기 때문이었다. 택시를 잡기 위해 거리로 나갔던 사람은 경비원 립스키였다. 그는 택시를 잡아타고 아파트의 현관까지 왔다. 그는 블랭크를 위해 택시의 문을 열고 늘 하는 대로 25센트의 팁을 받기 위해 손을 내밀고 있었다.

블랭크가 그에게 팁을 꺼내 주려 할 때 한 남자가 독일산 셰퍼드를 데리고 아파트 현관에 나타났다. 블랭크는 그 사람 역시 아파트의 주민이라는 것을 알고 있었다. 그 사람은 셰퍼드를 묶은 기다란 가죽끈을 거머쥐고 있었다.

"따라와! 따라오라니까!"

그 남자가 고함을 질러댔다. 그러나 어린 셰퍼드는 뒷걸음질을 할 뿐 주인의 말을 듣지 않았다. 개는 도로 위에 주저앉더니 두 앞발 사이에 얼굴을 묻고는 움직일 생각도 하지 않았다. 그 남자가 고함을 질렀다.

"이 망할 놈의 자식!"

그 남자는 옆구리에 끼고 있던 두꺼운 신문지 뭉치로 셰퍼드의 머리를 두 차례 내리쳤다. 개는 무서운지 잔뜩 웅크리고 끙끙거렸다. 그 남자는 그런 셰퍼드의 배를 힘껏 걷어찼다.

대니얼 블랭크와 찰스 립스키는 그 광경을 모두 지켜보았다. 블랭크가 앞으로 다가갔다. 그는 짐승이 학대당하는 것을 참을 수가 없었다. 심지어 말이 짐을 끄는 것마저도 상상할 수 없는 사람이었다.

"당장 그만둬요!"

블랭크가 외쳤다. 개 주인이 화가 나서 돌아보았다.

"가서 당신 일이나 하시지!"

그 남자는 신문 뭉치로 블랭크의 머리를 후려쳤다. 블랭크는 화가 나서 그를 힘껏 떠밀었다. 그 남자는 뒤로 몇 걸음 비척거리더니 쥐고 있던 가죽끈에 발목이 감겨 인도에서 차도로 굴러 떨어지면서 우스꽝스러운 동작으로 나자빠졌고, 그 바람에 왼쪽 팔이 부러졌다. 경찰이 왔고, 그 남자는 블랭크를 체포해야 한다고 주장했다.

그로부터 잠깐 뒤에 블랭크와 립스키는 251번 경찰지서로 가서 조사를 받아야 했다. 블랭크는 그 남자가 개를 학대하길래 그러지 말라고 충고하자 접은 신문으로 자신을 때렸으며, 개 주인을 떠민 것은 신문으로 얻어맞고 난 다음이라고 진술했다. 찰스 립스키는 그 진술이 틀림없다고 증언했다.

결국 그 고발은 취하되고 사건은 기각되었다. 개 주인은 그 아파트에서 이사를 나갔다. 블랭크는 립스키의 시간을 빼앗은 것에 대한 배려로 그에게 5달러를 주었고, 그에 대해서는 더 이상 생각하지 않았다.

그로부터 6개월쯤 지난 뒤 이번에는 좀 더 심각한 사건이 발생했다.

토요일 밤이었다. 쓸쓸하고 지루해진 블랭크는 '비아 베네토' 가발을 쓰고 한밤중의 맨해튼으로 산책을 나갔다. 그는 스웨덴식 모직 제품인 검은색 블레이저 운동복과 레이스로 뜬 프랑스산 쫄쫄이 셔츠를 입고 있었다. 레이스 셔츠는 몸에 달라붙어 상체의 윤곽을 고스란히 드러냈다. 그것은 '제비족의 속옷'이라 불리는 스타일의 옷이었다. 셔츠 앞자락은 허리까지 열려 있었고 은제 목걸이에 매달린 장식이 많은 몰타산 십자가가 그의 목에서 대롱거리고 있었다.

그는 충동적으로 3번로의 술집으로 들어섰다. 밖에서 몇 차례 살펴본 적은 있지만 한 번도 들어가 본 적은 없는 '앵무새'라는 이름의 술집이었다. 바에는 두 쌍의 남녀와 두 남자가 따로따로 앉아 있었다.

블랭크는 브랜디를 한 잔 주문하고 양상치 담배에 불을 붙였다. 그는 무심코 고개를 들었다가 바 앞에 앉아 있던 한 남자와 거울 속에서 눈이 마주쳤다. 블랭크는 그 즉시 시선을 옮겨버렸다. 그 남자와 대니얼 사이에는 좌석 셋이 놓여 있었다. 땅딸막하고 살이 찐 마흔다섯 살쯤 되어 보이는 사람이었다. 코는 큼직했고 얼굴은 버번을 많이 마시는 사람 특유의 불그죽죽한 혈색이었다.

바텐더는 라디오의 채널을 WQXR에 맞춰두고 있었다. 라디오에서는 스메타나의 「몰다우 강」이 흘러나왔다. 바텐더는 경마예상표를 들여다보며 말을 고르는 중이었다. 두 쌍의 남녀는 얼굴을 맞대고 열심히 속삭이고 있었다.

"머리가 참 아름답군요."

블랭크는 깜짝 놀라 고개를 들었다.

"뭐요?"

그 땅딸막한 남자가 블랭크의 바로 옆자리에 옮겨와 앉아 있었다.

"당신 머리카락 말입니다. 아름답다구요. 가발입니까?"

블랭크가 제일 먼저 생각해 낸 것은 술잔을 비우고 돈을 지불한 다음 그곳에서 나와버리는 것이었다. 그러나 왜 나와야 하는가? 술집 '앵무새'의 조용한 분위기는 편안했다. 사람들이 몇 있었으나 각기 따로 떨어져 있었다. 바로 거기에 조용한 분위기의 비밀이 있었다.

블랭크는 브랜디를 한 잔 더 주문하고 가까이 다가와 있는 땅딸막한 남자에게서 등을 돌렸다. 바텐더는 그의 잔을 채운 다음 제자리로 돌아가 다시 경마예상표를 들여다보았다.

"어때요?"

그 남자가 다시 물었다. 블랭크는 그를 돌아보았다.

"뭐가 어떠냐는 거요?"

"그거, 그거 어떠냐구요."

"그게 뭐요?"

여기까지 그들 두 사람의 대화는 그저 큰 의미 없는 잡담을 주고받는 어조였다. 별로 큰 소리는 아니었지만, 누군가 관심을 기울이고 있었다면 전혀 알아들을 수 없을 만큼 작은 소리라고는 할 수 없었다. 그러나 그들의 얘기에 귀를 기울이는 사람은 아무도 없었다.

갑자기 그 남자는 앞쪽으로 허리를 굽히며 그 붉은 얼굴을 블랭크의 얼굴 앞으로 들이밀었다. 그의 눈은 축축했고 입술은 떨리고 있었다. 그런 얼굴로 기대에 차서 마치 선언하듯 말했다.

"당신이 마음에 들어요."

블랭크는 대번에 그 남자에게 주먹을 날렸다. 남자는 스툴에서 떨어져 바닥에 나동그라졌다. 남자가 일어서자 블랭크는 다시 한 번 주먹을 휘둘러 그 남자의 턱을 깨뜨렸다. 남자는 또 나자빠졌다. 블랭크는 미친 듯이 그 남자의 사타구니를 걷어찼다. 경마예상표에 열중해 있던 바텐더가 정신을 차리고 뛰쳐나와 그의 두 팔을 잡아 젖혀 땅딸막한 남자로부터 떼어냈다.

또 경찰이 왔다. 블랭크는 이번에는 그의 변호사 러셀 탬블린에게 전화를 하는 것이 낫겠다고 생각했다. 변호사는 즉시 251번 지서에 나타났고, 새벽이 채 되기 전에 그 사건은 종결되었다.

부상당한 남자가 대니얼에 대한 고소장에 서명하기를 거부했던 것이다. 지서에서 밝혀진 일이지만, 부상당한 남자에게는 서글픈 전과기록이 줄줄이 붙어 있었다. 미성년자 추행부터 순찰 중이던 사복 경찰관을 지하철 화장실에서 유혹한 사건까지 퍽 다양했다.

블랭크의 진술을 받은 수사관은 자기 개를 학대한 아파트 주민과 블랭크 사이에서 벌어졌던 사건을 조사한 바로 그 사람이었다. 그는 이상하다는 듯 물었다.

"이번에도 당신입니까?"

변호사는 블랭크에게 서명이 된 서류를 가지고 와 보여주며 말했다.

"다 끝났습니다. 그 사람은 고소를 거부하고 있어요. 가도 됩니다."

"러셀 씨, 내가 잘못한 게 없다고 말했잖아요."

"아, 그럴 테죠. 하지만 그 남자는 턱이 부서졌고, 어쩌면 내상을 입었을 수도 있어요. 대니얼 씨, 당신은 참는 법을 배워야겠습니다."

그것으로 사건이 끝이 난 것이 아니었다. 신문에는 그 사건에 관한 기사가 한 줄도 나지 않았지만 어찌 된 일인지 경비원 찰스 립스키가 그 사건에 대해 알고 있었다. '앵무새'의 바텐더가 바로 립스키의 처남이었던 것이다.

한 주일쯤 지난 뒤에 경비원 립스키가 블랭크의 아파트 현관 앞에 서서 초인종을 눌렀다. 블랭크는 현관문의 구멍으로 누구인지를 확인한 다음 문을 열어주었다. 립스키는 들어서자마자 곧 자신이 부닥친 문제에 대해 길고 수다스럽게 떠벌리기 시작했다. 그의 아내는 탈장수술을 받아야 하고, 그의 딸은 윗니와 아랫니가 어긋나 있는 탓으로 치아교정을 받아야 하는데 그렇게 하려면 엄청난 비용이 든다는 것이었다. 어디 그뿐인가. 그 자신으로 말할 것 같으면 고리대금업자에게 빚을 지고 있는데, 그 고리대금업자가 당장 빚을 갚지 않으면 다리를 부러뜨리겠다고 위협하고 있다는 것이었다. 그래서 립스키에게는 당장 500달러가 필요했다.

블랭크는 이 길고 긴 얘기를 듣느라고 짜증이 났다. 그는 도대체 그게 자신과 무슨 상관이 있는 일인지를 물었다. 그러자 립스키는 자신이 '앵무새'에서 벌어진 일을 알고 있다고 대답했다. 물론 그것은 블랭크 선생님의 잘못은 아니었습니다. 하지만 이 아파트의 다른 입주자들을 생각해 볼 것 같으면…… 그 사실이 만일 아파트의 다른 선생님들에게 알려지는 경우에는 말입니다요, 글

쎄요, 만일 말입니다요, 그 사람들이 선생님에 대해 떠들어대기
시작한다면…….

　말을 마치자 립스키는 블랭크에게 잘 아시면서 뭘 그러느냐는
듯 슬쩍 윙크까지 하는 것이었다.

　그 윙크는, 그 교활한 윙크는 '앵무새'에서 피해자가 지껄였던
'당신이 마음에 들어요.' 보다 더 끔찍스러웠다. 블랭크는 더러운
짐승에게 물리기라도 한 것처럼 갑자기 흥분했고 화가 치밀었다.
립스키를 두들겨 패고 싶은 욕구가 들끓었다.

　립스키는 블랭크의 눈빛에서 무엇인가를 간파한 것이 분명했
다. 갑자기 돌아서더니 급히 아파트에서 뛰쳐나가 현관문을 쾅 닫
고 사라져버렸던 것이다. 그 후로 두 사람은 거의 한 마디 말도 나
누지 않았다. 꼭 필요한 경우에만 블랭크는 지시를 했고, 그 경비
원은 눈 한번 마주치는 법 없이 묵묵히 복종했다. 크리스마스에
블랭크는 늘 해왔듯이 경비원들에게 10달러짜리 한 장씩을 나누
어 주었다. 찰스 립스키도 늘 그랬듯이 블랭크에게 사은의 카드를
보내왔다.

　블랭크는 승강기 버튼을 눌렀다. 문이 스르르 열렸다. 그는 안
으로 들어가 C버튼(문을 닫는 버튼)을 누르고, 21버튼(그가 사는
층)과 M버튼(음악을 켜는 버튼)을 눌렀다. 그는 승강기가 움직이
는 동안 「아이 갓 리듬」이라는 노래를 흥얼흥얼 따라 불렀다.

　블랭크가 입주한 아파트는 U자형 건물의 한쪽 날개 앞쪽 끝에
자리 잡고 있었다. 굉장히 넓은 방이 네 개 있는 아파트였다. 거실
과 창문은 북쪽을 바라보고 있었고 침실 창문은 동향이었으며, 부
엌과 욕실의 창문은 서향, 아니 좀 더 정확하게 말하자면 아파트

건물의 정원을 내려다보고 있었다. 승강기에서 그의 아파트 현관문에 이르는 복도는 마치 두터운 카펫이 깔린 굴과도 같았다. 복도의 조명은 은은했고, 다른 아파트의 현관문은 굳게 닫혀 있었으며, 공기는 냉방되어 서늘했다.

블랭크는 현관문의 잠금장치를 열고 팔을 뻗어 외등을 켰다. 그다음 안으로 들어서서 사방을 둘러보았다. 문을 닫고 두 개의 잠금장치를 완전히 잠근 뒤 사슬까지 걸었다. 블랭크는 폴리스바를 조정했다. 그것은 바닥에 뚫린 구멍에 고정된 묵직한 강철 막대와 문에 설치된 구멍을 통해서 방문이 굳건히 고정되도록 만들어진 방범장치였다.

블랭크는 가벼운 시장기를 느끼며 현관의 의자에 옷과 등산장비를 내려놓고 곧장 부엌으로 갔다. 그는 푸른 형광등을 켜고 냉장고를 열어 안에 있는 물건들을 살펴보았다. 블랭크는 캔털루프(멜론의 일종──옮긴이)를 꺼내 무늬를 따라 정확히 반을 잘랐다. 나머지 반은 다시 왁스종이에 싸서 냉장고에 넣었다. 반 조각의 캔털루프에서 씨와 속을 훑어내고 그 안에 스위스산 유기농 식품인 패밀리아 시리얼을 채워 넣었다. 그 다음 신선한 레몬 한 조각을 잘라내어 손으로 힘껏 짜 흘러나오는 액즙을 캔털루프에 골고루 뿌렸다. 그는 싱크대 앞에 서서, 거기 붙은 거울에 비치는 자신의 모습을 바라보며 천천히 그것을 먹었다.

다 먹자 그는 캔털루프 껍질을 쓰레기통에 던져 넣고 손을 닦았다. 그는 불을 껐다 켰다 하면서 이 방 저 방으로 옮겨 다녔다. 마지막으로 침실에 들어와 옷을 벗다가 그는 주머니에 꽂힌 쪽지를 발견했다.

'재미있는 인종들이 수천 명이나 올 거니까.'

블랭크는 그것을 침대 머리맡의 탁자에 놓았다. 아침에 눈을 뜨면 곧 그것을 볼 수 있게 하기 위해서였다.

그는 욕실 문을 단단히 잠근 다음 뜨거운 물로 샤워를 했다. 물이 너무나 뜨거웠기 때문에 욕실 안에는 금새 김이 가득 차 올랐고 거울과 타일 위로 물방울이 흘러내렸다. 그는 코코아 기름으로 만든 에몰리엔트 비누로 몸을 문질렀다. 차가운 물로 몸을 씻어내고 물을 잠근 뒤 화장지로 몸의 물기를 닦았다. 광고대로라면 그 화장지는 '마른 피부가 천연의 윤기를 회복하도록 도와주며 피부를 부드럽고 촉촉하고 유연하게' 만들어줄 것이다.

블랭크는 1주일에 두 번 다녀가는 파출부를 썼다. 오늘도 파출부가 낮에 다녀갔을 것이다. 침대에는 새 시트가 덮여 있었고 베갯잇도 새것으로 바뀌어 있었다. 아직 11시가 채 되지 않았다. 그러나 그는 기분 좋은 피로감을 느끼고 있었고 자고 싶었다.

몸에 남은 물기와 화장지에서 묻어난 기름기가 마르도록 그는 벌거벗은 채로 아파트 안을 오락가락하면서 커튼을 내리고, 창문의 잠금장치를 점검하고, 문의 방범장치를 다시 한 번 살펴보았다. 그는 다시 욕실로 들어가서 약한 수면제를 한 알 먹었다. 물론 그런 약이 필요치 않다는 것을 알고 있었지만 침대 안에 들어갔을 때 잡념이 떠오르는 것이 싫었다.

침실에 켜둔 불빛이 기다랗게 흘러들어 거실 안의 광경이 희미하게 드러났다. 거실의 끝 쪽은 북향이었다. 그쪽 창문은 커다란 유리창이었는데, 그 유리창은 여닫을 수 있는 통유리가 끼어 있었고, 안쪽에는 커튼이 드리워져 있었다. 침실의 벽과 맞닿아 있는 동쪽 벽면은 길이가 거의 8미터에 가까웠고, 높이는 거의 3미터나 되었다.

이 널찍한 흰색 벽면을 블랭크는 거울들로 장식했다. 바닥으로부터 1미터쯤 되는 공간만은 비워두었다. 책장과 소파, 탁자와 전등 스탠드, 책장과 오디오를 놓기 위해서였다. 그러나 그 1미터의 공간을 제외하고는 벽면 전체가 거울로 뒤덮여 있었다.

한 장짜리 거울도 아니었고, 소위 타일 거울로 벽면을 촘촘히 채워 넣은 것도 아니었다. 각기 서로 다른 쉰 개 이상의 거울이 그 벽면에 어깨를 맞대고 붙어 있었다. 작은 거울, 큰 거울, 평평한 거울, 볼록 튀어나온 거울, 보통 거울과 착시(錯視) 거울, 둥근 거울, 네모난 거울, 장방형 거울 등등이었다. 그 벽면은 그래서 반사광으로 번쩍거렸다.

거울 하나하나가 서로 다른 틀에 끼어 있었다. 나무로 만든 틀이 있는가 하면 철제 틀이 있었고, 색칠을 한 틀이 있는가 하면 원자재의 모습이 그대로 드러나 보이는 틀이 있었다. 평범한 것이 있는가 하면 화려하게 장식된 틀이 있었고, 현대적 감각의 틀이 있는가 하면 로코코 양식의 틀이 있었으며, 목제 조각이 장식된 틀이 있는가 하면 플라스틱 장식이 달린 틀도 있었다. 어떤 거울은 먼지를 뒤집어쓴 골동품이었고, 어떤 거울은 가로 7센티미터 세로 10센티미터의 잘 닦인 금속판이었다. 그것은 2차 세계대전 때 해병대에서 쓰던 것이라고 했다.

기름과 비누 냄새를 풍기는 벌거숭이 몸으로 서성거리다가 블랭크는 거울들 앞으로 가서 그것을 들여다보았다. 그 자신의 모습이 이곳저곳에 파편으로 떠올라 있었다. 그가 움직이자 파편이 된 자신의 영상이 이곳저곳에서 튀어 올랐다. 귀는 귀대로 무릎은 무릎대로, 가슴과 배, 팔과 팔꿈치 모두가 조각나서 이쪽에서 사라졌는가 하면 저쪽에서 새로운 모습이 되어 나타났다.

그는 매혹당해 멈춰 섰다. 그가 서 있는데도 불구하고 수많은 거울에 비친 자신의 모습은 조각조각 이쪽저쪽으로 튀어 올랐다. 그는 느릿느릿 몸을 움직여보았다. 거울 속에서 스무 개의 손이 움직이는 것이 보였다. 그것은 놀랍고 흥미로웠다.

블랭크는 침실로 들어가서 냉방기를 적당한 온도로 조절하고 침대 안으로 들어갔다. 잠에 빠져들면서 그는 밤의 희미한 불빛 속에서 갖가지 모양의 거울이 마치 수천 수만의 눈동자처럼 자신의 모습을 반사하는 광경을 보았다. 그의 허리는 철제 틀 안의 거울 속에 담겨 있었고, 그의 어깨는 오크 틀 안에 담겨 있었다. 목은 플라스틱 틀 속에 있었고, 무릎은 구리 틀 안에 들어 있었다. 성기는 낡을 대로 낡은 호두나무 거울 속에 들어 있었다.

그것은 예술적이었다.

그 여자는 맨해튼에서도 가장 먼저 브래지어를 벗어던진 여성 가운데 한 사람이었다. 그 남자는 맨해튼에서 가장 먼저 넥타이를 허리띠로 사용한 남성 가운데 한 사람이었다. 그 여자는 또한 가장 먼저 남자들의 도시락을 핸드백으로 사용하기 시작한 여성 중 한 사람이었다. 그 남자는 또한 가장 먼저 양말을 신지 않은 채 운동화를 신고 다니기 시작한 남성 가운데 한 사람이었다. 가장 먼저! 새로운 것에 대한 열광으로 그들은 온통 들끓었고, 달아올랐다.

대니얼 부부가 별거에 합의하기까지 그토록 세밀히, 그토록 오랫동안 밀고 당기는 일을 계속했는데도 플로렌스와 새뮤얼 머튼 부부는 그 사실을 알아채지 못했다. 길다는 뷰익 세단과 워터퍼드 크리스털과 피카소 작품을 갖기로 했고, 블랭크는 아파트 임대권과 유에스스틸 주식 100주와 웨어리의 주식을 갖기로 했다. 아무도 머튼 부부에 대해서는 얘기를 꺼내지 않았다. 그들은 무언중에 머튼 부부는 '블랭크의 가장 친한 친구'라고 가정하고 있었다. 그러니까 머튼 부부는 블랭크의 소유였고, 그래서 블랭크는 머튼 부부를 갖게 되었다.

머튼 부부에게는 '반대되는 성격끼리 잘 어울린다.'는 옛 속담이 맞지 않았다. 남편과 아내로서 그들은 동전의 앞면과 뒷면이었다. 새뮤얼이 싫어하는 것을 플로렌스는 좋아하지 않는가? 그렇다고 자신 있게 대답할 수 있는 사람은 없었다. 그들은 초점이 다른 렌즈로 본 영상과도 같았다. 아니 그들은 동시에 두 개의 초점을 사용해 포착해 낸 이중의 영상과 같았다.

육체적으로 그들은 너무도 닮아서 낯선 사람이 본다면 아마도 남매라고 착각할 정도였다. 키가 작고 말랐고, 기름기가 번지르르하고 숱이 많은 머리칼을 지녔으며, 탐색적이었고, 마치 짐승들이 공격을 감행할 때처럼 재빠르고 예리하게 움직였다.

기혼자였던 새뮤얼은 인조섬유 상인이었고, 역시 기혼이었던 플로렌스는 섬유 디자이너였다. 그들은 「베니스의 상인」의 공연에 항의하는 시위행렬에서 만났다. 그때 그들은 자기들이 같은 정신분석가의 상담을 받고 있다는 것을 알게 되었다. 그로부터 1년 뒤에 그들은 각기 이혼을 한 다음 결혼했으며, 지구의 인구폭발이 심각하다는 이유를 들어 아이는 갖지 않기로 합의했다. 그들은 기꺼이, 장난스럽게, 또 즐겁게 불임수술을 받았다.

그들의 결혼생활은 마치 두 개의 막대자석이 서로 부딪는 것 같았다. 그들은 같은 것을 사랑했고, 같은 것을 두려워했다. 같은 것을 소망했고, 같은 것에 대해 같은 편견을 지녔다. 같은 야심을 품고 있었으며, 같은 취미를 가졌다. 기분도 비슷했고, 혐오하는 것도 같았으며, 같은 것에 대해 절망했다. 그들은 둘로 나뉜 한 사람이었다. 그들은 특대형 침대에서 서로를 꼭 끌어안은 채 같이 잠들었다.

그들은 마치 속옷을 갈아입듯이 자주 생활방식을 바꾸었다. 그들은 모든 사람들보다 앞서갔다. 그런 것들이 유행하기도 전에 벌써 팝아트와 오프아트(시각예술) 작품들을 사들였으며, 예술평론가들보다도 더 빨리 사실주의 예술로 취미를 바꿨다. 대마초로, 암페타민으로, 바르비투르산염으로(암페타민과 바르비투르산염은 흔히 마약 대신, 혹은 마약과 함께 복용되는 중독성 약물—옮긴이), 그리고 속도광으로 헤매고 다니다가 한번은 헤로인으로 인해 몸서리나는 재판을 받기도 했으며, 그리하여 마침내는 얼음만 넣은 베르무트 백포도주로 되돌아왔다. 그들은 새로운 음식점을 가장 먼저 발견해 냈으며, 가장 먼저 미키마우스 시계를 찼다. 새로운 테너 가수를 가장 먼저 발견해 냈고 새로운 영화를, 새로운 연극을, 새로운 발레를 가장 먼저 보았다. 색안경을 머리 위로 밀어 올리는 습관을 가장 먼저 개발해 낸 것도 그들이었다. 그들은 뉴욕을 헤매고 다니면서 말을 퍼뜨렸다.

"차이나타운에 정말 믿을 수 없을 만큼 작은 식당이 하나 있는데……."

"웨스트사이드에 최고의 배꼽춤 댄서가 있어서……."

"캐널가(街)에 미치광이 가게 같은 고물상이 하나 있는데……."

유대인으로 태어났음에도 불구하고 그들은 유니태리언교와 감리교와 성공회에 이어 잠깐 마르크시즘에 경도되었던 시기를 거쳐 가톨릭에 도달했다. 개종을 거쳐 한 차례 고백성사를 한 다음에는 할렘에서 근사한 복음주의적 교회를 발견했다. 교회에 온 사람들이 모두 손뼉을 치고 고함을 질러대는 곳이었다.

아무것도 끝나는 법이 없었다. 모든 것이 새로운 출발이었다. 그들은 요가를 배웠고, 선불교에 심취했으며, 크리슈나의 강론에 경도했다. 점성술에 매혹되었다가는 이내 구레나룻을 수북이 기른 힌두교의 전교사(傳敎師)를 저녁식사에 초대했다.

그들은 베트남 전쟁이 한창일 때에는 반전운동에 가담하여 위싱턴으로 쳐들어가서 시위행진을 벌이고, 현수막을 쳐들고 구호를 외쳐댔다. 새뮤얼은 한번은 건설노동자에게 머리를 얻어맞았고, 플로렌스는 월스트리트의 경영자가 뱉은 침을 얼굴에 맞아야 했다. 그 다음 그들은 스물한 명의 남녀가 한방에서 잠을 자는 뉴햄프셔의 한 공동체에서 3주 동안 공동생활을 한 적도 있었다.

"그것들은 아무것도 하는 것이 없으면서 입으로만 떠들어대는 것들이야!"는 새뮤얼의 말이었고, "아무런 깊이도 없고 진지함도 없어!"는 플로렌스의 말이었으며, "형편없는 것들!"은 두 사람이 동시에 내뱉은 말이었다.

그들을 그처럼 들끓게 만든 것, 확실한 것을 찾고자 하는 그들의 열망에 불을 붙인 것, 그리고 서로 '소통' 하고자 하는 그들의 욕구에, '의미심장한 대화' 를 나누고자 하는 그들의 탐구욕에, 우주적인 진리의 섬광을 찾아내고자 하는 그들의 열망에, '우주와의 교감' 을 발견해 내고자 하는 그들의 희망에, 우주를 새로이 발견해 내고자 하는 그들의 정열에 불을 붙인 것은 사실은 죄의식이었다.

그들에게는 커다란 천부적인 재능이 있었다. 그러나 그들은 그 재능을 부정했다. 그것이 너무도 야만적인 재능인 까닭이었다. 그 재능은 너무도 간단명료한 것, 돈을 버는 재능이었다. 플로렌스가 파는 환각적인 디자인의 천은 미친 듯 팔려 나갔다. 7번로에서 '청소년 시장' 의 잠재적 가능성을 최초로 예견한 사람은 바로 새 뮤얼이었다. 두 사람은 각기 자신의 공장을 열었다. 돈이 쏟아져 들어왔다.

이제 겨우 30대 중반인 그들은 새로운 것을 가장 먼저 생각해 낼 줄 알았다. 그들은 1960년대의 사회적 혼란기에 엄청난 돈을 벌 었다. 히피와 난교(亂交)로 태어난 아이들의 시대, 젊은이들이 미친 듯이 청바지와 술이 달린 가죽옷과 파이어니어 스커트와 남자 들을 위한 목걸이와 인디언 염주와 둥근 금테 안경을 사들이던 시 대, 그리고 그 젊은이들의 유행이 너무나도 순식간에 어른들에게 받아들여지던 시대였다.

머튼 부부는 자신들의 통찰력 덕에 엄청난 돈을 벌어들일 수 있 었다. 그러나 그것은 그들 부부가 보기에는 참으로 보잘것없는 재 주였다. 확신할 수는 없었지만, 그들은 자신들의 부가 진실하고 용감한, 십자군 전쟁과도 같은 사회적 운동을 배경으로 하여 벌어 들인 돈으로 이룩된 것이라는 사실을 알고 있었다. 그리하여 그들은 플래카드를 치켜드는 일부터 시위에 참가하는 일까지, 행진부터 싸움에 이르기까지 온갖 노력을 다 기울였다. 자신들의 몫을 다하고 싶었던 것이다.

더 깊은 속죄를 하기 위하여 그들은 공장을 팔았다. 물론 어마어마한 이익이 남았다. 그리고 매디슨로(路)에 상점을 열었다. 그들은 그 상점에 대한 투자는 틀림없이 크나큰 손실을 초래할 것이라고 믿어 의심치 않았다. 상점의 이름은 '에로티카'로 했다. 상점의 특징이 상호에 잘 드러나 있었다. 그 아이디어는 브루클린에서 있었던 스칸디나비아인들을 위한 소규모 종교행사에 참석하고 있을 때 갑자기 떠올랐다. 그 종교적 모임은 토르(북유럽 신화에서 천둥과 전쟁, 농업을 관장하는 신—옮긴이)를 숭배하는 이들의 모임이었다.

"할 일이 없어서 너무나 지루해."

새뮤얼이 말하자 플로렌스도 말했다.

"나도 그래."

"상점을 열까? 그냥 할 일을 만들어내자는 차원에서."

"상점? 재미있을 것 같은데."

"상점이라."

"우아하고 값비싼 물건만 취급하는. 우린 손해를 좀 봐야 하니까."

"뭔가 아주 색다른 것. 핫팬츠나 종이옷, 미니스커트나 몸에 달라붙는 스웨터, 군용재킷이나 모자 따위를 취급하는 가게 말고. 뭔가 전적으로 색다른 것. 사람들이 원하는 게 뭘까?"

"사랑이 아닐까?"

플로렌스가 말했다. 그러자 새뮤얼이 고개를 끄덕거렸다.

"그래. 바로 그거야."

그들의 '에로티카'에서는 그 상관관계가 확실하건 모호하건 사랑과 성에 관련된 물건들만 취급했다. 검은색을 포함하여 열네 가지 색깔의 명주 시트가 있었고, '더 나은 편안함과 안락함을 위하여'라는 광고 문안만을 사용하여 만든 '엉덩이 베개'가 있었다. 발렌타인 카드와 사랑의 시집이 있었고, 향수와 방향제가 있었다. 사랑의 분위기를 돋우기 위한 레코드도 있었다. 향수가 첨가된 크림과 로션이 있었으며, 남근(男根) 모양의 초가 있었다. 호색적인 사진과 그림, 판화와 포스터 등도 있었다. 유니섹스 모드의 속옷이 있었고, 남성을 위한 레이스 파자마와 여성을 위한 가죽 파자마가 있었으며, 남성과 여성 모두를 위한 가죽채찍이 있었다. 상점에 들어왔다가 물건들을 보고는 대뜸 흥분하여 거칠게 항의하는 사람들이 있었기 때문에 무장경비원을 배치해야만 했다.

'에로티카'는 즉시 성공을 거두었다. 플로렌스와 새뮤얼은 더욱더 부자가 되었다. 그들은 실망하여 당밀과 침술 쪽으로 방향을 바꾸었다. 돈 버는 것은 그들의 비극적인 재능이었다. 그들이 받은 축복은 전혀 돈을 벌려는 의도를 품지 않은 채 우연히 벌인 일에서마저 돈이 따라붙는다는 것이었다.

일요일 아침, 잠에서 깨어난 대니얼 블랭크가 처음 발견한 것은 침대 머리맡의 탁자에 놓인, 플로렌스와 새뮤얼이 보낸 브런치 초대장이었다. 그는 흥미를 느끼며 생각해 보았다. 식탁에는 시리아식 매운 빵과 냉동 도치, 훈제 잉어, 그리고 여섯 가지 청어가 놓여 있을 것이다. 게다가 샴페인까지.

블랭크는 벌거벗은 채로 침실을 나와 현관문으로 갔다. 잠금장치를 풀고, 사슬을 내리고, 폴리스바를 해제한 다음 문을 열고 《뉴욕 타임스》를 가지고 들어왔다. 의식(儀式)처럼, 그는 방범장치들을 다시 완벽하게 잠근 다음에야 현관문을 등지고 돌아서서 신문을 들고 부엌으로 갔다가 침실로 돌아와 옷장 문에 붙은 거울을 보며 30분 동안의 체조를 시작했다.

혼자 살기 시작한 이래 그가 만들어놓은 방식에 따라 평범하고 조용한 일요일 아침이 시작되고 있었다. 오늘 하루가, 그리고 아직은 애매한 갖가지 가능성들이 눈앞에 황금빛으로 펼쳐져 있었다. 그는 온몸운동과 누워서 상체 들어 올리기, 등배운동을 계속했다. 몸에 활력과 열기가 흘러넘쳤다. 그것으로 그는 새로운 세계 속으로 뛰어들 수 있었다. 무슨 일이든 다 할 수 있었다.

블랭크는 재빨리 샤워를 했다. 건조했던 피부가 부드럽고 매끄러워진 것 같아 기분이 좋아졌다. 그는 욕실 선반장 앞에 서서 면도를 하면서 턱수염을 다시 기를 것인지를 생각해 보았다. 다시 한 번 그는 기르지 말아야겠다고 결정했다. 만주식 턱수염과 구레나룻이 있으면 반짝반짝 빛나는 민머리와 어울려 참으로 재미있는 모습이 될 것 같았으나, 나이가 더 들어 보이는 것은 피할 수 없을 것 같았다.

블랭크의 얼굴은 무표정하고 귀족적이었다. 작은 귀는 양쪽 머리에 깊숙이 박혀 있었고, 턱은 조금은 고집스러워 보였다. 조각해 넣은 듯 윤곽이 선명한 입술은 붉은빛이었다. 기다란 코는 어쩐지 타원형의 콧구멍에 이르기까지 조금 가늘어 보였다. 그의 얼굴에서는 두 눈이 가장 강렬했다. 크고 시원스러운 갈색 눈이었다. 눈썹은 짙고, 윤곽이 선명했다.

기묘한 일이지만, 그는 옆얼굴보다도 정면에서 본 얼굴이 좀 더 나이가 들어 보였다. 정면에서 보면 그는 근심에 잠긴 듯했다. 코와 볼의 경계에서 생긴 주름살이 입술 귀퉁이까지 흘러내린 것을 알 수 있었다. 거의 완벽한 대칭형의 얼굴, 마치 이국적인 종교적 의식에서 사용되는 가면과도 같은 얼굴이었다. 그런 얼굴로 그는 거의 눈을 깜빡이지도 않고 이따금 미소를 지을 따름이었다.

그러나 그의 옆얼굴은 그보다 더 날카로워 보였다. 얼굴이 더욱 생기를 띠었다. 옆얼굴에는 아직 젊은 사람다운 기대감에 찬 표정이 엿보였다. 귀족적인 이마와 맑은 눈, 곧바로 뻗어내린 콧날과 유연한 곡선으로 부드럽게 굽이치는 입술, 강인한 턱이 모두 그랬다. 뺨과 턱으로 흘러내린 멋진 곡선이 환히 드러나 보였다.

블랭크는 면도를 마치자 '폰' 상표의 로션을 꺼내 턱에 가볍게 문지르고 겨드랑이에 향수를 뿌렸다. 침실로 돌아간 그는 어떤 옷을 입을 것인지를 생각했다.

머튼 부부는 '재미있는 인종들이 수천 명이나' 올 거라고 했다. 그렇다면 온갖 종류의 별스러운 친구들과 머튼 부부가 아는 괴상한 사람들이 몰려들 것이 분명했다. 예술가와 디자이너, 배우와 작가, 댄서와 연출가, 어쩌면 그 가운데는 마약중독자나 매춘부, 심지어는 방화범까지 끼어 있을지도 모른다. 그들 모두는 아마도 일요일의 이런 모임에 멋대로 차려입고 올 것이었다.

그런 자들과는 뭔가 달라 보여야 했다. 군중과는 구별되는 차림이어야 하는 것이다. 뭇사람보다 돋보여야 했다. 블랭크는 보수적인 '아이비 리그' 가발을 쓰고, 회색 플란넬 바지를 입었다. 구찌 구두를 신고, 흰색 캐시미어 터틀넥 스웨터와 조금 짙은 갈색의 스웨이드 재킷을 입었다. 상의 윗주머니에는 노란색 무늬의 실크 손수건을 꽂았다.

그는 부엌으로 가서 작은 커피포트로 커피를 뽑아냈다. 식탁에 앉아 일요판《뉴욕 타임스》를 뒤적이며 블랙커피를 두 잔 마셨다. 광고란을 통해서 그는 근래에 들어서는 여성 패션보다 남성 패션이 점점 더 창조적이고 화려해지며 변화가 심해지고 있다는 것을 알게 되었다.

11시 30분 정각에 블랭크는 아파트의 문을 잠그고 승강기를 탔다. 머튼의 펜트하우스 아파트는 34층이었다.

승강기 안에는 대니얼 한 사람뿐이었다. 머튼의 아파트 문 앞에는 손님을 맞이하는 사람이 없었다. 귀를 기울여보았으나 아파트 안에서는 사람들이 들끓는 소리 같은 것은 전혀 들리지 않았다. 당황하여 블랭크는 초인종을 눌렀다. 그는 머튼 부부와 함께 사는 하인 블랑쉬나 이번 파티를 위하여 고용된 집사가 문을 열어줄 것이라고 예상했다.

그러나 문을 연 사람은 새뮤얼 머튼 자신이었다. 그는 문을 열고 복도로 나오더니, 등 뒤로 문을 닫아버렸다.

새뮤얼은 정력적이고 개구쟁이 같은 남자였다. 검은 가죽 상의와 역시 검은색 가죽바지를 입고 있었다. 옷에는 여기저기 금속 장식이 붙어 있었다. 움직일 때마다 몸이 번쩍거렸다. 그는 장난스러운 웃음이 가득한 눈으로 블랭크를 바라보았다. 눈도 두 개의 금속 장식을 붙인 듯 반짝거렸다. 그는 블랭크의 팔을 잡으며 애원하듯 말했다.

"댄, 화내지 마."

블랭크는 화가 난다는 듯 과장했다.

"샘, 또야? 다시는 그런 짓 않겠다고 했잖아. 도대체 너하고 플로렌스는 왜 자꾸 이러는 거야? 정말 직업 중매쟁이로 나서려는 거야? 내 여자는 내가 알아서 찾을 수 있단 말이야."

"이거 봐, 댄. 이게 그다지 나쁜 일은 아니잖아? 우린 네가 행복해지기를 바라는 것뿐이야. 그게 나쁜 짓이야? 너의 행복! 그게 다라구! 좋아, 우릴 욕해도 좋다니까. 하지만 우린 남들도 우리처럼 행복하게 되기를 바라고 있어!"

블랭크는 선뜻 사과를 받아들이지 않았다.

"샘, 약속했잖아. 넌 오지랖이 너무 넓은 것 같아. 그 보석 디자이너 때문에 벌어졌던 일 벌써 잊었어? 그때 너희가 약속한 거 잊었어? 이번엔 도대체 어떤 여자야?"

머튼은 한 발자국 앞으로 다가와 속삭였다.

"믿을 수 없을 거야! 진짜 오리지널이야! 하느님께 맹세하지!"

머튼은 한 손을 들어 선서하는 듯한 몸짓을 하며 계속했다.

"진짜 오리지널! 지난 주에 우리 가게에 왔던 여자야. 발목까지 오는 담비털 코트를 입고 있었어! 밍크가 아니야. 댄, 담비였다니까! 게다가 아주 독특한 아름다움까지 지닌 여자야. 물론 마릴린 먼로는 아니야. 하지만 아주 특별한 여자라구. 아마 그 여자를 보면 넌 깜짝 놀랄 거야. 그렇고말고. 어쩌면 아름답다고 할 수는 없을지도 모르지. 하지만 그 이상이라니까. 아름다운 것 이상이야. 그보다 훨씬 더 나아. 그러니까 그런 담비털 코트를 입을 수 있는 거지. 그 코트는 5000달러는 할걸. 최소한 그 정도는 할 거야. 또 그 여자 곁에는 귀염둥이 소년이 있어. 아마 열한 살이나 열두 살 정도일 거야. 그 꼬마도 예뻐! 난 그렇게 예쁜 꼬마는 본 적이 없어. 내가 이런 식의 칭찬을 함부로 하는 사람이 아니라는 건 너도 알 거야. 그 여자는 기혼은 아니야. 꼬마는 여자의 남동생이지. 아무튼 우리는 가게에서 얘기를 시작하게 되었어. 플로렌스가 그 여자의 코트를 탐냈거든. 우린 그녀가 그 코트를 러시아에서 샀다는 걸 알게 되었어. 러시아라니! 또 그 여자가 사는 곳이 이스트엔드라는 것도 알게 됐고. 상상이 돼? 이스트엔드라구! 단독주택이란 말이야! 그 여자는 틀림없이 대단한 부자일 거야. 얘기하다 보니까 이런 저런 얘기가 나왔고, 그러다 보니 그 여자를 초대하게 된 거야. 뭐가 잘못됐다는 거야?"

"그 여자에게 너희 부부가 나를 초대했다는 얘기는 했어? 남자를, 이혼한 남자를 초대했다는 얘기도 했느냐구. 물론 했겠지. 멋진 여자와 사귈 기회가 생기기를 목마르게 기다리는 홀아비가 올 거라고 했겠지."

"안 했어! 그런 얘긴 입 밖에도 안 냈다니까."

"믿을 수가 있어야 말이지."

"댄, 내가 거짓말을 하겠어?"

"물론이지. '재미있는 인종이 수천 명이 올' 거라는 얘기는 거짓말이 아니고 뭐야?"

"글쎄, 어쩌면 플로렌스가 이웃 사람들이 몇 명 들를 거라는 얘기를 했을지도 모르지."

블랭크는 웃음을 터뜨렸다. 새뮤얼이 그의 팔을 잡아당겼다.

"한번 보기나 해봐. 슬쩍 쳐다만 보라니까. 너도 이런 여잘 만나는 건 처음일 거야. 맹세할 수 있어, 댄! 진짜 오리지널이야. 이 여잔 꼭 만나봐야 해. 만나서 서로 간에 아무런 일도 생기지 않는다 하더라도 만나볼 가치는 있는 여자야. 정말 아무 일이 안 생겨도 그 여자를 만나는 것 자체가 좋은 경험이 될 거야. 아주 특별한 종류의 인류라니까! 내 말이 무슨 뜻인지 만나면 알게 돼. 이름은 셀리아 먼포트야. 내 이름은 새뮤얼, 그 여자 이름은 셀리아. 이름만으로도 뭔가 대단한 얘기가 나올 것 같지 않아? 그렇지?"

머튼 부부의 아파트는 그들의 삶과는 어울리지 않게 푸줏간과도 같은 꼴이었다. 아니 그것은 중고품 가게 같기도 했고, 쥐새끼들의 소굴 같기도 했으며, 집시들의 천막 같기도 했다. 그들은 적어도 1년에 두 번은 집 안을 새로이 장식했다. 그런 대격변이 치러질 때마다 부스러기가 한두 조각씩 남겨졌다. 이를테면 현대 스웨덴풍의 의자나 빅토리아 시대의 사랑의 침구, 쉐라턴식의 옷장과 목제 인디언 조각, 중국 꽃병과 크롬 램프, 페르시아 양탄자와 이발소 선전등, 플렉스글래스 탁자와 금 도금한 재떨이, 티파니 유리잔과 서로 다른 모양의 액자에 끼웠거나 끼우지 않은 채 벽 여기저기에 걸린 수십 가지 각기 다른 양식의 그림들이 그것들이었다.

그 밖에도 이곳저곳에 수많은 책과 잡지와 그림과 사진, 신문과 포스터와 옷감과 흡연 방향제, 상자째 남은 초콜릿과 꽃과 스케치한 패션 작품, 부러진 담배와 청동 프로펠러와 푸른 요강 등이 널려 있었다. 그 모든 것들이 함부로 뒤섞여 있었고, 방바닥 여기저기에 뒹굴었다. 그것은 마치 거대한 샐러드 포크로 아파트 안을 맘껏 휘저어놓은 것 같았다. 그래서 갖가지 물건들이 이 구석 저

구석에 팽개쳐지기도 하고, 허공에 떠올랐다가 아무렇게나 다른 물건 위에 떨어지기도 하고, 거꾸로 떨어지기도 해서 제대로 정리되지 않은 광경과도 흡사했다. 그러나 그 모든 것들이 자아내는 분위기는 정겨웠다. 아파트를 방문하는 사람은 처음에는 그 혼란스러운 모습에 깜짝 놀랐다가도 오래지 않아 그곳이 주는 굉장히 편안하고 안락한 분위기에 젖어들었다.

새뮤얼은 블랭크가 달아나기라도 할까 봐 그를 붙잡고 거실로 데리고 들어갔다. 블랭크는 부엌 앞을 지나면서 거기에서 일을 하고 있는 블랑쉬에게 팔을 흔들어 인사를 했다.

거실에 들어선 블랭크에게 플로렌스는 미소를 지으며 키스했다. 그는 플로렌스와 인사를 한 다음 돌아서서 낯선 여자를 바라보았다. 두 여자는 남자들이 거실로 들어섰을 때에도 얘기를 계속하고 있었다.

그 낯선 여자는 막 이런 말을 하고 있었다. 억양이나 감정이 탈색된, 어딘지 기묘한 어조였다.

"그건 비논리적이에요. 또 수사적으로도 의미 없는 말이구요. '검은 것이 아름답다.' 구요? 그것은 마치 '내려가는 것이 올라가는 것이다.' 하고 말하는 것이나 마찬가지예요. 흑인들이 그런 말을 하는 것은 자신들의 존재를 확인하고 자긍심을 불러일으키기 위해서라는 것은 저도 알아요. 하지만 그들이 선택한 그 구호는 세상에 단 한 사람도, 심지어는 흑인들 자신마저도 설득할 수 없을 거예요. 아시다시피 말에는 의미 이상의 것이 담겨 있기 때문이에요. 말의 의미는 사실은 그저 해골에 불과해요. 말에 있어 그 의미라는 것은 철자법만큼이나 기본적인 것이지요. 그러나 말에는 의미만이 아니라 정서적 무게가 있어요. 말의 의미만을 따진다면 가장 단순하고 가장 순진무구한 말이 정서적으로는 절대적인 공포를 초래할 수도 있잖아요. 씌이거나 인쇄되었을 때에는 아주 단순하고 아무런 암시도 주는 바 없는 말이 살인이나 기쁨을 촉발시킬 수도 있구요. '검은 것이 아름답다.' 구요? 모든 인종에게, 백인종에게도 흑인종에게도 황인종이나 홍인종에게도 검은 것은 결코 아름다울 수 없어요. 검은 것은 악해요. 검은 것은 영원히 사악한 것으로 여겨질 거예요. 왜냐하면 검은 것은 어둠이고, 바로 그 어둠 속에 공포와 악몽에 감춰져 있기 때문이에요. '뱃속 검다.' 는 말이 있죠? '집안의 검은 양(black sheep, 말썽꾼, 골칫거리를 일컫는 말—옮긴이)' 이라는 말도 있어요. 마녀들이 쓴다는 기괴한 요술인 '마술(black art)' 이라는 말에도 검다는 말이 들어가지요. '악마의 미사(black mass)' 라는 말에도 검다는 말이 들어가고요. 이런 말에는 어떤 인종적 편견도 내포되어 있지 않아요. 그런 말들은 그저 인간의 어둠에 대한 본능적인 공포로부터 생겨난 말이에요. 검다는 것은 빛이 없는 장소나 시기를 나타내며, 그래서 위험과 죽음이 비롯되는 것을 뜻해요. 아이들도 천부적으로 어둠을 두려워하잖아요. 아이들에게 어둠을 두려워하라고 가르친 적이 없는데도 말이에요. 아이들은 어둠에 대한 공포를 천부적으로 지닌 채 태어나는 거예요. 심지어는 어른들 중에도 밤에 불을 켠 채로 잠을 자는 사람이 있어요. '얌전히 굴지 않으면 부기 괴물이 와서 널 잡아간다.' 는 말 있죠? 흑인 아이들도 어릴 때 부모로부터 이런 얘기를 들으며 자랄 거예요. 이 부기 괴물이란 뭘까요? 바로 어둠 속에서, 저 음침한 어둠 속에서 나타나는 검은 괴물이에요.

검은 것은 미지의 것, 알아낼 수 없는 것이에요. 위험한 거지요. 악한 거예요. 죽음이에요. 그런데 '검은 것이 아름답다.' 구요? 천만에요. 그런 구호를 믿을 사람은 하나도 없어요. 우리는 모두 짐승이에요. 그런데 우린 만난 적이 없는 것 같군요."

그 여자는 눈을 들어 똑바로 대니얼 블랭크를 바라보았다. 블랭크는 깜짝 놀랐다. 너무 열중해서 여자의 얘기를 듣고 있었기 때문에, 그녀의 생각을 따라가는 데 마음을 빼앗겨 그녀가 어떤 모습인지 눈여겨볼 여유마저 찾지 못하고 있었다. 플로렌스 머튼은 황급히 두 사람을 소개했다. 블랭크는 셀리아 먼포트에게 손을 내밀면서 그녀를 자세히 살펴보았다.

그녀는 커다란 팔걸이 소파에 몸을 꼬고 앉아 있었다. 푹신푹신한 소파는 붉은 벨벳으로 뒤덮여 있었고, 담배꽁초로 인하여 여기저기 탄 흔적이 보였다. 일요일 오전의 모임에 나타난 사람으로서는 기이하게도 그녀는 검은색 공단으로 만든 우아한 이브닝 드레스를 입고 있었다. 드레스의 가느다란 어깨끈은 목에서 직선으로 교차하고 있었으며, 드러난 어깨에 아슬아슬하게 걸려 있었다. 손가락에는 다이아몬드 반지를 끼고 팔목에는 그 반지와 어울리는 팔찌를 차고 있었다. 그녀는 손을 블랭크에게 내밀었다. 그는 이 여자가 간밤에 밤새도록 파티에 참석했다가 집에 들르지도 못한 채 여기에 오는 바람에 옷을 갈아입지 못한 것은 아닐까 하고 생각했다. 그녀가 실크 제품의 이브닝 샌들을 신고 있다는 것을 알게 되자 블랭크의 그런 생각은 좀 더 굳어졌다.

거의 자줏빛으로 보이는 너무나 짙은 검정색 머리칼은 가운데 가르마로 분리되어 어깨 위로 느슨하게 흘러내렸다. 머리칼에는 컬 하나도 없었다. 그 때문에 그녀는 마치 마녀처럼 보였다. 게다가 그 여자의 팔은 아주 길고 가늘었으며, 역시 기다란 손가락에 길게 기른 손톱은 마치 단검처럼 보였다.

그 여자의 팔과 어깨는 훤히 드러나 있었고, 흘러내린 드레스 속으로 작은 젖가슴의 윗부분이 엿보였다. 그녀의 살은 붉은 벨벳 소파 위에서 하얗게 빛났다. 그녀의 맨살에는 뭔가 기묘한 투명함 같은 것이 있었다. 팔은 특히 관능적이었다. 부드러웠고 잔털 하나 없었다. 마치 곤충의 더듬이처럼 그 팔에는 뼈가 들어 있지 않을 것 같았다. 이제 막 튜브에서 뽑혀 나온 팔 같았다.

그녀가 소파에 몸을 꼬고 앉아 있었기 때문에 키가 어느 정도인지, 몸매가 어떤지를 알아보기란 쉬운 일이 아니었다. 블랭크는 그래도 제법 키가 큰 여자라는 인상을 받았다. 170센티미터 이상은 될 것 같았다. 그러나 그 순간에는 그러한 모든 것들이 블랭크에게는 중요하지 않았다. 그는 순간적으로 마법에라도 걸린 듯 그녀의 얼굴에 매혹당했다. 그녀의 두 눈이 블랭크의 두 눈을 사로잡았다.

그녀의 눈동자는 회색이었다. 아니 연한 푸른색이었던가? 가느다란 눈썹은 부드러운 곡선을 이루고 있었다. 아니 쪽 곧은 선이었던가? 그녀의 코는, 뭐라고 해야 할까? 이집트인의 코라고 해야 할까? 고대의 대리석 조각이나 부조에 등장하는 코라고 해야 할까? 턱은 지금 그 여자가 신고 있는 샌들처럼 길었다. 그 턱은 황홀하다고 해야 할까 아니면 차라리 남성적이라고 해야 할까? 새뮤얼이 얘기한 대로 아름다운 여자는 아니었다. 그러나 그녀에게는 뭔가가 있었다. 그것은 좋은 것일까? 좀 더 겪어봐야 알 일이었다.

블랭크는 일요일 정오에 아직도 토요일 밤의 드레스를 입고 앉아 있는 여자의 몸과 얼굴이 피로로 얼룩져 있다는 인상을 받았다. 그녀의 태도에는 노곤함이 엿보였고, 피부는 핼쑥했으며, 눈 밑에는 희미하긴 했지만 분명히 진홍색 그늘이 드리워져 있었다. 그녀에게서는 오랜 시간의 유흥의 냄새가 났고 탈색된 음성에는 간밤에 소모한 감정과 열정으로 인한 피로감이 배어 있었다.

플로렌스와 새뮤얼은 즉시 '검은 것이 아름답다.'는 구호에 관한 그녀의 견해를 반박하기 시작했다. 블랭크는 그 여자가 이 반박에 어떤 반응을 나타내는지를 주의 깊게 살펴보았다. 그는 곧 그녀가 침착한 태도를 취할 줄 아는 여자라는 것을 알게 되었다. 그녀는 몸을 꼬지도 않았고 이리저리 한눈을 팔지도 않았다. 팔찌를 만지작거리거나 머리칼을 매만지거나 귀를 주물러대지도 않았다. 다만 그린 듯 꼿꼿이 앉아 있을 따름이었다. 다음 순간, 블랭크는 갑자기 그녀가 남들의 비판을 전혀 듣고 있지 않다는 것을 깨달았다. 그녀는 거기에 앉아 있는 모든 사람들로부터 완전히 떠나버린 상태였다.

그녀는 떠나가 버린 것이다. 그러나 블랭크는 어쩌면 그녀가 백일몽에 잠긴 것인지도 모른다고 생각했다. 그녀는 흔들리지 않았다. 다만 자신의 내면으로 숨어든 것뿐이었다. 그녀 자신의 생각 속에, 갈망 속에, 희망 속에 깊이 파묻혀버린 것이다. 어떤 생각을 하고 있는 것인지 짐작할 수 없는 그녀의 눈은 그들을 바라보고 있기는 했다. 그러나 블랭크는 그녀가 남들로부터 멀리 떨어진 곳에, 남들이 다가설 수 없는 자리에 물러나 있다는 느낌을 받았다.

그는 그녀의 세계로 들어가고 싶었다. 잠시 방문만이라도 할 수 있었으면 하는 기분이었다. 그녀의 세계를 둘러보고 그곳이 어떤 곳인지 알아보고 싶었다.

플로렌스는 질문을 던진 다음 대답을 기대하며 말을 중단했다. 그러나 대답은 없었다. 셀리아 먼포트는 무표정한 얼굴로, 어딘가 냉정한 눈빛으로 그녀를 바라볼 뿐이었다. 그 순간의 어색함은 블랭쉬가 세 개의 커다란 음식수레를 밀고 들어오는 바람에 무사히 넘어갔다. 수레에는 차갑고 뜨거운 요리들, 블러디메리와 로제 와인 병이 담겨 있었다.

음식은 블랭크가 예상했던 것처럼 크게 격식에 어긋나는 것들은 아니었다. 그러나 달걀 반숙은 백포도주에 담겨 있었고, 햄은 부르고뉴 소스에 들어 있었으며, 버섯 오믈렛에서는 브랜디 냄새가 났고, 호도 와플 케이크는 럼 냄새를 풍기는 메이플 시럽 안에서 헤엄을 치고 있었다.

"먹어요!"는 플로렌스의 명령이었고, "즐겨요!"는 새뮤얼의 명령이었다. 블랭크는 달걀 반숙 하나와 베이컨 한 조각을 먹고 포도주를 한 잔 마셨다. 그러고는 차가운 콘코드 포도를 들고 뒤로 물러나 앉았다. 그는 머튼 부부가 떠들어대는 얘기를 들으며, 셀리아 먼포트가 조용히 그러나 어마어마하게 많은 양의 음식을 열심히 먹어치우는 모습을 지켜보았다.

나중에 그들은 포르투갈산 브랜디를 작은 잔으로 한 잔씩 마셨다. 블랭크와 머튼 부부는 요즘에 유행하는 변덕 가운데 하나인 장식예술에 대해 산만한 얘기를 주고받았다. 그러다가 셀리아에게 견해를 묻는 질문을 던졌다. 그러자 그녀는 머리를 저었다.

"난 거기 대해선 아무것도 몰라요."

그뿐, 셀리아는 더 이상 입을 열려고 하지 않았다. 그녀는 두 손으로 브랜디 잔을 잡고 생각에 잠긴 눈으로 조용히 앉아 있을 뿐이었다. 그녀에게는 사소한 잡담을 주고받는 재간이 없었다. 누군가가 좋지 않은 날씨에 대해 불평을 하면 그녀는 아마 겸손에 대해 기나긴 설교를 늘어놓을 것이라고 블랭크는 생각했다. 이상한 여자였다. 새뮤얼이 이 여자에 대해 뭐라고 했던가? '놀랄 거야.'라고 말했다. 왜 그렇게 말했을까? 그것은 그녀의 기묘한 침묵과 외톨이로 홀로 떨어져 있는 저런 태도를 말하는 것은 아니었을까? 그렇다면 이기주의나 예의범절을 잘 모르는 사람이라고 해야 하는 것이 아닐까?

그녀는 갑자기 일어섰다. 처음으로 블랭크는 그녀를 확실히 볼 수 있게 되었다. 짐작했던 대로 그녀의 키는 컸다. 동시에 그가 짐작했던 것보다 훨씬 더 날씬했고, 더 건강했다. 셀리아는 우아하고 유연하게 움직였고, 야단스럽지 않게 절제된 몸짓을 했다.

셀리아는 머튼 부부에게 차가운 미소를 지으며 가야겠다고 말했다. 그녀는 친절하게 대해줘서 고맙다는 인사말도 했다. 플로렌스가 셀리아의 코트를 가져왔다. 투우사의 상의처럼 두텁고 화려한 실크 코트였다. 블랭크는 이제 셀리아가 토요일 이래 이스트엔드의 집으로 돌아가지 않았고, 간밤에는 한숨도 자지 않았다고 확신할 수 있게 되었다.

그녀는 문으로 갔다. 플로렌스와 새뮤얼이 기대에 찬 눈빛으로 블랭크를 돌아보았다. 블랭크가 물었다.

"집까지 바래다 줘도 되겠소?"

셀리아는 생각하는 눈빛으로 그를 바라보았다. 마침내 그녀가 대답했다.

"좋아요. 그렇게 해주세요."

머튼 부부는 재빨리 승리에 찬 눈빛으로 서로를 돌아보았다. 그들은 블랭크와 셀리아가 탄 승강기의 문이 닫힐 때까지 금속 장식이 붙은 상의를 걸치고 천치처럼 엉성한 미소를 지으며 두 남녀를 바라보고 서 있었다.

승강기 안에서 셀리아가 갑자기 물었다.

"당신도 이 아파트에 사시지요? 그렇지 않아요?"

"그래요. 21층에 살지요."

그러자 셀리아는 이렇게 말했다.

"우리 거기로 가요."

10분쯤 뒤에 셀리아는 블랭크의 아파트 침실에 와 있었다. 화려한 코트를 방바닥에 떨어뜨리고, 옷을 입은 채 그의 침대로 기어들어가 잠에 빠졌다. 블랭크는 그녀의 코트를 집어 옷걸이에 걸고, 구두를 벗겨 침대 옆에 단정히 놓아두었다. 그런 다음 침실 문을 소리 없이 닫고 거실로 나와 자신의 침대에서 자고 있는 여자에 대해서는 될 수 있는 대로 생각하지 않으려고 노력하며 일요판 《뉴욕 타임스》를 읽었다.

그가 신문을 다 읽은 시간은 오후 4시 30분이었다. 그는 침실로 들어가 그 여자를 살펴보았다. 셀리아는 베개를 얌전히 베고 자고 있었다. 숱 많은 머리칼이 침대 위에 거대한 부채처럼 펼쳐져 있었다. 그는 자극을 받았다. 그녀가 한쪽 어깨를 깔고 몸을 옆으로 세운 채 벌거숭이 팔을 껴안고 있어서 블랭크는 옷장에서 모직 담요를 꺼내 그녀의 몸을 살며시 덮어주었다. 그 다음 부엌으로 나온 그는 껍질을 벗겨 사과를 먹고, 정제 효모를 한 알 삼켰다.

한 시간 뒤에 블랭크는 셀리아의 모습을 상기해 내기 위해 노력하면서, 왜 자신이 그녀에게 이다지 매혹됐는지 알아내기 위해 애쓰면서 거실의 희미한 어둠 속에 앉아 있었다. 그녀가 자꾸만 마법사처럼 보이고, 신비스러운 요술쟁이가 연상되는 것은 아마도 아무런 꾸밈없이 늘어뜨려진 그녀의 검은 생머리 탓일 것이라는 생각이 들었다. 또한 그렇다. 블랭크는 갑자기 그 사실을 깨달았다. 그녀가 화장을 전혀 하지 않았다는 사실 때문이기도 했다. 파우더도 립스틱도, 아이새도도 바르지 않았다. 그녀의 얼굴은 자연 그대로였다.

방 안에서 셀리아가 움직이는 소리가 들렸다. 욕실 문이 닫히는 소리, 변기의 물이 내려가는 소리. 블랭크는 불을 켰다. 셀리아가 거실로 나왔을 때 그는 그녀가 구두를 신고, 머리에 빗질을 했다는 것을 알아보았다.

"지금까지 화장은 전혀 한 적이 없나요?"

그녀는 오랫동안 그를 바라보고 있다가 대답했다.

"이따금 젖꼭지에 립스틱을 발라요."

블랭크는 자신도 모르는 사이에 비웃는 듯한 미소를 지었다.

"그건 좀 이상한 취미 아닌가?"

셀리아는 그 말의 음탕스러운 의미를 곧 알아차렸다. 그녀는 특유의 감정이 탈색된 음성으로 말했다

"재미있는 아저씨, 보드카 한잔 주실 수 있어요? 스트레이트로요. 얼음도 많이 주세요. 가능하면 라임도 한 조각 같이요. 부탁

해요."

블랭크는 셀리아가 요구한 술을 두 잔 만들어 거실로 돌아왔다. 그녀는 토비아 스카르파 소파 위에 다리를 끌어 올린 자세로 앉아 있었다. 그녀의 얼굴이 불빛을 받아 부드럽게 빛났다. 잠을 자고 난 셀리아의 얼굴에서 이제 피로가 말끔히 사라졌다는 것을 블랭크는 곧 알아보았다. 그녀는 이제 생생했다. 그러나 동시에 그는 이제까지 알아보지 못했던 것을 알아보았다. 그녀의 왼쪽 팔 윗부분에 주먹만 한 상처가 붉게 부풀어 올라 있었던 것이다.

그녀는 블랭크의 손에서 술잔을 받아 들었다. 그녀의 손가락은 마치 플라스틱으로 만든 것처럼, 피가 통하지 않는 것처럼 차가웠다.

"당신 아파트가 마음에 들어요."

별거 약정에 의해서 길다 블랭크는 집 안의 골동품 대부분과 너무 많아 부담스러웠던 가구들, 벨벳 커튼과 양탄자 등을 가지고 갔다. 블랭크는 그것들이 사라진 것이 오히려 기뻤다. 아파트를 꽉 채우고 있던 그 물건들 때문에 숨이 막힐 지경이었으니까. 그는 단단한 목제 가구와 묵직한 천이 자신의 몸을 친친 동여매고 있는 것 같은 기분이었다. 그것들은 그에게 짐이 되었다가 나중에는 그를 꽁꽁 감금해 버렸다.

블랭크는 길다가 떠난 뒤 거의 텅 비어버린 아파트를 완전히 현대적인 물건들로 다시 장식했다. 크롬과 유리 제품, 검은 가죽과 플라스틱 제품, 스테인리스 스틸 제품과 에나멜 제품이 대부분이었다. 아파트는 이제 탁 트인 기분이 들었다. 숨 쉴 공간이 생겼다. 블랭크는 꼭 필요한 최소한의 가구들만을 들여놓았다. 그래서 거실의 공간은 훤히 트여 있었다. 거울로 가득한 벽면에는 그의 장난기 같은 것이 엿보였다. 그러나 그 벽 이외의 다른 공간은 깔끔하고 단순했으며 미술관처럼 품격이 있었다.

셀리아는 집 안을 둘러보며 말했다.

"방을 보니 당신은 과거를 필요로 하지 않는 사람 같군요. 과거를 묵살함으로써 과거를 파괴해 버렸어요. 대부분의 사람들은 과거를 필요로 해요. 과거의 세대들을 상기시키는 갖가지 형식과 소도구들 속에 묻혀서 살기 위해서지요. 그런 세월의 흐름 가운데 한 부분을 차지하고 있다고 생각하고, 자신 역시 그 흐름의 일부분이 될 것이라는 믿음 속에서 그들은 안전함과 의미를 발견하지요. 난 그런 건 심약하고 수치스러운 감정이라고 생각해요. 그런 세월의 끈을 끊어내고, 과거를 파괴하고, 미래를 거부하고, 자유를 쟁취하기 위해서는 힘이 필요해요. 그런데 이 방은 바로 그런 자유를 지니고 있어요. 여기에서 당신은 세월이나 과거의 끈 같은 것 없이 당신 자신만으로 존재하고 있어요. 이 방에는 감정이 없어요. 당신도 감정이 없는 분인가요?"

"아, 난 그렇게 생각하지 않소. 아마 감상벽은 없겠지요. 당신 아파트도 현대적이오? 이곳처럼 간소한가?"

"제 집은 아파트가 아니에요. 단독주택이지요. 부모님 소유예요."

"아, 부모님께서 아직 살아 계시군요?"

"예, 아직 살아 계세요."

"당신이 남동생과 같이 산다고 생각하고 있었소."

"그 아이 이름은 앤서니예요. 그냥 토니라고 부르지요. 나보다

스무 살이나 어려요. 노산이라 어머니가 좀 겁을 내셨지요. 부모님은 나와 토니가 같이 살게 하셨어요."

"그럼 부모님께선 어디 사시나요?"

셀리아는 애매모호하게 대답했다.

"아, 여기저기에서요. 이 방엔 제 마음에 들지 않는 게 하나 있어요."

"뭐지요?"

그녀는 검은 철제 촛대를 가리켰다. 열두 개의 초를 꽂을 수 있는 촛대였다. 촛대마다 흰 양초가 꽂혀 있었다. 그녀는 정서가 탈색된 목소리로 말했다.

"불이 켜 있지 않은 양초는 좋아하지 않아요. 불이 켜 있지 않은 양초는 플라스틱으로 만든 조화(造花)나 벽돌처럼 보이는 무늬를 찍은 벽지처럼 부정직한 것으로 보여요."

"그거야 간단히 해결할 수 있소."

블랭크는 일어나 초에 불을 붙였다.

"좋아요. 훨씬 낫군요."

"한잔 더 하겠소?"

"아예 술병하고 얼음그릇을 여기로 가지고 나오세요. 그러면 부엌까지 왔다 갔다 할 필요가 없을 거예요."

"그러지."

블랭크가 거실로 돌아왔을 때 세 개의 촛불이 꺼져 있었다. 셀리아가 끈 것이었다. 그녀는 자신의 술잔에 술을 더 따르고 얼음도 더 넣었다.

"우리 시간 간격을 두고 저 촛불을 끄기로 해요. 그러면 초들의 길이가 각기 달라질 거예요. 당신이 촛농이 흘러내리지 않는 초를 가지고 있다는 것이 마음에 들어요. 전 초는 좋아하지만 촛농이 흘러내려 굳는 것을 보는 건 질색이에요."

"이미 흘러가 버린 것의 잔해라서?"

"그 비슷한 거죠. 어떤 이탈리아 식당에 가면 빈 키안티 포도 주병에 초를 꽂아둔 걸 볼 수 있어요. 전 그런 너무 회고적인 취미도 싫어해요. 또 소스에 마늘이 너무 많이 들어간 것도 싫어요. 가짜는 싫어요. 모조 다이아몬드나 스펀지를 넣은 브래지어 같은 거요."

"내 아내는……. 내 옛날 아내는 그런 브래지어를 하고 다녔지. 묘한 건 그 여자는 그런 게 필요치 않았다는 거요. 가슴이 비교적 컸거든. 지금도 그렇지만."

"옛날 부인에 대해 얘기해 줘요."

"길다? 아주 편안한 여자였지. 우린 둘 다 인디애나 출신이오. 대학원에 다닐 때 블라인드 데이트에서 만났소. 내가 1년 선배였지. 우린 가끔 같이 외출을 했소. 심각할 건 없는 사이였지. 그러다가 내가 뉴욕으로 옮겨오게 되었고, 1년 뒤에 그녀도 뉴욕으로 옮겨왔소. 그때부터 다시 만나기 시작했소. 그러고는 심각한 관계가 됐지."

"어떻게 생긴 분이셨어요?"

"몸집이 컸소. 체중이 점점 불어났지. 맛있는 음식을 좋아했거든. 장모님 몸집은 엄청났소. 금발에 흔히 '미녀'라고 할 만했지. 운동도 잘했소. 수영과 테니스, 골프와 스키 등을 모두 잘했지. 자선모임 같은 데서도 일했고 이런 저런 강습 같은 데에도 열심히 다녔지. 중국 요리나 음악감상 같은 것들."

"아이는 없나요?"

"없소."

"결혼생활은 몇 년이나 했어요?"

블랭크는 셀리아를 쳐다보았다.

"맙소사. 그게 기억이 안 나다니! 아, 이제 생각 났소. 7년 아니 거의 8년이라고 해야겠군. 그래, 8년이오."

"그런데도 당신은 아이를 원치 않았어요?"

"원치 않았소."

"부인도요?"

"아내는 원했지."

"그게 이혼한 이유였나요?"

"아, 아니오. 그건 이혼과는 아무 상관도 없소. 우리가 이혼한 것은…… 글쎄, 우리가 왜 이혼했을까? 아마 성격 차이였을 거요. 우린 차츰 서로 멀어지게 됐지. 아내는 아내의 길을 가고, 난 나대로 살고, 그렇게 되어갔소."

"부인의 길은 어떤 거였는데요?"

"아주 개인적인 질문을 좋아하는군."

"그래요. 하지만 언제든지 대답을 거부하셔도 좋아요."

"글쎄, 길다는 아주 건강하고, 적응을 잘하고, 외향적이었소. 사람들을 좋아하고, 아이들을 좋아하고, 파티와 피크닉, 극장이나 교회에 가는 걸 좋아했지. 극장에서 가수나 사회자가 관객들과 같이 노래를 부르자고 제안을 하면 아내는 언제든지 큰 소리로 같이 노래를 불렀소. 그런 여자였지."

"가짜 브래지어를 차고 다니면서 다른 사람들과 어울려 큰 소리로 노래 부르는 것을 좋아하는 여자였군요."

"플라스틱으로 만든 조화도 좋아했소. 꼭 플라스틱 조화는 아니었지만. 아무튼 실크로 만든 장미를 수십 송이나 사들였소. 얘기를 해봤지만, 아내는 그게 왜 나쁘다는 건지 이해하지 못했소."

블랭크는 일어나서 세 개의 촛불을 끄고 소파로 돌아와 앉았다. 갑자기 셀리아는 블랭크 앞에 놓인 깔개로 자리를 옮겨 앉았다. 그녀는 손을 그의 무릎에 올려놓고 이렇게 물었다.

"왜 그러죠?"

블랭크는 놀라지 않았다.

"알아맞혀 봐요. 이상한 얘기요. 나 자신도 이해하기가 쉽지 않군."

"머튼 부부에게는 얘기했어요?"

"맙소사. 난 이 얘기는 아무에게도 해본 적이 없소."

"하지만 저에게는 얘기하고 싶어 하시잖아요?"

"그래요. 당신에게는 얘기하고 싶군. 당신에게 그 일을 모두 설명해 주고 싶어. 길다는 평범하고 건강한 여자였소. 섹스를 즐겼고. 나도 마찬가지였소. 우리 섹스는 아주 좋았소. 정말 훌륭했지. 아무튼 적어도 처음에는. 하지만 누구나 그렇듯이, 나이가 들어가면서는 그게 그다지 중요한 일로 여겨지지 않았소. 적어도 아내에게는 그랬지. 그렇다 해서 지금 아내를 비난하려는 건 아니오. 아내는 침대에서 아주 훌륭했고, 열광적이었으니까. 상상력은 없었는지 모르지만. 아내는 때로 날 비웃었소. 하지만 정상적이고 건강한 여자였지."

"당신은 계속해서 건강했다, 건강했다, 건강했다고 얘기하고 있어요."

"그래요? 아내는 정말 그랬으니까. 지금도 그렇고. 크고 건강한 여자요. 다리도 길고, 가슴도 크고. 피부에서는 윤이 나고. 루벤스라면 아마 아내를 좋아했을 거요. 한 3년쯤 전에 우린 바니개트에 여름 별장을 샀소. 어딘지 압니까?"

"몰라요."

"저지 해변이오. 베이헤드 남쪽. 아름다운 곳이지. 해변이 아주 좋소. 백사장이 있고, 사람도 많지 않고. 어느 날 오후에 우린 이웃 사람들을 초대해서 옥외에서 식사를 했소. 모두 술을 많이 마셨지. 우린 모두 수영복 차림이었소. 술을 마시고, 잡담도 하고, 장난도 치고 하다가 바다로 나가서 수영을 했소. 그런 다음 술이 좀 깨자 다시 먹고 마셨지. 아주 멋진 오후였소. 한 사람 두 사람 손님들은 집으로 돌아갔고 길다와 나만 남았지. 어쩌면 술에 취했기 때문인지도 모르지. 아니면 태양이나 음식, 떠들썩한 웃음 때문에 들떠서였는지도 모르고. 우린 별장으로 돌아가서 섹스를 하기로 했소. 수영복은 벗었는데 색안경은 그대로 쓰고 있었지."

"아."

"우리가 왜 그랬는지는 모르겠소. 하지만 우린 색안경을 쓴 채 섹스를 했소. 아마 재미있겠다고 생각했던 모양이오. 아무튼 우린 그 검은 색안경을 쓰고 섹스를 했소. 상대방의 눈을 볼 수 없는 채로."

"기분 좋던가요?"

"섹스 말이오? 내게 그것은 새로운 발견이었소. 새로운 문을 찾아낸 것 같았지. 길다는 아마 그저 재미있었다고만 생각하고는 잊어버린 것 같았소. 나는 절대로 잊을 수 없었는데 말이오. 성적으로 그렇게 흥분한 것은 처음이었소. 거기엔 뭔가 원초적이고 놀라운 것이 있었소. 설명하기는 힘들어요. 하지만 그 경험이 나를 뒤흔들었소. 난 또 그렇게 해보고 싶었소."

"하지만 부인은 그렇지 않았나요?"

"그래요. 뉴욕으로 돌아온 뒤 겨울이 되었을 때 난 아내에게 침대에서 색안경을 쓰고 하자고 말했소. 그런데 아내는 거부했지. 내가 미친 사람 같소?"

"그것으로 얘기는 끝인가요?"

"아니오. 얘기는 계속돼요. 촛불을 몇 개 더 끄고 올 테니 기다려요."

"내가 끄지요."

셀리아는 세 개의 촛불을 더 껐다. 이제 촛불은 세 개만이 남아 있었다. 타고 있는 그 세 개의 초는 촛대 바닥에 거의 달라붙을 만큼 작아져 있었다. 셀리아는 깔개 위에 다시 올라앉았다.

"계속해요."

"바니개트 별장에서 돌아온 바로 그 해 겨울이었소. 난 브렌타노에 들러 어슬렁거리고 있었소. 브렌타노에는 박물관처럼 갖가지 골동품이 많다는 건 알지요? 옛날 보석이나 산호, 원시시대의 수제품 같은 물건들이 많소. 또 아프리카 가면도 팔지. 원초적인 향취가 물씬 풍기는 물건이었소. 강렬하고 충격적인 것이었지. 아프리카 원시예술에 어떤 충격 효과가 있는지는 알 거요. 그것은 사람의 아주 깊은 곳을, 아주 신비스러운 곳을 자극하지요. 나는 길다와 그 가면을 쓴 채 섹스를 하고 싶은 충동을 느꼈소. 좀 이상한 욕구였지. 그때도 그게 좀 비정상적인 충동이라는 건 알고 있었지만 어쩔 수가 없었소. 그래서 가면을 두 개 샀지. 싼 가격이 아니었지만. 가면을 집으로 가져오자 길다는 그걸 좋아하지도 싫어하지도 않았소. 하지만 내가 그 가면을 복도 한쪽에 거는 건 허락했지. 몇 주일 뒤에 우린 술을 많이 마셨는데……."

"당신이 부인에게 술을 많이 마시게 했던 거겠지요."

"그랬을 거요. 그러나 길다는 그걸 하려고 하지 않았소. 침대에서 그 가면을 쓰는 걸 거부했지. 날더러 미쳤다고 하더군. 아무튼 그 이튿날 길다는 그 가면들을 치워버렸소. 태워버렸는지도 모르고 남에게 줘버렸는지도 모르지. 집에 돌아왔더니 가면은 사라지고 없었소."

"그래서 이혼을 했어요?"

"그 가면과 색안경 때문만은 아니었소. 다른 것도 있었지. 한동안 우리는 서로 소원해졌소. 하지만 그 색안경과 가면 때문에 생겼던 일이 결정적인 작용을 했을 거요. 이상한 얘기지. 그렇지 않소?"

셀리아는 일어나서 남은 세 개의 촛불을 꺼버렸다. 초에서 연기가 피어 오르자 그녀는 손가락을 입에 넣었다가 초의 심지를 눌렀다. 그녀는 자신과 블랭크의 잔에 보드카를 더 따르고, 그 촛대를 가리키며 고개를 까딱거리며 물었다.

"이게 더 낫지요?"

"그렇군."

"담배 가진 거 있어요?"

60

"난 마른 양상추 잎으로 만든 담배를 피워요. 니코틴이 함유되지 않은 담요. 하지만 보통 담배도 있소. 어떤 걸 피우겠소?"

"독극물이 든 거요."

블랭크는 보통 담배에 불을 붙여주었다. 그녀는 일어나서 거울로 장식된 벽 앞으로 걸어가 팔짱을 끼고 섰다. 고개를 앞으로 숙이자 긴 머리칼이 그녀의 얼굴을 가렸다.

"아니요. 난 그게 이상한 얘기라고 생각하지 않아요. 당신이 미쳤다고 생각하지도 않아요. 그 색안경과 가면 말이에요. 한때 섹스는 그 자체에 신비와 힘을 지니고 있었어요. 어떤 외경의 대상이었지요. 지금은 그런 신비도, 힘도, 외경도 다 사라져버렸지만요. 오늘날에는 섹스는 그저 이런 식으로 취급되고 있어요. '우리 술을 한잔 더 할까 아니면 섹스나 한바탕 할까?' 섹스는 이제 식사 뒤의 후식 이상의 의미를 지니지 않아요. 그래서 의미를 되찾기 위해 사람들은 쾌감을 강화하려고 하지요. 사람들은 온갖 종류의 도구를 사용해요. 하지만 그런 행위는 섹스를 더욱 기계화시킬 뿐이에요. 그것은 잘못된 처방이에요. 섹스는 전적으로 육체적 쾌감만을 뜻하는 것은 아니거든요. 섹스가 주로 육체적 쾌감을 뜻한다는 생각마저도 잘못이에요. 섹스는 하나의 의식(儀式)이에요. 그러니까 섹스가 본래 지녔던 의미를 되찾게 하려면 섹스를 그 의식의 의미망 속에 되돌려놓는 길뿐이에요. 내가 '에로티카'를 발견했을 때 기뻤던 것은 바로 이런 이유 때문이었어요. 머튼 부부는 의식하지도 못한 채 오늘날에는 섹스의 심리적 만족도가 육체적 쾌감보다도 훨씬 더 중요해지고 있다는 것을 느낀 거지요. 섹스는 연극적 예술이 되어야 해요. 한때 여러 문화권에서 그런 구실을 했지요. 머튼 부부는 바로 그 연극에 필요한 소도구와 의상, 분장에 필요한 물건들을 팔기 시작한 거예요. 이건 다만 출발일 뿐이에요. 하지만 훌륭한 출발이었지요.

이제 다시 당신에 대한 얘기로 되돌아가기로 해요. 내 생각에 당신은 그 '건강하고 정상적인 부인'과의 섹스가 지루해진 거예요. 만일 그것이 아니라면 적어도 불만을 품게 된 것이라고 생각해요. 당신은 이런 생각을 하게 된 거죠. '이게 전부란 말인가? 더 이상은 없단 말인가?' 물론 더 이상의 것이 있어요. 훨씬 더 많은, 훨씬 더 중요한 것이 있지요. 당신이 아까 색안경을 쓰고 섹스를 한 다음에 그것이 '새로운 발견이었다.' '새로운 문이 열린 것 같았다.' 고 했는데, 그건 옳은 생각이었어요. 당신은 옳은 길을 찾아낸 거예요. 당신은 아프리카 가면이 '원초적이고 뭔가 충격적'이었다고 했어요. 사실상 당신은 그런 말 속에서 알려지지 않은, 간과되어 버린 섹스의 한 측면을 발견한 거예요. 심리적 충족감이죠. 그것을 의식하게 되자, 당신은 당연히 섹스의 정신적인 만족감이 육체적인 쾌감을 훨씬 능가할 수 있지 않을까 하는 생각을 하게 된 거지요. 다른 건 그만두고라도 인간의 몸에 있는 쾌락의 기관에 한계가 있다는 것은 누구나 아는 일이잖아요? 아무튼 그렇게 해서 당신은 섹스를 하나의 종교적 의식으로, 극적인 예식으로 파악하기 시작한 거지요. 그 가면은 이런 방향으로 나아가는 첫 발자국에 불과했어요. 불행히도 당신 부인은 그 방향으로 다가오지 못했지만요."

"그래요. 불행한 일이지."

"이만 가봐야겠어요."

셀리아는 갑자기 일어나더니 침실로 들어가 자신의 코트를 집어 들었다. 블랭크는 섭섭했다.

"집까지 바래다 주겠소."

"그럴 필요 없어요. 택시를 타면 돼요."

"적어도 같이 내려가서 당신이 탈 택시를 불러올 수 있게는 해 줘요."

"그러지 마세요."

"또 만나고 싶소. 전화해도 되겠소?"

"그럼요."

셀리아는 문을 나서더니, 눈 깜짝할 사이에 사라져버렸다. 아직도 방 안에는 불이 꺼진 초에서 나는 냄새와 담배 연기가 남아 있었다.

블랭크는 불을 끄고 어두운 방 안에 혼자 앉아 오랫동안 셀리아가 한 말을 생각해 보았다. 그의 내면에 있는 무엇인가가 그녀의 말에 예민하게 반응하고 있었다. 그는 비로소 지금까지 자신을 그토록 오랫동안 혼란에 빠뜨렸던 생각과 행동을 조각조각 짜맞추어 하나의 그림으로 완성할 수 있었다. 그 완성된 그림은 충격적이었다. 그러나 그는 그것을 두려워하지도 않았고 실망하지도 않았다.

지난해 늦여름 어느 날 블랭크는 침실의 거울에 비친, 햇빛에 그을은 자신의 늘씬한 몸매를 경탄하며 바라본 적이 있었다. 방에는 한밤의 희미한 불빛뿐이었다. 그의 살갗은 그 희미한 불빛 속에서도 장밋빛으로 환히 빛나고 있었다.

블랭크는 그때 팔목에 찬 시계의 황금 띠가 기이하게도 참으로 놀라운 격정을 자아낸다는 것을 발견했다. 거기에는 무엇인가가 있었다. 그로부터 1주일 뒤에 그는 여성용 허리띠를 하나 샀다. 묵직한 황금빛 사슬로 만들어진, 어떠한 길이로든 조정이 가능한 허리띠였다. 그는 자신도 이해할 수 없는 이유로 그 허리띠를 선물용으로 잘 포장해 달라고 했다.

셀리아 먼포트가 블랭크의 침대에서 잠을 자고 떠나간 지 한 시간 뒤에, 그녀가 그의 얘기를 들어주고 섹스에 관한 기나긴 이야기를 들려주고 떠난 지 한 시간 만에 그는 다시 침실의 거울 앞에 벌거벗은 몸으로 서 있었다. 침실에는 오직 밖에서 흘러들어 오는 희미한 불빛뿐이었다. 그의 팔목에는 황금 띠가 달린 손목시계가 채워져 있었고, 그의 늘씬한 허리에는 쇠사슬 허리띠가 동여져 있었다.

그는 매혹된 채 거울 속에 비친 자신의 모습을 보았다. 그는 자신의 몸을 애무하듯 쓰다듬기 시작했다.

제이비스 버챔 출판사는 사무실 건물을 소유하고 있었다. 그 건물은 9번로의 서쪽 46번가에 자리 잡고 있었고, 출판사는 그 건물의 윗부분 열다섯 개 층을 사용했다. 건물이 세워진 것은 1930년대 후반이었고, 그 시절 유행하던 피라미드 같은 거창한 모양으로 설계되었으며 록펠러 센터를 본뜬 외양을 하고 있었다.

제이비스 버챔은 무역 잡지와 교과서, 기술 잡지 등을 출판했다. 6년 전, 대니얼 블랭크가 근무를 시작했을 때에 그 회사는 129종의 서로 다른 잡지를 출판 중이었다. 잡지는 화학산업, 원유와 석유, 기계장비와 경영, 자동차와 항공 등 온갖 분야를 망라하고 있었다. 최근 들어 잡지는 더욱 늘어났다. 사무자동화와 컴퓨터 기술, 공해 문제와 해양학, 우주 탐험 등에 관련된 잡지와 연구 개발 분야에 관한 소비자 월간지 등이었다. 또한 기술 분야의 출판 클럽이 시작되었다. 회사에서는 월간이나 격월간으로 발간되고 있는 무역 잡지들을 대신할 수 있는 짤막한 주간 뉴스레터가 성공할 가능성이 있는지를 탐색 중이었다.

제이비스 버챔 출판사는 《포춘》 최근호에서 발표한 미국 내 500대 기업 가운데에서 216위를 차지했다. 회사는 1951년에 주식을 상장했고, 1962년에 3 대 1로 주식을 분할한 뒤에 주가는 뉴욕증권거래소 가격으로 스무 배나 상승했다.

블랭크는 판매국 부국장으로 고용되었다. 전직은 정기간행물 구독예약부 책임자 겸 소비자 잡지의 판매 책임자였다. 그가 제이비스 버챔으로 옮겨오기 전에 근무했던 회사에서 발간하던 세 종의 정기간행물은 그 이후에 사라져버렸다. 블랭크는 그 사실을 알고 있었다. 그는 더 좋은 직장에서, 10년 전이었다면 꿈도 꿀 수 없었던 높은 봉급을 받아내면서 살아남을 수 있었다.

그가 제이비스 버챔의 판매국에 발령을 받았을 때 나타낸 첫 반응은 간단명료했다. 그는 아내에게 이렇게 말했다.

"엉망진창이야."

블랭크의 직속상관은 판매국장으로 로버트 화이트라는 뚱뚱하고 착한 남자였다. 비서부터 우편취급실의 꼬마 소년까지 모두 그를 '바브'라고 불렀다. 블랭크는 이것이야말로 로버트 화이트가 어떤 사람인지를 알 수 있는 징표라고 생각했다.

화이트는 제이비스 버챔에서 25년 동안 근무했다. 그는 남녀를 합하여 쉰 명이 넘는 직원들에 둘러싸여 있었다. 블랭크가 보기에 여직원들은 모두 노파나 다름없었다. 그들은 모두 라벤더 향수와 위스키 냄새를 풀풀 풍겼고 지각을 했다. 누구의 생일이라는 이유로, 누가 죽었다는 이유로, 결혼했다는 이유로, 은퇴했다는 이유로 끊임없이 사무실 내에서 모금을 했다.

판매국의 주된 업무는 제이비스 버챔에게 최대의 이익을 보장하는 각 간행물의 부수를 예측하여 제작부에 알리는 것이었다. 간행물에는 주간과 격주간, 월간과 계간, 반년간과 연간 등이 있었다. 간행물들은 회사의 관리자들이 정기구독하는 경우도 있었고, 매 호 따로따로 팔리는 경우도 있었다. 신문판매대에서 팔릴 정도로 대중적인 잡지도 있었다. 대부분의 잡지들은 광고 지면을 통하여 수지타산을 맞췄다. 광고란이 전혀 없는 잡지도 있었다. 그러나 그런 잡지는 각 호에 게재된 기사의 가치에 따라 팔리는 특별한 성격의 잡지들이었다.

최대의 이익을 보장하는 발행부수를 예측하는 것은 대단히 복잡한 일이었다. 각 잡지의 과거의 판매부수와 팔릴 가능성이 있는 부수를 계산해야만 했고, 현재의 광고 지면은 물론이요 앞으로 들어올 광고의 분량을 예측하여 그것 역시 고려해야만 했다. 또한 실제로 소요되는 총 비용이 계산되어야 했다. 여기에는 사용할 종이의 질과 필요한 진행비, 컬러 도판비 등 실제 인쇄작업에 드는 비용과 우송작업과 배포에 드는 비용, 편집 예산(인건비를 포함하여)과 광고와 홍보 비용 등이 모두 계산되어야 했다.

블랭크가 이 부서에 배치되었을 당시에 이 '발행부수 예측'이라는 엄청난 작업은 주먹구구식으로 처리되고 있었다. '그럭저럭 추측하고 신에게 맡긴다.'는 식이었다. 태평한 바브 화이트의 부하직원들, 즉 노파들이 그에게 정보를 가지고 오면 그들은 회의를 하는 것인지 농담을 주고받는 것인지 알 수 없을 정도로 일관성 없는 논의를 했다. 회의가 끝나면 화이트는 흥얼흥얼 노래까지 불러가면서 케케묵은 계산자를 한 시간쯤 주물럭거리다가 마침내 제작부에 '발행부수 예측' 결과를 통보하는 것이었다.

블랭크는 즉시 이 작업 전체를 전산화해야만 하는 온갖 이유를 발견해 냈다. 그는 컴퓨터에 대한 극히 기본적인 지식밖에 지니고 있지 않았다. 전번 직장에서 컴퓨터를 사용하긴 했지만 그것은 대개 데이터를 처리하는 간단한 작업에 불과했다.

그래서 블랭크는 '컴퓨터의 승리'라는 명칭이 붙은 6개월짜리 야간강의에 등록했다. 그리하여 제이비스 버챔에서 근무하기 시작한 지 2년 만에 그는 바브 화이트에게 서른 쪽짜리 보고서를 제출했다. 그것은 판매국이 전산화되었을 때 어떠한 이점이 있을 것인지를 아주 주의 깊고 정밀하게 예견한 보고서였다.

화이트는 주말에 집으로 그 보고서를 가지고 가서 정독했다. 월요일 아침에 그는 보고서를 블랭크에게 돌려주었다. 보고서 페이지에는 커피잔을 올려놓았던 갈색의 둥근 흔적이 있었고, 어느 페이지에는 술을 쏟았는지 쭈글쭈글 주름이 져 거의 읽을 수도 없는 상태가 되어 있었다.

화이트는 점심을 먹자고 블랭크를 데리고 나가더니, 웃는 얼굴로 블랭크의 계획이 왜 합당하지 않은지를 설명했다.

"자네 그 작업을 하느라고 굉장히 공을 많이 들이고 궁리도 많이 했겠어. 하지만 자네가 잊은 게 한 가지 있어. 그것은 이 작업에 개재된 인간적인 요소야. 사람 말이야, 사람. 맙소사, 댄. 난 이놈의 일을 하느라고 각 잡지의 편집자나 광고 담당 책임자들과 거의 매일 점심을 같이 먹어야 한다네. 그 사람들이 내 친구들이지. 모두 자기네 책을 위한 계획을 가지고 있어. 대중이 좋아할 기사에 관해서, 판매부수를 획기적으로 증가시킬 수 있는 기사에 대해서, 지난해 이번 달보다 배에 달하는 엄청난 광고를 따올 수 있는 새로운 광고 세일즈에 대해서 수많은 생각을 갖고 있지. 난 그 모든 인간적인 요소들을 고려해야만 해. 이건 인간적인 요소들이 개재된 일이라 이 말이네. 그런 건 컴퓨터에 집어넣을 수 없잖아."

블랭크는 알아들었다는 듯 고개를 끄덕거렸다. 화이트와 점심 식사를 마치고 돌아와서 30분쯤 뒤에 그는 자신의 보고서 사본을 깨끗이 다시 만들어서 부회장의 책상에 올려놓았다.

한 달 뒤에 판매국에서는 태평스러운 바브 화이트가 은퇴한다는 것을 알게 되었다. 그것은 충격적인 일이었다. 대니얼 블랭크가 판매 담당 '이사'라는 직책으로 승진한다는 것도 충격적인 소식이었다. '이사'는 블랭크 스스로가 선택한 호칭이었다. 그리고 회사는 즉시 그를 이사로 임명했다.

그로부터 1년 만에 그 모든 '노파들'은 사라져버렸다. 이제 블랭크는 젊고 창백한 기술자들과 제이비스 버챔 빌딩 30층의 반을 차지한 앰록 II 컴퓨터에 둘러싸여서 살았다. 그가 예견했던 대로 컴퓨터와 데이터 프로세서는 보급에 관련된 모든 업무(정기구독 예약자 처리와 판매부수 예측)를 처리했다. 그뿐만이 아니었다. 컴퓨터는 그 업무를 너무도 재빨리 처리했기 때문에 회사에서는 컴퓨터로 봉급 계산이나 인사 관리, 나아가서는 연금 관리까지 할 수 있었다. 그 결과 제이비스 버챔은 500명 이상의 직원을 해고할 수 있었고, 이미 블랭크가 최초의 보고서에서 사려 깊게 지적한 그대로 엄청난 고액이었던 앰록 II의 연간 임대 비용은 놀라운 정도의 납세액 감소로 상쇄되었다.

블랭크는 현재 연봉 5만 5000달러를 받았고, 엄청난 금액의 예금구좌와 놀라운 이익을 보장하는 연금과 주식투자 계획을 가지고 있었다. 그는 이제 겨우 서른여섯 살이었다.

블랭크가 판매 담당 이사 자리를 차지한 지 한 달쯤 뒤에 그는 바브 화이트로부터 아주 이상한 내용의 엽서를 한 장 받았다. 엽서에는 이 말뿐이었다.

그 컴퓨터를 뭘로 먹여 살리고 있나? 하하하.

블랭크는 그게 무슨 뜻인지 알 수 없었다. 그가 컴퓨터에게 먹이고 있는 것은 당연히 제이비스 버챔이 과거에 간행해 온 모든 출판물의 판매부수와 광고 분량, 그리고 손익 계산에 관한 정보 등이었다. 화이트가 그 낡은 고물 계산자를 가지고 이제껏 그런 모든 계산을 해왔다는 것을 생각하면, 어떤 의미에서는 컴퓨터를 프로그램한 것은 바로 바브 화이트라고도 할 수 있었다. 그렇다고 하더라도 그 엽서의 의미를 알 수 없었다. 블랭크는 왜 그의 전임 직속상관이 그에게 이런 엽서를 보내야겠다고 생각하게 되었는지를 알 수 없었다.

제복을 입은 승강기 직원이 "안녕하세요, 대니얼 이사님?" 하고 인사하는 것을 듣는 것은 언제나 즐거웠다. 또한 혼자서 고급 간부용 승강기를 타고 편안히 30층까지 올라가는 것도 즐거웠다. 그의 개인 집무실은 모퉁이의 수트룸이었는데, 이쪽 벽에서 저쪽 벽까지 카펫이 깔려 있었고, 개인 연구실이 있었으며, 책상이 아니라 커다란 탁자가 놓여 있었다. 호두나무로 제작하여 골동품인 듯 보이도록 잘 손질하고 가공한, 철판으로 바닥을 붙인 거대한 물건이었다. 이런 대접은 정말 기분 좋았다.

블랭크는 자신의 개인비서로 일부러 말라빠진 서른여덟 살 난 클리크 부인을 채용했다. 그 여자는 절망적으로 직장이 필요한 처지였고, 블랭크가 직장을 제공하자 너무도 고마워했다. 그녀는 기대했던 대로 아주 능률적이었고, 아무 특색이 없는 여자라는 것이 입증되었다. 그녀에게는 몇 가지 기묘한 습관이 있었다. 그녀는 문이건 서류함이건 조금이라도 열린 틈이 보이기만 하면 당장 그 것을 닫아야 한다고 고집했다. 또한 탁자나 책상 모서리와 재떨이와 서류 등의 끝을 끊임없이 똑바로 맞추기 위해서, 적어도 모서리와 평행이 되도록 정리하거나 최소한 똑바른 각도로 배치하기 위해서 노력했다. 벽에 비스듬히 걸린 그림은 그녀가 죽어도 견디지 못하는 것 중 하나였다. 그러나 이런 것은 오직 사소한 괴벽에 불과했다.

블랭크가 사무실에 들어서면 그녀는 그의 코트와 모자를 작은 옷장에 걸 만반의 준비를 하고 기다렸다. 그가 마시는 블랙커피는 탁자 위의 작은 플라스틱 쟁반에서 수증기를 피워 올리며 기다리고 있었다. 그 커피는 건물 20층에 있는 매점에서 배달되는 것이었다.

"안녕하세요, 대니얼 이사님? 10시 30분에 연금관리부와 회의가 있습니다. 12시 30분에 용역 계약 관계 일로 애크메와 플라자에서 점심식사 약속이 있습니다. 약속을 확인하기 위해 전화를 해봤습니다만, 아직 자리에 아무도 없었습니다. 다시 확인해 보겠습니다."

그녀는 속기수첩을 내려다보며 젖은 목소리로 말했다.

"고마워요. 옷이 참 예쁘군요. 새로 샀어요?"

"아닙니다."

"연금관리부와의 회의 전까지 컴퓨터실에 가 있을 테니까. 필요하면 거기로 연락해요."

"알겠습니다, 대니얼 이사님."

클리크 부인과 관련된 한 가지 무시무시한 사실이 있었다. 그것은 사실상 블랭크가 할 일이 거의 없다는 것을 그녀가 알고 있으리라는 점이었다. 그가 이 회사에서 어쩌면 가장 중요한 부서의 일을 예측하고 관리하는 사람이라는 것은 틀림없는 사실이었다. 그러나 문자 그대로 그는 근무시간을 채울 업무를 찾아내기가 힘들 지경으로 할 일이 없었다.

블랭크는 자신이 일을 하고 있다는 인상을 줄 수는 있었다. 그와 비슷한 형편에 처한 많은 간부들이 그런 짓을 하고 있었다. 그는 간단히 따돌려도 그뿐인 점심 약속을 받아들일 수도 있었다. 서류를 들여다보며 얼굴을 찌푸리기도 하고, 머리를 설레설레 젓기도 하며 복도를 나다닐 수도 있었다. 컴퓨터 시스템에 관련된 기술적 문헌을 요구할 수도 있었다. 그것이 앰록 II에는 전혀 부적절한 문헌이라도, 제이비스 버챔의 필요에 부응하기에는 너무나 복잡한 것이라도 블랭크는 그렇게 해서 시간을 보낼 수 있었다. 잡지의 도매상과 인쇄소를 조사한다는 명목으로 무의미한 업무여행을 할 수도 있었다. 수십 개의 업계행사와 회의에 참석할 수도 있었고, 그런 행사에서 연설을 할 수도 있었으며, 행사장에서 심부름을 하는 여자아이들의 몸을 살 수도 있었다.

그러나 그런 것은 블랭크의 삶의 방식과는 어긋나는 짓들이었다. 그에게는 일이 필요했다. 그는 오랫동안 아무런 일도 하지 않고 지내는 것을 견뎌낼 수 없는 사람이었다. 그리하여 그는 자신의 제국을 확장하기로 마음먹었다. 판매국의 규모를 확장시켜 자신의 영향력과 권력을 강화시킬 수 있는 방법을 찾아내기로 한 것이다.

개인적인 삶에서도 마찬가지였다. 이혼한 뒤에 있었던 잠시 동안의 동면기(이 기간 동안 그는 분명하지 않은 까닭으로 금욕생활을 굳게 결심했다.)가 지나자 블랭크는 활발히 움직이고 싶은 욕구로 몸서리가 날 지경이었다. 활동에 대한 욕구는 셀리아 먼포트를 만난 이래 더욱 강렬해졌다. 그는 다시 한 번 외부로 통하는 전화로 그녀의 집 전화번호를 두들겨댔다.

머튼 부부네 집에서 그녀를 만나고, 그의 아파트로 온 그녀가 그의 침대에서 낮잠을 자고 간 그 일요일 이후 그는 셀리아를 만나지도 못했고, 그녀와 통화를 할 수도 없었다. 블랭크는 그녀의 집 전화번호를 전화번호부에서 찾아낼 수는 있었다. 전화번호부에는 '먼포트, C.'라고 적혀 있었다. 이스트엔드의 한 주소였다. 그러나 그가 전화를 할 때마다 전화를 받는 것은 남자였다. 그 남자는 어눌한 음성으로 늘 '먼포스'라고 발음했다.

"먼포스 양 댁입니다요."

블랭크는 그 남자가 아마도 집사이거나 경비원일 거라고 생각했다. 남자의 음성이 아주 어눌하다고는 해도 도저히 열두 살 난 소년의 목소리라고는 생각할 수 없는 어른의 목소리였던 것이다. 블랭크가 전화를 할 때마다 그 남자는 '먼포스 양은 지금 집에 안 계시는데요. 여행을 떠나셨어요.' 라고 말했다. 또한 그녀가 언제 돌아올 것인지는 알 수 없다고 말했다.

그러나 이번에는 지금까지와는 다른 대답을 했다. '먼포스 양 댁입니다요.' 하는 것은 똑같았다. 그러나 그 다음 이렇게 말하는 것이었다.

"먼포스 양이 이제 도착하셨답니다. 비행장에서 전화를 하셨는데요, 블랭크 선생님께서 괜찮으시다면 이따가 오후에 다시 한 번 전화를 달라고 전하라고 하셨습니다. 그때는 먼포스 양께서 틀림없이 댁에 계실 겁니다요."

블랭크는 들끓어오르는 희망을 품고 전화를 끊었다. 그는 자신의 본능을 믿었다. 자신의 행동의 원인을 늘 정확히 이해할 수는 없었지만, 그는 이 묘하게 뒤틀린 여자에게는 그가 찾는 무엇인가가 있다고 확신했다. 뭔가 중요한 것이 있었다. 만일 그녀가 그에게 줄 수 있는 것이 행동할 수 있는 힘과 용기라면……

대니얼 블랭크는 컴퓨터실의 넓은 로비로 들어서자 인사를 하는 접수부 직원에게 고개를 끄덕여 주었다. 그는 곧장 맞은편 문 오른쪽에 설치된 커다란 캐비닛으로 갔다. 캐비닛은 흰색 에나멜로 칠해져 있었다. 그는 살균한 방진(防塵) 가운과 모자를 꺼냈다. 그것들은 플라스틱 가방 안에 밀봉되어 있었다.

블랭크는 흰 모자를 쓰고, 방진 가운을 걸치고 제1출입구의 여닫이 문을 밀고 안으로 들어섰다. 2미터 전방에 제2출입구가 있었다. 그 사이의 공간은 '대기정화실'이라고 불렸다. 그곳은 밀폐된 공간은 아니었다. 거기에는 차가운 푸른색 형광등이 켜져 있었다. 그 등은 살균 효과를 발휘한다고 알려져 있었다. 블랭크는 잠시 멈춰 서서 컴퓨터실의 질서정연한 움직임을 지켜보았다.

앰록 II는 하루 스물네 시간 동안 잠시도 쉬지 않고 작동했다. 그 컴퓨터를 관리하는 것은 조당 스무 명으로 구성되어 하루 3교대로 일하는 3개조로 편성된 기술자들이었다. 아침 근무조에 속한 스무 명의 기술자들이 모두 규정에 따라 일회용 방진 가운과 모자를 착용하고 있는 것을 본 블랭크는 마음이 흐뭇했다. 네 남자는 스테인리스 스틸 책상가에 앉아 있었다. 흰 종이 제복을 입어 성별을 구분하기가 어려운 그 밖의 남녀 기술자들은 컴퓨터 단말기와 데이터 처리 단말기 앞에 앉아 있었다. 프린터 가운데 하나는 기나긴 기록을 출력 중이었고, 출력된 컴퓨터용 용지들은 그물 모양으로 만들어진 상자 안에 차곡차곡 쌓이고 있었다. 블랭크는 그것이 미국의 실업보험에 관련된 자료를 처리한 결과라는 것을 알고 있었다.

블랭크가 제2출입구를 밀고 그 방에 들어섰을 때 들을 수 있었던 소리는 프린터가 뱉어내는 부드러운 소리와 자료 보관 테이프가 작동하는 또 하나의 작고 부드러운 소리가 전부였다. 불필요한 소리를 내는 것을 금지하는 규정은 엄격했다. 이 넓고 번쩍이는 사무실은 물속처럼 고요했으며, 완벽한 방진설비를 갖추고 있었고, 온도와 습도가 자동으로 측정되고 조정되었다. 자동경보장치도 작동 중이었다. 상궤를 벗어나는 어떠한 자기(磁氣)에 대해서든 자동경보기는 즉각적으로 경보를 발했다. 화재란 있을 수 없었다. 흡연이 금지되어 있는 것은 물론이요, 단순히 담배나 성냥, 라이터를 소지하고 있다는 것 자체가 즉각적인 해고 사유에 해당했다. 벽면은 아무런 도료도 칠하지 않은 스테인리스 스틸이었고 전등은 살균 형광등이었다. 컴퓨터실은 아무런 장식이 없는 지하납골당이었고, 연극이 공연 중인 극장이었다. 그것은 제이비스 버챔 빌딩을 지탱하는 구조물 안에 자리 잡은 진공의 지지대(支持臺) 위에 떠 있었다.

이것들 가운데 90퍼센트는 완전히 엉터리였고 사기였다. 이곳은 핵을 연구하는 설비도 아니었고, 죽음의 바이러스를 연구하는 실험실도 아니었다. 사업 경영을 지원하는 앰록 II의 작동에는 이와 같은 철저한 보안장치 같은 것은 불필요했다. 밀폐된 일회용 방진 가운과 모자, 공기정화장치와 일상의 대화를 금하는 것 따위는 모두 불필요한 것들이었다.

그러나 대니얼 블랭크는 이 모든 규칙을 의도적으로 직접 선언했다. 컴퓨터가 설치되어 운영되기 전부터 이미 그는 제이비스 버챔의 모든 직원들에게, 나아가서는 블랭크의 상관들에게까지도, 부회장과 회장과 이사회의 이사들에게까지도 앰록 II가 하나의 외경에 찬 신비의 대상이 되리라는 것을 예상했다. 그리하여 블랭크는 컴퓨터실의 활동이 하나의 불가사의로 남겨지도록 조처했던 것이다. 그것으로 그는 제이비스 버챔이라는 조직 안에서 자신의 중요성을 확고히 뿌리내릴 수 있게 될 터였다. 그러나 그것만이 아니었다. 그것으로 그는 자신의 일을 더욱 쉽게 처리할 수 있게 될 것이었다. 예산심의 시점이 돌아올 때마다 그는 계속해서 자기 부서의 운영 예산을 확대하여 신청할 것이요, 신비스러운 컴퓨터 실의 운영이 비밀에 붙여지면 붙여질수록 그의 핑계거리는 무궁 무진할 것이었다.

블랭크는 곧장 네 명의 젊은 직원이 아주 작은 소리로 열중하여 얘기를 나누고 있는 스테인리스 스틸 책상 앞으로 다가갔다. 이들 이 그의 별동대 '엑스 원'이었다. 아침 근무조 가운데 가장 유능한 기술자들이 바로 그들이었다. 블랭크는 그들에게 특별한 임무를 부여했다. 그 임무는 아직은 이 방 안에서마저 '1급 비밀'로 취급 되고 있었다.

어쩌면 그것은 블랭크의 권태로움으로부터 시작된 일인지도 몰랐다. 그는 판매국의 중요성을 제고시키고, 그의 영향력과 권력 을 확장시키고자 하는 욕망을 느꼈다. 그러기 위해서 그는 자신이 중요한 한 가지 책임을 거머쥐어야 한다고 결심하기에 이르렀다. 그 책임은 제이비스 버챔에서 발간되는 모든 정기간행물의 기사 지면과 광고 지면의 비율을 결정하는 책임이었다. 1년 전까지만 해도 이 비율은 인쇄 능력의 한계로 인해 구멍구구식으로 결정되 었다. 당시의 인쇄 능력으로는 페이지의 확대가 여덟 페이지, 열 여섯 페이지 하는 식으로 2배수로 결정되는 수밖에 없었다.

그러나 인쇄기술의 발달로 간행물의 페이지는 얼마든지 임의 로 결정할 수 있게 되었다. 열다섯 페이지, 마흔일곱 페이지, 일흔 여섯 페이지나 103페이지, 241페이지 등으로 원하는 분량의 지면 을 각기 다른 질의 종이를 뒤섞어서 얼마든지 인쇄할 수 있었다. 잡지의 편집자들은 기사 지면을 조금이라도 더 확보하기 위하여 읽을 거리가 많아야만 독자들이 좋아한다고 주장하면서(그런 주장은 옳았고 때로는 틀렸다.) 끊임없이 논쟁의 길을 걸어왔다.

그러나 거기에는 분명한 한계가 있었다. 그것은 종이에 드는 비용이었다. 또 하나의 한계는 인쇄에 걸리는 시간이었다. 편집자들은 제작부와 끊임없이 잡지의 두께 때문에 논쟁을 벌였다. 블랭크는 그 논쟁으로 생긴 틈에 부드럽게 끼어들 기회를 포착할 수 있을 것이라고 생각하기에 이르렀다. 그는 앰록 II가 최대한의 이익을 보장할 수 있는 기사 지면과 광고 지면의 비율을 결정하게 하자고 제안할 수 있을 것이었다.

블랭크는 자신이 강하고 요란한 반대에 직면하게 되리라는 것을 알고 있었다. 편집자들은 그것이 자신들의 창조적인 업무에 대한 침해라고 주장할 것이 틀림없었다. 또한 제작부서에서는 자신들의 힘이 약화될 것을 우려하여 반대의 목청을 높일 것이 분명했다. 그러나 블랭크는 멋진 계획서를 작성하여 제시할 수만 있다면, 31층의 멋진 사무실 사이를 오가는 약삭빠른 작자들을 이겨낼 수 있을 것이라고 확신했다. 그렇게만 되면 그가, 물론 앰록 II와 더불어 모든 잡지의 기사 분량을 결정할 수 있게 될 것이었다. 그리고 그 지점으로부터 블랭크의 최종적인 목표까지는 한 걸음이었다. 그 최종적인 목표란 바로 앰록 II가 모든 잡지 기사의 내용까지 결정하게 하는 것이었다. 그것은 충분히 가능한 일이었다.

그러나 그 모든 것은 앞으로의 일이었다. 지금 당장은 별동대 엑스 원이 한 가지 프로그램에 대해 논의하고 있었다. 그것은 앰록 II가 제이비스 버챔이 발간하는 모든 잡지가 최대한의 이익을 창출할 수 있는 기사와 광고 지면의 비율을 결정할 수 있게 하는 프로그램이었다. 블랭크는 별동대원들이 입을 열 때마다 시선을 옮겨 말하는 사람을 주목하며 주의 깊게 그들의 얘기를 들었다. 그러면서도 한편으로는 셀리아 먼포트가 이따금 젖꼭지에 립스틱을 바른다고 한 말이 정말일까를 생각했다.

블랭크는 오후 3시가 되기까지 최대한의 자제력을 발휘하여 기다렸다가 전화를 했다. 어눌한 음성의 집사는 잠깐만 기다리라고 말하고 전화를 떠났다가 곧 돌아왔다.

"셀리아 먼포스 양이 한 30분쯤 뒤에 다시 전화를 해주십사 하고 말씀하십니다요."

블랭크는 의아스러운 기분으로 전화를 끊고 자신의 사무실을 서성거리기도 하고, 개인 냉장고에서 차디찬 배를 꺼내 먹기도 하면서 시간을 보낸 다음 정확히 30분 뒤에 다시 전화를 했다. 이번에는 셀리아와 통화할 수 있었다.

"안녕하시오? 어떻게 지냈소?"

(이 여자를 뭐라고 불러야 할까? '셀리아'라고 친근하게 불러야 할까 아니면 격식을 갖춰 '셀리아 먼포트 양'이라고 불러야 할까?)

"좋았어요. 당신은요?"

"잘 지냈소. 전화를 해도 좋다고 해서."

"물론이에요."

"어디 시골에라도 갔다 왔소?"

"아뇨. 해외에 다녀왔어요. 사마라예요."

블랭크는 그녀가 자신을 영리한 사람이라고 생각해 주기를 바라며 이렇게 말했다.

"그래요? 무슨 약속이라도 있었소?"

"그 비슷해요."

"그런데 그 사마라라는 곳이 정확히 어디요?"

"이라크에 있어요. 거기엔 하루만 있었어요. 사실은 부모님을 뵈러 갔던 거예요. 지금 마라케시에 계시거든요."

"부모님은 건강하시오?"

블랭크는 예의 바르게 물었다. 셀리아의 대답은 무미건조했다.

"그저 그렇죠. 그분들은 지난 30년 동안 변한 적이 없어요. 그러니까 그때 이래로."

"그때라는 게 언제요?"

"2차 대전 이후요. 그게 그분들의 계획을 엉망으로 만들어버렸죠."

수수께끼 같은 말이었다. 그러나 블랭크는 그 수수께끼를 파고들 생각이 없었다.

"마라케시가 사마라에서 가깝지 않은 모양이군요?"

"아, 그럼요. 마라케시는 모로코에 있어요."

"난 지리에는 어두워요. 사우스 23번가에 가기만 하면 꼭 길을 잃거든."

블랭크는 그녀가 웃을 것이라고 생각했다. 그러나 셀리아는 웃지 않았다. 그는 실망하여 입을 열었다.

"내일 밤에, 내일 밤에 머튼 부부가 칵테일 파티를 열어요. 우리를 초대했소. 파티가 시작되기 전에 당신과 함께 저녁식사를 하고 싶소. 파티는 10시에 시작되니까."

그녀는 즉시 대답했다.

"좋아요. 저희 집으로 8시까지 오세요. 집에서 술을 한잔 하고 저녁을 먹으러 나가기로 해요. 저녁을 먹은 다음에는 파티에 가고요."

블랭크는 '고맙소.' 라거나 '좋아요.' 혹은 '기대되는군.' 또는 '내일 봅시다.' 하고 말하려고 했다. 그러나 셀리아는 이미 전화를 끊은 뒤였다. 그는 끊긴 전화를 한동안 멍하니 내려다보았다.

이튿날은 금요일이었다. 블랭크는 저녁의 데이트를 준비하기 위해서 일찍 퇴근하여 집으로 돌아왔다. 그는 꽃을 보낼 것인지 말 것인지를 놓고 한동안 생각을 거듭하다가 결국 꽃을 보내지 않기로 결정했다. 셀리아가 꽃을 좋아하기는 하지만 자신의 몸을 꽃으로 치장하는 일은 결코 없으리라는 느낌이 들었기 때문이었다. 그가 지금 택할 수 있는 최선의 방법은 셀리아의 취미와 편견이 무엇인지를 알아내기까지 주의 깊게 조용히, 천천히 그녀의 주위를 맴도는 것이었다.

블랭크는 아침에 면도를 했는데도 다시 면도를 하고 정성을 다해 옷을 차려입었다. 그는 여성용 향수를 뿌렸다. 그 향수 냄새는 언제나 그를 흥분시켰다. 프랑스산 흰색 속옷을 입었다. 그것은 비키니처럼 아주 짧은 팬티였다. 그는 흰색과 푸른색의 기하학적인 무늬가 있는 실크 와이셔츠를 입고, 정교한 적갈색 무늬가 있는 널찍한 넥타이를 맸다. 양복은 푸른색 싱글이었다. 손목시계를 차고 와이셔츠에는 커프스 버튼을 달았으며, 손가락에는 묵직한 금반지를 끼었다. 그 밖에도 오른 팔목에 이름이 새겨진 황금 팔찌를 느슨하게 찼다. 그 다음 그는 '비아 베네토' 가발을 썼다.

블랭크는 그녀의 집까지 걸어가기 위해 일찍 집을 나섰다. 그다지 멀지 않은 거리였고 밤의 날씨는 쾌적했다.

블랭크의 헐렁한 검정색 코트는 가벼운 영국제 개버딘 소재였다. 라글란식의 소매와 단추가 가려지도록 처리된 앞섶과 앞주머니가 달린 디자인이었다. 주머니에는 영국식으로 코트의 안감 너머로 통하는 또 하나의 틈이 있었다. 그래서 이 코트를 입은 사람은 바지나 재킷 주머니에 손을 넣기 위해서 코트의 단추를 풀 필요가 없었다. 그냥 손을 코트 안에 감춰진 또 하나의 주머니에 넣어서 재킷 주머니 안의 입장권이나 지갑, 열쇠나 잔돈 따위를 간단히 꺼낼 수 있었다.

쾌적한 밤 공기를 들이마시며 셀리아 먼포트의 집으로 걸어가는 동안 블랭크는 코트의 은밀한 주머니에 손을 넣어 자신의 몸을 쓰다듬었다. 지나는 행인들에게는 주머니에 손을 찌른 우아하게 차려입은 신사로 보였다. 그러나 그 주머니 속에서 그는……

길다와 헤어진 지 얼마 지나지 않은 어느 토요일 밤, 블랭크는 같은 코트를 입고 타임스 광장을 지난 적이 있었다. 그는 손을 주머니에 넣은 다음 터진 틈으로 바지 앞섶을 열고 성기를 꺼냈다. 코트 자락 안에 성기를 늘어뜨린 채로 그는 행인들의 눈을 들여다보며 인파 속을 거닐었다.

셀리아 먼포트는 회색 화산암으로 지은 5층짜리 건물에 살고 있었다. 문에 매달린 초인종은 책에서 읽은 적은 있지만 본 적은 없는 물건이었다. 끈에 매달린 놋쇠 손잡이를 잡아당기면 종이 나와 소리를 울렸고 손잡이를 놓으면 종은 제 구멍으로 돌아갔다. 블랭크는 깨끗이 닦인 종을 경탄하며 바라보았다. 그 종이 매달려 있는 티크 현관문에 대해서도 경탄하지 않을 수 없었다.

티크 현관문이 열렸다. 깜짝 놀랄 만큼 키가 큰 남자가 나왔다.

그는 창백하고 호리호리한 몸집에 줄무늬 바지와 검은색의 알파카 모직 재킷을 걸치고 있었고, 재킷의 깃에는 붉은 장미가 꽂혀 있었다. 블랭크는 무슨 향수 냄새 같은 것을 맡았다. 그것은 자신의 향수가 아니었다. 그보다 훨씬 더 짙고 달콤했다.

"대니얼 블랭크일세. 셀리아 먼포트 양이 나를 기다리고 있을 텐데."

블랭크가 말하자 그 남자는 그 널찍한 문을 붙들고 선 채로 말했다.

"그렇습죠, 선생님. 저는 밸린터라고 합니다. 어서 들어오십쇼."

정말 거창한 현관이었다. 대리석이 깔린 멋진 계단이 굽이치며 2층으로 뻗어 오른 것이 보였다. 기다란 받침대에는 진홍색 국화가 꽂힌 크리스털 꽃병이 놓여 있었다. 블랭크의 예상은 옳았다. 그녀는 줄기가 긴 꽃을 좋아하는 것이 틀림없었다.

"서재에서 잠깐만 기다려주십시오, 선생님. 먼포스 양께서 곧 내려오실 겁니다."

남자는 블랭크의 모자와 코트를 받아 가지고 사라졌다. 비쩍 마르고 키가 큰 그 남자는 곧 다시 나타나 블랭크를 서재로 안내했다. 오크나무 책꽂이와 가죽장정의 책들이 가득한 방이었다.

"마실 걸 가져올깝쇼, 선생님?"

벽난로에는 장작이 타고 있었다. 잘 닦인 가죽소파 위에 그 불빛이 반사되었다. 벽난로 위에는 뜻밖에도 아주 아름답고 섬세하게 만들어진 양키 포경선 모형이 장식되어 있었다. 장작 받침대와 벽난로 연모들은 놋쇠 손잡이가 달린 검은 강철 제품들이었다.

"고맙네. 얼음만 넣은 보드카 마티니로 부탁하네."

커튼은 현란한 무늬의 비단이었다. 양탄자는, 이것이 어디에서 온 것일까? 동양 물건은 아니었다. 그리스 물건일까? 아니면 터키? 꽃으로 가득 채워진 중국산 꽃병들도 즐비했다. 인도식 병풍에는 기묘하고 뭐가 뭔지 알 수 없는 그림들이 가득했다. 금주법 시대의 칵테일 셰이커는 은 제품이었다. 그 서재는 1927년이나 1931년에서 정지해 버린 듯한 모습이었다.

"올리브를 넣을까요, 선생님? 아니면 레몬이 좋을까요?"

방 안에서는 묘한 냄새가 떠돌았다. 천장은 높았다. 검은 대들보 사이에는 토실토실한 엉덩이에 보조개가 있는 아기천사 케루빔이 그려져 있었다. 문도 창틀도 오크나무였다. 활을 잡아당기고 있는 벌거벗은 님프 조각은 청동 제품이었다. 활의 줄은 꼬아서 만든 것이었다.

"레몬으로 주게."

벽지가 발린 벽에는 새로운 사조의 예술적 취미를 엿볼 수 있는 거울이 걸려 있었다. 작은 유화는 피부도 눈도 머리칼도 거무스레한 중년여자의 누드였다. 그녀는 턱을 받치고 시선을 내리깔아 처진 젖가슴과 희미한 젖꼭지를 내려다보고 있었다. 양철통에는 만병초 이파리가 담겨 있었다. 체스판이 새겨진 작은 탁자 위에는 체스 말들이 쓰러져 있기도 하고 뒤집혀 있기도 했다. 그리고 팔걸이가 높은 검은 가죽소파에 블랭크가 이제껏 본 적이 없을 만큼 아름다운 소년이 걸터앉아 있었다.

"안녕하세요?"

소년이 말을 건넸다. 블랭크는 뻣뻣이 굳어 대꾸했다.

"안녕. 난 대니얼 블랭크란다. 네가 앤서니인 모양이구나."

"그냥 토니라고 하세요."

"토니."

"저도 아저씨를 그냥 댄이라고 불러도 돼요?"

"물론이지."

"저에게 10달러만 빌려주시겠어요, 댄?"

블랭크는 깜짝 놀라 그 소년을 좀 더 자세히 살펴보았다. 소년은 무릎을 세워 두 팔로 감싸 안고는 고개를 젖혀 그를 올려다보고 있었다.

소년은 너무나 아름다웠다. 세상에 이처럼 아름다운 소년이 있다는 것이 믿어지지 않을 정도였다. 살아 있는 소년이라고 믿어지지 않았다. 맑고 티 한 점 없는 푸른 눈, 아름다운 곡선을 이룬 입술, 아이들 특유의 기대와 순진함으로 빛나는 얼굴, 조각한 듯한 귀, 미소 짓고 있는 얼굴을 단아하게 윤곽 짓는 부드럽게 흘러내린 금빛 머리칼, 빗어놓은 듯 단아한 목. 소년에게서는 머리 위의 아기천사 케루빔이 지닌 것 같은 장밋빛 후광이 엿보였다.

"정말 무례하죠? 낯선 사람에게 10달러를 빌려달라고 하다니요. 하지만 사실대로 말씀드리자면……."

그 순간 블랭크는 긴장을 하고 곧 정신을 차렸다. 이제는 그저 넋을 잃고 소년을 바라보고만 있어서는 안 되었다. 그가 하는 말을 들어야만 했다. 블랭크의 경험에 따르면 누구든지 '사실대로 말씀드리자면'이라거나 '내가 당신에게 거짓말을 하겠습니까?'라고 말하는 사람은 거짓말쟁이거나 사기꾼, 혹은 그 둘을 겸한 사람이었다.

토니는 뻔뻔스러운 웃음을 띤 얼굴로 계속했다.

"정말 멋진 비취 핀을 발견했어요. 셀리아도 그걸 좋아할 것이 분명해요."

"물론 그럴 테지."

블랭크는 지갑에서 10달러짜리 지폐를 한 장 꺼냈다. 소년은 그에게 다가올 생각은 하지도 않았다. 할 수 없이 블랭크는 소년에게 다가가서 지폐를 건네주어야 했다.

"고마워요. 저는 매달 1일에 용돈을 받아요. 그때 돌려드릴게요."

소년은 기운이 전혀 없는 어조로 말했다. 그때 돌려주겠다고? 블랭크는 알고 있었다. 소년은 결코 돈을 돌려줄 생각 같은 건 하고 있지 않다는 것을. 그 나이 어린 미소년의 눈부신 미소 앞에서 블랭크는 갈망으로 취한 것 같은 기분이었다.

밸린터가 들어오는 바람에 블랭크는 정신을 되찾았다. 그는 마티니를 쟁반에 받쳐 들고 있지 않았다. 술잔을 손에 들고 있었다. 블랭크가 그것을 받을 때 두 사람의 손가락이 잠시 닿았다. 기대에 찼던 밤이 그의 통제에서 벗어나 멋대로 뒤흔들리기 시작하고 있었다.

셀리아 먼포트는 잠시 후에야 들어왔다. 그녀는 블랭크와 처음 만났던 날 입었던 검은색 공단 드레스와 똑같은 스타일의 드레스를 입고 있었다. 그러나 이번 드레스는 빛나는 짙은 녹색이었다. 그녀의 목에는 묵직한 은제 사슬이 걸려 있었다. 은제 사슬에는 펜던트가 달려 있었는데, 펜던트에 새겨진 것은 수신(獸神)이었다. 블랭크는 아마도 멕시코 민속에서 나온 것이 아닐까 하고 생각했다.

셀리아는 문을 지나 단정한 걸음으로 그에게 걸어오며 입을 열었다.

"사마라에 가서 시인을 한 사람 만났어요. 저도 한때 시를 쓴 적이 있지요. 그런 얘기 제가 안 했나요? 아, 안 했군요. 하지만 이제는 안 써요. 재능은 있지만 충분치는 않아요. 사마라에 있는 그 장님 시인은 천재예요. 시는 압축된 소설이지요. 저는 소설가들이 길이를 3분의 1이나 2분의 1 정도로 줄여서 자신이 전달하고자 하는 의미의 중요성을 더 강화시켜야 한다고 생각해요. 이해하시죠? 하지만 시인들의 경우는 달라요. 시인들은 길이를 너무나 압축해요. 말을 너무 아껴요. 독자들이 그 압축된 시행 속에서 시인이 의도한 바를 완전히 추출해 내기를 기대하지요."

갑자기 셀리아는 그에게 다가와 허리를 굽혀 입술에 키스했다. 그 광경을 밸린터와 소년이 음울한 얼굴로 지켜보고 있었다. 셀리아가 물었다.

"그동안 어떻게 지내셨어요?"

밸린터는 그녀에게 붉은 포도주를 가져다 주었다. 셀리아는 대니얼 옆에 놓인 가죽소파에 앉았다. 밸린터가 불을 지폈다. 불이 피어오르자 그는 벽난로 안에 장작을 하나 더 넣고 앤서니가 온몸을 꼬고 앉아 있는 팔걸이 위자 뒤에 가서 섰다.

"머튼네 파티는 아주 재미있을 거요. 사람도 많을 거고, 요란하고 떠들썩하겠지. 하지만 우리가 거기 오래 머물러 있을 필요는 없을 거요."

블랭크가 말하자 셀리아는 갑자기 엉뚱한 질문을 던졌다.

"해시시(대마초의 일종──옮긴이) 피워본 적 있어요?"

블랭크는 놀라 소년을 돌아보았다. 낮은 음성으로 대답하는 수밖에 없었다.

"한두 번 피워봤소. 아무렇지도 않더군. 그보다는 차라리 술이 낫지."

"술을 많이 드세요?"

"그렇지 않소."

소년은 하얀 플란넬 바지를 입고 흰 운동화를 신고 있었다. 흰실로 뜬 셔츠는 소매가 없어서 가느다란 팔이 그대로 드러나 있었다. 소년은 아주 느리게 몸을 움직였다. 천천히 한 다리를 들어 올려 다른 쪽 다리 위에 포개놓고 몸을 있는 대로 쭉 폈으며, 입술을 비죽 내밀었다. 셀리아 먼포트가 고개를 돌려 소년을 쳐다보았다. 두 사람 사이에 신호라도 오간 것일까?

"토니."

그 즉시 밸린터는 손을 들어 소년의 어깨 위에 올려놓으며 이렇게 말했다.

"먼포스 주인님, 공부하실 시간입니다."

"아, 제기랄."

토니의 대꾸였다. 두 사람은 나란히 걸어 방에서 나갔다. 소년은 문가에서 발을 멈추고 돌아서더니 블랭크를 향해 엄숙하게 고개를 숙였다.

"선생님을 뵙게 되어 진심으로 기뻤습니다."

소년의 인사말이었다. 그러고는 소년은 방에서 나갔다. 밸린터가 그 뒤를 따라 나가자 문이 닫혔다.

블랭크가 말했다.

"아주 멋쟁이 소년이군요. 어디 학교에 다니지요?"

셀리아는 대답하지 않았다. 블랭크는 그녀를 돌아보았다. 그녀는 술잔을 뚫어져라 들여다보고 있었다. 그녀의 기다란 손가락이 술잔의 테두리를 느릿느릿 기어 다녔다. 아무런 꾸밈도 장식도 없는 기다란 검은 머리칼이 그녀의 얼굴 양쪽 옆으로 흘러내렸다. 생각에 잠긴 단호해 보이는 얼굴이었다.

셀리아는 잔을 치우더니 갑자기 벌떡 일어섰다. 그녀는 방 안을 이리저리 서성거렸다. 블랭크는 그녀의 움직임을 따라 고개를 이쪽저쪽으로 움직였다. 셀리아는 물건을 집어 들어 들여다보다가 다시 제자리에 내려놓았다. 블랭크는 실크 드레스 속에 그녀가 걸친 것은 아무것도 없을 것이라고, 그 드레스 속에는 그녀의 알몸이 있을 것이라고 생각했다. 옷자락이 그녀의 몸에 매달렸다가 떨어졌다. 그때마다 그 섬세한 옷자락에서는 작지만 무수하게 스치는 소리가 났다.

그렇게 움직이면서 셀리아는 무슨 말인지를 혼자 중얼거리기 시작했다. 그것은 쓸모없는 무의미한 말들은 아니었다. 오히려 중요한 의미가 담긴, 독백과도 같은 말이었다. 블랭크는 그것이 미리 준비된 일종의 공연 같은 것임을 곧 알아챌 수 있었다. 그러나 그것은 연극은 아니었다. 차라리 그것은 발레였다. 그처럼 그녀의 움직임과 말은 양식화되어 있었고, 그 의미를 쉽사리 파악하기 어려웠다. 그 모든 것에도 불구하고 블랭크는 그 얘기에 열중했다. 셀리아의 동기와 의도를 알아내야만 했다. 셀리아는 말하고 있었다.

"제 부모님은 정말 서글픈 분들이에요. 역사 속에서 살고 계시죠. 하지만 그걸 어떻게 삶이라고 할 수 있겠어요? 벌써 매장된 것이나 마찬가지인 삶인걸요. 어머니의 실크 드레스 장식이나 아버지의 골프용 반바지 같은 것들……. 그분들은 복식(復飾) 연구소의 마네킹이나 마찬가지예요. 숨 쉬는 마네킹이라고 할 수 있겠죠. 저는 그분들에게서 존엄성을 찾아보려고 하지만 눈에 띄는 것이라고는……. 제가 원하는 게 뭘까요? 어쩌면 위대함 같은 것인지도 몰라요. 그래요. 전 아마 그런 걸 찾고 싶어 하는 것 같아요. 하지만 이 인생에서는 위대함을 찾을 길이 없는 것일까요? 우리가 위대함이라고 생각하는 것은 언제나 패배나 죽음과 관련 지어져 있어요. 그리스 비극을 보세요. 모스크바에서 돌아오는 나폴레옹을 생각해 보세요. 링컨은 어때요? 거기에는 초인적인 존엄성이 있어요. 고귀함이라고 할 수도 있겠죠. 그러나 그 주변에는 늘 죽음이 서성거리고 있죠. 삶이란 그것이 얼마나 고귀할 수 있든 간에 그런 존엄성을 완성해 내지는 못해요. 그렇지 않아요? 하지만 죽음은 그걸 완성해 낼 수 있어요. 케네디가 아직 살아 있다면 어떨까요? 아무도 그분의 생애를 위대한 예술과도 같은 것이라고 쓰지 않았을 거예요. 그분이 죽었기 때문에 그분의 생애는 위대한 예술과도 같은 것이 된 거예요. 시작이 있고, 중간이 있고, 끝이 있는 예술. 위대함. 죽음이 그걸 만든 거죠. 준비되셨어요? 이제 갈까요?"

셀리아는 얘기를 하다 말고 갑자기 물었다. 블랭크는 우물우물 대답했다.

"프랑스 요리 좋아해요? 예약해 뒀는데."

"뭐든 상관없어요."

그들이 식사를 하는 동안 춤이 계속되었다. 셀리아는 진수성찬을 주문했다. 두 사람은 나란히 앉아 음식을 먹었다. 얘기는 거의 하지 않은 채 그들은 먹고 마셨다. 딱 한 번 셀리아는 부드러운 송아지고기를 얇게 썰어 블랭크의 입에 넣어주었다. 그 사이에도 그녀의 다른 한 손은 그의 팔과 무릎을 붙잡고 있었다. 식사 중에 셀리아는 한 손으로 긴 머리칼을 잡아 목 뒤로 넘기느라고 분주했다. 그때마다 녹색 드레스가 그녀의 앞가슴을 꼭 눌러 그녀의 젖꼭지가 단추처럼 도드라졌다. 그들이 커피를 마시는 동안 셀리아가 다리를 꼬았다. 그녀가 다리를 드는 순간 드레스 자락이 밀려 올라갔고 그녀의 너무도 새하얀, 거의 반짝이는 듯한 매끈매끈한 넓적다리가 훤히 드러났다. 블랭크는 훌륭한 가리비, 그리고 도버 해협의 혀넙치를 연상했다.

"오페라 좋아하세요?"

셀리아의 질문은 언제나 그런 식이었다. 갑작스럽고 엉뚱했다. 블랭크는 사실대로 대답했다.

"아니. 별로 좋아하지 않아요. 너무 작위적이라서."

"그래요. 사실이에요. 인공적이에요. 하지만 그건 장치일 뿐이에요. 철사줄로 만든 싸구려 옷걸이 같은 거죠. 가수들은 그 옷걸이에 자기 목소리를 걸어놓는 거예요."

블랭크는 바보가 아니었다. 그래서 진수성찬을 앞에 놓고 앉아 있는 동안 셀리아의 미묘한 동작들을 의식하게 되었다. 그녀의 손길, 기대는 몸짓, 갑작스럽게 마치 부주의로 인해 그렇게 되는 듯 그의 뺨에 와 닿는 셀리아의 머리칼……. 이런 것들은 모두 연출된 움직임들이었고, 아까 본 셀리아의 발레 공연의 일부였다. 셀리아는 충분한 연습을 마친 발레리나였다. 블랭크는 자신의 역할은 무엇인지 짐작이 가지 않았다. 그러나 자신의 역할을 잘 해내고 싶었다.

"그 목소리, 그 강한 목소리를 들으면 저는 억제된 힘 같은 것을 느껴요. 어떤 가수들의 노래를 듣고 있자면, 거기에서 저는 아직 개봉되지 않은 예술이나 힘을 느껴요. 그러니까 이런 느낌이에요. 만일 그 가수들이 정말 자신의 힘을 다 발휘하기만 하면 우리 고막을 찢어버리고, 유리창을 깨뜨려버릴 것만 같은 느낌요. 아마 최고의 가수가 절제나 통제를 완전히 벗어던지기만 한다면 이 세계를 모두 박살 낼 수 있을 거예요. 세계를 산산조각 내서 우주 속으로 날려버릴 수 있을 거예요."

블랭크는 그녀의 기나긴 독백 때문에 보잘것없는 사람이 되어버린 것 같은 느낌이었고, 술 때문에 용감해졌다. 그래서 이렇게 힐문할 수 있었다.

"도대체 왜 그 따위 얘기를 나에게 하는 거요?"

그러자 셸리아는 그에게 다가앉았다. 한 겹의 실크만으로 가려진 그녀의 젖가슴이 그의 팔을 압박했다. 그녀는 속삭였다.

"당신에게서 바로 그런 느낌을 받으니까요. 당신에게는 이 세계를 박살 내고 산산조각 낼 수 있는 힘과 결단력이 있어요."

블랭크는 그녀를 마주 바라보았다. 그 순간 그는 셸리아의 의도를 잠깐 엿볼 수 있었고, 동시에 자신의 미래 역시 잠깐 들여다볼 수 있었다. 그는 묻고 싶었다.

"왜 나를 선택했소?"

그러나 다음 순간 그는 뜻밖에도 그런 것은 중요하지 않은 질문이라는 것을 깨달았다.

머튼네 파티는 벌써 부글부글 끓어오르고 있었다. 똑같은 붉은 벨벳으로 지은 옷을 입은 플로렌스와 새뮤얼은 문가에서 그들을 맞자마자 자신들의 중매가 성공했다는 것을 노골적으로 기뻐하는 표정이었다.

플로렌스는 "들어와요!"라고 외쳤고 새뮤얼은 "정말 기막힌 파티야!"라고 외쳤다.

"벌써 싸움이 두 건이나 벌어졌어요!"라고 플로렌스가 웃으며 말하자 새뮤얼도 너털웃음을 지으며 말했다.

"한 사람은 벌써 울음보를 터뜨렸고!"

파티는 완전히 난장판이었다. 사람들의 소용돌이 속에서 블랭크는 셀리아를 잃어버렸다. 그로부터 몇 시간 동안 그는 정신을 잃고 헤매는 남녀를 수도 없이 만나 그들의 얘기를 들어야 했다. 그들은 그의 어깨에 부딪혔다가는 몇 마디 알 수 없는 얘기를 늘어놓고 사라져버렸다. 블랭크는 마치 항구의 쓰레기통을 들여다보고 있는 것 같은 기분이었다.

어느 틈엔가 셀리아가 그의 뒤에 나타났다. 그녀의 두 손이 그의 상의 속으로 파고들었다. 그녀의 손톱이 그의 등을 찔렀다. 그녀는 속삭이며 물었다.

"자정이 되면 무슨 일이 벌어지는지 아세요?"

"무슨 일이 벌어지는데?"

"사람들이 자신의 얼굴을 벗어 던져요. 가면을 벗는 것처럼요. 그러면 그 얼굴 안에서 무엇이 나타나는지 알아요?"

"무엇이 나타나지?"

"또 다른 사람들의 얼굴이 나타나요. 계속해서 나타나요. 가면을 벗어 던질 때마다 새로운 얼굴이."

셀리아는 그를 스쳐 멀어져갔다. 블랭크는 너무나 정신이 혼란스러워 그녀를 붙잡을 수도 없었다. 그는 거울 앞에서 벌거숭이가 되고 싶었다. 그래야만 뭔가 확신을 가질 수 있을 것 같았다.

마침내, 마침내 셀리아가 다시 나타나 그를 이끌었다. 그들은 파티의 남녀 주인에게 손을 흔들어 보이고는 조용한 복도를 빠져나왔다. 두 사람 모두 숨을 몰아쉬고 있었다. 승강기 안에서 셀리아는 그의 품에 안겨 그의 귓바퀴를 깨물었다. "아!" 하고 블랭크는 낮게 신음했다. 어딘가에서 「켄터키 옛집」이라는 노래가 흘러나오고 있었다. 블랭크는 욕정으로 몸이 터져버릴 것만 같았다. 동시에 그는 자신의 삶이 위험에 빠졌다는 것을, 그리고 뭔가 무의미한 것이 되어가고 있다는 것을 느꼈다. 그는 허공에 매달려 앞뒤로 뒤흔들리고 있었다. 피톤이 얼음벽에 제대로 박혀 있지 않았다.

밸린터가 문을 열어주었다. 그의 옷깃에 꽂힌 장미는 이제 시들어 있었다. 그의 얼굴은 잘 닦아놓은 철제 냄비처럼 번쩍거렸으나 입술은 멍이 든 것처럼 보였다. 그는 벽난로 앞에 서 있는 블랭크와 셀리아에게 커피를 가져다 주었다. 그들은 벽난로 앞의 기다란 가죽소파에 앉아 타다 남은 푸른 등걸불을 바라보았다.

"더 필요한 것은 없으십니까, 먼포스 양?"

셀리아가 고개를 끄덕이자 밸린터는 사라져버렸다. 블랭크는 그를 돌아보지 않았다. 그자가 윙크라도 하면 어떻게 한단 말인가.

셀리아는 방에서 나갔다가 잠시 후에 두 개의 맥주잔과 반쯤 남은 술병을 들고 돌아왔다.

"그건 뭐요?"

"브랜디의 일종이에요. 부르고뉴산일 거예요. 조금밖에 안 남았어요. 하지만 아주 독해요."

셀리아가 잔을 채웠다. 그녀는 블랭크를 바라보며 길고 붉은 혀를 내밀어 잔의 테두리를 오랫동안 핥았다. 그 다음에야 그녀는 술잔을 블랭크에게 내밀었다. 그는 잔을 받아 기꺼이 마셨다.

"아, 정말 독하군."

"오늘 파티에 왔던 사람들 말이에요. 너무나 보잘것없는 사람들이에요. 대부분은 아마 지적이고, 예리하고, 재주도 있을 거예요. 하지만 그들에게는 기회가 주어지지 않았죠. 항복할 기회 말이에요. 뭔가 중대하고, 몸 전체를 뒤흔드는 것에 온몸을 내던질 기회요. 그 사람들은 그런 기회가 주어지기를 열망하고 있어요. 자신들이 의식하고 있는 것보다도 훨씬 더 열렬히 말이에요. 그런데 무엇에 자신을 내던져야 할까요? 환경보호운동에요? 탁아소에요? 아니면 인종차별 반대운동에요? 그 사람들은 뭔가 그 이상의 것이 필요하다는 걸 느끼고 있어요. 그리고 신은 죽어버렸죠. 그래서 그 소란함과 히스테리가 필요해진 거예요. 만일 그 사람들이 자신을 내던질 수 있는 대상을 찾아낼 수만 있다면……."

셀리아의 목소리가 희미해졌다. 블랭크는 고개를 들어 그녀를 바라보았다.

"그 대상이 뭐요?"

셀리아의 눈이 흐리멍덩해졌다.

"아, 당신도 아시잖아요."

셸리아는 소파에서 일어섰다. 블랭크도 따라 일어섰다. 그녀는 갑자기 그에게 다가와 팔을 뻗어 그의 오른쪽 눈 아래 꺼풀을 밑으로 끌어내렸다. 그녀는 한참이나 블랭크의 드러난 눈동자를 열중하여 들여다보았다.

"왜 이러는 거요?"

블랭크는 당황하여 물었다.

"당신은 그 보잘것없는 사람들하고는 전적으로 달라요."

술기운과 의구심으로 얼떨떨해진 채 블랭크는 고분고분 그녀를 따랐다. 그들은 멋진 대리석 계단을 통해서 3층으로 올라갔다. 3층에서 두 사람은 조야하게 번쩍거리는 목제 문을 통과하여 군데군데 부서진 층계 둘을 더 올라갔다. 계단에 쳐진 거미줄이 블랭크의 입술에 닿았다.

"여긴 대체 뭐 하는 곳이오?"

블랭크가 놀라 물었다.

"내가 사는 곳이에요."

셸리아는 대답하면서 갑자기 돌아섰다. 그녀가 서 있는 곳이 블랭크가 서 있는 곳보다 조금 높았다. 셸리아는 팔을 뻗어 그의 머리를 끌어당겨 그의 얼굴을 그녀의 배와 넓적다리 사이에 밀착시켰다.

그것은 음란스러운 행동을 훨씬 뛰어넘는 행위였다. 블랭크는 몸을 떨며 먼지로 뒤덮인 계단 위에 무릎을 꿇었다.

"잠깐 쉬세요."

"이래 봬도 난 등산가요."

블랭크에게는 그들의 속삭이는 말소리가 너무나 우스꽝스럽게 여겨졌다. 그래서 짧은 웃음을 터뜨렸다. 그 웃음소리가 벽에 부딪혀 메아리로 되돌아왔다.

"이건 또 뭐지?"

그는 다시 물었다.

작은 방이었다. 벽에는 칠이 되어 있지 않았다. 벽 표면은 뒤처리가 제대로 되지 않아 우툴두툴했고, 겁에 질린 짐승이 달아나기 위해서 몸부림친 흔적처럼 여기저기 긁힌 자취가 있었다. 방 안에는 철제 간이침대가 하나 놓여 있었다. 철 코일을 엮어 만든 납작한 스프링이 달린 1인용 침대였다. 침대 위에는 커버가 씌워지지 않은 얄팍한 매트리스가 올려져 있었다. 줄무늬가 있는 회색 이불은 더러웠고 군데군데 불에 탄 흔적까지 있었다.

식탁용 의자도 하나 있었다. 그것은 수십 번이나 페인트 칠을 한 듯한 낡은 물건이었다. 이곳저곳이 움푹 패여 있었고, 칼자국까지 나 있었다. 흠집이 난 곳에는 한때 칠해진 갖가지 도료가 엿보였다. 갓도 없는 벌거숭이 알전구가 먼지 덮인 전선 끝에 매달려 주황색의 빛을 희미하게 흩뿌렸다.

마룻바닥에 깔린 리놀륨은 너무도 낡아 그 무늬가 보이지 않았을 뿐만 아니라 장판 밑으로 거친 갈색 깔판이 드러나 보였다. 닫힌 문 안쪽에는 틀이 없는 거울이 걸려 있었는데, 그 거울 역시 낡고 금이 가 있었다. 간이침대 옆의 마룻바닥에 놓인 철제 재떨이에는 담배꽁초가 수북했다. 방 안에서는 곰팡이와 좀, 그리고 정액 냄새가 풍겼다.

블랭크는 의구심을 품은 채 방 안을 둘러보며 중얼거렸다.

"멋진 방이군. 마치 무대 세트 같아. 지금 당장이라도 벽이 갈라지면서 관객들이 예절 바르게 박수를 치는 광경을 볼 수 있을 것 같소. 난 어떤 연기를 해야 하지?"

"가발을 벗으세요."

셀리아의 말이었다. 블랭크는 하라는 대로 했다. 그는 마치 죽은 짐승을 바치듯이 벗은 가발을 두 손으로 들고 바보처럼 침대 옆에 섰다.

셀리아가 가까이 다가와 깨끗이 면도한 그의 머리를 두 손으로 쓰다듬었다. 그녀가 물었다.

"이 방이 마음에 들어요?"

"글쎄, 내가 상상한 사랑의 보금자리 같지는 않군."

"아, 그 이상이에요. 그런 것보다는 몇 배나 나아요. 누우세요."

조심스럽게, 그리고 내키지 않는 심정을 억제하면서 블랭크는 그 더러운 매트리스 위에 앉았다. 셀리아는 그를 가볍게 밀어 침대에 눕혔다. 그는 벌거숭이 알전구를 올려다보았다. 그 알전구의 불빛에서 후광 같은 것이 보였다. 불꽃이 수백만 개의 반짝이는 알맹이를 퍼뜨리고 있었고, 그 반짝이는 알맹이는 커졌다 작아졌다 하면서 방을 가득 채웠다.

그때 블랭크가 채 의식도 하기 전에 셀리아가 그에게 그것을 시작하고 있었다. 그는 이처럼 지적인 여자가, 이처럼 조용하고 자제력이 강한 여자가 그런 행동을 하고 있다는 것을 믿을 수 없었다. 블랭크는 너무나 놀라 두려움에 사로잡혔다. 그는 몇 차례 저항하는 몸짓을 했다. 그러나 셀리아는 낮고 조용한 음성으로 속삭이며 그 저항을 막았다. 잠시 후에는 그는 다만 거기 누워 두 눈을 감은 채 셀리아가 하는 행동을 그대로 받아들이고만 있었다.

"소리치고 싶으면 그렇게 하세요. 아무도 듣지 못해요."

셀리아가 말했다. 그러나 블랭크는 이를 악물고 참았다. 그는 온몸을 엄습해 오는 쾌락으로 죽을 것만 같았다.

블랭크는 눈을 떴다. 셀리아가 벌거숭이가 되어 옆에 누워 있었다. 그녀의 늘씬한 흰 몸은 삶은 생선처럼 맥없이 늘어져 있었다. 그녀가 능란하게 그의 옷을 벗기기 시작했다. 단추가 열리고 지퍼가 내려갔다. 옷들이 무리 없이, 자연스럽게 흘러 떨어졌다. 그로서는 거의 움직일 필요조차 없을 만큼 능란하고 자연스러운 움직임으로 셀리아는 그를 벌거숭이로 만들었다.

셀리아는 그를 이용하고 있었다. 그렇다. 그것은 이용하는 것이었다. 블랭크는 그제서야 자신의 운명이 어떻게 될 것인지를 깨닫기 시작했다. 두려움이 성적 쾌감으로 인한 실신상태 속에서 사라져버렸다. 그가 이제껏 한 번도 체험한 적이 없는 깊고 뜨거운 쾌감이었다. 셀리아의 강한 손과 메마른 혓바닥이 그의 뜨거운 몸뚱이를 샅샅이 훑어 내렸다. 셀리아가 속삭였다.

"이제 다 됐어요. 곧이에요."

블랭크는 너무나 날카롭고도 달콤한 통증을 느꼈고, 그녀가 그를 죽이고 있다는 생각까지 들었다. 그녀의 웃음소리도 들렸다. 걸걸하고 킬킬거리는 것 같은 웃음소리였다. 셀리아는 길고 검은 머리칼로 작은 매듭을 만들어 그의 성기를 팽팽하게 잡아당겼다. 성기에 상처가 나지 않은 것이 다행이었다.

그것이 끝도 없이 계속되었다. 블랭크의 의지는 해체되어 버렸다. 엄청나게 무거운 쾌감이 그를 뒤흔들었다. 그는 이것을 얻기 위해서라면 어떤 대가든 치를 것이었다. 그것은 등산 같았다. 목표가 있었고, 위험이 있었으며, 절정감이 있었고, 마침내 정상이 있었다.

얼마 후 블랭크는 셀리아의 몸을 구석구석 탐색했다. 처음으로 그는 셀리아가 겨드랑이를 면도하지 않았다는 것을 알게 되었다. 또한 땀에 젖은 그녀의 왼쪽 겨드랑이 털에서 향수 냄새를 맡았으며, 바로 그 부근에서 기묘한 모양의 작은 문신을 발견했다.

나중에 두 사람은 땀에 젖은 서로의 팔에 안겨 잠에 빠져들었다. 블랭크가 반쯤 잠에서 깨어났을 때 불이 꺼진 캄캄한 방 안에 누군가 다른 사람이 있는 것 같다는 느낌이 들었다. 복도로 통하는 문이 조금 열려 있었던 것이다. 블랭크는 반만 눈을 뜨고 방 안을 둘러보았다. 누군가가 침대 발치에 서서 그들의 뒤얽힌 몸을 내려다보고 있었다.

블랭크는 그 사람이 벌거벗고 있거나 흰 옷을 입고 있는 것 같다는 인상을 받았다. 그는 머리를 들고 슛 하는 소리를 냈다. 그 망령은 곧 사라져버렸다. 문이 소리 없이 닫혔다. 그 끔찍스러운 방 안에 블랭크는 셀리아와 단둘이 남겨졌다.

어느 날 밤, 면 이불 속에 벌거숭이 몸을 감추고 혼자 앉아서 블랭크는 어쩌면 이 세계는 다른 세계의 꿈에 불과한 것인지도 모른다는 생각에 사로잡혔다. 그것은 음미해 볼 만한 생각이었다. 어딘가 다른 위성이 있는지도 모른다. 그 위성에는 인간보다 훨씬 더 우월한 지적 능력을 소유한 이들이 살고 있을지 모른다. 그 사람들이 장난이나 놀이의 한 방법으로 공동으로 꿈을 꾸는 것인지도 모른다. 그리고 이 지구는 그 사람들의 꿈인지도 모른다. 일상 생활에서는 체험할 수 없는 온갖 환상과 기괴스러움, 사악함으로 채워진 꿈을 잠자는 동안 그저 재미를 위해서 꾸는 것인지도 모른다.

그렇다면 우리는 모두 안개요 연기다. 우리 모두는 또 다른 세계의 한밤의 환상에 지나지 않는다. 그리하여 우리는 인생을 통해서 여느 꿈처럼 비논리적이거나 너무도 현실적인 삶을 살아가는 것이다. 우리는 모두 낯선 사람들의 혼곤한 잠 속에 존재할 따름이다. 그 사람들이 잠자는 동안 꾸었던 미치광이 같은, 참으로 어처구니없는 꿈에 대해 빙긋 미소하며 깨어나는 것이 우리에게는 죽음이다.

블랭크에게는 셸리아 먼포트를 만난 이래 그의 존재가 마치 꿈속에서의 시간과 같은 무게로 변화한 듯 여겨졌다. 그 자신이 꿈속에서처럼 안개가 자욱하고, 때로는 제멋대로 흩어지는 환한 섬광 가운데에 던져진 것 같았다. 그의 인생은 온갖 잡다한 것들의 집합이 되었다. 그리하여 스스로 불합리한 꿈을 꾸기 위해 잠에 빠져들면서 블랭크는 앰록 Ⅱ가 올바르게 프로그램이 된다면 100만 분의 1초 사이에 그에게 지금 발생한 것과 같은 엄청난 결과를 초래할 수 있는 방법을 출력해 낼 수 있을까를 막연히 생각해 보았다.

셸리아 먼포트는 촛불이 밝히고 있는 공간 안으로 몸을 기울이면서 열렬히 말했다.

"아니에요, 그렇지 않아요. 악은 단순히 선의 결핍에 불과한 것이 아니에요. 그것을 단순히 어떤 결핍의 결과라고 생각하는 것은 잘못이에요. 그것은 뚜렷한 의지예요. 또 행동이에요. 어떤 사람이 자기 나라의 빈약한 자원을 중공업에 투자하는 바람에 국민들을 굶어 죽게 한다고 해서 그 사람을 악인이라고 할 수는 없잖아요. 그것은 정치적이고 경제적인 결정이니까요. 어쩌면 그 사람이 옳을 수도 있고, 어쩌면 틀릴 수도 있어요. 전 그런 일엔 흥미가 없지만요. 제가 얘기하는 건 그 사람을 악인이라고 부르는 건 잘못이라는 거예요. 악은 사실은 신앙의 일종이에요. 아까 예로 든 그 사람은 다만 좋은 의도를 지닌 바보라고 해야 할 거예요. 하지만 악인은 아니에요. 악에는 지적이고 계획적인 의도가 내포되어 있어요. 그렇게 생각하지 않아요, 대니얼?"

셀리아는 갑자기 블랭크에게 고개를 돌리며 물었다. 그의 손이 떨렸다. 붉은 포도주 몇 방울이 잔에서 흘러내렸다. 포도주 방울은 다림질하지 않은 식탁보 위에 떨어져 마치 핏방울처럼 점점 더 번져 나갔다.

"글쎄."

블랭크는 천천히 입을 열었다.

셀리아가 마련한 파티였다. 블랭크와 머튼 부부, 앤서니 먼포트가 촛불을 밝힌 거대한 식탁 주위에 둘러앉아 있었다. 동굴처럼 서늘하고 넓은 식당에 놓인 식탁은 현재 인원의 두 배가 넘는 사람도 앉을 수 있을 만큼 컸다. 뚜렷한 특징은 없지만 입에는 맞는 음식들은 밸린터와 뚱뚱하고 눈에 띨 정도로 콧수염이 난 중년의 여자가 날라왔다.

요리 접시들이 치워질 무렵, 그들은 최근에 워싱턴을 방문 중인 어떤 아프리카 신생국가의 독재자를 화제로 삼고 있었다. 흰 밧줄 장식을 단 옷을 입고 어깨에는 권총집을 달고 다니는 사람이었다.

셀리아는 고개를 설레설레 저었다.

"아니에요, 새뮤얼. 그 사람은 악인은 아니에요. 당신은 그 말을 너무 함부로 사용하고 있어요. 그 사람은 그저 멍청이일 뿐이에요. 어쩌면 욕심꾸러기인지도 모르지요. 적에 대한 복수심으로 불타는 사람일 수도 있구요. 하지만 탐욕이나 복수심은 지저분한 동기에 불과해요. 진정한 악인은 고귀함을 지니고 있는 법이에요. 모든 진정한 신앙인들이 그런 것처럼요. 진정한 신앙은 완전한 항복을 내포하고 있어요. 모든 이성을 포기하는 거지요."

"누가 악인이었지요?"

플로렌스 머튼이 물었다.

"히틀러?"

새뮤얼 머튼도 물었다. 셀리아 먼포트는 식탁 주위를 둘러보더니 천천히 입을 열었다.

"여러분은 아직도 이해를 못 하고 있어요. 저는 야심으로 인해 악행을 저지르는 사람을 말하는 것이 아니에요. 저는 악을 위해 악을 행하는 악인을 말하는 거예요. 히틀러는 아니에요. 천만에요. 내가 말하는 건 '악의 성인'이에요. 꿈을 가지고 그것을 추종하는 남자와 여자들 말이에요. 난 현대에 들어와서는 선인이건 악인이건 '성인'은 존재하지 않는다고 봐요. 하지만 그 가능성은 존재해요. 우리 모두에게도요."

"나는 이해해요. 재미있기 때문에 악행을 저지르는 사람 말이지요?"

앤서니가 큰 소리로 말하자 사람들은 모두 깜짝 놀라 그 소년을

돌아보았다. 소년의 누나 셀리아는 따뜻하게 미소를 지으며 대답
했다.

"그래, 토니. 재미로 악행을 저지르는 사람 말이야. 이제 서재로
자리를 옮겨서 커피를 마시기로 해요. 서재에는 난로도 있어요."

위층의 방에는 벌거숭이 알전구가 켜져 있었다. 그것은 마치 먼
지를 뒤집어쓴 달 같았다. 방 안에서는 썰물의 냄새, 기어 다니는
벌레들의 냄새가 났다. 어디에선가 웃음소리가 들렸다. 블랭크는
토니가 웃는 것일까 하고 생각했다. 그렇다면 토니는 왜 웃고 있
을까?

두 사람은 벌거숭이가 된 채 색안경을 끼고 서로를 바라보고 있
었다. 셀리아가 준비한 색안경이었다. 블랭크는 그녀를 바라보고
있었다. 그러나 셀리아도 그를 바라보고 있을까? 그것은 알 수 없
었다. 그러나 눈이 보이지 않는 셀리아의 얼굴은 그의 얼굴을 향
하고 있었다. 흰 얼굴에 덧붙여진 검은 안경알이 돋보였다. 블랭
크는 다시 몸이 떨리는 쾌감을 느꼈다. 기이한 일이었다.

셀리아의 입이 천천히 열렸다. 그녀의 긴 혀가 빠져나와 메마른
입술 사이에 걸렸다. 그녀는 눈을 감고 있을까? 지금 나를 바라보
고 있을까? 그는 좀 더 가까이 그녀의 얼굴을 들여다보았다. 그러
나 검은 안경알 너머로는 아무것도 보이지 않았다. 셀리아는 한
손을 넓적다리 사이에 올려놓고 있었다. 작은 거품이 그녀의 입
가장자리에 엿보였다. 그녀가 숨을 쉬는 소리가 들렸다.

블랭크는 그녀의 몸을 짓눌렀다. 셀리아는 비켜나면서 뭐라고
중얼거렸다. 그는 몇 마디는 알아들었으나 대부분은 전혀 알아들

을 수 없었다.

그는 "그게 무슨 말이지? 그게 도대체 무슨 뜻이오?" 하고 소리치고 싶었다. 그러나 그렇게 추궁하지 않았다. 그녀가 하는 말이 그의 예상을 훨씬 뛰어넘는, 회피하고 싶은 것인지도 모른다는 생각에 두려웠기 때문이었다. 블랭크는 입을 다물었다. 가만히 그녀가 중얼거리는 소리를 들었다. 그녀의 손가락이 블랭크의 살갗 위를 오르내리고 있었고, 그는 그것을 느꼈다.

셀리아의 눈을 가린 검은 안경알은 구멍이 되었다. 그 구멍은 그녀의 살과 뼈를 관통했다. 침대와 방바닥을 관통했다. 건물과 지구를 관통했다. 그리하여 마침내는 저 멀고 캄캄한 미지의 지점에 닿았다. 블랭크는 그 캄캄한 통로를 배회했다. 셀리아의 손이 그를 잡아 이끌었다.

셀리아의 중얼거림은 계속됐다. 그녀는 빙글빙글 원을 그리며 돌았고 소용돌이를 그렸다. 그러나 결코 자신이 원하는 것이 무엇인지는 말하지 않았다. 블랭크는 그것에 어떤 명칭이 있기는 한 것인지 궁금했다. 만일 거기 어떤 명칭이 있다면, 그는 그 존재를 믿을 수 있을 것이다. 만일 거기 어떤 이름도 없다면, 이름 붙일 어떤 말도 존재하지 않는다면 그것은 그가 포착할 수 있는 한계를 초월한 절대적인 현실일 것이다. 셀리아의 손에 이끌려 헤매고 다닌 저 깊은 암흑처럼 무한한 어떤 것이리라.

"그 여자에 관해 알아냈어요!"

플로렌스 머튼이 웃으며 소리쳤다. 새뮤얼 역시 기분 좋게 웃음을 터뜨렸다.

"모든 걸 다 알아내지는 못했지만, 그래도 약간은 알아냈지!"

그들은 한밤중에 블랭크의 집 앞에 나타났다. 이번에도 그들 부부는 똑같은 스웨이드로 지은 바지와 술을 단 상의를 입고 있었다. 그들을 남편과 아내라고 한다면 쉽사리 믿을 사람이 없을 것이다. 그들은 무성(無性)의 쌍둥이 같았다. 똑같이 말라깽이였고, 똑같이 새처럼 가벼웠으며, 똑같이 검은 머리칼을 빗어 올리고 있었다.

블랭크는 술이나 한잔 하자는 말로 그들을 집 안으로 안내했다. 머튼 부부는 긴 소파에 나란히 앉아 서로 손을 맞잡았다. 블랭크는 호기심에 차서 물었다.

"어떻게 알아냈는데?"

"우린 모든 걸 다 알지요!"

"사방에 스파이를 가지고 있다고."

플로렌스와 새뮤얼이 차례로 말했다. 블랭크는 웃지 않을 수 없었다. 그것은 거짓말이 아니었으니까. 플로렌스가 먼저 입을 열었다.

"돈이 아주 많아요. 그 여자의 외조부 말이에요. 석유와 강철, 게다가 엄청난 약탈품들. 하지만 그녀의 부친은 가족을 거느리고 있어요. 부친이 물려받은 건 별로 없어요. 잘생긴 외모뿐이라고나 할까요? 사람들 말로는 당시 미국에서 최고 잘생긴 남자였대요. 프린스턴에서는 그를 '멋쟁이 먼포트'라고 불렀다더군요. 하지만 졸업은 못 했어요. 어떤 여자를 임신시켰다는 이유로 쫓겨났대요. 임신한 사람이 누구라고 했지, 새뮤얼?"

"학장의 마누라라는 소문도 있고, 학장네 가정부였다는 소문도 있어. 아무튼 그 비슷한 일이 있었던 모양이야. 그 일이 벌어진 것은 그가 20대 후반일 때였어. 그 다음에 그 엄청난 석유와 강철하고 결혼했지. 루스벨트의 선거전 때 거액을 내놨대. 자기가 런던이나 파리 아니면 로마의 대사 정도로 임명될 거라고 생각했다지. 하지만 루스벨트가 정신이 나갔나? 그런 짓을 하게? 루스벨트는 그에게 '순회대사'라는 직함을 줘서 워싱턴에서 쫓아냈지. 그건 영리한 행동이었어. 셀리아 가문에서는 그것을 좋아했대. 술을 마시고, 축하를 하고 법석을 피웠다더군. 자, 이제 얘기는 유럽으로 넘어가. 셀리아가 태어난 곳은 로잔(스위스 서부 레만 호 북쪽 연안의 관광과 휴양, 학술 도시──옮긴이)이야. 그런데 그때부터 일이 고약하게 흘러갔지. 셀리아의 부모가 나치와 관계를 맺은 거야. 그래서 셀리아의 아버지는 고국에 히틀러가 굉장히 영리하고 친절한 신사라는 보고서를 보냈지. 당연히 루스벨트는 그 사람을 해고했고. 우리가 알아낸 바로는, 그때부터 그들이 고급 스타일로 놀아났다더군."

"셀리아는 어떻게 됐지? 토니는 정말 셀리아의 동생인가?"

블랭크가 묻자 플로렌스는 놀라며 물었다.

"당신도 의심했어요?"

"자네도 그걸 이상하다고 생각했군."

플로렌스가 말을 이었다.

"우리도 그걸 직접적으로 알아낼 수는 없었어요. 아는 사람이 아무도 없었으니까요."

"모든 사람들이 의심하고 있지. 하지만 그건 다만 의심에 불과해. 진실을 아는 사람은 아무도 없었어."

"토니는 어쩌면 셀리아의 아들일 수도 있어요."

플로렌스가 고개를 끄덕이며 말하자 샘도 고개를 끄덕이며 말을 이었다.

"나이로 보면 그런 추측도 가능하지. 하지만 셀리아는 결혼한 적이 없어. 그건 모두가 아는 사실이야."

"소문은 있어요."

"그 여자는 정말 이상해."

"또 밸런터는 도대체 누구죠?"

"그 사람은 셀리아하고 어떤 관계일까?"

"토니하고는요?"

"셀리아가 이곳을 떠날 때는 어디에 가는 것일까?"

"또 다쳐서 돌아온단 말이에요. 도대체 어디에서 무얼 하고 오는 걸까요?"

"왜 셀리아의 부모는 그녀가 유럽에서 사는 걸 원치 않을까?"

"그 여자, 도대체 뭐죠?"

"상관없어요. 난 셀리아를 사랑하니까."

블랭크는 중얼거렸다.

할로윈날(10월 31일) 밤에 블랭크는 매점에서 배달시킨 샐러드와 블랙커피를 먹으며 밤늦게까지 회사에서 일을 했다. 그것을 먹으면서 그는 이튿날 제작부에 제시하기로 마음먹은 최종 계획서 초안을 다시 한 번 검토했다. 마침내 제이비스 버챔이 발행하는 모든 잡지의 광고 지면과 기사 지면의 비율을 앰록 II가 결정하게 하려는 계획이 실행에 옮겨질 수 있게 된 것이다.

블랭크에게는 이 계획서 초안이 온건하고 합리적이며 설득력 있는 것으로 여겨졌다. 그러나 그는 이 초안에 사람을 흥분시키는 요소가 없다는 것을 인정해야만 했다. 열정이 없었던 것이다. 그 것은 마치 보험정책 보고서처럼 논리적이었고, 합동법률회의의 의사록처럼 지루했다. 그는 서류를 책상 위에 던져놓고 물끄러미 그것을 내려다보았다.

블랭크는 잘못이 자신에게 있다는 것을 알고 있었다. 흥미를 잃어버린 것이다. 계획 자체는 타당했다. 확실한 논거도 있었다. 그러나 블랭크에게는 그 계획이 더 이상 중요한 것으로 여겨지지 않았다.

그는 이렇게 되어버린 원인도 알고 있었다. 셸리아 먼포트였다. 그녀에 비하면, 그녀와 그의 관계에 비하면 제이비스 버챔에서의 업무는 다 큰 소년이 어린아이의 장난을 하는 것과 같았다. 바둑이나 장기보다 나을 것이 없었다. 그는 계속해서 일을 하고 규칙에 따라 움직였지만, 더 이상 아무런 흥미도 감동도 느낄 수가 없었다.

블랭크는 음울하게 앉아서 셸리아가 도대체 그를 어디로 데리고 가려는 것인지 생각을 거듭했다. 마침내 그는 일어나서 코트와 모자를 집어 들었다. 계획서 초안도, 저녁식사 찌꺼기도, 플라스틱 컵에 남은 커피도 책상 위에 그대로 남겨두었다. 고급간부 전용 승강기로 걸어가는 길에 그는 컴퓨터실의 유리창을 넘겨다보았다. 하얀 가운을 입은 야간 근무조가 코르크 바닥 위에서 천천히 움직이고 있었다. 그들은 흥미를 잃은 블랭크의 꿈, 무효가 되어버린 꿈속을 떠도는 허깨비들 같았다.

비가 돌풍 때문에 사방으로 흩날렸다. 택시는 보이지 않았다. 블랭크는 코트의 깃을 세우고 모자의 차양을 밑으로 내려 썼다. 그는 8번로를 향해 걷기 시작했다. 택시를 잡지 못하면 42번가와 1 번로의 교차점 부근에서 도심을 가로지르는 버스를 탔다가 주택 가로 가는 버스로 갈아탈 작정이었다.

네온사인이 번쩍거렸다. 포르노 상점에서는 마사지와 바디페 인팅을 광고하고 있었다. 레코드 가게에서는 계절을 앞질러 장사 를 하자는 생각으로 신기하게도 개가 짖는 소리로 녹음한 「참 반 가운 신도여」(라틴 찬송가——옮긴이)를 요란하게 틀어놓고 있었 다. 그가 지나가는 곳으로 여드름이 난 매춘부 하나가 박차를 단 부츠를 신고 다가와서 "재미 좀 볼래요?" 하고 물었다. 그는 이 병 든 지역을 잘 알고 있었다. 따라서 특별히 조심할 필요도 없었다. 그곳은 그와는 아무런 상관도 없는 지역일 따름이었다.

블랭크가 42번가의 지하철 간이역 건물로 다가가고 있을 때 한 무리의 젊은 여자들이 붉은색과 노란색, 녹색과 푸른색 파티 드레 스 차림으로 키들거리며 다가왔다. 옷자락이 바람에 날려 펄럭였 고, 기다란 머리칼이 흩날렸다. 블랭크는 저렇게 아름다운 여자들 이 이런 음침한 거리에서 무엇을 하고 있는 것인지 의아스러워 그 녀들을 쳐다보았다.

그 다음에야 블랭크는 깨달았다. 그들은 모두 소년이나 젊은 남 자들이었다. 할로윈 복장으로 레이스가 달린 공단 드레스를 입은 것뿐이었다. 게다가 피티용 슬리퍼를 신고 가발까지 쓰고 있었다. 입술에는 립스틱을 칠하고 눈화장도 했으며, 면도를 해서 매끈매끈한 다리에는 나일론 스타킹을 신고 있었다. 어깨에는 패드까지 넣은 차림이었다. 그들은 손을 휘저으며 목청껏 웃어댔다.

가느다란 손가락이 블랭크의 팔을 잡았다. 조롱하는 듯한 목소리가 그를 불렀다.

"댄!"

앤서니 먼포트였다. 그는 뒤돌아서서 블랭크를 바라보며 손을 흔들었다. 금발이 비에 젖어 불꽃처럼 번쩍거렸다. 몇 발자국 뒤를 따르고 있는 사람은 키가 크고 바짝 마른 남자, 검은색 레인코트로 몸을 감싼 밸런터였다.

블랭크는 한동안 그 자리에 우두커니 서서 그 미치광이 같은 무리들이 거리를 걸어 올라가는 것을 지켜보았다. 고함을 지르는 소리가 들렸다. 목쉰 음성이었다. 잠시 후에 그들은 모두 사라졌다. 그런데도 블랭크는 여전히 그 자리에 선 채 그들이 사라진 쪽을 바라보고 있었다.

셀리아는 하루나 이틀, 때로는 한 주일 동안 어디론가 사라져버렸다. 그녀가 어딘가로 떠나는 것이 아니라 해도 블랭크는 그녀와 통화를 할 수가 없었다. 오직 밸런터의 "먼포스 양 댁입니다요."와 그녀가 집에 없다는 말을 들을 수 있을 뿐이었다.

블랭크는 머지않아 셀리아가 집에서 사라지는 것은 언제나 두 사람이 그녀의 집 위층에서 사랑의 의식을 벌인 직후라는 것을 알게 되었다. 블랭크는 아직도 간밤의 그 빛나던 사랑과 쾌락의 기억을 간직한 채 전화를 했고, 그리하여 그녀가 어디론가 떠나버린 뒤라는 사실을, 혹은 그와 통화할 생각이 없다는 사실을 발견하게

110

되었다.

블랭크는 셀리아가 그를 조종하고 있다는 생각이 들었다. 그녀는 그의 주변에서 의미심장한 춤을 추고 있는 것이다. 셀리아는 그에게 다가와 그와 맞닿았다가 사라져버렸다. 블랭크가 쫓아가면 그녀는 웃어댔고, 그가 만지면 그를 애무해 주었으며, 그가 접근하면 그녀는 손짓으로 그를 희롱하며 뒤로 물러나버리는 것이다. 그 춤은 블랭크의 심장에 불을 붙였다.

셀리아가 나흘 만에 다시 나타난 적이 있었다. 블랭크는 그녀가 깊은 피로 때문에 몹시 지쳐 있다는 것을 알게 되었다. 그녀의 팔과 다리에는 누런 멍이 들어 있었고, 눈 아래에는 자주색의 띠가 보였다. 셀리아는 어디에 갔다 왔는지, 무엇을 하고 왔는지 말하려 하지 않았다. 그녀는 맥없이 늘어져 누워서 그의 질문에는 아무런 대꾸도 하지 않은 채 학대해 달라고 애걸했다. 화가 치밀어서 블랭크는 그녀가 하라는 대로 했다. 그러자 셀리아는 그에게 고맙다고 말했다. 그것 역시 셀리아의 계획의 일부인 것일까?

그녀는 너무나 괴상한 존재였다. 그녀는 언제나 깨끗이 단장한 모습을 하고 있었다. 깨끗이 목욕을 하고 향수를 뿌렸으며, 긴 머리칼은 잘 빗질이 되어 윤이 났고 손톱은 매끈하게 손질되어 매니큐어까지 칠해져 있었다. 그러나 어느 날 밤 블랭크의 아파트에 나타났을 때에는 심술쟁이 노파 같은 전혀 다른 모습이었다. 그가 잠시 후에 발견하게 된 사실이었는데, 그녀는 목욕도 하지 않은 채 음탕한 바람둥이처럼 굴었다. 셀리아는 조소하는 듯한 눈으로 그를 바라보며 상스러운 말을 마구 내뱉었다. 블랭크는 그녀를 제지할 수도 없었다.

셀리아는 이상한 장난을 벌이고 있었다. 어느 날 밤에는 어린아이의 옷을 입고 그의 무릎에 올라앉아 '아빠'라고 부른 적도 있었다. 또 언젠가는 그것을 어떻게 알아냈는지 황금 사슬을 사 가지고 그에게 와서는 옷을 벗고 허리에 그것을 차보라고 요구한 적도 있었다. 셀리아는 그를 때렸다. 블랭크는 그녀가 그에 대한 사랑 때문에 미쳤다고 생각한 적이 있었다. 그러나 그가 손을 뻗으면 그녀는 그 자리에 없었다.

블랭크는 무슨 일이 벌어지고 있는지를 알고 있었지만 그에 대해 아무 상관도 하지 않았다. 오직 셀리아만이 의미 있는 존재였다. 그녀는 블랭크가 알아듣지 못하는 언어로 시를 낭독했고, 낭독이 끝나면 그의 눈을 핥았다. 어느 날 밤, 블랭크는 그녀에게 키스를 하려고 했다. 아무런 욕정도 담기지 않은, 사람들이 인사를 할 때 흔히 주고받는 뺨에 하는 키스였다. 그때 셀리아는 주먹으로 그의 턱을 갈겼다. 그 다음 순간 그녀는 무릎을 꿇고 앉아 그를 애무했다.

셀리아의 독백은 결코 중단되지 않았다. 그녀는 몇 시간 동안이나 입을 다물고 앉아 있을 수 있었다. 그러다가는 갑자기 입을 열어 그에게 죄와 사랑과 악인과 신에 대해서, 성교가 어째서 성적인 것에 그치지 않고 그것을 초월해야만 하는지에 대해서 장광설을 늘어놓기 시작했다. 셀리아가 그를 훈련시키려는 이유가 무엇일까? 블랭크는 생각에 생각을 거듭했다.

거의 1주일 동안이나 셀리아는 종적을 감췄다. 그녀가 돌아오자 블랭크는 그녀를 데리고 저녁을 먹으러 나갔다. 그러나 그 밤은 편안한 밤이 되지 못했다. 셀리아는 입을 열지 않았다. 그녀는 그 자리에 없는 것이나 마찬가지였다. 꼭 한 번, 그녀는 블랭크를 똑바로 바라보았을 뿐이었다. 그 다음에는 시선을 내리깔고 오른 손 가운뎃손가락으로 테이블보를 쓰다듬고 꼬고 어루만질 따름이었다.

셀리아는 저녁식사가 끝나자마자 그를 데리고 집으로 갔다. 블랭크는 고분고분 그녀를 따라 거미줄로 뒤엉킨 계단을 올라갔다. 위층의 방에 들어가서 알전구의 붉은 불빛 아래에 벌거숭이가 되어 서자 셀리아는 그에게 아프리카 가면을 보여주었다.

그리고 그녀는 블랭크가 무엇을 해주기를 원하는지 얘기했다.

대니얼 블랭크는 '악마의 바늘'의 침니를 조금 더 기어올라 갔다. 어깨와 장갑을 낀 손바닥, 묵직한 부츠를 신은 발에 바위의 냉기가 스며들었다. 바위 균열의 안쪽은 캄캄했다. 차디찬 대기에는 습기와 죽음의 냄새가 차 있었다.

그는 주의 깊게 조금씩 전진하여 침니 꼭대기의 평평한 표면으로 올라섰다. 하루 전에 눈이 조금 내렸다는 것을 그는 알고 있었다. 그래서 그는 배낭을 끌어올린 다음 얼음도끼를 꺼내 눈을 쳐내고, 부서진 얼음덩이들을 벼랑 너머로 쓸어냈다. 그제서야 바위의 면이 드러났다. 그는 바위를 딛고 서서 사방을 둘러보았다.

하늘은 나직하게 깔려 있었다. 서쪽 하늘을 뒤덮은 구름은 눈을 잔뜩 머금고 있었다. 먹구름이 하늘을 가렸고, 바람은 예리하게 살 속을 파고들었다. 블랭크는 이것이 봄이 오기 전까지 마지막 등반이 되리라는 것을 알았다. 이 공원은 추수감사절부터 폐쇄될

113

것이다. 이곳에는 스키장도 없었다. 겨울에 암벽 등반은 너무 위험했다.

블랭크는 바위에 걸터앉아 양파 샌드위치를 먹고 커피를 마셨다. 커피는 컵에 따르는 순간 차갑게 식어버렸다. 그는 가지고 온 작은 브랜디 병을 꺼내 한 모금을 삼켰다. 뜨거운 기운이 그의 뱃속을 파고들어 새로운 혈액이 되어 혈관 속으로 흘러 들어갔다. 그는 셀리아를 생각했다.

셀리아 역시 새로운 피처럼 그의 몸속을 흘러 다녔다. 그것은 단단히 얼어붙어 있던 그의 가슴과 내장과 음부를 봄눈 녹듯이 녹였다. 셀리아가 그를 녹인 것이다. 그의 육신만이 아니었다. 그는 잠에서 깨어날 때마다 그녀의 가슴을 바로 곁에 있는 듯 느낄 수 있었다. 그는 꿈속에서도 그녀의 자태를 보았다. 그녀에 대한 사랑이 죽어 있던 그의 많은 부분을 일깨웠다. 그녀에 대한 사랑이 그의 눈을 뜨게 했다. 그 이전에는 세계는 타인들을 위해 존재하고 있었으며, 그는 그 세계를 거들떠보지도 않았다. 그녀를 만난 뒤에야 블랭크의 눈에 그 세계가 보이기 시작했다.

블랭크는 외아들이었다. 그는 소독약 냄새와 어머니의 술 냄새가 가득한 커다란 집에서 성장했다. 그의 아버지는 비교적 부유했다. 숙모로부터 유산을 상속받을 수 있었던 것이다. 아버지의 직장은 은행이었다. 그의 어머니는 술을 마셨고, 랄리크 유리잔을 수집했다. 인디애나에서의 일이었다.

집 안은 늘 평온했다. 나중에 블랭크가 그 집을 회상하려고 했을 때에는 집 안의 모든 것들이 타일로 뒤덮여 있었던 것 같은 어처구니없는 생각이 들었다. 벽도 마루도 천장도 흰색 타일로 뒤덮여 있었다. 철 제품에도 에나멜이 칠해져 있었다. 그것은 마치 번쩍이는 조명이 켜진 지하철의 굴 속 같았다. 영원히 영원히 어딘가로 달려가지만 결국 닿는 곳은 그 어디도 아닌 그런 굴. 그것은 아마도 블랭크의 백일몽 같은 것이었으리라.

블랭크는 언제나 외톨이였다. 어머니도 아버지도 그의 입술에 키스해 주는 법이 없었다. 그가 부모님에게 키스를 할 때면 부모님이 내미는 것은 언제나 입술이 아니라 뺨이었다. 그것은 흰색 타일이었다. 소년 시절의 기억 가운데 가장 행복했던 것은 흑인 하녀가 그에게 생일선물을 준 일이었다. 블랭크는 수석을 수집하고 있었는데, 하녀는 그에게 수석을 진열할 수 있는 상자를 선물했다. 하녀의 남편이 낡은 오렌지 상자로 직접 만들었다고 했다. 상자의 표면을 샌드페이퍼로 손질하고 모서리에는 얇은 검은색 천을 붙여 마감한 물건이었다. 그것은 블랭크가 원하던 것이었다. 아버지가 선물한 것은 신탁증서였다.

대학 시절에도 블랭크는 외톨이였다. 2학년 때 그는 대학촌의 한 매음굴에서 동정을 잃었다. 그로부터 대학을 졸업하기까지 2년 동안 그는 보스턴 출신의 한 유대인 처녀와 평온한 연애를 했다. 그녀는 못생겼지만 미치광이의 눈과 결코 식을 줄 모르는 육체를 지니고 있었다. 그녀가 원하는 것은 오직 섹스뿐이었다. 그야 대니얼로서도 싫을 까닭이 없는 일이었다.

블랭크는 옥석 한 조각을 발견한 적이 있었다. 그는 그것을 자신의 수석 수집실에서 정성을 다해 갈고 연마가죽으로 광을 냈다. 그것은 보석 같은 것은 아니었지만 예쁘다고 생각했다. 졸업식 날에 블랭크는 그녀에게 그 돌을 주었는데, 그녀는 이렇게 말했다.

"웃기는 녀석이야."

부모님은 그의 졸업선물로 여행권을 주었다. 유럽의 거의 모든 나라를 돌아볼 수 있는 유럽일주 여행권이었다. 스위스에서 등산을 할 시간적 여유도 충분하고, 남프랑스에서 고고학적 발굴을 할 수 있는 여유도 있는 훌륭한 여행권이었다. 그는 뉴욕의 한 호텔 침대 안에서 비행기가 출발할 시각을 기다리고 있었다. 블랭크 옆에는 그와의 마지막 쾌락을 즐기기 위해 보스턴에서 날아온 유대인 처녀가 누워 있었다. 그때 변호사한테서 전화가 걸려왔다. 졸업식에 참석했다가 집으로 돌아가던 블랭크의 부모가 고속도로에서 사고를 당해 차 안에 갇힌 채 차와 함께 불타 사망했다는 것이었다.

블랭크는 채 1분도 더 생각해 보지 않고 변호사에게 집을 팔고 부동산도 처분하라고 요구했으며, 부모의 시신은 매장해 달라고 말한 다음 자신은 유럽여행을 마치고 돌아가겠다고 말했다. 보스턴 처녀는 그가 전화에 대고 이런 얘기를 하는 것을 모두 들었다. 블랭크가 전화를 끊자 그녀는 벌써 옷을 다 차려입고 루이비통 백을 움켜쥐고는 호텔 방에서 나가버렸다. 그 이후 블랭크는 다시는 그녀를 보지 못했다. 그러나 그 해 여름은 훌륭했다.

8월 하순에야 블랭크는 고향으로 돌아갔다. 변호사를 제외하고는 어느 누구도 블랭크와 얘기를 하려고 하지 않았다. 변호사도 될 수 있는 한 그와 얘기하지 않으려 했다. 블랭크는 그런 일에 대해서는 거의 신경도 쓰지 않았다. 그는 뉴욕으로 이사를 하고 부모가 남겨준 유산으로 은행에 구좌를 만들었다. 그 다음 블루밍턴으로 돌아가서 마침내 인디애나 주립대학교 대학원에 입학할 수 있었다. 지질학과 고고학을 전공하여 이학석사 학위를 받기 위해서였다. 2년째 되는 해에 그는 길다를 만났고, 나중에 그녀와 결혼까지 하기에 이르렀다.

학위를 취득하기 두 달 전 블랭크는 그게 쓸모없는 짓이라는 결론에 도달했다. 그는 자신의 남은 생애를 먼지구덩이 속에서 보내고 싶지 않았다. 그는 돌 수집품 가운데 가장 훌륭한 비취를 길다에게 주고, 나머지 수집품은 대학교에 기증한 다음 뉴욕으로 날아갔다. 그 후 여섯 달 동안 그는 맨해튼에서 비교적 유복한 독신자 행세를 하며 지냈다. 그러자 현금이 바닥이 나고 말았다. 저금이나 주식에는 아직 손을 대지 않은 상태였다. 블랭크는 전국의 독자를 대상으로 하는 잡지 회사에서 판매부의 시시한 일자리를 얻었다. 흥미롭게도 그는 자신이 그 일을 썩 잘 해낸다는 것을 발견했다. 또한 그는 자신에게 양심의 방해를 받지 않는 야심이 있다는 것도 깨달았다. 길다가 뉴욕으로 날아오자 두 사람은 결혼했다.

블랭크는 멍청이는 아니었다. 그는 모든 것에 한 겹의 타일이 입혀진 듯했던 '메마른 정서'가 그를 죽였다는 것을 알고 있었다. 그를 죽인 것은 그것만이 아니었다. 소독약과 술 냄새에 절어 있던 집, 뺨에만 하던 키스, 랄리크 유리잔들. 다른 친구들이 사랑에 빠져 울고불고 몸부림칠 때 그는 돌을 수집했고, 부모의 장례식을 무시했다.

블랭크는 생각했다. 셀리아 먼포트가 그에게 한 일은 그의 내부에서 숨죽이고 있으면서도 결코 모습을 나타낼 수 없었던 것을 드러낸 것이었다. 이제 그는 느낄 수 있었다. 마음속 깊이 정서를 회복했고 셀리아에게 반응할 수 있었다. 그는 셀리아를 사랑할 수 있었다. 그는 셀리아를 위해 희생할 수도 있었다. 그것은 황량한 11월 오후에 들이켜는 브랜디와도 같은 뜨거운 열정이었다. 그것은 혈관 속에 뜨겁게 타오르는 불길이었다. 그것은 고양된 의식이었고, 물불을 가리지 않는 갈망과 공포, 그리고 불안에 대한 욕구였다. 그는 돌 수집품을 미련 없이 버렸을 때와 같이, 죽은 역사의 침묵 속 발언을 탐구하는 일을 미련 없이 포기했을 때와 같이 본능적으로 열렬히 이번에는 셀리아의 사랑을 갈망하고 있었다.

블랭크는 하산을 시작했다. 바위를 내려가면서도 그는 여전히 셀리아를, 그 저택 위층에서 가면을 쓴 그녀의 벌거숭이 몸을 생각했다. 많은 사람들이 오가는 장소를 걸으면서 블랭크의 코트 안에 감춰진 주머니에 손을 밀어 넣어 그의 몸을 애무하는 방법을 셀리아는 얼마나 순식간에 발견해 냈던가.

내려가는 도중 블랭크는 한쪽 발을 너무 빨리 움직였다. 한쪽 발뒤꿈치가 침니의 벽면을 떠받치고 있던 다른 쪽 발가락을 쳤다. 두 발이 모두 바위 표면에서 떨어졌고, 그의 몸은 허공에서 대롱거렸다. 뱃가죽이 땡기도록 오랫동안 그는 맞은편 바위 표면을 어깨와 손바닥으로 떠밀고 심호흡을 하기 위해 안간힘을 쓰면서, 두 눈을 꼭 감고 오직 두 팔이 버티는 힘에만 의지하여 차디찬 어둠 속에 매달려 있었다. 저 밑의 표석으로 순식간에 추락할 수도 있다는 생각 같은 것을 하지 않기 위해 그는 노력했다.

서서히 미소를 지으면서 그는 한쪽 무릎을 끌어 올려 발바닥을 맞은편 바위 표면에 힘껏 붙였다. 팔꿈치가 긴장하여 부들부들 떨렸다. 다른 쪽 발도 벽면에 붙였다. 그렇게 하여 어깨와 팔, 팔목과 손이 떠맡고 있던 중량을 덜어냈다.

그는 자신이 들어와 있는 캄캄한 구멍 위를 올려다보았다. 먹구름이 뒤덮인 하늘 한 조각이 보였다. 그는 기쁨에 찬 웃음을 터뜨렸다. 그는 안전하게 하산할 것이다. 무슨 일이라도 할 수 있을 것이다. 그는 상식을 초월하는 힘을 지니고 있었다.

제 2 장

뉴욕 경찰청 제251번 지서장 에드워드 X. 델러니는 사복 차림으로 병원 문을 밀고 들어서서, 펠트 모자(그것은 나무처럼 딱딱했다.)를 벗어 들고 접수부 직원에게 자신의 이름을 밝혔다.

소파에 몸을 내려놓고 주위를 재빨리 한번 둘러본 그는 정확한 균형을 취하여 무릎 위에 올려놓은 모자를 내려다보았다. 그것은 '관찰력 경기'였다. 그것은 원래는 델러니가 자신에게 부과한 숙제의 일종이었지만 순찰경관으로 일을 시작한 이래 30년이 지나는 사이에 즐거운 취미가 되어버렸다. 무슨 이유에서인지는 아직 알 수 없었으나 그는 의사의 호출을 받아 대기실에서 기다리는 신세가 되어 있었고, 기다리는 동안 그 오랜 '경기'를 즐기기로 마음먹었던 것이다.

왼쪽 사람: 남성. 흑인. 흑갈색 피부. 서른다섯 살가량. 신장은

대략 178센티미터, 체중은 약 72킬로그램. 검은색 곱슬머리를 짧게 깎았음. 가르마를 타지 않았음. 바둑판무늬의 스포츠 재킷, 갈색 슬랙스. 코르도반 가죽의 운동화. 매듭 없이 고리로 매는 넥타이 착용. 오른손에는 묵직한 반지. 목에는 작고 흰 흉터. 왼손 엄지와 검지 사이에는 코르크 필터가 달린 담배.

가운데 사람: 여성. 백인. 예순에서 예순다섯 살 사이. 작달막하고 뚱뚱함. 전형적인 어머니 타입. 오른손이 수전증으로 심하게 떨리고 있음. 때가 묻은 검은색 코트. 탄력이 좋은 스타킹을 신었으나 무릎에 구멍. 천으로 만든 작은 꽃 장식이 붙은 구식 모자를 썼음. 검붉은 머리칼은 가발로 추정. 신장은 약 155센티미터. 체중은 63킬로그램 정도. 턱에 조그만 종기들.

오른쪽 사람: 남성. 백인. 쉰 살 전후. 신장은 190센티미터 정도. 매우 마르고 쇠약해 보임. 칼라도 헐겁고 양복도 헐렁헐렁한 것으로 보아 최근에 체중이 급격히 감소했다는 것을 알 수 있음. 창백한 안색. 안절부절못하는 타입. 오른쪽 눈은 의안인 듯. 담뱃진으로 얼룩진 손가락으로 보아 줄담배를 피우는 사람. 아랫입술을 물어뜯는 버릇. 눈을 자주 깜빡거림.

델러니는 눈을 들어 그 사람들을 다시 한 번 살펴보았다. 그의 관찰은 거의 적중했다. 흑인 남자는 오른손에 반지를 끼고 있었다. 늙은 여자의 머리칼(혹은 가발)은 붉다기보다는 갈색에 더 가까웠다. 마른 남자는 그가 생각했던 것만큼 키가 크지는 않았다. 그러나 델러니 서장은 만일 그럴 필요가 생겨서 그 낯선 사람들을 법정에서 마주치게 된다거나 그 사람을 지목해야 하는 일이 벌어진다면 그들의 인상착의를 비교적 정확하게 묘사할 수 있었다.

사람들의 인상착의와 특징을 기억하는 데 천부적인 재질을 지닌 사람들이 있다는 것을 델러니는 알고 있었고, 자신이 그런 사람들만큼 정확하지는 못하다는 것 또한 알고 있었다. 예를 들면 251번 지서에는 한 사람을 몇 초 동안만 쳐다보고서도 신장은 3센티미터 오차범위에서, 체중은 2킬로그램 오차범위에서 정확히 짚어내는 2급 형사가 한 사람 있었다. 그런 것은 하늘이 준 특출한 재능이었다.

그러나 그에 미치지는 못한다 해도 델러니 서장에게도 상당한 재능이 있었다. 그 흑인이 넥타이를 매듭 없이 고리로 매고 있다는 것, 저 말라빠진 남자가 쉴 새 없이 눈을 깜빡인다는 것을 순식간에 알아본 것은 사소한 것 같지만 중요한 능력이었다.

델러니는 사람을 한번 보아도 그 사람의 습관과 취미, 옷을 입는 방식과 몸을 움직이고 얼굴 표정을 짓는 스타일, 걸음걸이와 말하는 방식, 담배에 불을 붙이는 방식이나 길바닥에 침을 뱉는 방식 따위를 기억했다. 그는 경찰관이었으므로 사람이 혼자 있을 때 무엇을 하는지에 대해 가장 큰 흥미를 느꼈다. 자위행위를 하는가? 코를 문지르는가? 「길버트 설리번 쇼」의 녹음방송을 듣는가? 포르노 사진을 뒤적이는가? 아니면 체스 문제를 푸는가? 또는 니체의 골치 아픈 책을 읽는가?

이런 사건이 있었다. 델러니는 그 사건을 아주 잘 기억하고 있었다. 사건이 발생했을 때 그는 사건 관할인 첼시 경찰서의 형사였다. 18개월이라는 기간 동안 세 명의 어린 소녀가 강간당하고 피살당하는 사건이 벌어졌다. 사건은 서로 다른 셋집의 지붕에서 발생했다. 경찰은 혐의자를 포착했다고 생각했다. 그들은 혐의자의 매일매일의 움직임을 도표로 만들었다. 그리하여 혐의자를 소환하여 심문했다. 그러나 얻은 것은 아무것도 없었다. 그 다음에는 혐의자의 생활을 아주 정밀하게 매우 가까이에서 관찰했다. 델러니 형사는 그때 혐의자의 집과 뜰 하나를 사이에 둔 맞은편 집 아파트에서 망원경으로 혐의자를 관찰했다. 델러니는 이제까지 한 번도 교회에 간 적이 없는 것으로 알려진 이 혐의자가, 자신이 혼자 있으며 어느 누구도 자신을 감시하고 있으리라고는 생각도 못 한 이 혐의자가 매일 밤 예수 그리스도의 초상 앞에서 무릎을 꿇고 기도를 드린다는 것을 알아냈다. 그 예수 그리스도의 초상은 보는 각도에 따라서 예수가 눈을 뜨고 있는 것처럼 보이기도 하고, 눈을 감고 있는 것처럼 보이기도 하고, 윙크를 하는 듯 보이기도 하는 이상한 그림이었다.

　델러니의 긴급한 요구를 받아들여 경찰은 다시 한 번 이 혐의자를 소환했다. 그들은 신부를 한 사람 불러와서 혐의자와 애기를 하도록 했다. 그로부터 한 시간이 채 지나지 않아 혐의자는 모든 범죄 사실을 자백했다. 그렇다. 사람들이 혼자 있을 때, 지켜보는 사람이 없다고 생각할 때 하게 되는 행위란 바로 이런 것이었다.

　그것은 마치 뇌성마비 환자의 경련과도 같은 것이었다. 그런 환자들이 자신도 어찌 할 수 없이, 자신의 의지와는 상관없이 경련하지 않을 수 없듯이 델러니는 사람을 관찰하지 않고서는 견딜 수가 없었다. 그는 혐의자가 휘파람으로 어떤 노래를 부르는지 어떤 음식을 먹는지 알고 싶었고, 혐의자의 집이 어떻게 장식되어 있는지 알고 싶었다. 그가 기혼인지 미혼인지 알고 싶었고, 몇 번이나 결혼을 했는지도 알고 싶었다. 화가 나면 자신의 개를 때리는지, 아니면 자기 마누라를 패는지도 알고 싶었다. 이런 모든 사실들이 나름대로의 언어를 지니고 있어서 그에게 말을 해주는 것이었다. 그 사람이 혼자 있다고 생각할 때 하는 행위도 중요한 말을 해주는 것은 물론이었다.

델러니 서장은 부하들에게 말하곤 했다. 한 사람이 직장에서 하는 일이나 종교와 정치에 대한 생각, 칵테일 파티 같은 데서 사람들과 얘기하는 방식 따위는 이 적대감으로 가득 찬 세상에서 살아남기 위해서 만들어낸 위장에 불과하다. 감춰진 것이야말로 더욱 뜻깊고 중요하다. 경찰의 임무는, 필요한 경우에는 엿보는 일이다. 정면에서만이 아니라 온갖 측면에서 혐의자를 관찰하여 그의 은밀한 욕구와 자신도 모르는 사이에 하게 되는 행위들을 파악하는 일이다.

"박사님께서 들어오시랍니다."

접수부 직원이 미소 띤 얼굴로 그에게 말했다. 델러니는 고개를 끄덕이고 모자를 집어 들고 진찰실로 들어갔다. 그는 먼저 와서 더 오랫동안 기다린 것이 분명한 다른 환자들의 적의에 찬 시선은 묵살해 버리기로 했다.

루이스 버나디 박사는 책상 너머에서 일어서며 뚱뚱하고 둥그런 손을 내밀었다.

"서장님, 어서 오십시오."

"박사님, 다시 만나 반갑습니다. 건강해 보이시는군요."

델러니도 인사를 했다. 버나디 박사는 툭 불거져 나온 플란넬 조끼를 만지작거리더니 거기 붙은 녹슨 은색 단추를 잡아당겼다. 델러니의 아내 바바라가 알려준 바에 따르면 그 은제 단추는 로마 시대의 동전이었다. 박사 자신이 바바라에게 그렇게 말해 주었다는 것이었다.

버나디는 웃었다.

"다 우리 마누라의 요리 솜씨 덕분이지요. 어쩌겠습니까? 맛이 있는데 먹어줘야죠. 허허, 앉으세요. 어서 앉아요. 델러니 부인께서는 옷을 입는 중이십니다. 곧 가실 준비가 끝날 겁니다. 그러니 우린 잠시 잡담이나 합시다."

잡담이라고? 델러니는 남자들이란 얘기를 하거나 의논을 하는 법이라고 생각해 왔다. '잡담'이란 버나디 같은 사람이나 할 일이었다. 델러니 서장은 경찰 의사와는 얘기를 나눈 적이 있었다. 버나디는 30년 동안 델러니 부인의 주치의였다. 그동안 버나디는 바바라의 두 차례의 임신과 출산을 무사히 치러냈고, 간염을 치료해 줬으며, 겨우 두 달 전에는 자궁절제수술을 받고 회복하기까지 그녀를 보살펴주었다.

버나디는 몸집이 크고 둥글둥글한 남자였다. 언제나 면도를 깨끗이 하고 다녔다. 아주 상냥했다. 아첨을 하는 남자가 아니라면 아주 곰살궂은 사람이라고 할 만했다. 검은 실크 양복에서는 늘 번쩍번쩍 광채가 났고 구두는 언제나 잘 닦여 있었다. 향수를 사용하는 사람 같지는 않았지만 그에게서는 언제나 자기만족감이라는 향수 냄새가 풍겼다.

박사의 이런 모든 분위기와 정반대되는 것이 바로 그의 눈빛이었다. 그의 눈빛은 언제나 강렬하고 맑았다. 수정처럼 반짝이는 예리하고 빈틈없는 눈이었다. 그의 시선은 흔들리는 법이 없었다. 무표정한 눈빛으로 바라보고 있기만 해도 간호사가 눈물을 흘릴 정도였다.

델러니는 이 남자를 좋아하지 않았다. 그렇다 해서 버나디 박사의 직업적 기량에 의심을 품어본 적은 없었다. 그러나 델러니는 그의 잘 계산된 곰살궂음이나 은밀한 미소, 그리고 벌거숭이 대머리 따위를 결코 믿을 수 없었다. 특히 그는 박사의 콧수염에 대해 화가 났다. 박사의 윗입술 위에는 마치 사인펜으로 그려넣은 듯 반듯한 수염이 아주 정성 들여 기다랗게 가다듬어져 있었다.

델러니 서장은 그런 속내를 감추고 버나디를 그럭저럭 속여 넘기고 있었다. 그 때문에 가책을 느낀 적은 없었다. 자신이 많은 사람들을 그럭저럭 속여 넘기고 있다는 것을 알고 있었으니까. 경찰청의 뭇 상관들과 동료들, 자신이 지휘하는 경관들이 그들이었다. 기자들도 마찬가지였다. 수사관들도 그랬다. 사회학자들과 범죄병리학자들도 그랬다. 델러니는 그 사람들 모두를 그럭저럭 속여 넘기고 있었다. 아내와 아이들에 대해서도 그랬다. 그 자신도 그런 사실을 알고 있었다. 그러나 버나디 박사의 경우는 달랐다. 버나디는 자신이 남들을 그렇게 적당히 속여 넘기고 있다는 사실을 때때로 감추려고 하지 않았다. 그것 때문에 델러니는 버나디를 용서할 수 없었다.

"오늘은 좋은 소식이 있기를 바랍니다, 박사님."

버나디는 별것 없다는 듯 두 손을 펴 보이는 몸짓을 했다. 그것은 죽을병에 걸린 낙타를 이제 막 좋은 값에 팔아넘긴 장사치를 연상시키는 몸짓이었다.

"불행히도 좋은 소식은 없습니다. 서장님. 부인께서는 항생물질에 아무런 반응도 나타내지 않았어요. 이미 제가 부인께 말씀드린 대로 제 육감으로는 사소한 감염이 아닌가 싶습니다. 감염상태가 벌써 오래 계속되고 있는 것 같습니다. 그것 때문에 체온이 상승하는 거지요."

"도대체 무슨 감염입니까?"

다시 버나디는 같은 몸짓을 했다. 두 손을 크게 벌려, 손바닥을 위로 하여 들어 올리는 몸짓이었다.

"그건 저도 아직 모릅니다. 검사 결과로는 아무것도 알아낼 수 없었습니다. 엑스레이 사진에도 나타나는 게 없구요. 제 능력껏 판단하기로는 악성 종양 같은 것은 아닙니다. 그러나 뭔가에 감염된 것은 분명합니다. 서장님은 어떻게 생각하십니까?"

"아주 안 좋게 생각합니다."

델러니는 냉정히 대꾸했다. 버나디는 고개를 끄덕거렸다.

"저도 마찬가집니다. 무엇보다 먼저 부인께서는 병에 걸렸습니다. 그것이 가장 중요한 점이지요. 두 번째로, 이건 저에게는 패배입니다. 도대체 무슨 감염이란 말입니까? 그걸 모르겠거든요. 이건 난처한 일입니다."

'난처한 일'이라니? 델러니는 화가 치밀었다. 무슨 병인지도 알 수 없는 병에 걸린 환자의 남편을 앞에 앉혀놓고 도대체 그 따위 말을 지금 어떻게 할 수 있단 말인가? 이놈의 작자는 그 멋진 영어를 올바르게 사용할 줄 몰랐다. 혹시 이탈리아인이나 레바논 출신이 아닐까? 아니면 그리스 작자라거나 시리아 출신, 혹은 아라비아인이 아닐까? 도대체 이놈은 어떤 놈일까?

버나디 박사는 책상 위의 진료기록을 들여다보며 말했다.

"마지막으로 환자의 열에 대해 생각해 봅시다. 지금으로부터 약 여섯 주일 전에 부인께서는 병원에 오셔서 정확히 인용한다면 따옴표 열고, 열이 나고 갑자기 오한이 와요, 따옴표 닫고, 이렇게 불평을 했습니다. 그 첫 번째 날 부인의 체온은 정상치보다 약간 높은 정도였습니다. 별로 이상할 것 없는 증세였지요. 처방은 감기나 독감, 혹은 뭐라고 그걸 부르건 간에 바이러스 유의 증세에 듣는 알약이었습니다. 그 밖에 할 일이라고는 없었지요. 부인께서 두 번째로 왔을 때는 체온이 좀 더 상승해 있었습니다. 크게 상승한 건 아니었지요. 하지만 뚜렷이 상승한 것만은 사실이었습니다. 그때는 항생제를 처방했지요. 이번이 세 번째로 병원에 오신 건데, 다시 체온이 상승했어요. 갑작스러운 오한도 계속되고 있고요. 그게 걱정스럽습니다."

"나도 그걸 걱정하고 있고, 아내도 그걸 걱정하고 있소이다."

델러니가 퉁명스럽게 말하자 버나디는 위로하듯 말했다.

"물론 그러시겠지요. 게다가 부인께서는 빗질을 할 때 머리칼이 많이 빠진다고 하십니다. 이건 의심할 여지도 없이 열 때문에 발생한 결과입니다. 별로 심각한 건 아닙니다만, 그러나…… 서장님께서도 부인의 넓적다리와 상박부에 종기가 생겼다는 걸 아시겠지요?"

"압니다."

"그것 역시 감염으로 인한 체온 상승이 초래한 결과입니다. 우선 연고를 처방했습니다. 물론 완전히 치료가 되지는 않겠지만 증상을 완화시킬 수는 있을 겁니다."

128

"아내는 참 건강해 보이는데 말입니다."

"열이 있다는 것이 보이지 않습니까, 서장님! 건강해 보이는 외양만을 믿어서는 안 됩니다. 그 맑은 눈과 장밋빛 뺨, 바로 그게 감염입니다."

델러니는 화가 나서 소리쳤다.

"무슨 감염이라는 거요? 도대체 뭐냔 말이오? 암이오?"

버나디의 눈이 반짝거렸다.

"이 단계에서는 그런 추측은 하지 않겠습니다. 프로테우스 감염이라는 말을 들어보셨습니까, 서장님?"

"아니오. 들어본 적 없습니다. 그게 뭡니까?"

"아직은 그에 대해 설명드리고 싶지 않습니다. 그 질병에 관한 기록을 좀 더 읽어봐야겠어요. 서장님은 의사가 뭐든지 다 안다고 생각하십니까? 세상에는 너무나 많은 질병과 증세가 있어요. 젊은 의사들 중에는, 물론 그들이 그런 질병을 전혀 접해본 적이 없어서겠지만, 발진티푸스나 천연두, 소아마비도 진단해 내지 못하는 사람이 있어요. 하지만 바로 그게 현실입니다."

델러니는 버나디의 이런 닳고 닳은 달변을 더 이상 듣고 싶지가 않았다.

"박사님, 이제 결론을 냅시다. 뭘 해야 하는지, 우리가 선택할 수 있는 길이 무엇인지 얘기해 봅시다."

버나디 박사는 회전의자에 기대앉아 두 집게손가락을 한데 모아 뚱뚱한 입술을 눌러댔다. 그는 그런 자세로 델러니를 오랫동안 바라보고만 있다가 입을 열었다. 그 어조에서 얼마간의 악의가 엿보였다.

"서장님, 정말 대단하십니다. 탄복하지 않을 수 없군요. 부인께서 병에 걸렸는데도 당신은 '뭘 해야 하는지, 우리가 선택할 수 있는 길이 무엇인지.' 하고 말하고 계십니다 그려. 감탄하지 않을 수 없습니다."

"박사님."

버나디는 책상 앞으로 몸을 기울이더니 진료기록을 탁탁 두들겼다.

"좋습니다, 서장님. 세 가지 선택의 길이 있습니다. 첫째 열을 낮추기 위해, 그렇게 해서 이 의문투성이의 증상을 극복하기 위해 좀 더 고단위의 항생제를 처방하거나 아직까지 시도해 보지 않은 약물을 처방할 수 있습니다. 하지만 이 방법은 추천하고 싶지 않습니다. 열은 내릴지 모르지만, 약물로 인해 다른 부작용이 생길 소지가 있으니까요. 둘째 좀 더 큰 병원에 닷새에서 1주일 동안 입원해서 철저한 일련의 검사를 받으실 수도 있습니다. 이곳에서는 그런 철저한 검사를 감당할 수 없습니다. 제가 입원할 병원으로 검사를 담당할 전문가들을 불러 모을 수 있습니다. 신경학 권위자나 부인학 전문가 등을 말입니다. 피부병 전문가도 불러들일 수 있습니다. 돈이야 많이 들겠지만 말입니다."

버나디는 말을 멈추고 델러니의 대답을 기다리는 듯 바라보았다.

"좋아요, 박사님. 세 번째의 선택은 뭐죠?"

버나디는 부드러운 눈길로 그를 바라보며 싹싹하게 말했다.

"다른 의사를 찾아가는 거지요. 저는 실패했으니까요."

델러니는 한숨을 내쉬었다. 그는 아내가 이 말만 번지르르한 의사를 얼마나 신임하는지를 알고 있었다.

"큰 병원에 가서 검사를 받아보기로 합시다. 박사님이 조처해 주시겠습니까?"

"물론입니다."

"입원실은 1인용이어야 합니다."

"그럴 필요까지는 없습니다, 서장님. 검사만 받으면 되는 입원 이니까요."

"아내는 독실을 원할 겁니다. 아주 단정한 여자니까요. 부끄러 움도 아주 많고."

버나디는 중얼거렸다.

"압니다, 서장님. 저도 알아요. 부인께는 서장님께서 말씀하시 겠습니까? 아니면 제가 말씀드릴까요?"

"내가 말하지요."

"좋습니다. 그게 가장 좋은 길이라고 생각합니다."

델러니 서장은 대기실로 다시 나와서 아내가 나오기를 기다리 면서 웃는 연습을 했다.

소녀처럼 상큼한 날씨였다. 명랑하고 달뜨는 날씨였다. 햇빛은 대지를 포옹하고 있었고, 산들바람이 뺨에 입을 맞췄다. 그들 부 부는 북쪽을 향해 5번로를 걸어가면서 깃발이 바람에 펄럭이는 소 리를 들었고, 9월 초순의 높은 하늘이 찬란한 빛으로 물드는 것을 보았다. 델러니 서장은 이 도시의 모든 분위기와 성급함을 알고 있었다. 늘 이 도시는 계절을 한 발자국 앞서 나가려고 발버둥쳤 다. 그러니까 이제 곧 맨해튼은 크리스마스와 연말 분위기에 휩싸 일 것이다.

아내의 손이 그의 팔을 잡고 있었다. 델러니는 곁눈질로 아내의 얼굴을 돌아보았다. 아내의 얼굴은 그 어느 때보다 아름다워 보였다. 이제 희끗희끗 은발이 보이기 시작하는 금발은 이마로부터 흘러내려 목덜미에 핀으로 헐겁게 묶여 있었다. 한때 꼿꼿하고 단정했던 자태는 시간의 흐름에 따라 부드럽고 원만해졌다. 입술은 더없이 정결했다. 턱과 목덜미의 선은 그 얼마나 경이로운가. 그렇다. 아내는 놀라운 여자였다! 장밋빛 피부(그놈의 의사는 그걸 열 때문이라고 했겠다!)는 또 어떤가. 아직도 아내는 젊어 보이지 않는가!

바바라는 거의 델러니만큼 키가 컸다. 그녀는 델러니의 팔을 잡고 똑바른 자세로 사방을 둘러보며 걷고 있었다. 남자들이 아내를 쳐다보는 시선에는 갈망이 엿보였고, 그것이 델러니는 자랑스러웠다. 아내의 걸음걸이와 사물을 바라보며 웃는 모습 하나하나가 감탄스러웠다. 그녀는 마치 모든 사물을 처음 대하는 듯 이쪽저쪽으로 고개를 돌려가며 눈을 반짝거렸다. 그러나 그 모든 사물을 아내는 처음 대하는 것이 아니라 마지막 대하는 것이 될지도 모른다. 델러니는 차가운 손이 가슴을 짚는 것 같았다.

아내는 델러니의 시선을 의식하고 장난스레 윙크했다. 그는 웃을 수가 없었다. 그래서 아내의 팔을 꼭 붙잡아주었다. 중요한 것은 하고 델러니는 생각했다. 가장 중요한 것은 아내가 그 자신보다 더 오래 살아줘야만 한다는 것이다. 만일 아내가 먼저 죽는다면 그때는……. 그는 다른 것을 생각하기로 했다.

아내는 사실 그보다 다섯 살이나 나이가 많았다. 그러나 아내에게는 따뜻함이 있고 유머가 있으며 사랑이 있었다. 바로 그런 것들이 그들의 결혼생활을 지켜왔다. 그는 태어나면서부터 노인이었다. 그는 인생에 대해 막연한 희망을 품었고, 아름다움에 대해 남몰래 사랑을 품었으며, 감상적인 성벽까지 지니고 있었다. 그런 그에게 콩을 요리하는 방법과 핑크색 리본이 달린 잠옷과 웃음을 가져온 것이 바로 아내였다. 델러니는 괴물이었다. 아내가 없었다면 그는 기괴한 인물이 되고 말았을 것이다.

그들은 여전히 5번로의 서쪽 인도를 따라 북쪽으로 걸어가고 있었다. 56번가와의 교차점으로 접근했을 때는 신호등이 막 바뀌려는 참이었다. 그들은 재빨리 걷기만 해도 교차로를 건너갈 수 있었다. 그러나 델러니는 아내를 붙잡았다.

"잠깐 기다려요, 여보. 저 차를 잡아야겠어."

델러니의 그 재빠른 눈썰미가 뭔가 이상한 차를 한 대 목격했던 것이다. 일리노이 주 번호판을 단 스테이션 왜건이었다. 그 차는 서쪽으로 방향을 틀어 56번가 쪽으로 나아가려 하고 있었다. 그러나 그 길은 일방통행로였고 따라서 그 선택은 잘못된 것이었다. 그 즉시 사방의 차들이 경적을 울려댔다. 주변의 행인들도 고함을 질렀다.

"일방통행이오, 일방통행!"

그 차는 맞은편에서 다가오는 차량들을 향해 코를 들이밀었다가 황급히 멈춰 섰다. 운전자는 앞쪽으로 몸이 쏠려 운전대 위에 고개를 처박았다가 몸을 부르르 떨었다. 옆좌석에 앉은, 운전자의 아내로 보이는 여자가 남자의 팔에 매달렸다. 뒷자리에는 두 명의 소년이 타고 있었는데, 흥분하여 몸을 일으키고 이쪽 창문에서 저쪽 창문으로 고개를 들이밀고 밖을 내다보느라 바빴다.

교차로의 북서쪽 모퉁이에는 젊은 정복 경찰관이 두꺼운 판유리에 등을 기대고 서 있었다. 그는 이 차를 발견하자 빙긋 웃으며 천천히 다가갔다. 그것을 본 델러니는 아내에게 말했다.

"순찰 근무조야. 키도 크고 잘생긴 젊은 놈들로만 골라 만든 근무조라구."

경관은 천천히 걸어 운전석 옆으로 가서 허리를 굽히고 서서 운전하던 남자와 잠깐 동안 애기를 나누었다. 차 안에 있던 부부가 안심하는 표정이 되어 웃는 것이 보였다. 경관은 뒷자리의 소년들에게 집게손가락과 엄지손가락을 들어 겨누는 시늉을 하며 혓바닥으로 총 쏘는 소리를 냈다. 아이들은 좋아서 어쩔 줄 몰라 하며 깔깔거렸다.

"저자가 딱지를 떼지 않으려는 거 아냐? 저 사람들을 그냥 보내준단 말이야?"

델러니가 불만스럽게 투덜거렸다. 그 경관은 다시 5번로로 돌아가서 그쪽 차량을 멈추게 했다. 차들이 멈추자 경관은 일리노이에서 온 차에게 손짓을 하여 후진하도록 했다. 스테이션 왜건은 안전하게 방향을 틀어 시내로 향했다.

"안 되겠어. 내가 가서⋯⋯."

델러니가 말하자 바바라가 그를 막았다.

"여보, 제발."

델러니는 잠시 망설였다. 그 사이에 스테이션 왜건은 사라져버렸다. 뒷자리의 소년들이 그 경관에게 손을 흔들었고, 경관도 소년들에게 손을 흔들어 답례했다.

델러니는 아내를 엄격한 얼굴로 바라보았다.

"운전자의 이름과 면허번호를 알아야겠어. 저 일방통행 표지판은 너무나 뚜렷해. 저걸 못 봤을 리가 없어. 그 사람은……."

"여보, 그 사람들은 틀림없이 휴가 중일 거예요. 차 뒷자리의 짐 못 봤어요? 그들이 이 도시의 일방통행 체제를 알 리가 없잖아요. 왜 그 사람들의 휴가를 망치려는 거예요? 더구나 그 귀여운 두 소년들도 있잖아요. 나는 저 경관이 이 사건을 아주 멋지게 처리했다고 생각해요. 어쩌면 이 일은 뉴욕에서 그 사람들에게 생긴 여러 가지 일 가운데 가장 흐뭇한 일이 될 거예요. 그래서 그 사람들은 다시 뉴욕을 찾아오게 될 거고요. 그렇지 않아요, 여보?"

델러니는 아내를 돌아보았다. 그때 의사 버나디의 말이 두서없이 떠올랐다. "당신 아내는 분명히 병에 걸려 있습니다. 열이 심합니다. 빗에서 머리칼이 잔뜩 발견되었습니다. 세 가지 선택의 길이 있습니다. 감염이지요." 등등의 말이었다. 델러니는 아내의 팔을 잡고 조심스럽게 횡단보도를 건넜다. 다음 한 블록을 걸어갈 동안 두 사람은 아무 말도 나누지 않았다.

마침내 델러니가 다시 입을 열었다.

"좋아. 어쨌든 그 사람은 너무나 명백한 규칙을 지키지 않았어. 내 구역에선 어느 누구도 그런 식으로 규칙을 위반할 수 없어."

"이유가 뭐죠, 서장님?"

바바라는 순진한 어조로 묻더니 웃음을 터뜨렸다. 그녀는 목을 기울여 그의 어깨에 머리를 기댔다.

델러니는 플라자에서 점심을 먹고 상가에서 윈도쇼핑을 즐긴 다음에 3번로의 골동품상에 들를 예정이었다. 그것이 그가 비번일 때면 아내와 더불어 즐겨 시간을 보내는 방법이었다. 델러니가 해야 할 말을 꺼내기 전 한동안 아내가 행복한 기분이어야만 한다는 것이 중요했다. 그러나 아내가 공원을 가로질러 동물원의 축대 위에서 점심을 먹자고 제안했을 때 그는 즉시 동의했다. 그것이 더 나을 것 같았으니까. 그 다음에 그는 두 사람만이 조용히 얘기를 할 수 있는 벤치를 찾아낼 수 있을 것이었다.

59번가를 가로질러 파크로에 들어서면서 델러니는 의아한 마음으로 사방을 둘러보았다. 제너럴 모터스 빌딩이 신축되기 전에 그 자리에는 무엇이 있었던가? 그가 묻기도 전에 바바라가 대답했다.

"사보이 플라자였어요."

"당신은 내 마음을 훤히 읽는군."

바바라는 정말 그랬다. 그렇기 때문에 델러니는 더욱 걱정이 되었다.

이 도시는 하룻밤 사이에 바뀌었다. 잠깐 고개를 돌리고 있는 사이에 단독주택이 주차장이 되었다가, 굴착기로 파헤친 커다란 구덩이가 되었다가, 번쩍거리는 사무실 건물이 되는 식이었다. 이웃 사람들이 사라지고 새로운 식당이 문을 열었으며, 벽돌이 유리로 바뀌고, 3층짜리 건물이 30층짜리 건물로 바뀌었으며, 거리가 나무들로 뒤덮이는가 하면 영원히 거기 자리 잡고 있으리라고만 생각했던 아일랜드식 술집이 있던 자리에 작은 공원이 자리 잡았다.

이곳은 델러니의 도시였다. 그가 태어나 성장한 곳이었다. 이곳은 그의 집이었다. 뉴욕의 악성 종양을 누가 델러니보다 더 잘 알 수 있으랴? 그러나 그는 절망을 거부했다. 그는 뉴욕이 암을 극복해 내고 더 아름답게 발전하리라는 것을 믿어 의심치 않았다.

델러니의 그런 확신은 부분적으로는 이 도시가 과거에 저질렀던 죄악에 대한 지식에 근거했다. 그것은 이제는 모두 역사가 되어버린 사실들이었다. 그는 파이브 포인트 갱단이 선술집에서 말다툼 끝에 적들의 코와 귀를 베어버린 일이 벌어진 때를 알고 있었다. 스웸프라는 곳에서 일단의 악한들이 순진한 농부들에게 온갖 마약을 퍼먹여 정신을 잃게 한 다음 유괴하는 사건이 벌어졌던 시절도 알고 있었다. 텐더로인 환락가에서 아이들을 상대로 하는 매음굴이 번창하던 시절도 알고 있었으며, 블러디 트라이앵글에서 중국인 살인청부업자들이 강력한 성능의 권총을 눈을 감은 채로 난사하여 일대를 쑥대밭으로 만들었던 시절도 알고 있었다.

이런 모든 사건들은 이제 과거의 일이 되었으며, 옛날의 범죄와 옛날의 전투라는 식으로 낭만화되기까지 했다. 악인은 책 속으로 스며들어 피와 고통을 빨아들이고 있었다. 이제 델러니의 도시는 새로운 고난을 겪는 중이었다. 그러나 만일 선한 의지를 지닌 사람들이 미래를 거부하지만 않는다면 그런 고난 역시 끝나는 날이 올 것이다. 그것이 그의 확신이었다.

그의 도시는 생명의 확인이었다. 뉴욕은 아름답고 가혹하고 슬프고 우습고 두렵고 환상으로 가득했다. 뻔뻔스럽고 난폭했으며, 잔인하고 폭력적이었다. 그 가운데 그는 이 도시의 마르지 않을 생명의 활력을 발견했다. 그는 이곳을 지구상 그 어떤 곳과도 바꾸지 않을 것이다. 이 도시는 사람을 통째로 갈아버릴 수도 있고, 동시에 사람에게 최고 최상의 명예를 부여하여 가장 높은 지붕 위로 떠받들어 올려 태양 아래 눈부시게 빛나게 만들 수도 있었다.

그들은 60번가를 통해 공원으로 들어섰다. 동물원을 향해 길게 이어진 벤치 사이로 그들은 걸어 들어갔다. 그들은 야크 우리 앞에 서서 그 거대하고 침울한 짐승을 바라보았다. 야크는 머리를 숙이고 마치 이곳이 어딘지 모르겠다는 낯으로 낯선 세계를 넘겨다보았다.

"당신 같아요."

바바라 델러니가 웃으며 남편을 바라보았다. 델러니도 웃었다. 그는 아내를 야크 우리에서 돌려세워 건너편에 있는 우아한 시카 사슴 앞으로 데려갔다. 사슴은 그 우아한 자태로 기다란 목을 자랑하는 듯 온몸에 꼿꼿이 힘을 주고 우뚝 서서 눈을 반짝이며 그들을 바라보았다.

"당신 같아."

에드워드 델러니는 아내에게 말했다.

두 사람은 가벼운 점심을 먹었다. 델러니는 텅 빈 커피잔을 만지작거렸다. 그 안을 들여다보기도 하고 뒤집기도 하고 둔한 손가락으로 빙글빙글 돌리기도 했다. 마침내 바바라가 포기했다는 어조로 한숨을 내쉬며 말했다.

"좋아요. 가서 전화하세요."

그는 고마워하며 바바라를 바라보았다.

"잠깐이면 끝날 거야."

"알아요. 당신 구역이니까."

수화기에서 굵직한 목소리가 대답했다.

"예, 여기는 이백오십일 번 지섭니다. 저는 커디 순경입니다. 무엇을 도와드릴까요?"

델러니는 특유의 무거운 음성으로 말했다.

"에드워드 델러니 서장일세. 도르프만 경위를 바꿔주게."

"아, 예, 서장님. 잠깐만 기다리십시오. 도르프만 경위님께 연결하겠습니다."

도르프만은 즉시 전화를 받았다.

"안녕하세요, 서장님? 비번 날을 재미있게 보내고 계십니까? 날씨도 아주 그만이던데요."

"그렇다네. 별일 없나?"

"없습니다, 서장님. 그렇고 그런 일뿐입니다. 대사관 앞에서 소규모 시위가 있었습니다만 해산시켰습니다. 충돌은 없었습니다. 부상자도 없었구요."

"기물 파괴는?"

"창문 한 장이 깨진 정돕니다, 서장님."

"좋아. 도널드슨에게 늘 하던 대로 사과 편지를 쓰도록 하게. 내가 내일 가서 서명할 테니까."

"편지는 벌써 다 완성됐습니다. 서장님 책상 위에 놓여 있습니다."

"아, 그런가? 좋아. 그 밖에는?"

"아무것도 없습니다, 서장님. 모든 것이 잘 통제되고 있습니다."

"좋아. 이 전화를 교환대로 돌려주게."

"예, 서장님."

다시 커디의 음성이 흘러나왔다.

"커디인가?"

"예, 서장님."

"커디, 자네 아까 내 전화를 받을 때 '이백오십일번 지섭니다.'

하고 대답하더군. 내 비망록 631항, 올해 6월 14일자에서 난 공무를 수행하는 경찰 교환원들에게 아주 엄격하게 지시를 내린 바 있네. 서로 걸려오는 모든 전화에 대해서 이렇게 대답하라고 지시했지. '이오일(251) 지섭니다.' 그것이 도대체 돼먹지 않은 '이백오십일번 지섭니다.' 하는 것보다 훨씬 짧고 간단해. 자네 그 비망록 읽었을 테지?"

"예, 서장님. 읽었는데 그만 깜빡 잊어버렸습니다, 서장님. 옛날 방식으로 전화를 받는 것이 습관이 되어서……."

"커디, 옛날식이라는 건 없네. 옳은 방식과 틀린 방식이 있을 뿐이지. 내 지서에서는 '이오일 지섭니다.' 하는 게 옳은 방식이야. 알아들었나?"

"예, 서장님."

델러니는 전화를 끊고 아내에게 돌아갔다. 그는 뉴욕 경찰청에서 '쇠심줄' 델러니로 통했다. 델러니 자신도 그것을 알고 있었으나 그는 그런 별명에는 그다지 마음을 쓰지 않았다. 더 고약한 별명을 지닌 사람도 얼마든지 있었으니까.

"모든 일이 잘 돼가고 있대요?"

바바라가 물었다. 델러니는 고개를 끄덕였다.

"당직이 누구예요?"

"도르프만."

"아, 그래요? 그 사람 부친은 요즘 어때요?"

그는 눈이 휘둥그레져서 아내를 바라보았다가 곧 고개를 숙이며 중얼거렸다.

"아, 맙소사. 여보, 얘기한다는 걸 깜빡 잊었어. 도르프만의 부친은 지난 주에 돌아가셨어. 금요일에."

"아니, 여보. 도대체 왜 그런 얘길 저에겐 하지 않았어요?"

바바라는 야속하다는 눈길로 그를 바라보았다.

"글쎄, 얘기하려고 했는데 그만 깜빡 잊고 말았어."

"깜빡 잊었다구요? 어떻게 그런 일을 잊을 수가 있어요? 집에 도착하는 대로 조문 편지를 써야겠군요."

"그래, 그렇게 하구려. 서 내에서도 조의금을 모금했어. 나도 20달러를 냈지."

"불쌍한 도르프만."

"그래."

"당신은 그 사람을 좋아하지 않죠?"

"무슨 소리야? 좋아해. 남자로서, 인간으로서는. 하지만 훌륭한 경찰관은 아니야."

"아니라구요? 그 사람이 자기 일을 훌륭히 해낸다는 얘기를 바로 당신에게서 들은 것 같은데요?"

"자기 일이야 잘하지. 그는 훌륭한 행정가야. 자기 서류작업에 매달려서 그 일은 아주 잘하지. 하지만 좋은 경찰은 못 돼. 그 친구는 정확한 복사기라고 할 수 있는 사람이야. 모든 행동을 아주 정확히 해내지. 하지만 육감이 없어."

"그렇다면 얘기해 보세요, 선지자 양반. 그 위대한 경찰관의 육감이라는 건 도대체 뭐죠?"

그는 이런 일에 대해 더불어 얘기할 수 있는 사람을 찾아낸 것이 반가웠다.

"글쎄. 웃고 싶으면 웃어요. 하지만 그런 육감이라는 게 있는 법이야. 무엇이 날 경찰로 만들었는지 알아? 아버지가? 아니야. 우리 식구 중에 나에게 경찰이 되라고 한 사람은 아무도 없었어. 난 아마 법대에 진학할 수도 있었을 거야. 충분히 그러고도 남을 성적이었으니까. 하지만 난 오직 경찰이 되고 싶었어. 아주 어릴 때부터 그랬어. 그 이유를 말해 주지. 중국인 세탁소에서 세탁물을 찾아 가지고 오면……. 이건 당신도 이제 아는 사실일 거야. 우린 30년이나 함께 살았으니까. 그러면 나는……."

"31년이에요, 이 끔찍스러운 양반아."

"좋아. 31년. 하지만 결혼 첫해에는 다른 건 모르고 오직 침대속의 죄악에만 묻혀 살았잖아."

"당신은 정말 끔찍스러운 양반이에요."

바바라가 웃었다.

"그래. 우린 정말 그랬어. 내 생애에서 가장 멋들어진 한 해였지."

바바라는 델러니의 손을 잡았다.

"그 뒤로는 그저 시들기만 했다는 거예요?"

"그게 아니라는 걸 당신이 가장 잘 알걸? 아무튼 이제 다시 경찰의 육감으로 되돌아갑시다."

"그러니까 중국인 세탁소의 세탁물로요."

"그래. 당신도 알다시피 나는 새 세탁물이 배달되어 오면 옷장이건 서랍이건 이미 들어 있던 옷들을 모두 치워야 한다고 고집을 부리지. 양말은 앞으로 한 번 접어 쌓아야 하고, 손수건은 가장자리가 오른쪽에 오도록 접어야 하고. 와이셔츠는 종류에 따라 칼라쪽이 밑으로 가거나 위로 가도록 정돈해야 하고. 그래야 옷을 쌓아도 무너지거나 구겨지지 않으니까. 당신도 알 거야. 속옷도 잠옷도 비슷한 방법으로 정리되어야 해. 그리고 또 하나 언제나 새로 가져온 세탁물을 맨 밑에 정리해야 하고. 그래야만 모든 옷들을 골고루 입을 수 있고, 그래야 옷들이 비슷하게 낡게 되거든. 그게 바로 질서야. '질서', 바로 그거라구. 난 그런 사람이야. 당신도 알지. 난 모든 것이 질서정연하기를 바라지."

"바로 그게 경찰이 된 이유란 말이에요? 세상을 단정하고 깨끗하게 만들기 위해서?"

"그래."

바바라는 고개를 뒤로 젖히고 웃음을 터뜨렸다. 델러니는 아내가 웃는 모습을 너무나 좋아했다. 그 자신이 그렇게 웃을 수만 있다면 얼마나 좋을까! 아내의 웃는 모습은 순수한 기쁨을 온몸으로 표현하는 듯했다. 눈이 경련하며 감기고, 입이 열리고, 어깨가 흔들린다. 그리고 멋지게 웃을 줄 아는 모든 사람에게서 공통적으로 나타나는 놀라울 만큼 풍부한 성량의, 원천적 기쁨을 표현하는 웃음소리가 밀려 나오는 것이다. 그 웃음은 여성적이지도 않고 남성적이지도 않다. 그런 웃음에는 성별이 없는 법이다.

아내는 웃음 끝에 으레 그러는 것처럼 가쁜 숨을 몰아쉬면서 핸드백에서 레이스가 달린 손수건을 꺼내 눈가를 닦으며 말했다.

"여보, 당신은 종종 자신에 대해 크나큰 착각을 하는 경우가 있어요. 아마 그게 내가 당신을 사랑하는 이유일 테지만."

델러니는 조금 발끈하여 말했다.

"좋아. 그럼 당신이 말해 봐. 내가 왜 경찰이 되었다고 생각해?"

다시 한 번 바바라는 남편의 손을 잡았다. 그녀는 갑자기 진지해진 얼굴로 남편의 눈을 들여다보았다.

"모른단 말이에요? 정말 몰라요? 그건 당신이 아름다움을 사랑하기 때문이에요. 아, 물론 당신에게 법과 질서와 정의가 얼마나 중요한 것인지는 나도 잘 알아요. 하지만 당신이 진정으로 원하는 것은 어디에서나 진실이 통용되고 거짓이 무의미해지고 마는, 그런 아름다운 세계예요. 당신은 몽상가라구요!"

델러니는 한동안 입을 다문 채 그 말을 생각해 보았다. 마침내 두 사람은 일어나 손을 잡고 공원을 산책하기 시작했다.

센트럴 파크에는 오랜 세월 동안 어린아이들의 기쁨의 원천이 되어준 회전목마가 있다. 누구라도 그런 날이 있었을 것이다. 바람이라도 가볍게 불어오는 날이면, 멀리서 회전목마의 명랑한 음악소리가 들려오는 것이다. 그 음악을 들으면 마치 대기가 춤을 추고 있는 듯 느껴진다.

아름답게 조각되어 귀엽게 색칠된 말들은 위아래로 오르내리고 원을 그리며, 꼬리에 꼬리를 물고 돈다. 그것을 보며 아이들은 흥분하고 아이의 부모들도 매혹당한다.

델러니 부부는 이 한가하고 재미있는 회전목마 근처의 벤치에 서로 어깨를 기대고 앉았다. 그들은 음악소리를 들었다. 아직 여름날의 짙푸른 초록색 이파리를 걸치고 있는 나무들 사이로 어질어질하게 소용돌이치는 회전목마가 보였다.

두 사람은 한동안 아무 말 없이 앉아 있었다. 마침내 바바라가 남편을 돌아보지도 않은 채 물었다.

"이제 말할 수 있겠어요, 여보?"

델러니는 별수 없이 고개를 끄덕거렸다. 될 수 있는 한 빨리, 될 수 있는 한 간단히 그는 버나디 박사가 그에게 해준 말을 아내에게 전했다. 다만 '프로테우스 감염'이라는 말만은 하지 않았다.

델러니는 아내의 손을 힘주어 잡으며 말했다.

"다른 선택의 길이 없었어, 여보. 그렇지 않아? 이게 도대체 무슨 병인지 확실히 알아야 할 거 아냐. 입원할 병원으로 버나디가 유능한 전문가들을 불러온다면 훨씬 더 안심이 될 것이고. 당신도 그렇지 않겠어? 병원에 닷새나 1주일 동안만 입원해 있으면 되는 거야. 그러면 의사들이 어떤 치료를 할 것인지 결정을 내릴 거야. 버나디에게 그렇게 하자고 입원실을 구해달라고 말했어. 1인용 입원실 말이야. 바바라, 괜찮겠지?"

델러니는 아내가 듣고 있는지 의아스러웠다. 아내가 그의 말을 이해하는지 궁금했다. 바바라는 고개를 돌려 시선을 멀리 던진 채 앉아 있었다. 그래서 그는 아내의 입술에 떠오른 가벼운 미소를 볼 수 없었다. 델러니는 다시 불렀다.

"여보."

그러자 바바라는 입을 열어 말하기 시작했다.

"전쟁 중에, 당신이 프랑스에 있을 때 말이에요. 날씨가 좋은 날에 아이들을 데리고 가끔 여기에 온 적이 있어요. 그때 에디는 걸음마를 할 수 있었지만 엘리자베스는 아직 유모차를 타고 있었어요. 가끔 에디는 집으로 돌아가는 길에는 지쳐 있기도 했어요. 그러면 나는 에디를 엘리자베스와 함께 유모차에 태웠어요. 에디가 그걸 얼마나 싫어했는지 아세요."

"알지! 당신이 편지에 다 써 보냈으니까."

145

"내가 그랬나요? 때로 우린 바로 지금 우리가 앉아 있는 이 벤치에 앉기도 했어요. 에디는 내가 허락만 했으면 온종일이라도 회전목마를 탔을 거예요."

"늘 흰 말만 타겠다고 했지."

바바라는 미소 지었다.

"기억하는군요. 그래요. 에디는 늘 흰 말만 타겠다고 했어요. 회전목마가 돌면, 늘 목마에서 거의 일어나서 우리에게 손을 흔들어댔어요. 정말 자랑스러워했지요."

"그래."

"좋은 아이들이에요. 그렇지 않아요, 여보?"

"그렇고말고."

"행복한 아이들이에요."

"그래. 난 에디가 빨리 결혼을 했으면 해. 하지만 그애를 그런 일로 괴롭힐 필요는 없지."

"그럼요. 그애 고집도 보통이 아니니까요. 제 아버지처럼요."

"내가 고집쟁이라고?"

"어떤 때는요. 어떤 일에 대해서 당신이 결론을 내렸을 때. 예를 들면 내가 입원해야 한다는 결론 같은 것."

"입원할 거지, 당신? 그렇지?"

바바라는 환히 미소 지으며 그를 바라보더니, 예상할 수 없었던 순간에 갑자기 고개를 숙여 그의 입술에 키스했다. 그것은 부드럽고 젊은, 애원하는 듯한 키스였다. 델러니는 거기 담긴 호소에 놀랐다.

그날 밤, 바바라는 그 애원과 호소로 뜨겁게 불타올랐다. 그녀

146

의 몸은 욕망과 열정의 덩어리였다. 그녀는 벌거벗은 몸으로 그의 품에 안겼고, 마치 그를 완전히 고갈시키고 소모시키려고 작정을 한 듯했다. 그의 모든 힘을 앗아가 아무것도 남겨두지 않으려고 마음먹은 것 같았다.

델러니는 아내의 욕구를 채워주기 위해 노력했다. 아내는 평소와 너무도 달랐다. 그녀는 언제나 조용하고 장난스러운 여자였으니까. 그러나 그녀의 열정 앞에 그는 패배하고 말았다. 온몸이 땀에 젖어 절정감을 만끽하면서 아내는 그를 '테드'라고 불렀다. 그것은 그들이 결혼하여 함께 살기 시작하면서부터 아내가 쓰지 않던 그의 애칭이었다.

그는 아내를 만족시키고 위로하기 위하여 최선을 다했다. 그는 아내가 그의 말을 듣고 있지 않다는 것을 느낄 수 있었고, 그녀를 쓰다듬는 그의 손길도 느끼지 못하고 있다는 것도 알았다. 그가 할 수 있는 일은 다만 아내 곁에 머무르는 것뿐이었다. 절망적인 기분으로 바라보는 그를 버려둔 채 바바라의 폭풍우 같은 열정은 지나갔다. 그는 괜히 손가락 마디를 깨물다가 잠들었다.

델러니가 깨어난 것은 그로부터 몇 시간이 지난 뒤였다. 옆에 바바라가 보이지 않았다. 순식간에 잠이 달아나버렸다. 그는 낡은 가운을 걸치고 맨발로 아래층으로 내려갔다. 방마다 찾아보았으나 아내는 없었다.

그들이 사는 집은 오래전에 개조한 석조 건물이었는데, 251번지서 바로 옆이었다. 그 집에는 아직도 '응접실'이라고 불리는 방이 있었다. 그가 바바라를 찾아낸 곳은 거기였다. 흰색 면 잠옷을 걸친 그녀는 두 무릎을 세우고 창문 바로 밑의 의자에 동그랗게 몸을 웅크리고 앉아 있었다. 방 안에는 불이 꺼져 있었으나 복도에서 흘러든 불빛으로 델러니는 그녀가 무릎 위에 머리를 올려놓고 있다는 것을 알 수 있었다. 머리칼이 밑으로 흘러내려 얼굴은 보이지 않았다. 어깨와 무릎이 떨리고 있었다.

"여보."

그가 부르자 바바라는 고개를 들었다. 머리칼이 아래로 흘러내리면서 얼굴이 드러났다. 그녀의 얼굴에 미소가 떠올랐다. 그 미소를 보는 순간 델러니는 가슴이 찢어지는 것만 같았다. 바바라가 말했다.

"난 죽어가고 있어요."

루이스 버나디 박사는 닷새나 1주일 정도만 입원하면 될 것이라고 말했지만 바바라 델러니는 더 오랫동안 병원에 머물러야만 했다. 그녀는 한 번의 주말과 닷새, 또 한 번의 주말과 닷새를 병원에서 보냈다. 입원한 지 벌써 보름이 지난 것이다. 델러니 서장이 물어볼 때마다 의사는 '검사를 좀 더 해봐야 알겠습니다.' 하고 대답할 따름이었다.

델러니는 매일, 때로는 하루에 두 번씩 병원으로 아내를 찾아갔다. 1인용 병실이었다. 그때마다 그는 아내의 상태가 점점 더 악화되어 가고 있다는 인상을 받았고, 그때마다 깜짝깜짝 놀랐다. 열은 하루는 높았다가 다음 날은 조금 낮아지는 식으로 계속되었다. 그러나 그 곡선은 꾸준히 상승하고 있었다. 체온이 거의 39도까지 이르는 적도 있었다. 아내의 몸은 마치 불길에 휩싸인 것처럼 뜨거웠다.

그는 직접 바바라의 몸을 고문하는 오한을 본 적이 있었다. 그녀의 위아랫니가 딱딱 맞부딪쳤고 뼈가 흔들릴 지경이었다. 담요와 뜨거운 물이 든 주머니를 들고 간호사들이 황급히 달려 들어왔다. 그로부터 5분 뒤에는 아내는 다시 뜨겁게 타올랐다. 담요는 치워졌다. 아내의 얼굴이 장밋빛으로 익었고 숨을 헐떡거렸다.

병원에서 지낸 그 보름 사이에 새로운 증상이 나타났다. 두통과 배뇨 곤란이었다. 소변을 보는 것이 힘들어서 도뇨관(導尿管)을 사용해야만 했다. 요통도 심각해졌다. 돌연한 구역질이 나타났다가 환자를 탈진시키고는 사라졌다. 너무나 갑작스럽게 구역질이 나서 델러니가 얼른 대야를 받쳐주어야 하는 경우도 있었다. 바바라는 비참한 얼굴이 되어 그를 쳐다보았고, 그는 물기로 젖어오는 눈을 창밖으로 돌려 외면했다.

마침내 그날 아침, 델러니는 아내의 희망과는 달리 버나디 박사를 제쳐버리고 새로운 의사를 불러들이기로 작정했다. 그는 지서에서 버나디에게 전화를 하여 정오가 지난 시각에 아내의 병실로 와달라고 요구했다. 도르프만 경위는 걱정스러운 눈길로 델러니를 배웅했다.

"제발, 서장님. 부인께는 별일 없으실 겁니다. 너무 걱정 마세요."

마티 도르프만은 굉장히 키가 큰(195센티미터) 유대인이었다. 푸른 눈에 꽉 쥐어짜인 듯한 얼굴에 붉은 머리칼이 곤두선 남자였다. 그는 40센티미터짜리 구두를 신어야 했고, 장갑은 맞는 것을 찾을 수 없었다. 그래서 그는 늘 사소한 일이나 물건들 때문에 고통을 당하는 듯했으나 결코 불평을 하지 않았다.

　어느 것 하나도 몸에 맞는 것이 없었다. 너무 큰 경찰 제복은 그의 말라깽이 어깨 때문에 후줄근하게 몸에 걸렸고, 바지는 네덜란드식 블루머처럼 헐렁헐렁했다. 때로는 짝짝이 양말을 신고 나타나기도 했고 제복 상의의 칼라를 여미는 조임쇠를 분실하기도 했다. 그의 구두는 닦여 있는 적이 없었고, 귀밑에 면도용 거품을 묻힌 채 나타나 근무신고를 하는 적도 있었다.

　도르프만은 구내에서 순찰근무를 하던 중에 칼을 휘두르는 좀도둑을 만나 그자를 죽일 수밖에 없었던 적이 있었다. 그 이후로 그는 탄약을 장전하지 않은 채 권총을 가지고 다녔다. 그는 그걸 아는 사람이 아무도 없을 것이라고 생각했으나 사실은 모두가 알고 있었다. 델러니 서장이 아내에게 말한 것처럼 도르프만은 업무에 대해서는 아주 능란했으며 또한 경찰청 내에서 가장 정밀한 법률가라고 할 수 있었다. 그는 꾀죄죄한 인물이었지만 251번 지서에 근무하는 사람들은 무슨 문제가 생기면 모두 그를 찾아갔다. 또한 근무 중에 피살당한 동료 경찰관의 장례식에는 무슨 일이 있어도 빠지는 법이 없었다. 그날만은 깨끗한 옷을 단정히 차려입고 장례식장에 나타나 눈물을 흘렸다.

　델러니는 도르프만에게 엄격하게 말했다.

　"좋아, 경위. 될 수 있는 대로 빨리 전화를 하겠네. 자네 근무 시간이 끝나기 전에 돌아올 수 있을 거야. 하지만 만일 내가 그때까지 돌아오지 못한다 하더라도 날 기다리지는 마. 알아들었지?"

　"예, 서장님."

델러니는 버나디 박사가 죽어가는 환자의 손을 잡고 "자, 자. 걱정하지 마세요." 하고 지껄이기에 가장 적합한 인물이라고 생각했다. 그런 그가 지금 마치 자기가 구입한 렘브란트의 작품인 듯 엑스레이 사진을 자랑스럽게 치켜들고 있었다. 그는 부르짖었다.

"이 그림자를 봐요! 이 그림자를 보시라고요!"

그는 바바라 델러니의 침대 곁에 의자를 바짝 붙여놓고 앉아 있었다. 델러니 서장은 반대쪽에 뒷짐을 지고 묵묵히 서 있었다. 자꾸만 떨려오는 손을 아내나 버나디가 볼까 봐 두려웠기 때문이었다.

"그게 뭐요?"

델러니는 차디찬 목소리로 물었다. 그의 아내도 작은 소리로 물었다.

"그게 뭐예요?"

버나디는 뭐가 그렇게 좋은지 환호하듯 말했다.

"신장결석입니다! 그래요, 부인."

버나디는 침대에 누워 기력이 쇠진한 눈을 들어 자신을 바라보며 조금씩 고개를 젓는 바바라를 다시 한 번 내려다보았다.

"그거라면 설명이 가능합니다. 끈질긴 열과 오한, 최근에 나타나기 시작한 두통과 구토, 소변 볼 때의 통증, 하부 쪽의 요통 등등이 이것으로 설명되는 겁니다. 정말 지난 보름 동안 온갖 검사를 다 받느라고 지칠 대로 지치셨을 겁니다. 허허, 우리도 그렇지만 부인도 지치셨을 거예요. 잘 견뎌주셨습니다. 오늘 아침에 부인의 건강에 관심을 가지고 있는 모든 전문가들과 회의를 했습니다. 그래서 바로 이런 결론에 도달했습니다. 불행히도 부인께서는 신장결석을 앓고 계시다는 결론이었지요."

버나디는 승리감에 차서 자신만만하게 얘기했다. 델러니는 저 사람이 도대체 무엇 때문에 저렇게 승리감에 도취된 것인지 알 수가 없었다. 아내가 고개를 돌려 따뜻한 시선으로 델러니를 바라보았다. 그가 고개를 끄덕이자 아내는 버나디에게 다시 고개를 돌려 허약한 음성으로 물었다.

"어째서 신장결석이 생겼지요?"

의사는 의자에 기대앉아 늘 하는 것처럼 두 집게손가락을 맞붙여 두툼한 입술을 누르고 조용히 말했다.

"누가 알겠습니까? 다이어트 때문일 수도 있고, 스트레스 때문일 수도 있습니다. 체질적 요인 때문일 수도 있고, 유전인지도 모릅니다. 우리가 알지 못하는 여러 가지 원인이 있으니까요. 만일 모든 원인을 다 안다면 인생은 정말 지루한 것이 되고 말겠지요. 그렇지 않습니까? 허허!"

델러니는 화가 나서 혼자서 신음소리를 냈다. 그러나 버나디는 그에게 조금도 주의를 기울이지 않았다.

"아무튼 우리의 진단은 바로 그것입니다, 신장결석. 결석은 이따금 방광이나 신장에서 발견됩니다. 단단한 비유기 물질이지요. 어떤 것은 바늘귀보다도 크지 않습니다. 어떤 것은 제법 크고요. 그것들이 외부로부터 살아 있는 조직으로 틈입한 겁니다. 살아 있는 조직은 이런 침입을 견뎌내지 못합니다. 그래서 열과 오한, 통증이 생기는 겁니다. 물론 소변시의 통증도 여기에서 비롯되는 거지요. 그럼요. 바로 거기에 원인이 있습니다."

다시 한 번 델러니는 버나디가 혼자서 자신 있게 자문자답하는

모습 때문에 화가 치밀었다. 버나디에게는 이 모든 것이 《타임스》
에 나오는 십자낱말풀이와 다를 바 없었던 것이다.

"얼마나 심각하지요?"

바바라가 희미한 음성으로 물었다. 버나디의 눈동자는 잠시도
쉬지 않고 움직이고 있었다. 그 눈동자에서 예리한 광선이, 상대
방을 투시할 수 있는 빛이 흘러나오는 듯했다. 버나디는 그 시선
으로 무엇이라도 투시할 수 있었다. 그러나 상대방은 그 눈 너머
에서 움직이는 것을 투시할 수 없었다.

"혈액검사도 해야 하고, 엑스레이 사진 역시 세밀히 검토해 봐
야 합니다. 또 부인이 여기 계시는 동안 새로운 증상이 나타났기
때문에 다른 처방도 생각해 볼 수 있게 되었지요. 이제 우리는 처
리해야 할 것이 무엇인지 압니다."

바바라는 다시 한 번 물었다. 이번에는 그녀의 음성이 좀 더 단
호하고 고집스러웠다.

"얼마나 심각한 상태냐구요."

버나디는 그녀의 말은 들리지도 않는다는 듯 얘기를 계속했다.

"우리 생각에는 부인의 경우에는 수술이 필요합니다. 그렇습니
다. 분명히 수술이 필요하다고 생각합니다. 이런 말씀 드리기 미
안합니다만, 어쩔 수 없습니다."

그때 델러니가 손을 들었다.

"잠깐만요. 잠깐만 기다려주시오. 수술 얘기에 들어가기 전에
할 말이 있습니다. 전에 신장결석을 앓은 적이 있는 사람을 내가
압니다. 의사가 그 사람에게 무슨 물약 같은 걸 처방했는데, 그는
그 이래로 별일 없이 건강하게 살고 있지요. 내 아내도 그렇게 할

수 없을까요?"

버나디의 대답은 간단명료했다.

"불가능합니다. 결석이 작을 경우에는 그런 치료방법도 효과를 발휘합니다. 그런데 이 엑스레이 사진에는 넓은 영역에 그림자가 드리워져 있습니다. 수술이 필요합니다."

"그걸 결정한 사람이 누굽니까?"

델러니가 추궁했다.

"우리지요."

"우리라니? 누가 '우리' 요?"

델러니가 물었다. 버나디는 차가운 눈으로 그를 쳐다보았다. 박사는 의자 등받이에 기대앉았더니 다리를 꼬았다.

"저와 제가 초빙한 전문의들입니다. 저는 그분들의 전문적인 조언을 들었습니다, 서장님. 그분들이 자신의 견해를 기록하고 서명까지 했지요. 서장님이 볼 수 있도록 복사본도 준비했습니다."

에드워드 델러니 서장은 이제까지 오랜 세월 동안 수많은 증인과 혐의자들을 심문했다. 그래서 그는 사람들이 거짓말을 할 때에는 그것을 짐작할 수 있었다. 갖가지 다양한 요소가 그것을 가능하게 했다. 심문을 받는 사람이 어리석거나 경험이 없는 경우에는 단서가 육체적 반응으로 나타났다. 그들은 눈동자를 자주 굴리거나 불안하게 몸을 꿈틀거리기도 하고 눈을 깜빡거리기도 했다. 때로는 식은땀을 흘리거나 갑자기 심호흡을 하기도 했다. 제법 영리하고 경험이 많은 자의 경우에는 그와는 다른 방식으로 반응했다. 그들은 부자연스러울 정도로 너무나 태연했다. 세상에서 가장 정직한 사람이 바로 자기라는 듯 심문자의 시선을 태연히 맞받아 바라보았다. 때로는 온갖 인상을 다 쓰고 안달을 하기도 했다. 심지어는 심문자 앞에 얼굴을 들이밀고 쾌활하게 웃음을 짓기까지 했다.

그러나 버나디는 거짓말을 하고 있는 것은 아니었다. 델러니 서장은 그것은 믿을 수 있었다. 동시에 그는 버나디가 사실을 있는 대로 다 털어놓고 있지 않다는 것도 알 수 있었다. 버나디는 뭔가를 감추고 있었다. 뭔가 좋지 않은 일이 분명히 있었다.

"좋습니다, 박사님. 전문의들이 서명한 진단서가 있다 이거로군요. 그 사람들 의견이 모두 일치하던가요?"

버나디의 눈이 적의로 빛났다. 그는 몸을 기울여 바바라의 손을 어루만지며 말했다.

"너무 걱정 마세요. 이건, 뭐 그리 대단한 수술은 아닙니다. 이 나라의 모든 병원에서 흔히 시행되는 수술이에요. 하지만 어떤 수술에나 위험은 따르지요. 종기 하나를 절개하는 데에도 위험은 있으니까요. 서장님도 이 점은 이해하실 거라고 믿습니다. 아무리 단순한 수술도 소홀히 취급되어서는 안 되는 겁니다."

"소홀히 받아들이는 것은 아닙니다, 박사님."

델러니는 화가 나서 말했다. 그는 다시 한 번 버나디가, 이 '외국인'이 영어를 올바로 사용할 줄 모른다는 생각을 했다.

이런 이야기가 오가는 동안 바바라 델러니는 고개를 이쪽저쪽으로 돌려가며 남편과 의사를 쳐다보았다. 델러니는 자제력을 발휘하여 음성을 낮추고 조용히 말했다.

"알았습니다, 박사님. 박사님은 수술이 필요하다고 하셨습니다. 수술로 신장결석을 제거하면 아내는 건강을 회복하게 된다 이

겁니까? 그것이 답니까? 우리에게 아직 얘기하지 않은 것은 없습니까?"

"여보, 이제 그만 해요."

바바라가 말했다. 델러니는 물러서지 않았다.

"나는 알고 싶어. 당신도 알아야 한다고 생각해."

버나디는 한숨을 내쉬었다. 그는 의견 충돌을 빚은 델러니와 그의 아내를 화해시키려고 궁리하는 듯 보였다. 그러나 그는 그 이상의 궁리를 해냈다.

"우리 의견으로는 그렇습니다. 완전무결하게, 100퍼센트 보장할 수는 없습니다. 어떤 의사나 학자도 그런 보장을 할 수는 없는 법입니다. 그건 이해하셔야 해요. 이건 바바라 델러니 부인께는 힘든 일이겠지요. 통상적으로는 이런 수술의 경우 한 주일 내지 열흘 정도의 입원, 그리고 몇 주일 정도 집에서 요양하는 것으로 충분히 회복이 가능합니다. 그렇다 해서 현재의 상황을 과소평가하지는 마시기 바랍니다. 이것은 심각한 상황입니다. 나는 이 상황을 심각하게 받아들이고 있습니다. 두 분께서도 그러리라 믿습니다. 하지만 바바라 부인, 부인은 근본적으로 건강하십니다. 부인의 병력을 봐도 정상적인 회복을 의심할 만한 어떤 근거도 없습니다."

"하지만 다른 선택의 여지는 없다 이겁니까? 수술만이 유일한 길이라는 겁니까?"

델러니가 다시 물었다.

"그렇습니다. 다른 선택의 여지는 없습니다."

바바라 델러니는 비명을 질렀다. 그러나 그것은 고양이 소리보다도 작은 비명이었다. 그녀는 팔을 뻗어 남편의 손을 잡았다. 델러니는 그 커다란 손 안에 아내의 손을 움켜쥐었다.

"그런데도 당신은 아무것도 보장할 수 없다는 겁니까?"

델러니가 추궁했다. 그는 자신이 같은 말을 반복하고 있다는 것을 깨달았다. 자신의 말이 절망적인 어조를 띠고 있다는 것도 깨달았다.

버나디의 눈에서는 빛나는, 투시하는 듯한 시선이 더욱 또렷해졌다. 그것은 이제는 눈 먼 개의 눈에 집어넣는 유리알처럼 보였다. 그는 짤막하게 단언했다.

"어떤 보장도 없습니다. 있을 수 없습니다."

병실 안에 정적이 빗줄기처럼 내리 덮였다. 그들 세 사람은 눈을 빛내며 서로를 바라보고 있었다. 이곳저곳에서 소음이 병실 안으로 흘러 들었다. 스피커가 쏟아내는 방송, 환자용 침대가 복도에서 끌려가는 소리, 사람들이 주고받는 웅성거리는 말소리. 어디에선가는 라디오에서 댄스 음악이 흘러나오고 있었다. 그러나 병실 안에서는 그들 세 사람이 정적 속에서 서로의 눈을 들여다보고 있었다.

"고맙습니다, 박사님. 아내와 상의해 보겠습니다."

마침내 델러니는 거칠게 내뱉었다. 버나디는 고개를 끄덕이고 의자에서 재빨리 일어나서 침대 옆 탁자에 서류를 놓고 말했다.

"이 기록을 드리지요. 주의 깊게 읽어보십시오. 스물네 시간 안에 마지막 결심을 알려주시기 바랍니다. 그 이상 지연되어서는 안 됩니다. 이런 상황에서 시간만 보내고 있을 수는 없습니다. 수술하기로 결정되면 계획을 세워야 합니다."

버나디는 그 뚱뚱한 몸집에 비하면 아주 가벼운 걸음으로 병실에서 나갔다.

에드워드 델러니는 가톨릭 집안에서 태어나 성당을 다니며 성장했다. 성찬식과 고해성사는 사랑이나 직업과 마찬가지로 그의 생애의 일부였다. 그는 성당에서 결혼식을 올렸고 아이들을 교구의 학교에 보냈다. 그의 신앙심은 바윗덩이처럼 견고했다. 적어도 1945년까지는 그랬다.

1945년의 어느 날 오후 늦은 시간이었다. 짙은 먹구름이 하늘과 태양을 가리고 있었다. 델러니 대위는 헌병이었다. 그는 독일 북부 지방의 한 유대인 수용소를 해방시키라는 명령을 받고 대원들을 지휘하고 있었다. 철조망을 얼기설기 엮어 만든 정문은 활짝 열려 있었다. 수용소 안에는 사람의 흔적이 보이지 않았다. 델러니 대위는 적절한 위치에 대원들을 배치했다. 그는 직접 권총을 뽑아 들고 페인트 칠이 되지 않은 가건물을 향해 다가가서 문을 열어젖혔다.

처참한 광경이 그를 덮쳤다.

그의 뱃속에서 신음이 밀려 나왔다. 단 한 차례의, 단음절의 신음이 그의 입술에서 흘러나왔다. 그리고 그 신음과 함께 교회와 신앙과 기도와 믿음은 사라졌다. 그때까지의 예절도 늠름함도 풍속과 사람에 대한 기대도 깨졌다. 델러니는 다시는 그 일을 생각하지 않기로 했다. 그는 경찰관이었고, 그 직무를 수행하는 데 나름대로의 확고한 근거가 필요했던 것이다.

이제 눈앞에 직면한 사태를 생각하자 델러니는 마치 자발적으로 망명의 길을 선택한 사람이 고국을 그리워하듯이 교회에 마음이 기우는 것을 느꼈다. 그러나 형편이 어렵다 하여 한번 버린 곳으로 되돌아가는 것은 비굴한 짓이었다. 그것은 델러니의 자존심이 허락하지 않았다. 그들 부부는 나란히 서서, 델러니의 힘에 아내의 힘까지 합하여 이 시련이 끝나기까지 버틸 것이다. 두 사람의 힘을 합하면, 거기에다 그들 부부의 특별한 사랑의 연금술까지 조화를 부려준다면 단지 둘을 더해놓은 것 이상의 힘을 발휘할 것이다.

델러니는 아내의 침대 모서리에 걸터앉아 미소 지으며 그 큼지막한 손으로 아내의 머리칼을 쓰다듬었다. 그녀의 머리칼은 보조 간호사의 솜씨로 잘 빗질되어 기다란 푸른색 털실끈으로 묶여 있었다.

"당신이 저 의사를 싫어한다는 건 알아요."

"그건 중요하지 않아. 중요한 건 당신이 저 사람을 믿는다는 것이지. 그렇지 않아, 여보?"

"그래요."

"좋아. 그래도 퍼거슨과 상의는 하고 싶어."

"지금 결정할 수는 없어요?"

"안 돼. 이 진찰기록을 가지고 가야겠어. 우선 이게 무슨 내용인지 읽어봐야지. 그 다음 퍼거슨에게 보여주고 의견을 들어봐야지. 어쩌면 오늘 밤이면 될지도 몰라. 그리고 내일 다시 이 문제를 상의해 보자구. 그래도 되겠지, 여보?"

"그럼요. 메리가 커튼 청소를 했나요?"

그녀는 파출부 얘기를 꺼냈다. 메리는 월요일부터 금요일까지 아침 8시부터 오후 4시까지 그들의 집에 와 일하는 파출부 이름이었다.

"했어. 거실의 커튼을 털어서 뒤뜰에 널어 해바라기를 시켰어. 메리가 내일은 날씨만 좋다면 응접실 커튼도 하겠다고 했어. 당신 문병을 오고 싶어 몸살이야. 우선 당신 상태가 어떤지를 알 때까지는 그만두라고 내가 만류했지. 당신 친구들에게도 그렇게 얘기해 뒀고. 그게 당신이 바라는 거지, 여보?"

"그래요. 남들에게 이런 꼴 보이고 싶지 않아요. 나중에 기분이 좀 나아지면 만나도 늦지 않잖아요. 아침엔 뭘 들었어요?"

델러니는 기억을 더듬었다.

"가만 있자. 오렌지 주스 조금하고 시리얼을 먹었어. 물론 설탕 없는 걸로. 토스트도 먹었지. 블랙커피하고."

바바라는 고개를 끄덕거렸다.

"잘했어요. 다이어트를 소홀히 하면 안 돼요. 점심 땐 뭘 먹었어요?"

"일이 너무 밀려서 샌드위치를 사다 먹는 수밖에 없었어. 통밀과 구운 쇠고기로 만든 걸로. 토마토 주스를 큰 잔으로 마셨고."

"아, 여보. 그렇게 아무렇게나 먹으면 안 되는데. 오늘 밤에는 식사를 충분히 하겠다고 약속해요. 당신……."

갑자기 바바라는 말을 중단했다. 그녀의 눈에서 눈물이 흘러내렸다. 그녀는 작은 소리로 부르짖었다.

"아, 하느님. 왜 나한테 이런 일이 벌어지는 거죠?"

바바라는 몸을 일으켜 그를 끌어안았다. 델러니는 그녀의 몸을 받아 안았다. 그의 두터운 손바닥이 끝없이 아내의 등을 쓰다듬었다. 그는 계속해서 거듭 말했다.

"사랑해, 여보. 사랑해. 사랑해."

그러나 아무리 반복해도 부족한 것 같았다.

델러니는 얼마 후 아내의 진찰기록을 가지고 경찰서로 돌아왔다. 책상에 앉자마자 그는 샌포드 퍼거슨 박사에게 전화를 했다. 퍼거슨은 자리에 없었다. 그는 의학실험소로 전화를 했다. 그곳은 시체공시장이었고, 퍼거슨의 개인 사무실은 그곳에 있었다. 퍼거슨 박사의 행방을 아는 사람은 없었다. 델러니는 이곳저곳에 연락을 요구하는 전언을 남기고 전화를 끊었다.

델러니는 진찰기록을 한쪽에 치우고 일을 시작했다. 도르프만과 두 명의 수사관이 그를 기다리고 있었다. 그들은 각기 다른 업무를 담당 중이었다. 그 지역의 사업가들은 순찰경관을 증원할 것을 요구하고 있었다. 한 흑인 투쟁단체는 최근에 벌어진 시위에서 그것을 저지한 경찰들이 '잔인한 만행'을 저질렀다면서 이를 규탄하고 있었다. 유대인 지도자 위원회는 관할구역 내에 자리 잡은 이집트 대사관 앞에서 거의 매일 벌이고 있는 시위를 경찰이 막았다는 이유로 항의를 하고 있었다. 또한 영향력이 있는 늙은 주부들은 마약 남용을 막을 수 있는 '놀라울 만큼 훌륭한 아이디어'가 있다면서 만나줄 것을 요구하고 있었다.(그 새로운 아이디어란 다름 아니라 코카인 속에 재채기 약을 투입하자는 것이었다.) 또 어떤 부유한 노인 한 사람이 (두 번째로) 어린아이들에게 자신의 나체를 보이는 짓을 벌인 사건도 대기 중이었다.

델러니 서장은 그 모든 보고를 음울한 얼굴로 고개를 끄덕이며 들었다. 이따금 의도적으로 너무나 낮은 음성으로 얘기했기 때문에 수사관들은 그 얘기를 알아듣기 위해 앞으로 고개를 숙여야만 했다. 그는 오랜 체험으로 조용한 얘기보다 더 효과적인 것은 없다는 사실을 알고 있었다. 조용조용한 얘기만이 사람들의 흥분을 가라앉힐 수 있었다. 그렇게 해야만 사람들은 이성을 되찾지는 못한다 해도 무엇이 가능하고 무엇이 실질적인지를 깨달을 수 있었다.

바깥 사무실이 빈 것은 밤 8시 무렵이었다. 델러니는 의자에서 일어나 그 거대한 어깨를 앞뒤로 흔들어 근육을 풀었다. 그는 이런 종류의 업무가 걷는 것이나 순찰을 하는 것보다 훨씬 더 피로하다는 것을 알고 있었다. 판단력과 의지력을 끊임없이 시험받는 것 같았다. 설득과 권고, 위로과 지시가 끝도 한도 없이 계속되어야만 했다. 필요에 따라서는 싸움을 훗날로 미루기 위해 항복해야 하는 경우도 있었다.

그는 책상을 치우고 그 위에 쌓인 서류더미를 시름없이 내려다보았다. 그것은 이제 내일로 미루는 수밖에 없는 일들이었다. 건물을 떠나기 전에 그는 자물쇠를 살펴보고 대원들의 방과 조사실, 그리고 수사관들의 방을 둘러보았다. 251번 지서는 90년이 넘은 낡은 건물이었다. 비좁고 삐걱거렸다. 이곳에서는 뉴욕의 다른 모든 낡은 지서 건물과 마찬가지로 골동품 냄새가 물씬 풍겼다. 벌써 세 사람의 시 당국자가 새 건물을 지어주겠다고 약속했으나 그 약속은 지켜지지 않았다. 델러니 서장은 새로운 당국자가 취임할 때마다 그 약속을 받아내야 했다. 그는 마지막으로 근무일지를 살펴본 다음 경찰서 건물을 나서서 바로 옆에 있는 자신의 집으로 걸어갔다.

그가 사는 집은 사실상 경찰서 건물보다 더 낡은 집이었다. 원래는 어떤 상인이 독립주택으로 지은 집이었다. 그 집은 여러 해 동안 돌보는 사람 없이 쥐와 바퀴벌레가 소굴을 이룬, 방 하나씩을 따로따로 빌려주는 하숙집으로 쓰이면서 헐어갔다. 그때 델러니가 그 집을 사들였다. 그가 그 집을 살 수 있었던 것은 부친에게서 물려받은 유산(2만 8000달러짜리 부동산)이 있었기 때문이었다.

비록 집은 몹시 헐었지만 델러니는 그 집의 구조가 견고했기 때문에 마음에 들었다. 또한 바바라는 그 눈썰미로 집 안에 놓인 대리석 벽난로와 호두나무 벽(비록 몇 차례나 덧칠이 되었지만 제 모습을 되찾을 수 있을 듯했다.)을 발견했다. 아이들을 위한 방도 넉넉했고 건물 사이의 좁은 길에는 포석이 깔려 있었다. 비록 나무들이 웃자라기는 했으나 정원도 있었다. 그래서 그들은 그 집을 샀다. 그때만 해도 그들은 언젠가 델러니가 바로 옆에 있는 지서의 서장이 되리라고는 상상도 하지 못했다.

복도에는 불이 켜져 있었다. 파출부 메리가 켜둔 것이었다. 아름다운 거울 위에 테이프로 쪽지가 붙어 있었다. 양고기와 토마토 샐러드가 냉장고 안에 있으며 렌틸콩 수프도 있으니 생각이 있으면 데워 드시고 후식으로 사과파이를 들라는 내용이었다. 다 맛있을 것 같았다. 그러나 델러니는 체중을 고려하지 않을 수 없었다. 그는 결국 수프는 참기로 했다.

델러니는 우선 병원에 전화부터 했다. 바바라는 졸리는 음성이었다. 무슨 말을 하는지 알지도 못하는 듯했다. 병원에서 아내에게 진정제를 투약하는 것은 아닌지 의심이 들었다. 그는 바바라에게 겨우 몇 마디를 할 수 있을 뿐이었다. 마침내 그가 작별인사를 했을 때 아내가 왠지 안도하는 기색이라는 생각까지 들었다.

그는 부엌으로 가서 경찰복 상의를 벗고, 권총 벨트도 풀어 의자 뒤에 걸었다. 먼저 그는 호밀 하이볼을 만들었다. 그날로서는 첫 술잔이었다. 그는 담배를 피우면서 하이볼을 한 모금씩 천천히 마셨다. 어느 새 세 잔이 되었다. 퍼거슨 박사가 왜 응답 전화를 하지 않는지 의아스러웠다. 그제서야 어쩌면 오늘 퍼거슨 박사가 비번일지도 모른다는 생각이 들었다. 만일 비번이라면 그는 골프장에 갔을 것이다.

델러니는 술잔을 들고 서재로 들어가서 책상 위를 뒤적거려 전화번호부를 찾아냈다. 퍼거슨의 집 전화번호를 찾아 전화를 했다. 신호가 가자마자 쾌활한 음성이 전화를 받았다.

"퍼거슨입니다."

"델러니 서장이네."

퍼거슨은 웃었다.

"잘 있었나, 에드워드? 웬일인가? 열다섯 살 먹은 창녀에게서 임질이라도 옮았나?"

"무슨 소리. 아내 때문이야. 바바라 말이네."

퍼거슨의 어조가 금세 바뀌었다.

"아, 그래? 무슨 일인데, 에드워드?"

"오늘 밤 만날 수 있겠나?"

"부인도 같이? 아니면 자네만?"

"나만 만나면 돼. 아내는 병원에 있어."

"그것 참 안됐군, 에드워드. 나 지금 막 나가려는 참이었어. 급한 사건이 생겼다고 연락이 왔거든. '베고째고' 해야 할 모양이야. 자정 이전에 집에 돌아오기는 어려울 것 같은데. 너무 늦은 시간이지?"

'베고째고'는 시체부검을 뜻하는 의사들의 은어였다.

"아니야, 괜찮아. 내가 집으로 자정 무렵에 가지. 그래도 되겠지?"

"물론이지. 그런데 대체 무슨 일인데?"

"만나서 직접 얘기할게. 진찰기록도 있고, 엑스레이 사진도 있으니까."

"알았어. 좋아, 에드워드. 자정까지 여기로 와."

"고마워, 박사."

델러니는 부엌으로 돌아가 양고기와 토마토 샐러드를 먹었다. 모래알 씹는 맛이었다. 그는 천천히 음식을 먹으면서 무거운 검은 테 안경을 쓰고 바바라의 진찰기록을 한 장도 남김없이 읽었다. 비록 아무것도 알아낼 수는 없었지만 그는 엑스레이 사진도 등불을 향해 쳐들어 살펴보았다. 거기에 아내가 희미한 그림자로 담겨 있었다. 그에게는 인생의 모든 것과 다름없는 아내가.

델러니는 식사와 읽기를 동시에 끝냈다. 의사들의 견해는 모두 일치하는 것 같았다. 그는 사과파이와 블랙커피는 먹지 않기로 했다. 그 대신 호밀 하이볼을 다시 만들었다. 그는 속옷 차림으로 텅 빈 집 안을 서성거렸다.

델러니와 아내가 따로 떨어져 자는 것은 2차 세계대전 이후로는 처음이었다. 그는 혼자 버림받은 느낌이었다. 집 안의 어두운 방마다 델러니는 아내의 존재를 느꼈다. 아내가 옆에 있었으면 싶었다. 아내가 보고 싶었고, 아내의 음성을 듣고 싶었다. 아내의 체취를 맡고 싶었다. 아내의 웃음소리를 듣고 싶었다. 슬리퍼를 끌고 걸어 다니는 아내의 발자국 소리를 듣고 싶었다. 아내를 애무하고 싶었다.

환청이 가득한 그 어두운 방 안에는 그들이 낳은 아이들도 있었다. 아이들의 비명과 외침, 다투는 소리와 뒹구는 소리, 대답을 재촉하며 묻는 소리, 울며 지르는 고함소리. 그 낡은 벽에는 그들 가족의 생활이 묻어 있었다. 휴일의 식사도, 승리와 패배도, 가족 사이의 사랑도 모두 거기 스며들어 있었다. 이제 그것들은 모두 엑스레이 사진 속의 그림자처럼 침울하고 컴컴할 따름이었다.

델러니는 천천히 계단을 올라갔다. 텅 빈 침실과 다락이 나왔다. 이 집이 그들 부부만이 살기에는 너무 크다는 것에는 의심의 여지가 없었다. 그럼에도 불구하고……. 문틀에는 엘리자베스가 남긴, 연필로 키를 재어 표시한 성장의 자취가 있었다. 에디가 계단에서 넘어져 턱이 깨졌는데도 눈물 한 방울 흘리지 않았던 계단 난간이 있었다. 그들이 길렀던 많은 개 중에 한 마리가 피가 나도록 기침을 하다가 죽어버린 자취도 남아 있었다. 그때 바바라는 얼마나 슬퍼했던가.

그는 그런 것들이 큰 사건은 아니라고 생각했다. 그것은 비극도 희극도 아니었다. 엄청나게 커다란 사건도, 심오한 깊이를 지닌 사건도 아니었다. 다만 세월이 흘러가는 흔적에 불과했다. 세월은 어떤 극적인 사건도 결국 지나간 일상사의 하나로 만들었다. 세월은 그런 사건의 색채를 희미하게 하고 그 절절했던 외침을 모호하게 만들었다. 그러나 그 흑백의 희미한 광채, 아직도 남아 있는 어렴풋한 흔적은 그에게 의미심장한 것들이었다. 그는 깊은 생각에 잠긴 채 허망한 소망을 중얼거리며 자기 생애의 어둠침침한 복도를 서성거렸다.

아직 미혼인 샌포드 퍼거슨 박사는 덩치가 엄청난 남자였다. 그는 사슬고리가 달린 조끼와 트위드 상의를 입고 다녔는데, 그 양복에는 주름살 하나 없었다. 그 때문에 그의 덩치는 더욱 엄청나 보였다. 그는 어깨도 엄청났고 가슴도 엄청났다. 퍼거슨은 비만은 아니었다. 그런데도 그의 넓적다리는 보통 남자의 가슴에 비길 만큼 두툼했고 그의 팔은 살이 피둥피둥했으며 강했다.

퍼거슨이 똑똑한 사람이라는 데에 이의를 다는 사람은 없었다. 파티에서 그는 같이 온 사람들이 끊임없이 웃음을 터뜨릴 정도로 쉬지 않고 농담을 계속할 수 있었다. 여러 지방의 방언을 완벽하게 구사했고, 탭댄스를 놀랄 만큼 능란하게 추었으며, 의사들끼리의 협회나 단체의 모임에서 저녁식사 후의 연사로 가장 많이 초청을 받는 사람 중 하나였다. 그는 또한 능란하지는 못했으나 열광적으로 골프를 좋아했다. 멋진 바리톤 음성으로 노래를 잘 불렀고, 맛있는 수플레를 만들 줄도 알았다. 또한 다른 사람들에게는 비밀이었지만(물론 그의 노처녀 누나에게도 비밀이었다.) 그에게는 애인도 있었다. 중년의 흑인 여자였다. 그 여자는 그의 아들을 셋이나 낳아주었다.

델러니는 또한 퍼거슨이 아주 경험 많고 냉소적인 부검의라는 것도 알고 있었다. 처참한 죽음 앞에서도 그는 당황하는 법이 없었다. 누가 보기에도 사인이 명백한 듯한 시신도 그를 속여 넘기지는 못했다. '자연사' 한 시체에서 그는 독극물의 냄새를 맡았다. '사고사' 당한 시체에서 그는 치명적인 자상을 포착해 냈다.

퍼거슨은 델러니에게 하이볼을 내밀며 말했다.

"여기 호밀 하이볼. 이제 거기 앉아서 입 다물고 좀 기다리게. 그래야 내가 이걸 읽고 생각할 수 있으니까."

자정이 지난 시각, 퍼거슨의 아파트 거실이었다. 그의 아파트는 머레이 힐에 있었다. 델러니가 들어섰을 때 그를 맞은 것은 퍼거슨의 노처녀 누나였다. 그러나 그녀는 곧 사라져버렸다. 아마 자러 들어간 것이리라. 퍼거슨은 델러니를 위해 직접 호밀 하이볼을 만들고 자신을 위해서는 큰 잔에 독한 브랜디를 한 잔 따랐다.

델러니는 커버가 씌워진 팔걸이 소파에 조용히 앉아 있었다. 퍼거슨은 앤 여왕 시대의 나지막한 책상 앞에 높인 기다란 의자에 앉았다. 그의 몸집은 책상과 의자를 부술 듯 엄청났다. 그의 넥타이는 밑으로 늘어뜨려져 있었고 와이셔츠는 단추가 열려 벌어져 있었다. 열린 와이셔츠 틈으로 가슴의 북슬북슬한 털이 드러났다.

그는 델러니가 건네준 진찰기록을 슬쩍 넘겨다보며 말했다.

"아주 대단한 '베고째고'였어. 그 트럭 운전기사는 일을 마치고 집으로 갔다고 하더군. 집은 그리니치 빌리지였고. 운전기사 말로는 아내가 부엌 바닥에 쓰러져 있더래. 아내의 머리는 오븐 안에 들어가 있었고. 방 안에는 가스가 꽉 차 있더래. 운전기사는 창문을 열었다, 여자는 죽었다. 그건 얼마든지 증언할 수 있어. 남편 말로는 그 여자가 요새 우울증이었다는 거야. 늘 자살하겠다고 위협했다더군. 글쎄, 그럴지도 모르지. 하지만 두고 봐야지. 두고 봐야 해."

"그 사건 담당이 누구야?"

델러니가 물었다.

"샘 로소프. 아는 사람이야?"

"알지. 옛날 양반이야. 좋은 사람이지."

"그렇지. 에드워드, 부엌 탁자 위에서 시가꽁초가 들어 있는 재떨이를 찾아낸 게 그 사람이었어. 꽁초는 물론 불이 꺼져 있었지만 아직 침이 묻어 축축했지. 자네라면 어떻게 했겠나?"

"죽은 여자의 머리카락 속에서 타박상을 찾아내라고 자네에게 요청하고 다음에는 그 남편의 애인을 찾아보겠지."

퍼거슨 박사는 웃음을 터뜨렸다.

"에드워드, 자네도 대단해. 로소프가 나에게 요구한 것도 바로 그거였어. 내가 타박상을 찾아냈지. 지금 로소프는 아마 그 남편의 정부를 찾아다니고 있을 거야. 수사관 업무가 그립나?"

"그래."

"자네가 최고였는데. 자네가 청장이 되겠다는 생각을 품기 전까지는 말이야. 이제 입은 다물어줘. 이걸 읽어야겠어."

침묵이 흘렀다. 퍼거슨이 다시 입을 열었다.

"아아! 이건 옛 친구 버나디로구만."

델러니는 놀라 물었다.

"그 사람을 알아?"

"알지."

"어떤 사람이야?"

"의사로서 말이야? 출중하지. 사람으로서는 지긋지긋하고. 잡담은 그만."

다시 침묵이 이어졌다. 이번에 침묵을 깬 사람은 델러니였다.

"그 의사들 가운데 아는 사람 또 없어? 버나디가 불러들인 그 전문의들 중에 말이야."

"이 다섯 사람 가운데 두 사람은 아는 사람이군. 신경학자와 엑스레이 전문가. 그 사람들이야 뉴욕에서 둘째 가라면 화낼 사람들이야. 비용이 대단히 많이 들겠는걸, 에드워드. 만일 나머지 세 사람도 이 두 사람처럼 실력자들이라면 자네 아내는 훌륭한 진단과 치료를 받을 수 있을 거야. 내가 알아볼 수 있어. 이제 정말 조용히 해줘."

다시 침묵이 찾아왔다. 얼마 후 이번에는 퍼거슨이 아직 눈으로는 기록을 읽으며 어깨를 들썩이더니 입을 열었다.

"아, 신장결석이라구? 이건 과히 나쁜 상황은 아니군."

"그런 환자 받아봤나?"

"그런 환자야 늘 있지. 물론 대개는 남자들이지만. 누가 결석에 잘 걸리는지 아나? 택시 운전기사들이야. 하루 온종일 엉덩이를 깔아뭉개고 앉은 채 차를 몰고 다녀야 하니까."

"내 아내는 어째서 그런 게 생겼을까?"

"글쎄. 어쩌면 다이어트 때문인지도 모르지. 스트레스 때문일 수도 있고. 우리가 모르는 다른 원인도 얼마든지 있으니까."

"아내는 음식을 함부로 먹지 않아. 술도 거의 마시지 않고. 또 스트레스로 말하자면 아내는 내가 만난 어떤 여자보다도 명랑한 사람이야."

"그런가? 알겠네. 이거 좀 마저 읽게 마누라 자랑은 좀 참고 있게."

퍼거슨은 이따금 읽은 기록의 앞부분으로 되돌아가 다시 뒤적이기도 하면서 진찰기록을 열중해서 읽었다. 그는 엑스레이 사진은 한번 들여다보지도 않았다. 마침내 기록을 다 읽자 그는 자신의 잔에 브랜디를 가득 따르고 델러니의 잔에도 하이볼을 더 따라 주었다.

"어떤가?"

델러니가 묻자 퍼거슨은 얼굴을 찌푸리며 대답했다.

"에드워드, 날 끌어들이지 마. 다른 사람도 끌어들일 생각 말고. 버나디가 허풍쟁이고 자기 고집만 세우고 이기적인 것은 사실이야. 하지만 내가 이미 말한 대로 그자는 의사로서는 훌륭해. 자네 아내의 경우에 버나디는 올바른 조처들을 모두 정확히 해내고 있어. 그 친구가 수술을 제외하고는 모든 방법을 다 동원해 왔잖아. 그렇지?"

"항생제도 투약했지. 효과는 없었지만."

"효과가 없지. 신장결석에 항생제는 효과가 없어. 하지만 그건 버나디가 부인을 병원에 입원시켜서 갖가지 자세한 검사를 하기 전일 테지. 또 부인이 소변 볼 때의 통증을 호소하기 전이었을 거고. 그런 일이 생긴 건 최근이지?"

"그렇지. 겨우 나흘이나 닷새 전쯤부터였으니까."

"자, 그렇다면……."

"수술을 하라고 권하겠나?"

델러니가 음울한 소리로 물었다. 퍼거슨은 몸을 돌려 그를 쳐다보며 날카롭게 말했다.

"난 아무것도 권하지 않아. 부인은 내 환자가 아니라는 걸 명심해. 하지만 달리 선택할 길이 없잖아?"

"버나디도 똑같은 소리를 했어."

"버나디 말이 옳아. 전진하는 길뿐이야, 친구."

"완치될 가능성은 얼마나 될까?"

"그걸 알면 내기라도 걸 거야? 수술하면 잘 나아."

"수술을 하지 않으면?"

"그건 생각도 마."

"이건 너무해."

델러니는 화가 나서 부르짖었다. 퍼거슨이 낯선 사람처럼 차가운 눈길로 그를 노려보았다.

"너무하지 않은 세상이 어디 있던가?"

두 사람은 한참 동안이나 서로를 노려보았다. 마침내 퍼거슨이 책상으로 돌아가 엑스레이 사진을 뒤적거렸다. 그는 한 장을 찾아내어 책상 위의 전등불을 꺾어놓고 거기 비춰보며 중얼거렸다.

"신장이라. 그래, 그래."

"왜 그래, 박사?"

"버나디도 말했을 거고 나도 말했잖아. 신장결석이야. 어쩔 수 없어."

"난 그걸 물은 게 아니야. 자네가 찜찜해 하는 이유가 뭐냐구."

퍼거슨은 놀라 델러니를 돌아보았다.

"자넨 정말 징그러운 종자야. 그놈의 형사 기질을 절대로 버리지 못하는군. 자네 같은 사람은 처음이야. 자네같이 한 가지 일밖에 모르는 사람은 다시는 없을 거야."

"뭐냐니까?"

"아무것도 아니야. 설명할 수도 없어. 그저 찜찜한 기분이 드는 것뿐이야. 자네도 그런 기분이 들걸. 그렇지?"

"늘 그래."

"아귀가 안 들어맞는 부분이 있는데, 그건 아주 사소한 것들이야. 뭔가 합리적인 설명이 있을 테지. 최근의 자궁절제수술 따위 말이야. 열과 오한은 그때부터 시작되었다. 하지만 두통과 구역질과 요통은 최근에 시작되었다. 그러더니 이번에는 소변 볼 때에도 통증이 온다. 이런 건 모두 신장결석에 나타나는 전형적인 증상이야. 그런데 증상이 나타나는 순서가 이상해. 신장결석의 경우 언제나 소변 볼 때의 통증이 가장 첫 증상이거든. 때로는 그 통증이 너무 심해서 벽에 몸을 짓찧을 정도라니까. 그런데 이 기록에는 처음에는 그런 증상은 없었던 걸로 되어 있어. 아무튼 검사 결과는……. 자네 아내가 무슨 스트레스를 받을 일은 없었다고 했지?"

"물론 없었어."

"내가 받은 이런 환자들은 성미 급하고, 무슨 일이든 많이 하려고 덤비고, 시간 때문에 초조해 하고, 분주히 이리저리 돌아다니고, 손톱을 물어뜯는 타입이었어. 식당에서 식은 커피가 나오면 웨이트리스에게 호통을 치는 그런 사람들 말이야. 바바라가 그런 여자였나?"

"천만에. 바바라는 침착하다니까."

퍼거슨은 한숨을 내쉬더니 말했다.

"그건 자네도 그렇게 자신 있게 말할 일이 아니야. 남자란 여자의 진면목을 알 수 없어. 그런데……. 에드워드, 자네 프로테우스 감염이라는 말 들어본 적 있나?"

"버나디도 그런 말을 한 적이 있었지."

퍼거슨은 너무 놀라 한 걸음 뒤로 물러섰다. 마치 가슴을 한 대 얻어맞은 듯한 움직임이었다. 그가 소리쳤다.

"버나디가 그 말을 했어? 그게 언제야?"

"3주일쯤 전이었을걸. 버나디가 바바라를 입원시켜 세밀한 검사를 받아보자고 제안한 것이 그때였지. 버나디는 프로테우스 얘기를 하더니, 그에 관해 좀 더 공부를 해야겠다고 말했어. 하지만 오늘은 그런 얘기는 입 밖에도 내지 않았지. 버나디에게 내가 물어볼까?"

퍼거슨은 쓰디쓰게 중얼거렸다.

"하느님 맙소사! 안 돼. 그런 건 묻지 마. 버나디가 하고 싶은 말이 있었다면 벌써 자네에게 했을 테니까."

"그런 감염 환자를 본 적이 있나?"

"프로테우스 감염? 아, 그래. 20년 동안 세 명의 환자가 있었어. 프로테우스는 악마야."

"그 환자들이 어떻게 되었는데?"

"두 사람은 항생제에 반응을 나타냈지. 그래서 담배를 피우고, 술을 퍼마시며 고민하다가 마흔네 시간 만에 죽어버렸어."

"나머지 한 사람은?"

퍼거슨은 다가와서 거의 일으켜 세울 듯 델러니의 오른팔을 붙잡았다. 델러니는 퍼거슨이 얼마나 힘이 센 사람인지를 깜빡 잊고 있었다. 퍼거슨은 거칠게 말했다.

"가서 아내의 신장결석을 떼어버려. 바바라는 살거나 죽거나 둘 중의 하나야. 그거야 우리 모두가 마찬가지지만. 다른 방법이 없어, 이 친구야."

델러니는 심호흡을 했다.

"알았어, 의사 선생. 시간 내줘 고마워. 도와줘서 고맙고. 방해해서 미안해."

"방해라구? 바보 같은 소리."

퍼거슨은 씁쓸하게 내뱉었다. 그는 델러니를 문까지 배웅했다.

"바바라를 문병하러 한번 병원에 가봐야겠어. 의사가 아니라 그저 친구로서 말이야."

퍼거슨은 지나가는 말처럼 얘기했다. 델러니는 멍한 얼굴로 고개를 끄덕였다.

"그래. 그렇게 해줘. 바바라는 문병 오는 걸 바라지 않지만 그래도 자넬 만나면 반가워할 거야."

현관 앞에서 퍼거슨은 델러니의 어깨를 잡더니 등불이 잘 비치는 쪽으로 그를 돌려세웠다.

"잠은 잘 자나, 에드워드?"

"그리 잘 자지 못해."

"수면제는 먹지 마. 독한 술을 마셔. 브랜디가 최고지. 포르투갈산 붉은 포도주나. 잠자리에 들기 직전에 독한 흑맥주를 한 병 마시는 것도 괜찮고."

"알았어. 그러지. 고마워."

두 사람은 악수를 했다. 그때 퍼거슨이 다시 말했다.

"잠깐 기다려. 자네, 진찰기록을 두고 나왔잖아. 내가 가져다 주지."

그러나 퍼거슨이 진찰기록을 들고 다시 나왔을 때 델러니는 이미 그 자리에 없었다.

델러니는 집에 들러 두꺼운 스웨터를 입고 그 위에 정복을 입은 다음 지서 건물로 갔다. 건물 입구 정면에 차 한 대가 주차되어 있었다. 차창 안으로 운전석 옆자리에 '기자'라고 씌어 있는 커다란 표지가 놓여 있었다.

델러니는 안으로 들어섰다. 당직 경사와 어떤 남자가 얘기를 하고 있다가 델러니가 들어서자 얘기를 중단하고 그를 돌아보았다. 델러니는 그 남자에게 다가갔다.

"밖에 세워둔 차 당신 겁니까? 정문 앞에 서 있는 차 말입니다."

"그렇습니다. 나는……."

"당신 기잡니까?"

"예. 난 그냥……."

"당장 치워요. 거기는 공무용 차량만 주차할 수 있는 자리요. 거기 뚜렷이 그렇게 표시되어 있는 걸 못 봤습니까?"

"난 그냥……."

델러니는 경사에게 지시했다.

"경사, 2분 안에 저 차가 치워지지 않으면 이 사람에게 소환장을 발부해. 5분이 지났는데도 그 차가 여전히 거기 있으면 견인차를 불러서 끌고 가라고 해. 알아들었나?"

"예, 서장님."

"이것 좀 봐요. 도대체 세상에……."

기자가 다시 말을 시작하려 했으나 델러니는 그의 곁을 지나 자기 사무실로 들어갔다. 그는 건전지 세 개가 들어가는 검은색 손전등을 캐비닛 윗서랍에서 꺼내 들고 짤막하고 단단한 고무 곤봉은 윗도리 주머니에 찔러 넣고 철제 수갑을 권총 벨트에 꽂았다.

델러니가 차디찬 밤 공기 속으로 다시 나왔을 때, 기자의 자동차는 도로 건너편에 주차되어 있었다. 그러나 기자는 지서 건물 바로 앞에 버티고 서 있었다.

"대체 이름이 뭡니까?"

기자는 화가 나 소리쳤다.

"에드워드 델러니 서장이오. 내 신분증 번호도 필요하쇼?"

"아, 델러니 서장님이셨군요! 얘기는 많이 들었습니다."

"그러시오?"

"쇠심줄! 그게 서장님 별명이라지요?"

"그렇소."

기자는 그를 한동안 바라보더니 갑자기 웃음을 터뜨리며 손을 내밀었다.

"내 이름은 핸드립니다. 서장님. 토머스 핸드리. 차에 대해선 미안합니다. 서장님이 100퍼센트 옳았고 내가 100퍼센트 잘못한 겁니다."

델러니는 기자의 손을 마주 잡았다.

"손전등을 들고 어딜 가시는 겁니까, 서장님?"

"그저 순찰이지요."

"같이 걸어도 되겠습니까?"

델러니는 어깨를 으쓱 치켜 올렸다가 내렸다.

"좋으실 대로."

그들은 1번가로 걸어가서 북쪽으로 방향을 바꿨다. 거리에는 상점과 슈퍼마켓, 은행이 줄을 지어 늘어서 있었다. 대부분의 점포들에 문이나 창문 바깥으로 자물쇠를 채울 수 있는 또 하나의 덧문이 설치되어 있었고, 점포들 안에는 전등불이 밝혀져 있었다. 델러니가 그것을 가리키며 말했다.

"보입니까? 내 관할구역에 있는 점포들에 일일이 편지를 보냈습니다. 밤새도록 적어도 100와트짜리 전구 하나는 켜두라고 말이오. 가게 주인이 내 권유를 받아들이는지 지켜보았지요. 98퍼센트의 점포가 내 권유를 받아들였습니다. 간단한 일이지요. 하지만 그 간단한 일로 이 구역 점포들에서 일어나는 강도와 절도사건은 14.7퍼센트가 줄었습니다."

델러니는 구두를 수선하는 가게 앞에서 멈춰 섰다. 그 점포에는 철제 문이 없었다. 델러니는 문을 밀어보았다. 문은 단단히 잠겨 있었다. 핸드리가 재미있다는 듯 말했다.

"좀 이상한 일 아닙니까? 서장이 직접 순찰을 돌다뇨? 이 일을 할 대원이 없는 겁니까?"

"물론 있지요. 내가 처음 251번 지서에 부임해 왔을 때는 규율이 정말 엉망이었습니다. 그래서 나는 부정기적인 순찰을 시작했어요. 물론 도보로 대개는 한밤중에. 효과가 있었지요. 대원들은 내가 언제 어디서 나타날지 알 수 없었으니까. 그러니 당연히 긴장하여 근무를 하지 않았겠습니까?"

"매일 밤 이렇게 순찰을 하십니까?"

"예, 물론 관할구역 전체를 순찰할 수는 없어요. 하지만 매일 밤 각기 다른 지역을 다섯 블록, 혹은 여섯 블록쯤 순찰합니다. 아시겠지만 이제는 더 이상 이런 짓을 하지 않아도 됩니다. 대원들이 잔뜩 긴장해서 근무를 잘하고 있으니까요. 그런데 난 이 일이 습관이 되어버렸어요. 어쩌면 즐기는 건지도 몰라요. 사실대로 말하자면 이 순찰을 하기 전에는 잠이 오지 않아요. 아내는 날더러 잠들기 전에 문이나 창문을 하나하나 다 조사해 보지 않고서는 절대로 잠을 자지 않는 집주인 같다고 말한답니다."

2인조 순찰 차량이 옆으로 다가왔다. 운전석 옆자리의 경찰이 그들을 살펴보더니 델러니 서장을 알아보자 경례를 했다. 델러니도 그에 응답했다.

델러니는 자물쇠가 달린 덧문이 설치되지 않은 점포가 눈에 띄면 어김없이 다가가 밀어보았다. 그 다음 손전등을 켜 들고 골목 안으로 들어섰다. 불빛이 쓰레기통과 여기저기 함부로 쌓인 쓰레기더미를 비췄다. 핸드리는 그 옆에 바짝 붙어 서서 걸었다.

그들은 몇 블록을 더 걸은 다음 동쪽으로 방향을 바꿔 요크로로 향했다. 델러니가 갑자기 물었다.

"우리 서에서 뭘 하고 있었습니까?"

"별거 아닙니다. 어떤 기사를 쓰는 중입니다. 연재기사라고 할 수 있지요."

"무슨 기사요?"

"왜 사람들이 경찰이 되려고 하는지, 경찰이 되고 나면 그에게 어떤 일들이 벌어지는지 그런 내용입니다."

델러니는 한숨을 내쉬었다.

"또 말이오? 벌써 수십 번이나 다뤄진 내용인데."

"압니다. 그건 앞으로도 거듭될 겁니다. 첫 회는 자격과 심사, 시험 등에 관한 내용이었습니다. 두 번째 회는 경찰학교와 훈련과정 등에 관한 거였구요. 지금은 발령을 받고 난 다음에 겪게 되는 일에 대해, 또 경찰관이 발령받을 수 있는 갖가지 업무 분야에 대해 취재 중입니다. 서장님은 원래는 형사과에서 근무하셨죠?"

"그렇소."

"강력계였지요?"

"거기 한동안 있었지요."

"아직도 그 사람들은 서장님 얘기를 한답니다. 서장님이 담당했던 사건들 얘기도요."

"그렇소?"

"왜 순찰 쪽으로 직책을 바꿨습니까?"

델러니는 짤막하게 대답했다.

"행정적 업무 경험도 필요하니까요."

이번에는 핸드리가 한숨을 내쉬었다. 그는 늘씬하고 멋진 젊은 이였다. 기자라기보다는 보험회사 세일즈맨처럼 보였다. 구김살 하나 없는 양복을 걸쳤고 구두에서는 윤이 났다. 테가 좁은 모자는 그의 머리 위에 정확히 얹혀 있었다. 게다가 조끼까지 입고 있었다. 그는 열심히 발을 움직여 델러니를 따라다녔다.

핸드리의 얼굴에서는 긴장감이나 열중한 표정 같은 것은 엿보이지 않았다. 그는 자신을 훌륭히 절제하여 그런 표정이 겉으로 드러나는 것을 막고 있었다. 델러니는 그의 손톱이 짓뭉개져 있는 것을 알아보았고 또한 핸드리가 집게손가락 가운데 마디로 윗입술을 문질러대는 버릇이 있다는 것도 파악했다. 델러니가 물었다.

"수염을 언제 깎았습니까?"

"서장님은 그대로 형사과에서 근무했어야 합니다. 나 자신도 이놈의 입술 주물럭거리는 버릇을 어쩔 수가 없어요. 말해 보세요, 서장님. 왜 경찰들이 나하고는 얘기를 하지 않으려고 하는 거지요? 아, 물론 나와 말을 하기는 합니다. 하지만 진정으로 마음을 열지는 않아요. 내가 작가가 되려면 배워야 할 것은 바로 그것인데요. 사람들 마음속으로 어떻게 들어가느냐. 그게 나 때문일까요, 아니면 경찰들이 자기 얘기가 인쇄되는 걸 두려워하기 때문일까요? 그것도 아니면 도대체 무슨 이유가 있는 걸까요?"

"당신 때문은 아닐 겁니다. 적어도 당신 혼자에게만 문제가 있는 건 아니라는 거요. 이유를 말한다면 당신이 경찰이 아니기 때문이겠지. 유유상종이란 말이 있잖소? 당신이 동류가 아닌 이상 간격이 있는 건 당연하니까."

"하지만 난 이해하려고 노력합니다. 정말이에요. 이 연재기사는 경찰에 공감하는 태도를 취하고 있거든요. 난 내 기사가 그렇게 받아들여지기를 바랍니다. 경찰을 중상모략하는 기사를 쓰려는 게 아닙니다."

"다행이군요. 우린 그런 기사를 신물나게 봤으니까."

"좋아요. 그렇다면 서장님이 말씀해 주시죠. 왜 사람들은 경찰이 되는 거지요? 도대체 뉴욕 같은 도시에서 온전한 정신으로 경찰이 되고 싶어 하는 사람은 도대체 어떤 사람들입니까? 봉급은 보잘것없고, 근무시간은 길고, 사람들은 모두가 경찰이란 뇌물이나 받아먹는 줄 알고, 아직 대가리에 피도 안 마른 꼬마녀석들까지 경찰을 '돼지'라고 부르고, 똥바가지나 뒤집어씌우려고 하는데, 도대체 왜 경찰이 되려고 하는 거지요?"

그들은 사치스러운 아파트 건물 옆의 사유 도로를 지나가고 있었다. 델러니는 그때 무슨 소린가를 들었다. 그는 핸드리에게 속삭였다.

"여기 가만 있어요."

델러니는 소리 하나 내지 않고 도로 위를 움직여 위쪽으로 올라갔다. 손전등은 껐다. 그의 오른손은 제복 윗도리의 권총 손잡이에 붙어 있었다.

잠시 후 그는 웃으며 돌아왔다.

"고양이군. 쓰레기통을 뒤지는 소리였어요."

"흉기를 가진 마약중독자였을 수도 있지요."

핸드리가 말하자 델러니도 긍정했다.

"그렇지요. 그랬을 수도 있습니다."

"좋아요. 도대체 왜입니까?"

핸드리는 화가 난 사람처럼 큰 소리로 다시 물었다. 그들은 남쪽을 향하여 요크로를 천천히 걸어가고 있었다. 지서로 돌아가는 길이었다. 밤이 깊은 시각이어서 교통량은 많지 않았다. 이따금 행인 몇이 사뭇 불안한지 어깨 너머로 사방을 살피며 걸어 다닐 뿐이었다.

"몇 주 전에 아내하고 그런 얘기를 한 적이 있습니다."

델러니는 아내와 함께 공원에 갔던 그 눈부신 날의 오후를 생각하며 느릿느릿 입을 열었다.

"그때 난 아내에게 이렇게 말했습니다. 내가 경찰관이 된 것은 근본적으로는 내가 아주 질서정연한 사람이었기 때문이라고. 난 모든 사물이 단순하고 정연하게 정돈되어 있기를 바랍니다. 그런데 범죄는 바로 나의 그런 정돈 감각과는 양립될 수 없는 거지요. 내 말을 듣자 아내는 웃어댑니다. 아내의 생각은 나와 좀 달랐어요. 아내 주장으로는 내가 경찰이 된 건 내가 예술가이기 때문이라는 거였습니다. 세상이 거짓스러움이라고는 없는 진실 그 자체이기를 바라기 때문에, 그래서 세상 전체가 아름다움으로 가득 차 있기를 바라기 때문에 경찰이 되었다는 거지요. 그때 이후 지금까지, 부분적으로는 그런 얘기를 하고 난 다음에 벌어진 어떤 일 때문이기도 하지만, 나는 아내가 한 얘기를 생각해 보았습니다. 그 결과 내 생각과 아내 생각이 그다지 먼 것이 아니라는 걸 알게 됐습니다. 사실 동전의 양쪽 면과 같은 거였지요.

난 말입니다. 세상에는 논리가 있고 또 있어야만 한다고 생각하기 때문에 경찰이 된 사람입니다. 아시겠습니까? 이 논리는, 모든 논리라는 것이 다 그렇듯이 질서정연하기도 하고 아름답기도 하겠지요. 그러니 내 말도 옳고 아내 말도 옳은 셈입니다. 나는 이 논리가 견뎌낼 만한 것이기를 바랍니다. 그건 자연스럽게 태어나고 자연스럽게 살아가고 자연스럽게 죽어가는 그런 단순한 논리입니다. 그게 우리 모두의 운명이지요. 우리 한 사람 한 사람은 죽어야만 하는 운명이지만 인류 전체는 결코 죽지 않는 불멸의 존재라는 운명 말입니다. 이 논리가 곧 우리들 한 개인의 삶이요, 한 가족의 삶이요, 나아가서는 한 국가의, 세계 전체의 모든 인간의 삶이 아니겠습니까? 살아 있건 살아 있지 않건 세상의 모든 사물들의 존재가 그런 것이 아닐까요? 그리고 그 어떤 것이건 그 논리의 흐름을 방해하는 것은 악입니다. 기자양반도 아시다시피, 모든 선한 논리에는 아름다운 호흡이 있는 법이지요. 거기에는 잔인성이나 범죄, 전쟁 따위도 포함되지요. 다른 사람들의 잔인성에 대해서는 나는 별로 개입할 수가 없습니다. 왜냐하면 대부분의 경우 그건 부도덕하긴 하지만 불법적인 것은 아니니까요. 물론 나 자신의 내면에서 우러나는 잔인성에 대해서는 스스로 방어할 수 있지요. 또 전쟁에 대해서도 내가 크게 개입할 수 없지요. 하지만 범죄에 대해서는 내가 개입할 수 있습니다. 거기에 대해서 내가 큰 힘을 발휘할 수 없다는 건 인정하지만 그래도 작은 힘은 발휘할 수 있습니다. 왜냐하면 범죄란, 모든 범죄는 다 불법적이기 때문입니다. 그건 인생의 논리에 위배되는 겁니다. 그러니까 악한 거지요. 이런 이유로 나는 경찰관이 되었습니다. 그게 내 생각입니다."

핸드리는 감탄했다.

"하느님 맙소사! 정말 대단하십니다! 그걸 써야겠어요. 하지만 서장님 이름은 언급하지 않겠다고 약속드리지요."

델러니는 고개를 설레설레 저으며 말했다.

"제발 언급하지 마시오. 귀찮은 일만 생길 테니까."

델러니와 핸드리는 지서 건물 앞에서 헤어졌다. 델러니는 천천히 자신의 사무실로 돌아가서 '무기'들을 풀어놓고 책상 앞의 낡은 회전의자에 앉았다. 잠을 잘 수 있을 것 같지 않았다.

델러니는 말을 너무 많이 하면 늘 그렇듯이 부끄러운 생각이 들었다. 도대체 무슨 엉터리 같은 소리들을 지껄인 것인가?

'논리, 불멸성, 악.'

애송이 기자 앞에서 허영심을 만족시키기 위해서, 자신이 '깊은 통찰력'을 지닌 사람이라는 것을 과시하기 위해서 그 따위 소리를 길게 늘어놓다니. 그놈의 수다가 도대체 어디에 쓸모가 있단 말인가?

그것은 모두 환상에 불과했다. 현실에는 겁에 질린 여자가 있었다. 평생 나쁜 짓이라고는 한 적이 없는 여자가 앞으로 겪어야 할 일에 대해 두려움을 품은 채 병원 침대에 갇혀 있는 것이다. 아내의 몸속 깊은 곳에는 눈에 보이지 않는 짐승들이 어기적거리고 있었다. 이제 아내의 세계는 피비린내로 물들 것이요, 토사물로 더럽혀질 것이며, 고름과 배설물이 쏟아질 것이다. 그걸 잊어선 안돼, 이 친구야. 눈물이 흘러내렸다.

'내가 아니라 아내에게 생기는 일인데.'

그런 생각이 델러니의 머리 한 귀퉁이에서 불쑥 솟아났다. 그는 다음 순간 자신에 대한 치욕감으로 온몸이 뜨거워졌다. 사랑하는 아내가 앓고 있는 마당에 이 따위 생각을 하다니! 그는 신음을 내지르며 주먹으로 책상을 내리쳤다. 아, 인생이란 기쁨으로만 가득 찬 것은 아니었다. 인생은 풀지 않으면 안 되는 숙제와도 같은 것이고 실패할 수도 있는 것이다.

그는 책상 앞에 음울하게 웅크리고 앉아 이제 그가 해야만 하는 일의 순서를 생각했다. 생각에 잠긴 채 그는 얼굴을 찌푸렸다. 얼굴 전체가 기묘하게 일그러졌다. 이따금 입술이 열려 큼지막하고 누런 치아가 드러났다. 그는 마치 함정에 빠진 커다란 짐승처럼 보였다.

메트로폴리탄 예술박물관에는 로마 시대의 두상으로 채워진 전시실이 있다. 석상들은 갈라지고 쪼개졌다. 그러나 그 석상들에는 기품이 있었다. 텅 빈 눈과 부러진 코, 일그러진 귀, 갈라진 입술을 들여다보고 있노라면 관람객은 오래전에 죽어버린 그 사람들의 힘을 느낄 수 있었다. 노예가 너를 배신하거든 죽여버려라.

그러지 않으면 너의 영광이 다하는 날 검이 네 자신의 뱃속을 뚫고 들어올 것이다. 에드워드 델러니의 얼굴은 그 석상의 얼굴처럼 붕괴되어 가는 위엄을 지니고 있었다.

델러니는 아내의 병실에 앉아 있었다. 따가운 햇살이 그의 얼굴에 그림자를 드리웠다. 바바라는 아직 마취에서 완전히 깨어나지 못한 채 눈을 떴다가 흐릿한 시야에 떠오른 남편의 얼굴을 발견했다. 처음으로 그녀는 남편의 얼굴이 폭력과 명령에 대한 책임감 때문에 참으로 많이 상했다는 것을 깨달았다. 그녀는 젊고 씩씩하던 경찰관을 기억하고 있었다. 그는 바바라에게 제비꽃을 선물했고 한번은 괴상망측한 시를 바치기도 했다.

그 오랜 세월의 업무도 그를 파괴하지는 못했다. 그러나 그 힘든 업무는 남편에게 계속되는 중압으로 작용했고, 그로 인해 그는 내면으로 응축되고 만 듯했다. 해가 갈수록 남편은 말이 점점 적어졌고 웃는 일도 드물어졌다. 남편은 차츰 그 자신만의 단단한 골방 속으로 숨어들어 갔다. 그녀가 거기 들어서는 것은 허용되지 않았다.

바바라는 남편이 아직도 충분히 멋있다는 것에 만족했다. 남편은 자신의 몸을 잘 돌볼 줄 알았고 체중이 지나치게 느는 것을 방치하지 않았다. 술과 담배도 지나치지 않았다. 그러나 요즘 들어 남편은 이따금 혼자 있는 시간이 지나치게 많았고 너무 자주 깊은 생각에 잠겨 있었다.

"왜 그래요?"

그녀가 물으면 남편은 그제서야 천천히 내면을 향하고 있던 시선을 거두어 바깥 세계와 자신에게 향하는 것이다. 그때마다 남편의 대답은 한결같았다.

"아무것도 아니야."

남편은 혹시 자신을 온 세상의 네메시스(그리스 신화에 나오는 복수의 여신이자 율법의 신으로 인간의 우쭐대는 행위에 대한 신의 보복을 의인화한 것——옮긴이)라고 생각하는 것은 아닐까?

남편은 나이만큼 늙지는 않았다. 강한 햇빛 아래 앉아 있는 그를 바라보며 바바라는 왜 그녀가 이제껏 남편을 한 번도 '신부님'이라고 부른 적이 없는지 이해하기 어려웠다. 남편이 그녀보다 젊다는 것은 무서운 일이었다. 그것은 운명을 예견하는 통찰력 같은 것이었는지도 모른다. 바바라는 남편이 자기 없이 살 수 있을까를 생각해 보았던 것이다. 그녀는 그럴 수 있을 것이라고 결론지었다. 물론 그는 몹시 슬퍼할 것이다. 얼이 빠진 채 꼼짝도 못할 것이다. 그러나 결국은 이겨낼 것이요 살아갈 것이다. 남편은 완벽하니까.

델러니는 자신만의 독특한 방법으로 아내와 상의해야 할 것이라고 여겨지는 일들을 기록해 두었다. 그는 안주머니에서 작은 가죽장정의 수첩을 꺼내 뒤적이다가 두꺼운 안경을 꺼내 썼다. 그는 아내의 얼굴을 쳐다보지도 않은 채 말했다.

"어젯밤에 아이들이 전화를 했어."

"알아요, 여보. 당신이 전화하지 않기를 바랐어요. 엘리자베스가 오늘 아침에 전화를 했더군요. 오고 싶어 했지만 내가 절대 오지 말라고 했어요. 그 아인 임신 8개월이 되어가잖아요. 그런 몸으로 여행하는 건 무리예요. 손자였으면 좋겠어요, 손녀였으면 좋겠어요?"

"손자."

"고약한 양반. 아무튼 엘리자베스에게 수술이 끝나는 대로 당신이 전화할 거라고, 올 필요 없다고 말했어요."

델러니는 고개를 끄덕거렸다.

"잘했어. 에디는 2주 이내에 여기 오기로 계획을 세워뒀다고 하더군. 그렇게 하라고 했지. 계획을 바꿀 필요는 없다고 했어. 그 녀석은 그 지방에서 정치를 하려는 모양이야. 지방검사에 출마해 보라는 권고가 들어왔대. 그 주에서는 아마 그 직책을 '공공 검찰관'이라고 부른다지? 당신 생각은 어때?"

"에디가 원하는 게 뭔데요?"

"자기 마음을 정하지 못한 것 같아. 그래서 여기 올 계획을 세운 모양이야. 우리와 상의를 하겠다는 거겠지."

"당신 생각은 어때요, 여보?"

"좀 더 알아본 다음에 결정할 수 있을 것 같아. 누가 선거자금을 대는지, 그 대가로 우리 아들이 지불해야 하는 게 뭔지. 내 아들이 타락할 염려가 있는 것들에 얽혀드는 건 싫어."

"에디는 그런 짓 하지 않아요."

"의도적으로 그런 데 연루되지는 않겠지. 하지만 그 아인 아직 경험이 부족해서 자기도 모르는 사이에 그렇게 될 우려가 있어. 에디는 아직 어려요, 바바라. 정치란 에디에게는 낯선 일이라 아주 조심하지 않으면 안 돼. 에디에게 후보로 나서라고 권고하는 자들은 나름대로 야심을 가진 것이 분명해. 에디가 오면 얘기해 봐야지. 우리와 상의하기 전에는 어떤 결정도 내리지 않겠다고 약속했어. 그러니까 그때 가서……. 참, 스펜서라는 사람은 어때?"

델러니는 수첩을 내려다보면서 버나디 박사가 소개한 의사 얘기를 꺼냈다. 스펜서는 인간미도 없고 농담이라고는 조금도 할 줄 모르는 무뚝뚝한 사람이었다. 그러나 델러니는 그 사람이 직선적인 질문을 던지고, 결정을 내릴 때 신속하며, 버나디가 수다를 떨려고 하면 날카롭게 막아버리는 것을 보면서 좋은 인상을 받았다. 수술은 이튿날 저녁 무렵에 시작될 예정이었다. 델러니는 아까 그 외과 의사를 따라 복도로 나가서 물었다.

"무슨 문제가 생길 것 같습니까, 박사님?"

그때 스펜서 박사는 냉정하게 그를 바라보며 짤막하게 대답했다.

"아니오."

바바라는 애매하게 대답했다.

"아, 좋은 분 같아요. 당신 생각엔 어때요?"

"난 그 사람을 믿어. 그는 전문가야. 퍼거슨에게 그 사람에 대해 좀 알아보라고 부탁했는데, 퍼거슨 말이 스펜서는 유능한 외과 의사고 아주 부자래."

"잘됐군요. 난 가난한 외과 의사는 싫어요."

바바라는 힘없이 웃으며 대답했다. 그녀는 피곤해 보였다. 뺨에 소모성(消耗性) 홍조가 나타났다. 델러니는 수첩을 치우고 차가운 물이 담긴 대야에서 수건을 적셔 아내의 이마에 조심스럽게 올려 놓았다. 그녀는 이미 정맥으로 영양분을 섭취하고 있었다. 운동량은 최소한으로 줄여야만 한다는 지시가 떨어져 있었다.

"고마워요, 여보."

바바라의 음성은 너무나 작아서 델러니에게는 거의 들리지도 않았다. 그는 서둘러 수첩의 남은 내용을 질문하기 시작했다.

"그럼 내일 내가 뭘 가져와야 하는 거지, 여보? 그 푸른색 누비 잠옷을 가져올까?"

아내의 음성은 거의 속삭임에 가까웠다.

"예, 그 북실북실한 슬리퍼도요. 핑크색으로. 제 옷장 오른쪽 구석에 있어요. 발이 너무 부어 이 슬리퍼는 신을 수가 없어요."

델러니는 메모를 하며 짧게 대답하고 다시 물었다.

"알았어. 다른 건? 옷이나 화장품, 책이나 과일, 뭐 그런 거는 필요 없어?"

"됐어요."

"텔레비전을 빌려올까?"

바바라는 대답하지 않았다. 델러니가 그녀를 쳐다보았을 때 그녀는 벌써 잠든 것처럼 보였다. 그는 안경을 벗고 수첩을 주머니에 넣은 다음 병실에서 나가기 위해 소리 나지 않게 발끝으로 걸어 문으로 향했다. 그러자 바바라가 작은 소리로 그를 불렀다.

"부탁이에요. 아직 가지 말아요. 잠깐만 여기 더 있어줘요."

"얼마든지."

델러니는 침대 옆으로 의자를 옮기고 웅크리고 앉아 아내의 손을 잡았다. 그들은 거의 5분이 흐르도록 아무 말도 하지 않았다.

"에드워드."

바바라의 호흡이 가빠졌다. 그녀는 눈을 감고 있었다.

"응. 나 여기 있어."

"여보."

"그래. 여기 있어."

델러니는 같은 대답을 반복했다.

"약속해 줘요."

"뭐든지."

"나에게 무슨 일이 생기면……."

"바바라……."

"만일 말이에요, 만일. 무슨 일이라도 생기면……."

"여보."

"당신 재혼해야 해요. 좋은 여자를 만나서. 당신 꼭 재혼해요. 약속하죠?"

델러니는 말을 할 수 없었다. 숨이 막혔다. 무엇인가가 그의 가슴을 짓눌렀다. 그는 고개를 숙이고 아내의 손을 꼭 붙든 채 우물우물 대꾸했다. 그러자 바바라는 다시 추궁했다.

"약속해 줘요, 여보."

"알았어."

바바라는 미소를 지으며 고개를 끄덕이더니 잠들었다.

델러니 서장은 또다시 대사관 앞에서 벌어진 시위 때문에 발이 묶였다. 그가 시위대를 해산시키고, 그리하여 시위대가 노래를 부르며 인도를 행진하여 사라졌을 때는 날이 저물어가고 있었고, 바바라의 수술 시작 시간이 임박해 있었다. 그는 지서의 순찰차 한 대를 불러 타고 서둘러 병원으로 달려갔다. 그는 이런 짓이 규정 위반이라는 것을 알고 있었으나 전후 상황을 설명하는 보고서를 성실하게 써서 제출하기로 마음먹었다. 만일 본부에서 그를 징계하고자 한다면 달게 받아들일 작정이었다.

델러니는 제복이 축축히 젖도록 땀을 뻘뻘 흘리며 헐레벌떡 아내의 병실로 들어섰다. 그가 도착했을 때에는 간호사들이 바바라를 바퀴 달린 침대에 실어 병실 밖으로 운반해 나가는 중이었다. 그는 아내의 뺨에 키스를 하고 웃는 얼굴을 보여줄 여유밖에 없었다. 아내는 담요에 싸여 있었다. 바퀴 달린 침대에는 링거꽂이가 설치되어 있었고 링거 병과 아내의 팔은 긴 대롱으로 연결되어 있었다.

그는 수술실이 자리 잡은 2층에서 아내와 헤어져야 했다. 그곳에는 회복실과 의사들의 사무실, 작은 조제실과 커다란 대기실이 있었다. 벽이 칙칙한 녹색으로 칠해진 대기실에는 오렌지색 의자와 소파가 갖추어져 있었다. 이 잔인한 방을 지키는 사람은 멋쟁이 여자 간호사였다. 마흔 살쯤 되어 보이는, 토실토실하고 예쁜 금발의 여자였다. 그 간호사는 잠시도 쉬지 않고 모자 밑의 머리칼을 매만졌다.

델러니는 그녀에게 자신의 이름을 말했다. 그러자 그녀는 책상 위의 명단을 집어 들고 살폈다. 그 명단은 깜짝 놀랄 정도로 길었다.

"바바라 델러니 부인 말씀이죠?"

"그렇습니다."

"서장님, 수술이 끝나려면 아직 반 시간은 더 있어야 해요. 수술이 끝나면 부인께서는 회복실로 옮겨져요. 부인이 병실로 돌아가기 전까지는 면회가 허락되지 않아요. 병실로 돌아간 다음에도 의사 선생님이 허락하셔야만 면회가 가능해요."

"그건 상관없습니다. 난 기다릴 거니까. 수술이 끝나는 대로 의

192

사를 만나야겠습니다."

간호사는 고개를 갸웃거리며 명단을 내려다보았다.

"글쎄요. 만나실 수 있을지 모르겠네요. 스펜서 박사님은 바바라 부인을 수술한 다음에도 두 건의 수술이 예정되어 있어서요. 서장님, 혹시 시장하시거나 갈증이 나지 않으세요? 아래층에 카페테리아가 있는데 거기 가 계시는 게 어떨까요? 병원 안은 어디나 호출 시스템으로 연결되어 있으니까 서장님이 필요하면 우리가 언제든지 거기로 연락을 드릴 거예요."

델러니는 고개를 끄덕거렸다.

"좋은 생각이군요. 고맙습니다. 아래층에 가 있지요. 혹시 버나디 박사가 지금 이 병원 안에 있는지 없는지 아십니까?"

"모르겠는걸요. 하지만 알아봐 드리죠."

"고맙습니다."

델러니가 예상한 대로 병원 내 카페테리아의 음식은 형편없었다. 도대체 음식물을 얼마나 오랫동안 가열하면 이런 똑같은 색깔에 스펀지 같은 맛이 되는 것인지 궁금했다. 콩 색깔이나 토마토 색깔이나 똑같이 번들거렸다. 맛은 생김새하고 똑같이 역겨웠다. 소금과 후추를 아무리 쳐도 고기맛은 판자 조각을 씹는 듯했다. 델러니는 아내가 만들어주던 이탈리아식 스튜의 맛을 생각하면서 신음소리를 냈다.

마침내 델러니는 거의 손도 대지 않은 채 음식을 물렸다. 그는 블랙커피를 한 잔 마시고, 초콜릿 푸딩을 반 접시쯤 먹었다. 그 다음 다시 블랙커피를 한 잔 더 마시고 담배를 피웠다. 카페테리아는 너무나 심하게 난방을 해서 무더웠다. 땀을 흘리면서도 그는 결코 뻣뻣한 칼라의 후크를 풀어놓을 생각은 하지 않았다. 그것은 대중 앞에서 공무원이 취할 태도가 아니었다. 그는 경찰관으로 오래 근무한 사람은 벌거숭이 남자들만이 가득한 방에서도 단번에 알아낼 수 있다는 얘기를 상기했다. 그것은 경찰관들의 목둘레에 푸르게 자리 잡은 칼라의 자취 때문이었다. 그놈의 뻣뻣한 칼라는 갑갑하기 이를 데 없었다.

델러니는 2층의 대기실로 되돌아왔다. 간호사가 그에게 버나디 박사가 있는 곳을 알아냈다고 말해 주었다. 그는 수술복 차림으로 바바라의 수술을 지켜보고 있다는 것이었다. 델러니는 그녀에게 고맙다고 말하고 복도로 나가서 공중전화를 찾아 경찰서에 전화를 했다. 리조 경위가 근무 중이었다. 그는 특별한 일은 생기지 않았고 서장을 필요로 하는 일도 벌어지지 않았다고 보고했다. 델러니는 필요한 경우에 대비하여 병원 대기실의 전화번호를 알려주었다.

델러니는 대기실로 돌아와 자리를 잡고 앉아 사방을 둘러보았다. 나이 든 이탈리아인 부부가 구석의 소파에 손을 맞잡고 앉아 있었다. 그들은 겁을 잔뜩 먹은 듯 보였다. 공허한 얼굴의 젊은 남자는 벽에 기대서 있었다. 그는 담배를 피우고 있었는데 담배는 그의 손가락을 태울 정도로 끝까지 타 들어가 있었다. 플라스틱 의자에는 밍크 코트로 몸을 감싸고 화장을 짙게 한 여자가 멋진 다리와 군살이 늘어진 목덜미를 훤히 드러낸 채 앉아 있었다. 그녀는 마치 악어 핸드백 속에 들어 있는 물건의 목록이라도 만드는 듯 백 속을 들여다보고만 있었다.

델러니가 앉은 곳 바로 옆에는 잡지들이 멋대로 흩어져 있는 작은 탁자가 있었다. 그는 6개월이나 묵은 《메티컬 프로그레스》라는 잡지를 집어 들고 뒤적거렸다. 그러나 그 내용을 한마디도 이해할 수 없다는 것을 깨닫고 곧 그것을 던져버렸다. 그런 다음 그는 꼼짝도 않고, 아무 말도 하지 않고 기다리기 시작했다. 기다리는 것은 형사의 기술이었다. 그는 잠복근무 중에 차 안에서 열네 시간을 기다린 적도 있었다. 그때 그에게는 심심풀이할 것이라고는 빈 우유통 하나뿐이었다. 사람은 기다리는 법도 배우게 된다. 어느 누구도 그걸 좋아할 사람은 없지만 배울 수는 있다.

몇 가지 일들이 벌어졌다. 그 커다란 몸집의 토실토실한 간호사의 근무가 끝나고 그 여자에 비하면 몸집이 반밖에 안 되는 다른 간호사가 근무를 교대했다. 튼튼하고 피부가 검고 꽤나 어린 푸에르토리코 여자였다. 그 여자의 눈은 타오르는 듯했고, 움직임은 재빨랐으며, 어조는 정확하지만 신경질적이었다. 그녀는 대기실 안에 있는 모든 사람들의 이름과 거기 앉아 있는 이유를 물었다. 흩어진 잡지를 정리했고 재떨이를 비웠다. 그리고 전혀 예상할 수 없었던 행동을 했다. 대기실 안에 방향제를 마구 뿌려대더니 창문을 열었던 것이다. 대기실 안이 서늘해지기 시작했다. 델러니는 그 간호사에게 키스라도 해주고 싶은 심정이었다.

공허한 얼굴을 한 젊은이의 이름이 불렸다. 그는 구부정한 걸음으로 천장을 올려다보며 나가 섰다. 밍크 코트를 입은 여자는 갑자기 일어서서 코트로 몸을 꼭 감싸고는 간호사에게는 말 한 마디 없이 문을 밀고 나가버렸다. 늙은 이탈리아인 부부는 끈질기게 구석자리에 앉아 소리 하나 내지 않고 울고 있었다.

새로 온 사람도 있었다. 머리가 허연 늙은 신사가 술에 취하여 지팡이를 짚고 들어왔다. 그는 자기 이름을 간호사에게 말하고 의자에 앉더니 곧 잠들어버렸다. 그 다음으로는 히피처럼 보이는 한 쌍의 남녀가 들어왔다. 물이 빠진 청바지와 너덜거리는 술이 붙은 윗도리를 입고 머리에는 띠를 두른 그들은 대기실 바닥에 주저앉더니, 델러니로서는 누가 디자인한 것인지 도무지 알 수 없는 특대형의 카드로 게임을 하기 시작했다.

마침내 델러니는 벽에 붙은 시계를 보았다. 그는 시간이 너무나 많이 흘렀다는 것을 깨닫고 깜짝 놀랐다. 그는 벌떡 일어나 책상 앞으로 가서 간호사에게 아내가 어떻게 됐는지 물었다. 간호사는 전화를 걸어 바바라 부인에 대해 묻고 한동안 듣고만 있더니 전화를 끊었다.

"부인은 회복실에 계세요."

"고맙습니다. 스펜서 박사가 어디 계신지 알 수 있을까요? 그 분과 얘기를 좀 하고 싶은데요."

"미리 말씀하셨어야죠. 그 때문에 또 전화를 해야 하잖아요."

델러니는 그녀가 불평을 하도록 내버려두었다.

"미안합니다."

그녀는 다시 전화해 묻고는 전화를 끊었다.

"스펜서 박사님은 수술 중이세요. 지금 만나실 수 없어요."

"버나디 박사는 어떻습니까?"

델러니는 간호사의 화난 얼굴에는 신경도 쓰지 않았다. 다시 한 번 간호사는 전화를 했고, 신경질적인 어조로 물어보더니 동댕이치듯 전화를 내려놓았다.

"버나디 박사님은 가셨어요."

"뭐, 뭐라구요?"

"지금 병원에 없다구요."

"하지만 그 사람은……."

그 순간 대기실 문이 갑자기 활짝 열렸다. 문은 벽을 치며 마치 총성처럼 요란한 소리를 냈다. 나중에 그 일을 회상할 때마다 델러니는 바로 그 순간부터 시간이 폭발했고 거대한 소용돌이로 몸부림치며 흘러갔다고 생각하곤 했다.

밍크 코트를 걸치고 화장을 짙게 한 그 여자였다. 그녀는 들어서자마자 비명을 질러대기 시작했다.

"그이를 죽이고 있어요! 이 사람들이 그이를 죽이고 있어요!"

키가 작은 간호사가 일어나 충격으로 반미치광이가 된 여자에게 다가가 팔을 뻗었다. 그러자 밍크 코트를 입은 여자는 손을 들어 간호사를 내리쳤다. 간호사는 그 자리에 쓰러졌다.

대기실 안의 다른 사람들은 당황하여 멍하니 그 광경을 지켜보고만 있었다. 그들은 놀라 어찌 할 바를 몰랐다. 델러니는 가볍게 몸을 일으켰다. 여자는 다시 비명을 질렀다.

"이놈들이 그이를 죽이고 있다구요!"

간호사가 일어나더니 문으로 달려 나갔다.

델러니는 히스테리 발작을 일으킨 여자에게 아주 천천히 다가갔다. 그는 고개를 끄덕이며 일부러 낮고 느린 어조로 말했다.

"아, 그래요. 그 사람들이 그분을 죽이고 있어요. 그래요."

여자가 그를 돌아보았다.

"그놈들이 그이를 죽이고 있다구요."

여자는 반복해서 말했다. 그러나 이제 비명은 지르지 않았다.

다만 턱 밑의 늘어진 피부를 잡아당길 뿐이었다. 델러니는 계속해서 고개를 끄덕이며 말했다.

"그래요. 그렇다니까요."

그는 사람을 만지는 것을 끔찍스럽게 싫어했다. 그러나 히스테리 발작을 일으킨 사람이나 광증을 일으킨 사람에게 신체적 접촉이 얼마나 중대한 의미를 갖는지를 경험으로 알고 있었다.

"그래요. 알겠습니다. 그렇군요."

델러니는 계속해서 같은 말을 반복하면서 고개를 끄덕였다. 그러나 결코 웃지는 않았다.

그는 한 손을 가볍게 들어 밍크털로 뒤덮인 그 여자의 팔에 가만히 올려놓았다. 여자는 자신의 팔 위에 놓인 델러니의 손을 내려다보았다. 그러나 그의 손을 떼어내거나 내리치려고 하지 않았다. 그는 계속 같은 말을 반복하며 고개를 끄덕였다.

"그래요. 내게 그 얘기를 해주세요. 무슨 일이 벌어진 것인지 다 알고 싶습니다. 아, 그래요. 처음부터 얘기해 봐요. 처음부터 다 들어야겠습니다."

이제 델러니는 팔로 여자의 어깨를 감싸 안고 있었다. 여자는 그에게 몸을 의지했다. 그때 흰 옷을 입은 인턴과 보조간호사들이 문을 활짝 열어젖히고 뛰어 들어왔다. 그 뒤를 화가 난 간호사가 따라 들어왔다. 델러니는 여자를 의자 쪽으로 데리고 가면서 다른 한 손으로 그들에게 비켜나라고 손짓을 했다. 인턴은 곧 상황을 알아차리고 발을 멈추더니 보조간호사들을 물러서게 했다. 늙은 이탈리아인 부부는 입을 딱 벌리고 델러니를 바라보고 있었고, 히피들도 말 한 마디 못 하고 그 광경을 지켜보고 있었다. 그런데도 은발의 신사는 여전히 잠에 빠져 있을 뿐이었다.

"그놈들이 그이를 죽이고 있다구요!"

여자는 다시 한 번 비명을 질렀다. 델러니는 여자를 끌어안으며 고개를 끄덕거렸다.

"그래요. 그 얘기를 좀 해줘요. 처음부터 끝까지 다 알아야겠어요."

델러니는 여자를 플라스틱 의자에 앉혔다. 그는 아직도 여자의 어깨를 끌어안고 있었다. 인턴과 보조간호사들은 긴장하고 그 광경을 지켜보았으나 더 이상 접근하지는 않았다.

"얘기해 봐요. 모두 다 얘기해요. 처음부터 시작해요. 다 알아야겠으니까요."

"빌어먹을."

여자는 갑자기 내뱉더니 악어 핸드백을 함부로 뒤적거려 손수건을 꺼내 코를 풀었다. 그 소리가 어찌나 큰지 대기실 안에 있는 모든 사람들이 다시 한 번 깜짝 놀랐다.

"당신은 멋쟁이군요. 정말 멋쟁이에요. 당신은 이 빌어먹을 도살장에 있는 놈들하고는 달라요."

"얘기해요. 다 얘기해 봐요."

델러니는 다시 말했다. 여자는 코를 문지르며 얘기를 시작했다.

"여섯 달 전에 시작된 일이에요. 어빙이 직장에서 일찍 집에 돌아와 불평을 늘어놓는 거예요."

분주한 발자국 소리가 들려왔다. 델러니는 고개를 들었다. 방 안에 경찰관들이 들어서고 있었다.

하느님 맙소사 하고 델러니는 생각했다. 설마 저 멍청한 간호사가 이 불쌍하고 겁먹은, 히스테리 발작을 일으킨 여자 하나 때문에 경찰에 신고를 한 것은 아닐 테지.

그것은 아닌 듯했다. 델러니의 지서 북쪽으로 인접해 있는 188번 지서의 리처드 보즈낸스키 서장이 서 있었던 것이다. 형사 한 사람과 민원실의 경찰도 보였다. 경사 한 사람이 보즈낸스키의 허리를 붙잡아 부축하고 있었다.

델러니는 놀라 그 여자에게서 떨어졌다. 그녀가 애원했다.

"가지 말아요. 제발 부탁이에요."

델러니는 여자에게 말했다.

"잠깐만요. 곧 돌아오겠습니다. 약속합니다."

그때 스피커가 소리를 뱉어내기 시작했다.

"스펜서 박사님, 201로 연락 바랍니다. 즉시 연락해 주십시오. 잉그램 박사님, 201로 연락 바랍니다. 급합니다. 고메즈 박사님, 201로 연락해 주십시오. 급합니다. 스펜서 박사님, 잉그램 박사님, 고메즈 박사님, 즉시 201로 연락해 주십시오."

델러니는 보즈낸스키 앞으로 다가갔다. 그는 보즈낸스키의 평소의 낯빛을 좋아하지 않았다. 그의 얼굴은 밀랍처럼 창백했고 땀으로 번들거렸다. 눈동자는 잠시도 쉬지 않고 사방팔방으로 움직였고 턱은 경련했으며 입술은 붙었다 떨어졌다를 반복했다.

"딕, 무슨 일이야?"

델러니는 다급히 물었다. 보즈낸스키는 멍한 눈으로 델러니를 바라보았다.

"에드워드? 여기서 뭘 하는 건가? 분명 에드워드지? 어떻게 이렇게 빨리 그 얘기를 들었나?"

누군가가 델러니의 팔을 잡아 그를 돌려세웠다. 순찰부서의 요원을 통괄하는 직책을 맡고 있는 부경감 아이바 토어슨이었다. 그는 델러니를 한쪽 구석으로 데리고 갔다. 낮은 음성으로 델러니에게 얘기를 하는 동안 토어슨의 눈동자는 꼼짝도 않고 델러니의 눈을 파고들듯 직시하고 있었다.

　"함정이었다네, 델러니. 좀도둑이 들었다는 신고가 들어와서 2인조 순찰차를 내보내 조사를 시켰지. 제임슨은 흑인이었고 리치먼드는 백인이었어. 그런데 거짓 신고였어. 110번가의 주택공사장이었어. 두 요원은 현장을 둘러보고 순찰차로 돌아오는 중이었다네. 그때 덤불 속에서 엽총이 난사됐어. 제임슨은 머리가 날아갔어. 리치먼드는 가슴과 배에 총알을 먹었고."

　"생존 가능성은 어느 정도나 되나요?"

　델러니는 돌처럼 굳은 얼굴로 물었다.

　"글쎄. 거의 희박하다고 봐야겠지. 리치먼드를 봤는데, 살아날 가능성이 없어 보였어. 아무튼 외과 의사 한 팀이 리치먼드에게 달라붙어 있으니……. 들어보게, 델러니. 만일 리치먼드가 죽으면 올해 보즈낸스키의 부하 중에서 네 번째 사망자가 나오는 거야. 그의 코가 납작해졌네."

　"저도 봤습니다."

　"그 친구하고 같이 있어주겠나? 복도엔 기자들이 꽉 들어찼다네. 텔레비전 카메라까지 왔더라구. 시장과 경찰청장도 이곳으로 오는 중이야. 할 일이 잔뜩 밀려 있어. 무슨 뜻인지 알겠나?"

　"알겠습니다."

　"보즈낸스키 옆에 있어주겠지?"

"물론입니다."

토어슨은 눈을 가늘게 뜨고 델러니를 한동안 바라보았다.

"그런데 여기서 뭘 하고 있는 건가, 델러니?"

"아내가 오늘 저녁에 수술을 받았습니다. 신장결석 때문에요. 결과를 기다리는 중입니다."

토어슨은 한숨을 내쉬었다.

"맙소사. 미안하네, 델러니. 몰랐네. 수술 결과는 어떤가?"

"저도 지금 그걸 알아내려는 중입니다."

"보즈낸스키 일은 잊어버리게. 경사하고 같이 있으면 되니까."

"아닙니다. 상관없어요. 제가 보즈낸스키 옆에 있어주지요."

그때 다시 그 여자가 고함을 질러대며 델러니의 팔을 붙잡았다.

"그놈들이 그이를 죽이고 있어요! 그놈들은 나한테는 그저 간단한 수술에 불과하다고 했어요. 그런데 이제 와서는 일이 복잡해졌다고 말하는 거예요. 그놈들이 그이를 죽이고 있는 것이 분명해요!"

"아, 그렇군요."

델러니는 그 여자의 팔을 붙잡고 다시 소파로 데려가면서 중얼거렸다.

"얘기해 주세요. 모두 다 알아야겠습니다."

델러니는 담배에 불을 붙여 그 여자에게 건네주고 잠시 복도로 나갔다. 그는 주머니를 뒤져봤으나 25센트 동전이 하나뿐이라는 것을 알게 되었다. 델러니는 누군가에게 잔돈을 바꿔달라고 해야겠다는 생각을 했지만 곧 통화 상대가 부재중일 거라는 데 생각이 미치자 그것이 어리석은 짓임을 깨달았다. 델러니는 버나디의 사무실로 전화를 했다. 역시 전화를 받은 것은 대신 전화를 받아주는 고용인이었다. 그는 델러니의 말을 박사에게 전하겠다고 했다.

델러니는 대기실로 돌아왔다. 정신을 잃었던 간호사는 이제 다시 책상 너머로 돌아가 있었다. 델러니는 간호사에게 스펜서 박사가 아직도 수술 중인지를 물었다. 간호사는 스펜서 박사뿐 아니라 회복실에 있는 부인에 대해서도 알아보겠다고 말했다. 델러니가 고맙다고 하자 간호사도 고맙다고 대답했다. 간호사의 어조는 처음보다 훨씬 더 부드럽고 싹싹했다.

델러니는 리처드 보즈낸스키 서장에게 돌아갔다. 보즈낸스키는 이제 소파에 앉아 머리를 뒤로 기대고 숨을 몰아쉬고 있었다. 그다지 좋아 보이는 꼴이 아니었다. 경사 한 사람이 걱정스러운 얼굴로 옆에 앉아 있었다. 경사가 물었다.

"서장님, 혹시 술을 구할 수 있을까요?"

델러니는 잠시 그를 건너다보다가 대답했다.

"어디, 한번 구해보세."

밍크 코트를 입은 여자는 델러니의 바로 옆을 따라오며 말했다.

"여섯 달 전에 그이는 집에 일찍 돌아왔어요. 가슴이 아프다고 했어요. 줄담배를 피우거든요. 그래서 난……."

"아, 그랬군요. 그래 이 사람들이 뭐라고 합디까?"

델러니는 그 여자의 팔을 잡으며 물었다.

"아직 확실한 말을 할 단계가 아니라고 했어요. 검사를 해봐야 알겠다구요."

"아, 잠깐만 기다려주세요. 곧 돌아오겠습니다."

델러니는 그 여자에게서 벗어나자 간호사에게 술을 좀 구할 수 있는지를 물었다. 간호사는 환자나 문병객에게는 어떤 종류의 술도 제공해서는 안 된다는 규칙을 설명했다. 델러니는 알겠다고 말한 다음 버나디 박사의 집 전화번호를 알 수 있는지 물었다. 간호사는 알아보겠다고 대답했다. 델러니는 그녀에게 1달러짜리를 동전으로 바꿔줄 수 있냐고 물었다. 간호사는 그럴 정도로 잔돈이 많지는 않다면서 자기가 가지고 있던 잔돈을 모두 델러니에게 주었다. 그는 간호사에게 1달러짜리를 주려 했으나 그녀는 받지 않았다. 델러니는 그녀에게 고마움을 표하기 위해 환히 미소 지었다.

델러니는 퍼거슨에게 전화를 했다. 그는 집에 없었다. 델러니는 자신이 퍼거슨의 노처녀 누나의 잠을 깨웠다는 것을 알게 되었다. 그는 현재의 자신의 상황을 설명하고 만일 퍼거슨이 돌아오면 버나디 박사와 어떻게든 통화를 해서 아내의 수술 경과를 알아봐 달라는 부탁을 전해달라고 간청했다. 자신은 병원에 계속 머물러 있을 테니까 병원으로 연락하면 된다는 말도 덧붙였다.

그는 2층의 복도 끝으로 갔다. 승강기로 통하는 문을 두 명의 경관이 지키고 서 있었다. 그들은 델러니가 다가가자 옆으로 비켜섰다.

그 문을 나선 순간 그는 기자들에게 포위되었다. 기자들은 모두 고함을 지르고 있었다. 델러니는 한 손을 쳐들었다. 기자들의 고함이 그칠 때까지 그는 손을 그대로 들고 서 있었다.

"현 상황에 대해 답변할 수 있는 사람은 토어슨 부경감이나 그분이 지명하는 사람뿐입니다. 저는 답변할 게 없습니다."

"리치먼드가 아직 살아 있습니까?"

"내가 아는 한은 그렇습니다. 의사들이 수술을 하는 중입니다.

내가 아는 것은 그것뿐입니다. 이제 나 좀 나갑시다."

델러니는 사람들 사이를 헤치고 움직이기 시작했다. 승강기 옆에는 삼각대 위에 작은 텔레비전 카메라가 설치되어 있었다. 그 옆에는 토머스 핸드리가 벽에 기대서 있었다. 지난밤에 델러니의 야간 순찰에 동반했던 바로 그 기자였다. 그는 핸드리를 한쪽 구석으로 데려갔다. 핸드리의 눈이 열에 들떠 휘둥그레졌다.

"왜요? 무슨 일입니까?"

"위스키 가진 것 있어요?"

델러니가 묻자 핸드리는 당황하여 멍한 눈빛으로 그를 쳐다보았다.

"위스키 있냐구요? 그 모자 좀 벗어요."

델러니가 명령하듯 말했다. 핸드리는 모자를 머리에서 떼어냈다.

"아니요. 없는데요, 서장님."

"한 모금만 있으면 되는데. 저 친구들에게 한번 물어봐 주겠소? 당신 동료들이 휴대용 위스키 병을 갖고 있을지도 모르니까. 텔레비전 카메라맨한테 있을지도 모르고. 돈은 지불하겠소."

"알아보지요, 서장님."

"고맙소. 문을 지키는 경찰에게 나를 불러달라고 해요. 대기실에 있을 테니까."

"술을 가진 사람이 없으면 나가서 사오겠습니다."

"고맙소."

"리치먼드는 아직 살아 있습니까?"

"나도 몰라요."

델러니는 대기실로 돌아왔다. 간호사가 말했다.

"스펜서 박사님은 아직도 수술 중이십니다."

"고맙습니다. 퍼거슨 박사라는 사람이 전화하지 않았나요?"

"아니요. 하지만 회복실에는 연락해 봤어요. 부인께서는 평화롭게 주무시고 계신답니다."

"고맙습니다."

"검사를 했다구요. 이놈들은 그저 간단한 검사라고만 했어요. 그런데 이제 와서는 내게 아무 말도 하려고 하지를 않아요."

밍크 코트를 입은 여자가 델러니 옆에 붙어 서며 말했다.

"남편 성함이 뭐지요? 무슨 일이 벌어지고 있는지 내가 알아볼 수 있을 겁니다."

"머들이에요. 어빙 머들. 제 이름은 로다 머들이구요. 우린 아이들이 네 명이고 손자 손녀는 여섯 명이에요."

"알아보지요."

그는 다시 간호사에게 갔다. 간호사는 델러니가 밍크 코트를 입은 여자와 하는 얘기를 다 듣고 있었다. 그녀는 작은 소리로 말했다.

"가망 없어요. 몇 시간밖에 남지 않았어요. 날이 새기 전에 사망할 거예요. 의사 선생님들은 그 환자를 한번 쳐다보고는 포기했어요."

델러니는 고개를 끄덕이며 벽시계를 보았다. 시간이 너무 빨리 흐르고 있었다. 벌써 자정이었다.

"그러니까 내 말은······."

그가 막 입을 열었을 때 경관이 그의 옆으로 다가와 말을 막았다.

"델러니 서장님이십니까?"

"그렇다네."

"기자 한 사람이 문에서 뵙겠다고 합니다. 핸드리라는 사람입니다. 그자 말이 서장님께서……."

"그래, 알겠네."

델러니는 경관과 함께 문으로 갔다. 문이 조금 열렸다. 핸드리는 구겨진 종이봉투를 델러니에게 건네주었다.

"고맙소."

델러니는 지갑을 꺼내려고 주머니에 손을 넣었다. 그러자 핸드리는 화난 표정으로 머리를 흔들어 보이고 돌아섰다.

델러니는 종이봉투 안을 들여다보았다. 거의 고스란히 남아 있는 버번 한 병이 들어 있었다. 그는 복도에 있는 생수대 옆에서 종이컵을 몇 개 뽑아 대기실로 돌아갔다. 보즈낸스키는 여전히 소파에서 고개를 젖힌 채 정신을 못 차리고 있었다. 델러니는 버번을 컵 가득 채웠다.

"딕."

보즈낸스키가 눈을 떴다.

"한 모금 하게. 딕, 한 모금만 해."

델러니는 컵을 보즈낸스키의 입술에 갖다 댔다. 보즈낸스키는 맛을 보더니 갑자기 재채기를 터뜨리며 허리를 숙였다. 메마른 기침이 밀려 나왔다. 잠시 후 그는 다시 소파에 비스듬히 기대앉았다. 델러니는 컵을 보즈낸스키의 입술에 갖다 대고 한 모금씩 먹였다. 그의 얼굴에 차츰 혈색이 되살아나더니 마침내 그가 허리를 세우고 앉았다. 델러니는 옆에 서 있던 경사에게도 술을 한 컵 내밀었다. 경사는 고마워하며 단숨에 컵을 비우더니 "어, 좋다." 하고 중얼거렸다.

"저에게도 한잔 주시겠습니까?"

잠만 자고 있던 노신사가 말했다. 이제야 그는 잠에서 깨어나 델러니에게 떨리는 손을 내밀고 있었다. 마치 종이를 입혀놓은 듯 까칠한 손이었다. 게다가 두 히피도 있었다. 또 이탈리아인 부부도 있었다. 그들 모두에게 한 모금씩의 술이 돌아갔다. 그것은 마치 성찬식의 포도주 같았다.

"그이는 살아 있겠지요? 당신만은 저에게 거짓말을 하지 않을 거라고 믿어요."

갑자기 밍크 코트를 입은 여자가 물었다. 그녀는 델러니를 똑바로 쳐다보았다.

델러니는 고개를 끄덕이며 술병에 조금 남은 술을 컵에 따라 내밀었다.

"솔직히 말씀드리자면, 남편 되시는 분은 가망이 없습니다."

여자는 혓바닥을 길게 내밀어 종이컵의 밑바닥을 핥으며 한탄했다.

"오, 하느님! 도대체 무슨 결혼생활이 이다지도 한심하담. 하지만 모든 결혼이 다 그렇지 않은가요?"

복도 쪽에서 시끄러운 소리가 들려왔다. 토어슨 부경감이 언제나처럼 꼿꼿한 자세로 들어왔다. 그는 보즈낸스키 서장에게 똑바로 걸어왔다. 한동안 그를 내려다보던 토어슨은 델러니를 향했다.

"고맙네, 델러니."

"리치먼드는 어떻게 됐나요?"

"아, 그 친구는 떠났네. 의사들이 온갖 노력을 다했지만 아무 소용도 없었지. 모두 알고 있었던 일이야. 다섯 명의 의사가 네 시간 동안이나 애를 썼지."

델러니는 시계를 보았다. 벌써 새벽 2시라니. 믿어지지 않았다. 어떻게 시간이 이렇게 빨리 흐를 수 있단 말인가? 토어슨은 아무런 감정도 드러내지 않은 음성으로 말했다.

"시장님과 청장님이 지금 저 밖에 계시네. 총기관리법의 필요와 새로운 윤리적 결단이 필요하다고 역설하는 중이지."

"그렇군요."

델러니는 간호사의 책상 앞으로 가서 날카로운 목소리로 물었다.

"어디 가면 스펜서 박사를 만날 수 있습니까?"

간호사는 피로에 지친 눈으로 그를 마주 바라보았다.

"라운지에 가보세요. 나가셔서 오른쪽으로 가다 보면 왼쪽으로 작은 문이 나올 거예요. '직원 외 출입 금지' 라는 팻말이 붙은 문이에요. 거기가 외과 의사 라운지예요."

"고맙습니다."

델러니는 간호사에게 인사를 하고 대기실을 나섰다. 그는 간호사가 알려준 대로 가서 노크도 하지 않고 외과 의사 라운지의 좁은 문을 밀어젖혔다.

작은 방이었다. 긴 소파 하나와 팔걸이 소파 둘, 텔레비전과 카드 탁자, 그 주변에 네 개의 의자가 있었다. 방 안에는 수술복과 수술모 차림의 의사가 다섯 명 있었다. 그들의 턱 밑에는 수술 마스크가 늘어뜨려져 있었다. 세 사람은 엷은 녹색 가운을 입고 있었고, 나머지 두 명은 흰색 가운이었다.

창밖을 내다보고 서 있는 사람, 텔레비전 안테나를 만지작거리며 화면상태를 조정하는 사람, 손톱깎기의 작은 칼날로 손톱을 다듬는 사람, 카드 탁자 위에 카드로 조심스럽게 집을 짓고 있는 사람, 바닥에 사지를 뻗은 채 누워서 다리를 들었다 내렸다 하며 운동을 하는 사람 모두 제각각이었다.

"스펜서 박사님?"

델러니는 날카롭게 불렀다. 창밖을 내다보고 있던 사람이 천천히 돌아섰다. 그는 델러니가 입은 경찰 제복을 보더니 다시 창 쪽으로 돌아섰다. 박사는 건조한 음성으로 말했다.

"그 사람은 죽었어요. 책임자에게 벌써 말했습니다."

"그 사람이 죽은 건 압니다. 내 이름은 델러니입니다. 박사님은 오늘 저녁에 내 집사람을 수술했습니다. 신장결석 환자 말입니다. 집사람이 어떤 상탠지 알고 싶습니다."

스펜서는 다시 델러니를 향해 돌아섰다. 다른 사람들은 각기 하던 일을 계속할 따름이었다. 스펜서는 혼자 중얼거렸다.

"델러니라. 아아, 신장결석. 신장을 제거했습니다."

"뭐라구요?"

"부인의 신장 하나를 떼어냈다구요."

"왜요?"

"감염되어 있었으니까요. 못쓰게 되어 있었습니다. 망가져 있었단 말입니다."

"무엇에 감염되어 있었다는 겁니까?"

"지금 검사 중입니다. 내일쯤 알게 될 겁니다."

카드로 집을 짓고 있던 사람이 고개를 들어 델러니를 쳐다보며 부드럽게 말했다.

"사람은 신장 하나만으로도 아무 불편 없이 살 수 있습니다."

델러니는 화가 나는 것을 참으며 말했다.

"이것 보세요. 당신들은 아무 일도 없을 거라고 하지 않았습니까?"

"그래서요? 나한테 뭘 바라는 겁니까? 나는 신이 아닙니다."

"그럼 누가 신입니까?"

델러니는 화가 나서 부르짖었다. 그때 노크 소리가 들렸다. 바닥에 엎드린 채 운동을 하던 사람이 대답했다.

"들어와요, 들어와. 누구든 상관없으니까 어서 들어와요."

문이 열리고 흑인 보조간호사 한 사람이 모자를 쓴 머리를 들이밀었다. 그녀는 조심스럽게 물었다.

"델러니 서장님 계십니까?"

"내가 델러니요."

"전화 왔습니다, 서장님. 대기실에요. 굉장히 중요한 전화랍니다."

그는 마지막으로 방 안을 둘러보았다. 스펜서는 다시 창밖을 내다보고 있었고 다른 사람들은 하던 일을 계속하고 있었다. 델러니는 급히 복도로 걸어가서 문을 와락 밀고 대기실로 들어섰다. 그키 작은 간호사가 그의 얼굴은 쳐다보지도 않은 채 전화기를 내밀었다.

"에드워드 델러니입니다."

"도르프만입니다."

"무슨 일인가?"

"이런 시간에 방해해서 죄송합니다. 서장님."

"무슨 일이야?"

"서장님, 살인사건입니다."

제3장

거리에는 바리케이드가 설치되어 있었다. 노란색 각목으로 만들어진 바리케이드에는 '뉴욕 경찰청'이라는 선명한 글자가 찍혀 있었다. 바리케이드 밑에는 석유 랜턴이 켜져 있었고, 시커먼 랜턴의 심지에서는 연기가 피어올랐다. 그것은 19세기 무정부주의자들이 사용하던 조잡한 폭발물처럼 보였다.

근무 중이던 경찰관이 경례를 붙이며 바리케이드 판넬 하나를 치워주었다. 델러니는 그 사이를 통과하여 현장으로 들어섰다. 그는 거리 한가운데를 걸어 강쪽으로 갔다.

델러니는 이 근방을 잘 알고 있었다. 3년 전, 한 무리의 흉악한 갱단이 어떤 저택 하나를 점거하여 조직적으로 약탈을 하는 사건이 벌어졌다. 그때 그는 한 팀의 경찰관과 기동순찰대의 특수 병력을 지휘하여 갱단을 몰아내고 저택을 해방시켰다. 그 집이 바로 이 블록 중앙에 위치하고 있었다.

불빛이 띄엄띄엄 눈에 띄었다. 근처 아파트 건물에서 한 사람이 창가에 서서 밑을 내려다보고 있었다.

델러니는 발을 멈추고 눈앞에 펼쳐진 광경을 잠시 살펴보았다. 무슨 일이 벌어진 것인지를 깨닫자 그는 모자를 벗고 가슴에 십자가를 그리며 고개를 숙였다.

십여 대의 차량이 불규칙한 원을 이루고 둘러서 있었다. 경찰 순찰차도 있었고 앰뷸런스도 있었으며 그 밖에 조명용 트럭과 과학검사실의 차량, 세 대의 수사용 차량, 그리고 검은 리무진이 한 대 있었다. 서른 명의 사내들이 꼼짝도 않고 침묵 속에서 모자를 벗은 채 서 있었다.

가로등을 새로 설치한 지 얼마 지나지 않은 지역이었다. 가로등은 오렌지빛 광선을 사방으로 흘려놓아 그림자를 남기지 않았다. 불빛은 문가와 골목 구석구석까지 액체처럼 흘러넘쳤다. 그러나 그림자가 없다면 빛도 없다는 뜻이 아닐까? 아무튼 그 가로등 불빛은 온기라고는 전혀 없는, 눈에 거슬리는 차디찬 빛으로 사방을 비추었다.

이 기묘한 불빛 속에서 새벽 안개가 스며들어 차의 보닛과 지붕에 이슬로 맺혀 흘러내려 아스팔트를 적시고, 묵묵히 그 광경을 지켜보는 사람들의 머리칼과 얼굴을 적셨다. 안개는 마치 거대한 장막처럼 인도에 늘어선 한 무리의 사람들 위를 뒤덮고 있었다. 무릎을 꿇고 있던 사람들은 모자를 썼다. 여기저기 사람들이 웅성거리는 소리가 들리기 시작했다.

그 광경은 마치 석판 인쇄로 찍어낸 듯 선명했다. 델러니는 그 광경을 한동안 지켜보다가 걷기 시작했다. 그는 조명용 트럭이 쏟아내는 강렬한 백색 광선 안으로 들어섰다. 사람들이 그를 쳐다보았다. 도르프만이 일그러진 얼굴로 서둘러 다가왔다.

"롬바르라는 사람입니다. 프랭크 롬바르. 브루클린 지방의회 의원이지요. 아시겠지만 늘 '대로상의 범죄'에 대해 떠들어댄 사람입니다. 신문에다가 경찰이 무능하다는 기사를 늘 써댔지요."

델러니는 고개를 끄덕거렸다. 그는 거기 모여 있는 사람들을 살펴보았다. 경찰관들과 지서와 본부의 강력계 형사들이었다. 또한 경찰청의 부청장이 시장의 개인 보좌관 한 사람과 같이 서 있었다.

시체 옆에 또 한 사람이 커다란 덩치를 굽히고 앉아 있었다. 델러니는 그 거대한 덩치가 곧 샌포드 퍼거슨이라는 것을 알아보았다. 서치라이트의 강렬한 불빛 속이었는데도 경찰의(警察醫) 퍼거슨은 펜라이트를 켜 들고 죽은 남자의 두개골을 검사하고 있었다. 사진기사들이 시체 옆에 자를 놓고 플래시를 터뜨리며 사진을 찍는 동안 퍼거슨은 옆으로 비켜나 있었다. 사진기사들이 물러가자 그는 다시 젖은 인도 위에 무릎을 꿇고 앉았다. 델러니는 그의 옆으로 걸어갔다. 퍼거슨이 고개를 들었다.

"아, 에드워드. 자네가 어디 있는지 궁금했어. 이걸 좀 봐."

델러니는 무릎을 꿇기 전에 선 채로 잠시 시체를 내려다보았다. 무슨 일이 벌어진 것인지 알아내기는 그다지 어렵지 않았다. 피살자는 뒤쪽에서 습격을 당한 것이었다. 후두부가 박살이 난 것처럼 보였다. 숱이 많은 검은 머리칼이 피에 젖어 짓뭉개져 있었다. 피살자는 습격을 받고 앞으로 거세게 고꾸라진 것 같았다. 넘어지면서 왼쪽 넓적다리가 꺾인 것이 분명했다. 왜냐하면 피살자의 왼쪽

다리가 기이한 각도로 꺾여 있었기 때문이다. 얼마나 심하게 넘어졌던지 피살자의 부러진 뼈마디 끝이 바지 자락을 뚫고 나와 있었다.

피살자는 또한 넘어질 때 얼굴을 땅바닥에 강하게 부딪힌 것 같았다. 뭉그러진 코에서 피가 흘러나와 있었다. 입도 뭉개지고 얼굴에도 찰과상을 입은 것 같았다. 피는 아직 응고되지 않은 상태였다. 피살자의 머리에서 흘러나온 피가 길가의 뼈만 앙상한 플라타너스 옆의 흙 위에 작은 웅덩이를 이루고 있었다.

델러니는 시체 옆에 떨어져 있는 가죽지갑에 닿지 않도록 주의하면서 그 옆에 무릎을 꿇고 앉았다. 그는 서치라이트 불빛을 피하며 눈을 찌푸렸다.

"지갑에서 지문은 조사했나?"

델러니는 불빛 때문에 눈이 부셔서 보이지도 않는 사람들에게 물었다.

"아닙니다, 서장님. 아직 그건 못 했습니다."

누군가가 대답했다. 델러니는 지갑을 내려다보았다.

"가죽지갑이군. 별로 얻어낼 게 없겠어."

델러니는 제복 안주머니에서 볼펜을 꺼내 지갑의 한쪽 끝만을 들쳐 조심스럽게 펼쳤다. 퍼거슨 박사가 펜라이트로 지갑을 비췄다. 두 사람 모두 지갑 안에 지폐가 가득 들어 있는 것을 보았다.

델러니는 지갑에서 볼펜을 치웠다. 지갑이 다시 접혔다. 그는 이번에는 시체에 접근했다. 퍼거슨은 펜라이트로 피살자의 두개골을 비췄다. 제복을 입지 않은 세 남자가 다가와 시체 옆에 무릎을 꿇었다. 그들 다섯 사람은 서로 머리를 부딪칠 듯하며 세밀히 시체를 살폈다.

형사 한 사람이 물었다.

"몽둥일까요? 아니면 파이프?"

퍼거슨이 고개를 들지도 않은 채 대답했다.

"아닐 거요. 부서진 부위가 없어요. 함몰 부위도 없고. 거기 상처처럼 보이는 건 피에 젖은 머리칼이오. 구멍이 있어요. 자상(刺傷) 같아요. 지름 3센티미터가량의 둥근 구멍인데, 손가락이 들어갈 정도요."

"망칠까?"

델러니가 물었다. 퍼거슨은 뒤로 물러나 앉았다.

"망치? 그래, 그럴지도 몰라. 구멍이 얼마나 깊은가에 달렸지."

"사망 시각은 언제쯤입니까, 박사님?"

형사 한 사람이 물었다.

"아마 길게 잡아봐야 세 시간 전이었을 것 같소. 아니, 두 시간 전쯤이오. 자정 무렵이겠지. 추측이지만."

"시신을 발견한 사람은?"

"택시 운전기사가 처음 발견했지만 술주정뱅이로 생각하고 그냥 지나가 버렸다더군. 그 택시 운전기사가 요크로의 자네 지서에 근무하는 경찰관을 만나자마자 신고를 한 거야. 그래서 여기 왔더니 이 꼴이었던 거지."

"처음 온 사람은 누구야?"

"맥케이브하고 마워리."

"시체나 지갑을 만졌다던가?"

"맥케이브 말로는 시체에는 손도 안 댔대. 지갑이 안쪽 면이 보이게 펼쳐져 있었다더군. 그래서 비닐칸 안에 들어 있는 신분증하고 신용카드가 훤히 보였대. 그래서 피살자의 신원이 롬바드라는 걸 알게 됐고."

"지갑을 접은 사람은 누구지?"

"마워리."

"왜?"

"보슬비가 내리기 시작했대. 비가 더 쏟아지면 지갑의 안쪽 표면에 묻어 있을지도 모르는 지문이 지워질까 봐 걱정이 돼서 지갑을 접었다는 거야. 그 친구는 지갑 표면이 악어가죽이기 때문에, 거기보다는 안쪽에서 지문이 채취될 가능성이 높다고 생각한 거지. 그래서 연필을 이용해서 지갑을 접었어. 손은 대지 않았어. 맥케이브는 지갑이 처음 발견된 위치로부터 1센티미터도 움직이지 않았을 거라고 말했어."

"택시 운전기사가 그들에게 사람이 여기 쓰러져 있다고 신고한 시각은?"

"한 시간쯤 전. 정확하게는 50분쯤 전일까?"

델러니가 물었다.

"박사, 시체를 뒤집어봐도 되겠어?"

"사진 다 찍은 겁니까?"

형사 한 사람이 어둠 속에 대고 큰 소리로 물었다. 어둠 속에서 대답이 넘어왔다.

"앞쪽도 찍어야 합니다."

퍼거슨이 주의를 주었다.

"그 다리 조심하세. 우리가 시체를 돌릴 테니까 그동안 한 사람은 다리를 잘 붙들고 있게."

그들 다섯 사람은 조심스럽게 시체를 붙잡아 얼굴을 위쪽으로 하여 돌려놓았다. 사진기사가 덤벼들었다. 사진기사 두 명이 사진을 멀리서, 그리고 가까이에서 찍어대는 동안 그들 다섯 사람은 멀찍이 떨어져 서 있었다. 사진기사들이 물러나자 다섯 사람은 다시 시체 주위로 모여들었다.

퍼거슨은 시체의 위아래를 펜라이트로 훑어보았다.

"눈으로만 봐서는 앞쪽에는 아무런 상처도 없는 것 같군. 부러진 다리하고 얼굴의 상처는 쓰러질 때 생긴 것이고. 긁힌 피부로 봐서 그렇게 생각해야 할 것 같아. 시체를 검사실로 옮겨간 뒤에는 더 확실한 걸 알게 되겠지. 치명상은 두개골의 그 상처야."

"땅바닥에 쓰러지기 전에 이미 절명했다는 거지?"

"두개골의 구멍이 깊다면 그렇게 봐야겠지. 이 사람은 체중이 상당해. 아마 100킬로그램은 넘어갈걸. 심하게 쓰러졌어."

퍼거슨은 시체의 팔과 어깨, 다리 등을 만져보았다.

"단단해. 비대하지도 않아. 근육이 잘 발달했어. 싸울 능력이 있는 사람이야. 기회만 있었다면 말이야."

그들은 침묵 속에서 시체를 내려다보았다. 멋있는 사람은 아니었다. 그러나 그의 모습은 탄탄해 보였다. 불쾌해 보이는 인상도 아니었다. 강한 턱, 두툼한 입술, 역시 크고 퉁퉁한 코(지금은 비록 깨졌지만), 짙고 검은 눈썹, 잘 다듬어 기른 수염. 그렇게 심하게 쓰러졌는데도 성한 이는 마치 작은 비석처럼 넓적하고 새하얀 색이었다. 검은 눈은 크게 열려 비가 내리는 하늘을 올려다보고 있었다.

델러니는 갑자기 무릎을 꿇더니 얼굴을 시체의 얼굴 가까이로 가져갔다. 퍼거슨 박사가 어깨를 잡아 뒤로 끌어내며 말했다.

"뭐 하는 거야, 에드워드? 죽은 사람한테 키스라도 하려는 거야?"

델러니의 대답은 태연했다.

"냄새를 맡는 거야. 이 콧수염에선 냄새가 나. 마늘과 포도주, 그리고 그 밖의 냄새도."

퍼거슨도 고개를 숙여 뻑뻑한 콧수염의 냄새를 맡았다.

"애니스 냄새야. 포도주와 마늘, 그리고 애니스야."

형사 한 사람이 받았다.

"그건 이탈리아 요리군요. 이 작자가 웨이터를 약을 올렸는지도 모르지요. 그래서 웨이터가 쫓아와서 이 작자를 해치웠을 수도 있습니다."

웃는 사람은 없었다. 누군가가 말했다.

"피살자는 이탈리아 사람입니다. 이 사람 진짜 이름은 롬바드가 아니라 롬바르도지요. 말을 할 때도 '오(O)' 발음을 빠뜨리곤 했어요. 브루클린에 사는데, 주민들이 대부분 유대인들입니다."

그들은 고개를 들었다. 말을 한 사람은 251번 지서의 리조였다.

"그걸 어떻게 알지?"

"집사람의 친척입니다. 아니 친척이었습니다. 우리 결혼식 때도 왔지요. 이 사람 어머니는 이 부근 어딘가에 삽니다. 집사람에게 전화를 해두었으니, 지금 집사람은 이 사람 어머니의 주소를 알아내기 위해 사방에 전화를 하고 있을 겁니다. 집사람 말로는 롬바드는 이따금 자기 어머니와 식사를 하기 위해 브루클린에서 이곳으로 왔답니다. 이 사람 어머니는 요리를 잘한다고 하더군요."

그들 다섯 사람은 일어서서 젖은 무릎을 털었다. 퍼거슨 박사가 앰뷸런스를 향해 손짓을 했다. 두 남자가 시신을 넣는 비닐주머니를 들고 다가왔다. 과학검사실의 직원 한 사람이 플라스틱 상자와 작은 집게를 가지고 와서 피살자의 지갑을 수거했다.

퍼거슨이 말했다.

"에드워드, 깜빡 잊고 있었어. 자네 아내는 어떤가?"

"지난 밤에, 아니 저녁쯤에 수술했어."

"그래서?"

"신장을 하나 제거했어."

퍼거슨은 잠시 할 말을 잃고 있다가 물었다.

"감염되었다고 하던가?"

"스펜서 말이 그렇다고 하더군. 버나디가 수술을 지켜보았다는데, 난 그 작잘 아직까지 만나지도 못했어."

"미꾸라지 같은 친구로군. 전화가 눈에 띄는 대로 무슨 일이 벌어지고 있는지 알아봐 주지. 어디로 연락하면 될까?"

"아마 지서로 연락하면 될걸. 시간표를 다시 짜야 하니까. 탐문 수사를 벌일 요원을 얼마나 확보할 수 있는지도 살펴봐야겠고. 우리 형사들을 본부에서 모두 소환해 간다니까 사람이 부족할 거야."

"나도 들었어, 에드워드. 뭐든 알아내는 대로 곧 연락하지. 내가 전화하지 않거든 버나디하고도 스펜서하고도 접촉하지 못했다고 생각해."

델러니는 고개를 끄덕거렸다. 퍼거슨 박사가 앰뷸런스 뒷자리에 올라타자 차는 경적을 울리며 출발했다. 도르프만 경위가 델러니에게 다가오려 했으나 그보다 먼저 부청장이 어둠 속에서 나타나 델러니의 팔을 붙잡았다. 델러니 서장은 남이 자기 몸에 손을 대는 것을 싫어했다. 그는 부청장의 팔을 부드럽게 떼어냈다.

"델러니 서장?"

"예."

"나는 브로턴이네. B-r-o-u-g-h-t-o-n. 우린 초면인 것 같군."

그들은 초면이었다. 그러나 델러니는 아무 말도 하지 않았다. 두 사람은 악수를 나누었다. 브로턴은 뚱뚱하고 어설퍼 보이는 남자였다. 그는 델러니를 검은 리무진 승용차로 데려갔다. 그가 뒷문을 열자 델러니는 차에 올랐다. 브로턴도 옆에 올라탔다.

"어디 가서 커피 좀 가져와, 잭."

부청장이 정복을 입고 운전석에 앉아 있던 남자에게 명령했다. 잭이 나가자 차 안에는 두 사람만 남았다. 부청장은 성급하게 시가에 불을 붙여 연기를 뿜어내기 시작했다. 차 안이 순식간에 연기로 가득 찼다. 브로턴은 투덜거렸다.

"엿 같은 놈의 시가야. 왜 우린 하바나산 시가를 못 사들이는 거지? 우리가 이놈의 말똥 같은 시가를 피우면 공산주의자들이 망할 줄 아나? 무슨 미친놈의 수작인지."

브로턴은 좌석에 깊숙이 눌러 앉으며 창밖을 내다보았다. 인도에서는 누군가가 시체가 쓰러져 있는 자리에 백묵으로 선을 그리고 있었다. 이제 시체가 옮겨질 차례였다. 브로턴은 큰 소리로 떠들어댔다.

"이놈의 사건 때문에 큰일이네, 서장. 고약하게 되어버렸어. 청장님은 캔자스시티, 젠장 캔자스시티 말이야, 거기에서 연설을 하기로 되어 있었는데, 그걸 취소해야만 했어. 지금 이곳으로 날아오는 비행기에 앉아 있겠지. 시장님 보좌관은 당신도 봤겠지? 시장님께서는 벌써 우리 엉덩이를 걷어차고 있어. 젠장, 이런 판이니 주지사라 해서 우리 엉덩일 가만두겠나? 자네 롬바드가 어떤 자인지 알지? 저 죽어 자빠진 친구 말야."

"그 사람이 쓴 글을 신문에서 본 적이 있습니다. 텔레비전에서 얼굴을 본 적도 있구요."

"그래. 그 작잔 인기가 좋은 친구야. 그러니 우리가 무슨 곤경에 빠진 건지 알겠지? '대로상에서의 범죄. 법도 질서도 없는 상황. 건달과 마약밀매자가 날뛰는 도시. 경찰청을 개편해야 한다. 청장을 해임해야 한다.' 이렇게 떠들어대던 자란 말이야. 그 작자는 바로 시장의 심복이나 마찬가지였어. 그런데 그자가 피살된 거야! 우리가 당장 범인을 잡아들이지 못하면, 사람들은 그 작자의 말이 옳았다고 생각할 거야. 이게 얼마나 심각한 사건인지 알겠나, 서장?"

"전 모든 살인사건은 심각하다고 생각합니다."

"글쎄. 그래, 물론이지. 하지만 이번 사건은 정치와 관련되어 있단 말이야. 이해하겠나?"

"예, 부청장님."

"좋아. 그게 한 가지 명심할 사안이네. 그리고 또 하나는⋯⋯ 이 사건은 최악의 시점에 발생했어. 지서 형사들에 대한 청장님의 지시를 받았나?"

"지시 467-B, 날짜 10월 8일. 주제는 형사과의 재편에 관한 사항. 이것 말씀입니까? 받았습니다."

브로턴은 짤막하게 웃음을 터뜨렸다.

"자네 얘기는 들은 적 있네, 델러니. 그래 바로 그 지시 말일세."

그는 갑자기 트림을 해댔다. 트림소리치고는 참으로 요란하고 거창했다. 그러나 그는 미안하다고 말하기는커녕 이번에는 사타구니를 긁적거렸다.

"좋아. 우린 지서의 모든 형사들을 소환하고 있네. 자네가 바로 다음 순서야. 그런 통고는 받았을 테지?"

"예."

"월요일에 시작될 거야. 형사들은 모두 특수 단위로 개편되네. 강력계과 야간 절도계, 단순 절도계와 트럭 절도계, 호텔 절도계 등으로 말이야. 범죄가 발생하면 정복 경관들이 가장 먼저 수사를 담당하게 되는 거야. 자네가 부하들에게 범죄수사를 어떻게 해야 하는지, 무얼 찾아야 하는지를 간단히 교육해 줘. 그건 나중에 자네에게 송부될 책자에 다 설명되어 있을 거야. 수사를 맡은 경관은 보고서를 작성해야 해. 만일 사건이 중대한 사건이면, 그러니까 피해액이 현금이건 물품이건 1500달러 이상이면 그 사건은 그때부터 강력계에서 맡게 되네. 그것이 사소한 범죄인 경우, 그러니까 이웃 간의 사소한 사건이나 좀도둑 같은 경우에는 순찰경관이 수사를 담당하거나 수사가 어려우면 수사 불능이라는 보고서를 제출하게 되네. 우린 이런 방법을 두 개 지서에서 시범적으로 운영해 봤어. 그 결과 그런 대로 효과가 있겠다는 판단을 내렸지.

자네 생각엔 어떤가?"

델러니는 즉시 대답했다.

"별로 좋은 방법이라고 보지 않습니다. 그것은 결국 형사들을 지서로부터, 그리고 이웃 사람들로부터 멀리 떼어놓게 됩니다. 때로 형사들은 이웃 사람들에 대해 안다는 것만으로도 수사에서 최선의 결과를 얻을 수 있습니다. 누가 실종되었는지, 새로 나타난 불량배가 누가 있는지, 누가 돈을 잘 쓰고 다니는지 따위를 아는 것만으로도 수사에 도움이 됩니다. 뿐만 아니라 형사들은 모든 이웃 사람들로부터 각종 정보를 얻을 수도 있습니다. 그런데 이제는 단 하나의 특수한 형사팀이 너댓 지서의 관할구역을 담당하게 되어 있습니다. 물론 저도 정복 경찰들이 수사 실무 경험을 쌓을 수 있다는 면에서는 새로운 방식이 좋은 점도 있다고 봅니다. 정복 경찰들은 그걸 좋아할 겁니다. 그들도 형사처럼 움직일 수 있을 테니까요. 그들 대부분이 경찰 업무란 노인들을 병원으로 실어다 주거나 가족끼리의 말다툼을 처리하는 정도로 생각하고 있긴 하지만 말입니다. 그러나 그들이 수사를 담당하거나 보고서를 쓰는 동안 다른 일은 할 수 없을 거고, 그렇게 되면 순찰을 맡을 요원이나 기본적인 지서 업무를 수행할 요원은 그만큼 부족하게 됩니다. 저는 반대입니다."

브로턴은 손가락을 콧구멍 속으로 쑤셔 넣어 뭔가를 끄집어냈다. 그는 그것을 두 손가락 사이에 두고 둥글게 말더니 차창을 내리고 바깥으로 튕겨버렸다. 그는 차갑게 내뱉었다.

"그래. 아무튼 자넨 그 방법에 익숙해지지 않으면 안 돼. 적어도 1년 동안은 말야. 그래야만 우리가 새 방식으로 운영되는 경우

225

의 통계를 낼 수 있을 테니까. 범인 검거율도 알게 될 거고. 그런데 지금 이놈의 롬바드란 자가 죽어 자빠졌단 말이야. 한참 그 운영 체계를 바꿔 나가는 판국인데. 그러니 본부의 강력계는 그대로 존재하고, 자네 지서의 관할지역을 담당하는 특수 수사대가 새로 창설되어 대기 중이고, 게다가 자네는 여전히 지서에 형사들을 거느리고 있는 형편 아닌가? 하느님 맙소사. 서로 다른 부서의 형사들이 각기 꼬리에 꼬리를 물고 범인을 찾아다니는 경우를 생각해 보게. 도대체 사건의 책임자는 누가 되는 건가? 그렇게 되면 일이 복잡해져서 아무도 수사의 진행 상황을 파악하지 못하는 혼란이 초래되고 말아. 벌써 그렇게 되어가고 있는지도 모르지. 이 혼란을 어떻게 정리해야 할지 좋은 아이디어 없나, 서장?"

델러니는 놀라 그를 쳐다보았다. 마지막 질문이 너무나 갑자기 예상할 수 없었던 순간에 튀어나왔기 때문에 그는 브로턴이 그를 일부러 차 안으로 불러들여 이런 얘기를 시작한 동기가 무엇인지 궁금해졌다. 그는 이런 질문에 대한 답변은 준비하고 있지 않았다.

"그 답변을 드리기 전에 스물네 시간의 여유를 주시겠습니까, 부청장님? 뭔가 좋은 생각이 날지도 모르지요."

브로턴은 성급하게 투덜거렸다.

"그건 안 돼. 난 지금 당장 청장을 만나러 공항으로 가야 할 형편이야. 가서 이 혼란을 어떻게 정리할 것인지 보고해야 해. 청장은 행동을 원하고 있어. 시장과 지방의회의 모든 의원들이 청장을 겨냥하고 있는 형편이란 말이야. 우리가 뭔가 그럴듯한 방법을 내놓지 않으면 청장 엉덩이가 성하지 못할 거야. 젠장, 만일 청장 엉

덩이가 그 꼴이 되면 내 엉덩이 꼴은 뭐가 되겠나? 아직도 모르
겠나?"

"알겠습니다."

"자네도 지금 이대로는 수사가 제대로 진행되기 어렵다는 점은
인정하겠지?"

"예."

"하느님 맙소사, 자넨 정말 곧이곧대로밖에는 말을 못 하는 사
람이로군."

브로턴은 초조히 엉덩이를 들썩거리면서 투덜대더니 말을 계
속했다.

"자네가 영리한 사람이라는 얘기를 들었네, 서장. 좋아. 생각나
는 대로 말해 봐. 지금 당장 생각나는 걸 말하게."

델러니는 정이 떨어져서 브로턴을 쳐다보았다. 그의 격정적인
에너지가 느껴졌다. 그러나 델러니는 그의 강요에 대해서는 화가
났다. 또한 그의 말버릇이나 행동거지에 대해서는 영 정나미가 떨
어졌다. 그는 추하고 속물적이었다. 델러니는 입을 열어 말하기
시작했다.

"일시적으로 수평적인 기구를 설치하는 것은 어떨까요? 경찰
청은 군대나 대개의 사업체처럼 수직적으로 구성되어 있습니다.
책임과 권력도 맨 꼭대기의 한 사람에게 집중됩니다. 명령은 지휘
선을 따라 하달됩니다. 그에 따라 각 부서와 지서, 수사대, 또는
명칭이야 뭐건 각 단위가 분명한 책임을 할당받습니다. 그렇지만
때로는 그런 식의 조직으로는 해결할 수 없는 문제가 발생합니다.
그런 문제는 언제나 일시적인 문제, 다시는 발생하지 않을 특별한

문제지요. 롬바드 사건은 수사 운영 체제를 전면적으로 개편하는 와중에 발생했습니다. 그러니까 군대나 대부분의 사업체가 항구적인 조직으로는 감당하기 힘든 문제가 발생했을 때 대처하는 방식을 취하는 것은 어떨까요? 즉 일시적인 특별 부서를 만드는 겁니다. 명칭은, 예를 들면 '롬바드 작전'이라고 붙이구요. 통괄적 지휘자를 선정합니다. 그 지휘자에게 필요한 모든 요원과 장비를 차출할 수 있는 전체적 책임과 권한을 부여합니다. 형사, 순찰경관, 특수 수사팀 등 이 작전에 참가하는 모든 대원을 지휘할 수 있는 권한과 책임을 부여하는 거지요. 그 대원들은 일시적으로 이 기구에 파견되는 겁니다. 롬바드 살인범이 체포되면 그 즉시 특별 수사대는 해체되고 거기 소속되었던 대원들은 원래 부서로 재배치됩니다."

브로턴의 탁한 눈동자가 번쩍 빛을 발했다. 그는 좋아서 웃음을 터뜨리며 무릎 사이에서 두 손을 문질러댔다.

"사람들 말이 농담이 아니었군 그래. 자넨 정말 영리한 친구야, 델러니. 청장도 그 아이디어를 좋아할 거야. 특별 수사대라. '롬바드 작전'이라. 그거면 사람들도 우리가 뭔가 하고 있다는 걸 알게 되겠지. 그렇지 않나? 시장과 기자들도 그걸 좋아할 것 같아. 그래, 이 롬바드 사건을 해결하는 데 시간은 얼마나 걸릴 것 같나?"

델러니는 다시 한 번 놀라 그를 돌아보았다.

"그걸 제가 어떻게 알 수 있습니까? 지금 그걸 아는 사람이 어디 있겠습니까? 어쩌면 누군가가 지금 당장이라도 자백을 할지도 모르고, 어쩌면 영영 사건이 해결되지 않을지도 모르는데요."

"젠장, 그건 마음에 안 들어."

"살인사건 범인 검거율에 대한 통계를 보신 적은 있지요? 사건 발생 마흔네 시간 안에 해결되지 않는 한 검거율은 현저히 떨어지고 그 이후부터 시간이 흐를수록 더욱 하락하는 것으로 나타나 있습니다. 한 달이나 두 달이 지나고 나면 사건은 십중팔구 미궁으로 빠지고 말지요."

브로턴은 음울하게 고개를 끄덕이고 차에서 내렸다. 델러니도 차에서 내렸다. 브로턴은 하수구에 시가꽁초를 내던졌다. 델러니는 그 옆에 서 있었다. 운전사가 달려왔다. 브로턴은 말없이 운전석 옆자리에 올라탔다. 검은 리무진이 출발하자 델러니는 경례를 붙였다. 그러나 브로턴은 거들떠보지도 않았다.

델러니는 거기 선 채 거리의 동향을 살펴보았다. 그의 지서에서 나온 첫 번째 수사반이 둘씩 셋씩 짝을 지어 도로 위에 백묵으로 그려놓은 시체의 윤곽 부근으로 모여들고 있었다. 델러니는 한 사람의 경사가 대원들에게 지시를 내리는 것을 듣기 위해 그 옆으로 다가갔다.

"모두 손전등 갖고 있지? 좋아. 여기서부터 흩어져. 천천히 움직인다. 알아들었나? 천천히 움직여. 쓰레기통은 하나도 남김없이 모두 수색할 것."

그러자 대원들 사이에서 불평하는 소리가 들리기 시작했다.

"어젯밤에 청소차가 쓰레기통을 모두 비웠어. 따라서 대부분의 쓰레기통은 비어 있을 테니까 큰 어려움은 없을 거다. 그러나 쓰레기통이 차 있는 경우에는 쓰레기를 거리에 쏟아놓고 조사해야 한다. 쓰레기통은 하나도 그냥 넘겨서는 안 된다. 그것이 끝나면 쓰레기를 다시 쓰레기통에 넣어. 청소차를 다시 한 대 보내라고 연락했다. 우리가 수색을 끝내고 나면 청소차가 와서 쓰레기통을 비우면서 다시 한 번 수색할 거야. 다음 모든 거리와 모든 골목을 수색해. 손전등으로 하수도를 비춰보고, 버려진 대야 하나까지 조사하도록. 이것은 일차적 수색에 불과해. 내일쯤 우리는 청소부와 대원을 동원하여 하수도 뚜껑을 열고 그 안의 찌꺼기와 진창까지 수색할 거야. 찾아낼 것은 뭐든지 무기로 사용될 수 있을 만한 것들이야. 총이나 칼일 수도 있어. 그러나 곤봉이나 파이프 토막, 철봉과 망치 혹은 피나 머리카락이 묻은 돌덩이 같은 것에 특히 유의할 것. 물론 모자나 옷, 손수건이나 천 조각도 포함된다. 잘 모르겠거든 날 불러. 뭐든 그냥 지나쳐서는 안 돼. 이 블록부터 시작이다. 그것이 끝나면 다시 이 자리로 돌아와서 한 블록 남쪽을, 다시 한 블록 북쪽을 수색하는 거다. 알아들었나? 좋아. 시작해."

델러니는 손전등의 불빛이 아침 안개 속에서 흐릿하게 번쩍이는 검붉은 피의 웅덩이로부터 퍼져 나가는 것을 지켜보았다. 그것은 해야만 하는 일이었다. 그러나 그는 그 일에 끼어들고 싶지는 않았다. 그들이 무엇인가를 찾아낼 가능성은 있었다. 가능한 일이었다. 동시에 그들이 창자가 썩고 있는 쓰레기통을 발견하고 구역질을 하거나 죽은 고양이를 찾아내거나 유산된 아기의 피투성이 몸뚱이를 발견해 낼 가능성도 있다는 것을 그는 알고 있었다.

아침이 되면 더 많은 대원들이 같은 작업을 하게 될 것이다. 수색은 더 넓은 지역으로, 더 바깥쪽으로 계속되어 나갈 것이다. 그리하여 그의 관할구역 전체를 수색해야 할 것이요, 마침내는 맨해튼 거의 전역에 대한 수색이 이루어져야 할 것이다.

그는 대원들이 수색을 시작하는 것을 바라보았다. 그는 어느 순간 피로감이 씻은 듯 사라졌다는 것을 깨달았다. 아니면 그가 너무나 피곤한 나머지 감각기관이 둔해지고 만 것인지도 모를 일이었다. 그는 뒷짐을 지고 강가의 난간으로 걸어갔다. 그는 그곳에서 요크로를 향해 돌아서서 살인이 어떤 식으로 발생한 것인지를 생각하기 시작했다.

롬바드의 시체는 인도 위에서 발견되었다. 위치는 요크로와 강 사이의 중간 지점이었다. 만일 롬바드가 정말 어머니와 저녁을 먹은 것이라면 그의 어머니가 사는 곳은 시체가 발견된 지점과 강 사이의 어떤 한 곳이라고 가정하는 것이 합당했다. 롬바드는 요크로 쪽을 향해서 쓰러졌다. 그 한밤중에 롬바드는 버스 정류장이나 지하철역 혹은 주차시켜 둔 자신의 차를 향하여 걷고 있었던 것일까? 그리하여 브루클린에 있는 자신의 집으로 돌아가려 한 것일까?

델러니는 천천히 거닐면서 강과 시체가 발견된 지점 사이의 건물들을 차근차근 살펴보았다. 건물들은 모두 개축된 석조 건물과 주택들이었다. 주택들의 정면은 평평했다. 살인자가 몸을 감출 만한 은폐된 공간 따위는 없었다. 살인자가 초인종을 찾는 척하면서 행인들에게는 등을 돌리고 건물 정면을 향해 서 있었을 가능성이 없는 것은 아니었으나 델러니는 그럴 가능성은 희박하다고 생각했다. 그것은 그 건물에 세 들어 사는 사람들에게 들킬 가능성이 너무 높은 행동이었다.

그러나 그 주택들의 현관은 인도보다 서너 계단 낮은 자리에 자리 잡고 있었다. 그리고 입구에는 덤불이 높게 자라 있기도 하고 담쟁이덩굴이 자라는 화분이 가지런히 놓여 있기도 했다. 식물들은 아직 초록빛을 띠고 있었고, 만일 살인범이 몸을 엎드려 숨기만 하면 행인들에게 들키지 않을 가능성은 충분했다. 그러나 델러니는 살인범이 그렇게 했을 가능성 역시 희박하다고 생각했다. 어떠한 살인자라 해도, 아무리 훈련을 받고 아무리 소리 안 나는 고무창 운동화를 신은 살인자라 해도 소리 하나 내지 않고 숨어 있던 곳으로부터 서너 발자국을 뛰쳐나가서 단번에 사람을 죽일 수는 없었다. 만일 소리가 들렸다면 롬바드는 살인자를 향해 돌아섰을 것이요, 자신을 보호하기 위해 팔을 쳐들거나 혹은 살인자한테서 벗어나기 위해 무슨 짓이든 했을 것이다. 그러나 롬바드는 갑작스럽게, 전혀 아무런 예상도 하지 못한 채 습격을 당한 것이 분명해 보였다.

델러니는 거의 꼼짝도 않고 멈춰 서서 거리 맞은편의 건물들을 바라보았다. 살인범은 그 건물 가운데 하나의 바깥쪽 로비에서 기다린다, 롬바드가 요크로를 향해서 지나가는 것이 보인다, 살인자는 인도로 나가 롬바드의 뒤를 따른다. 델러니는 그렇게 되었을 가능성도 있다고 생각했다. 그러나 그 경우에도 롬바드는 살인자가 내는 소리를 들었을 것이요, 누군가가 가까이에 있다는 것을 느낄 수 있었을 것 아닌가. 그리고 롬바드처럼 대로상에서의 범죄에 대해 충분히 알고 있는 사람이 이런 거리에서 누군가가 갑자기 자신을 습격하도록 멍청히 기다리고 있었을 것인가? 지방의회 의원 롬바드는 요크로의 대로상으로 뛰어들거나 도피처를 구하기 위해서 길을 건너 경비원이 있는 건물 로비로 뛰어들 수도 있었을 것이다.

델러니의 이 모든 추리는 살인범이 롬바드를 노리고 있다가, 롬바드의 뒤를 미행하다가, 혹은 적어도 특정한 시각에 특정한 장소에 롬바드가 지나간다는 것을 알고 있다가 그를 살해했다는 가정을 기반으로 하는 것이었다. 또 하나 델러니의 흥미를 끄는 것은 범행이 순간적으로 이루어졌다는 점과 완벽하게 성공했다는 점이었다. 그는 강가의 난간으로 되돌아갔다가 천천히 다시 요크로를 향해 걷기 시작했다.

"뭐야? '쇠심줄'이 지금 뭐 하는 거지?"

거리 건너편에서 백묵으로 표시된 곳을 지키던 한 정복 경찰이 동료에게 물었다. 질문을 받은 경찰은 길을 건너다보았다. 지서장이 천천히 걸어가고 있는 것이 보였다.

"보면 몰라? 단서를 찾는 중이잖아. 틀림없이 버려진 프랑스 우표나 손가락 부분이 조금 떨어져 나간 왼손 장갑, 아니면 칠면조 깃털 하나라도 찾아내고 말걸. 서장은 그걸 단서로 사건을 해결한 다음 한 계급 진급할 테지. 그런 게 아니면 뭘 하고 있겠어, 그 사람이?"

그러나 그 둘은 델러니가 무엇을 하는지 알지 못했다.

그는 또 하나의 가능성을 궁리 중이었다. 그것은 살인범이 롬바드와 같이 걷고 있었을 수도 있다는 가능성이었다. 둘은 친구였을 수도 있다. 그렇다 하더라도 살인범이 롬바드가 전혀 알지 못하는 사이에 무기를 꺼내 그의 뒤쪽으로 가서 뒷머리를 내리칠 수 있었을까? 그 사이에 롬바드가 전혀 반항할 여유가 없었을까?

의문점은 아직도 그 습격이 너무나 갑자기, 너무나 재빨리 이루어졌다는 점이었다. 또한 롬바드처럼 덩치가 크고 근육질인 남자가 살인자가 등 뒤로 접근하도록 아무런 저항도 하지 않은 채 우두커니 기다리고 있었다는 점이었다.

델러니는 그 자리에 멈춰 서서 이제까지의 추리를 되짚어보았다. 그는 너무 빨리 결론에 도달하려 하고 있었다. 어쩌면 살인범은 뒤쪽에서 접근하지 않았을 수도 있다. 살인범은 요크로에서 곧장 롬바드를 향해 걸어왔는지도 모른다. 만일 살인범이 옷을 잘차려입고 있었다면? 한밤중에 그 부근에 있는 자기 집으로 돌아가기 위해서 서두르는 주민처럼 부지런히 걸어오고 있었다면? 롬바드는 다가오는 그 사람을 살펴보았을 것이다. 그리고 살인범이 위험해 보이지 않았다면 롬바드는 슬쩍 몸을 비켜 그 사람과 스쳐 갔을 것이다.

물론 흉기는 감춰져 있었을 것이다. 만일 그 흉기가 파이프나 망치였다면 그것을 감추는 데에는 여러 가지 방법이 있다. 접은 신문 사이에 감출 수도 있고 코트 속에 감출 수도 있으며, 선물 포장 같은 것으로 위장할 수도 있다. 롬바드와 스친 바로 그 순간, 그리하여 롬바드의 주의가 앞쪽으로 향한 바로 그 순간, 살인범은 흉기를 꺼내 재빨리 돌아서서 그의 머리를 깨버렸을지도 모른다. 단 한순간에. 롬바드는 전혀 반격할 틈을 찾을 수 없었을 것이다. 그 순간 절명하여 앞으로 고꾸라지는 것밖에는. 그 다음 살인범은 다시 흉기를 감추고 오던 길로 돌아서서 요크로로 되돌아갔거나 또는 계속해서 앞으로 걸어 자신의 집으로 갔는지도 모른다. 또는 친구의 아파트로 갔을 수도 있고, 어느 고요한 거리에 세워놓은 승용차로 갔을지도 모른다.

델러니는 다시 한 번 그것을 생각해 보았다. 생각하면 할수록 그런 식으로 사건이 진행되었으리라는 생각이 강해졌다. 육감이 그랬다. 그 추리에 의하면 롬바드를 향해 다가오고 있던 살인범은 롬바드에게는 낯선 사람이었다. 그러나 만일 살인범이 잘 차려입고 있었다면, '규칙을 준수하는' 시민으로 보였다면 롬바드가 됐건 다른 사람이 됐건 그 사람의 습격을 피하기 위해 길을 건너갔을 가능성은 희박했다. 델러니 서장은 범인이 계속 걸어 자기 아파트로 갔거나 친구의 아파트로 갔을 가능성은 취소하기로 했다. 범인은 틀림없이 그 블록에 있는 모든 아파트의 주민들이 심문을 당할 것이고, 범행시간에 그가 어디에 있었는지 조사를 받을 것이라고 추측했을 것이다. 그렇다. 범인은 요크로를 향해서 돌아갔거나 근처에 세워둔 승용차를 타고 사라졌을 것이다.

델러니는 이스트리버 도로를 차단하고 있는 난간으로 돌아왔다. 그는 길을 건너 시체가 발견된 곳을 향해 걸어 내려갔다. 피살된 사람이 걸어갔을 바로 그 방향이었다.

이제 나는 프랭크 롬바드다. 곧 죽게 되어 있다. 나는 조금 전 어머니와 저녁을 먹었다. 어머니의 아파트에서 한밤중에 나와서 지금 브루클린에 있는 내 집으로 부지런히 가는 중이다. 나는 빠른 걸음으로 걷는다. 계속해서 사방을 둘러본다. 심지어는 풀이 나 있는 길 옆 주택의 현관도 살펴본다. 나는 거리에서 살인사건이 일어나기도 한다는 것을 너무나 잘 안다. 그래서 갑자기 나타나 내 머리를 내리치거나 나를 공격하려는 자가 없다는 것을 계속 확인하며 걷는다.

나는 앞쪽을 바라본다. 요크로 쪽에서 나를 향해 걸어오는 남자가 하나 있다. 새로 설치된 가로등 불빛이 환해서 나는 그 남자가 옷을 잘 차려입었다는 것을 알 수 있다. 그 사람은 팔에 코트를 걸치고 있다. 그 사람 역시 서두르고 있다. 빨리 집에 돌아가기 위해서인 것이 분명하다. 나는 그 사람의 행동을 이해할 수 있다. 우리가 서로 접근하는 동안 우리의 시선은 서로 얽힌다. 우리는 둘 다 고개를 끄덕이며 안심하라는 뜻의 미소를 보낸다. 우리는 미소로 이런 의미를 교환한다. '괜찮아요. 우리는 둘 다 옷차림도 말끔하고 얼굴도 온순해 보이지 않습니까. 우린 강도가 아닙니다.' 나는 그 남자가 지나갈 수 있도록 조금 비켜주며 걷는다. 그 다음 순간 나는 죽어버린다.

델러니는 인도 위에 백묵으로 그려진 선 앞에 멈춰 섰다. 그의 추리는 대단히 현실적인 듯 여겨졌다. 그 추리는 롬바드가 어째서 자신의 몸을 방어하기 위해 아무런 행동도 취할 수 없었는지를, 어째서 그런 시간적 여유를 찾을 수 없었는지를 설명해 주었다. 델러니 서장은 천천히 요크로를 향해서 걸어 내려갔다. 얼마쯤 걷자 그는 돌아서서 강 쪽으로 걷기 시작했다.

이제 나는 살인범이다. 내 팔에는 코트가 걸려 있다. 그 코트 밑에 나는 감춰진 망치의 손잡이를 움켜쥐고 있다. 나는 빠르게 걷는다. 의도적인 걸음이다. 내 앞에는 오렌지색 가로등 불빛 아래로 내가 죽여야 하는 남자가 다가오고 있다. 나는 빠른 걸음으로 그 남자를 향해 다가간다. 그 남자에게 접근하면서 나는 그에게 고개를 끄덕이고 미소를 보낸다. 그리고 그 남자 곁을 스친다. 이제 그 남자는 자기 앞쪽을 보고 있다. 나는 망치를 꺼내 재빨리 돌아서서 망치를 높이 치켜들었다가 내리친다. 그는 앞으로 고꾸라진다. 나는 다시 망치를 감춘다. 재빨리 요크로로 걸어간다. 그리하여 탈출한다.

델러니 서장은 백묵 표지 앞에 다시 멈춰 섰다. 그렇다. 사건은 그렇게 벌어졌을 수 있다. 살인범이 배짱이 있었다면, 그리고 운이 따랐다면. 언제나 운이 문제다. 창문 밖을 내다보는 사람도 없었다. 거리에도 사람이 없었다. 요크로 쪽으로 갑자기 나타나 헤드라이트 불빛으로 살인 현장을 샅샅이 비추는 택시도 없었다. 그러나 그 모든 것이 살인범의 운이었다! 아, 하느님 맙소사! 그 지갑! 델러니는 그 지갑을 완전히 잊고 있었다!

그 지갑은 접었다 폈다 할 수 있는 모양이었다. 남자들이 흔히 바지 뒷주머니에 꽂고 다니는 물건이었다. 델러니는 아까 그 지갑이 엉덩이에 짓눌려 약간 구부러져 있는 것을 알아보았다. 그에게도 비슷한 지갑이 있었다. 몇 달 동안 가지고 다니는 사이에 지갑은 엉덩이에 눌려 조금 안쪽으로 구부러져 있었다.

롬바드는 목제 버클 허리띠가 달린 코트를 입고 있었다. 코트와 양복 상의는 바지 뒷주머니에 손을 넣을 수 있을 만큼 엉덩이 쪽으로 치켜 올려져 있었다. 왜 살인자는 죽은 사람의 몸을 뒤져 지갑을 꺼내고, 돈이 가득 들어 있는 지갑을 열어 시체 옆에 내던지는 짓을 하며 시간을 보냈을까? 그러는 동안의 한순간 한순간이 살인범에게는 체포의 위험을 무릅써야만 하는 절대절명의 순간이었는데도 그런 쓸데없는 짓을 한 까닭이 무엇일까? 시체의 몸을 뒤져 지갑을 꺼낸다. 지갑을 펼쳐 시체 옆에 떨어뜨린다.

왜 살인자는 돈을 혹은 지갑을 가져가지 않았을까? 건물 창가나 길거리에 누군가가 나타나는 바람에 겁을 먹은 탓은 아닐 것이다. 자신이 죽일 사람 앞으로 태연자약하게 걸어갈 수 있을 정도의 배짱을 지닌 자라면 범행이 발각당하는 위험도 감히 무릅쓸 수 있었을 것이다. 살인자는 지갑을 가지고서도 지갑을 거기 던져두었을 때와 조금도 다름없이 재빨리 현장에서 벗어날 수 있었을 것이 분명했다. 그렇다. 범인은 그저 돈이 탐나지 않았던 것뿐이다. 그렇다면 범인이 원한 것은 무엇인가? 피살자의 신분증을 확인하고 싶었던 것인가? 아니면 지갑에서 무엇인가 다른 것을 꺼내간 것인가? 그것이 무엇인지를 아직 델러니가 알지 못하는 것인가?

델러니는 다시 요크로 쪽으로 걸어 내려가다가 돌아서서 시체가 발견된 지점을 향해 달리기 시작했다.

이제 나는 살인범이다. 팔에 코트를 걸치고 있다. 코트 밑에는…….

그는 경찰청의 어느 누구 못지않게 이런 특수한 살인사건의 범인 검거율이 어떤 정도인지 잘 알고 있었다. 그는 1971년 한 해 동안 뉴욕 시에서 발생한 살인사건으로 인한 희생자의 수가 같은 기간 동안 미국이 베트남에서 행한 전투로 인한 사망자의 수보다 더 많다는 것도 알고 있었다. 뉴욕에서는 매일 다섯 명 이상이 피살당했다. 총에 맞아 죽기도 하고, 칼에 찔려 죽기도 하고, 교살당해 죽기도 했으며, 맞아 죽기도 하고, 불에 타 죽기도 하고, 옥상에서 밀려 떨어져 죽기도 했다. 이처럼 피비린내 속에서 살고 있는데 한 사람이 더 죽는다고 해서 거기 어떤 의미가 있겠는가?

그러나 만일 그런 것이 일반적인 태도가 된다면, '한 사람이 더 죽었다 하여 거기 어떤 의미가 있는가?' 하는 태도가 일반적으로 받아들여진다면 그런 경우 프랭크 롬바드의 피살사건은 아무런 중요성도 없는 우연한 사고에 불과했다. 페스트가 한창일 때 어느 누가 한 사람의 장례식 따위에 신경을 쓰랴.

에드워드 델러니 서장이 신문기자에게 자신이 경찰관이 된 이유를 설명했을 때 그는 나름대로 정직하게 얘기했다. 그는 이 우주에는 생물 가운데에도, 무생물 가운데에도 영원한 질서가 있다고 믿었다. 그런데 범죄란 그 영원한 질서의 조화를 파괴하고 위협하는 불협화음이었다. 그것이 델러니의 생각이었다.

그러나 살인사건이 발생한 경위를 이해하고 사건을 해결할 방법을 모색하기 위해서 스스로 살인범이 되어보기도 하고, 피살자가 되어보기도 하는 동안 그는 서글픈 심정으로 자신이 경찰관이 된 데에는 더 깊은 동기가 있다는 것을 깨달아야 했다. 그것은 그가 얘기한 동기보다 더 뿌리 깊은 동기였다. 이제껏 어느 누구에게도, 바바라에게마저 얘기할 수 없었던 동기였다. 그러나 어쩌면 바바라는 벌써 짐작하고 있는지도 모른다.

그것은 세계를 올바르게 바로잡고자 하는 델러니의 욕구로 가톨릭적 성장과정에서 비롯되는 것이었다. 그는 지상에서 하느님의 대리자가 되고 싶었다. 그것은 델러니 자신이 생각해 봐도 부끄러운 욕구였다. 그는 그 욕구에 죄악이 있다는 것을 깨달았다. 그 죄악은 곧 자만심이었다.

이것이 무엇이란 말인가. 델러니는 그 모양도 그것이 의미하는 바도 알아낼 수 없었다. 흰 시트와 푸른 담요 아래 연약한 물질이 눕혀져 있었다. 담요 바깥으로 가느다란 팔이 뻗어 나와 있고, 눈꺼풀은 무겁게 감기고 광대뼈가 불거져 나와 있었다. 마치 죽은 사람의 얼굴에 무의미하게 떠오른 미소처럼 입술은 공허하게 벌어져 있었다. 너무나 연약하고 가냘픈 몸뚱이였다. 담요가 그 몸뚱이를 짓뭉개고 있는 듯 보일 정도로 연약했다. 게다가 엄청난 양의 금속과 플라스틱으로 만든 병들과 배뇨장치들이, 그 연약한 생명체의 새로운 내장이 보였다. 델러니는 그 연약한 물질이 살아 있다는 것을 확인하기 위해 미친 듯이 사방으로 눈을 굴렸다. 어디를 보아도 그것이 살아 있다는 흔적은 발견되지 않았다.

그는 이제 눈을 고정시키고 뚫어져라 그 연약한 것을 내려다보았다. 마침내 피곤에 지친 그 가슴이 조금씩 오르내리는 것이 보였다. 그 가슴은 소년의 가슴보다 더 빈약해 보였다. 문득 프랭크 롬바드의 시체가 생각났다. 눈앞에 누워 있는 아내와 프랭크 롬바드가 도대체 무슨 상관이 있기에 지금 그 생각이 나는지 의아스러웠다. 그제야 그는 자신의 눈이 젖어오고 있다는 것을 깨달았다. 시야가 부옇게 흐려졌다.

간호사가 속삭였다.

"진정제를 투약받고 잠드셨어요. 그렇지만 부인께서는 잘 견디고 계세요. 버나디 박사님이 외과 의사 라운지에서 기다리고 계세요."

델러니는 아내의 몸에서 키스할 수 있는 부분을 찾았다. 붕대나 튜브, 바늘이나 끈, 반창고로 가려지지 않은 맨살을 찾기 위해 이쪽저쪽을 둘러보았다. 그는 아내에게 신호를, 작은 신호를 보내고 싶었다. 그는 아내의 머리칼에 키스하기 위해 허리를 굽혔다. 그러나 입술에 닿는 것은 플라스틱 줄이었다.

"내가 말씀드렸지요? 전에 내가 프로테우스 감염 얘기를 한 걸 기억하실 겁니다."

버나디는 손톱을 들여다보며 말했다. 그 다음 그는 비난하는 듯한 눈빛으로 델러니를 쏘아보았다. 델러니가 마치 그것을 부정이라도 했다는 듯한 표정이었다.

델러니는 입을 꾹 다물고 버나디를 쳐다보고만 있었다. 그들은 외과 의사 라운지에 있는 카드 탁자 양쪽 끝에 마주 앉아 있었다. 카드가 탁자 위에 멋대로 흩어져 있었다. 대부분의 카드는 모양과 숫자를 감추고 있었다. 오직 하트 퀸 한 장과 스페이드의 9 한 장만이 모습을 드러내놓고 있었다. 델러니는 무겁게 반복했다.

"프로테우스 감염이라. 어떻게 아셨습니까?"

"검사 결과가 그렇게 나왔으니까요."

"그렇다면 당신이 추천하여 아내의 병명을 신장결석이라고 진단한 그 전문가 집단보다 검사소가 더 유능하다고 생각한다는 거요?"

버나디 박사의 번들거리는 눈에 다시 그 특유의 엷은 막 같은 것이 씌워졌다. 버나디의 몸이 뻣뻣해졌다. 그때 그는 델러니가 이제껏 본 적이 없는 몸짓을 했다. 오른손 집게손가락 끝을 오른쪽 귓속에 밀어 넣었던 것이다. 그동안 그의 엄지손가락은 허공을 찌르고 있었다. 그것은 마치 자신의 뇌를 끄집어내려는 동작처럼 보였다.

"서장님, 내가 보증합니다만……."

버나디는 그 기름을 바른 듯 미끈미끈하고 달콤한 어조로 입을 열었다. 델러니는 손을 흔들어 그 말을 중단시켰다.

"좋습니다, 좋아요. 우리 시간을 낭비하지 맙시다. 도대체 그놈의 프로테우스 감염이라는 게 뭐요?"

버나디의 얼굴은 학식을 과시할 기회가 오면 늘 그렇듯이 환하게 밝아졌다. 그는 양손 가운뎃손가락을 모아 두꺼운 입술 위를 눌렀다. 그가 자주 하는 몸짓이었다. 마치 노래하듯 경쾌하게 그의 얘기가 시작되었다.

"프로테우스는 원래 그리스 신화에 나오는 존재로 자기 마음대로 모습을 변신할 수 있는 바다의 신입니다. 그런 데에는 서장님도 흥미를 느끼시겠지요. 자기 멋대로 100만 번이나 외양을 바꾸고 변장할 수 있는 존잽니다. 그게 가능해진다면 경찰의 임무가 무척이나 곤란해지겠지요? 그렇지 않나요? 허허!"

델러니는 화가 치밀어 혼자 투덜거렸다. 그러나 버나디는 신경도 쓰지 않았다.

"그런 점 때문에 이 특별한 감염에 프로테우스라는 이름이 붙은 겁니다. 감염이 곧 질병은 아닙니다. 하지만 거기에 대해서는 긴 얘기를 할 필요가 없지요. 다만 이렇게 말씀드리는 것만으로 충분합니다. 프로테우스 감염은 종종 십여 가지 다른 질병의 형태와 외양, 모습과 증상으로 나타납니다. 그래서 진단하기가 아주 어렵지요."

"희귀한 질병입니까?"

델러니가 묻자 버나디는 눈을 치뜨며 대답했다.

"프로테우스가 희귀하냐구요? 그렇지는 않다고 말씀드려야겠군요. 그렇다 해서 자주 목격되는 증상도 아닙니다만. 그에 관한 기록도 그다지 많지 않습니다. 아침 내내 나는 그 기록을 뒤적였습니다. 그래서 전화를 받을 수 없었던 겁니다. 프로테우스에 관한 기록을 모두 읽고 있었거든요."

"무엇 때문에 거기 감염되는 겁니까?"

델러니는 버나디에 대한 증오심이 목소리에 노출되는 것을 막기 위해 최대한 자제력을 발휘하여 물었다. 그는 마카로니 영화에 나오는 주인공들처럼 실제적이고 냉정해지기 위해 최선을 다했다.

"말씀드렸지요. 버실러스 프로테우스라구요. 일명 B. 프로테우스라고도 하지요. 그건 사실상 우리 모두의 몸 안에 존재합니다. 내장기관 안에요. 사실 우리의 몸 안에는 온갖 종류의 좋고 나쁜 미생물들과 세균들이 돌아다니고 있습니다. 언제나 복부의 수술 과정에 의해 자극되지만 때로는 이 세균들의 활동이 갑자기 활발해지는 경우가 있습니다. 통제의 끈에서 풀려나는 거지요. 신장기관 안에서 그렇게 되는 경우도 있고, 그 밖의 특정한 기관 안에서 그런 일이 벌어지는 수도 있습니다. 드문 경우지만 혈액 속에서 발생하기도 합니다. 그 증상은 언제나 발열과 오한, 두통 등인데 때로 구토를 동반하기도 합니다. 그리고 그런 증상은, 물론 서장님도 아시겠지만 다른 수많은 질병의 증상과 동일합니다. 프로테우스는 또한 혈액의 특정한 변화를 초래하기도 합니다. 분명히 진단해 내기 어려운 변화지요. 여기 감염된 경우에 내려지는 처방은 항생제 투약입니다."

"박사님이 이미 그 처방을 하셨지요."

"사실입니다. 그러나 단언하건데, 전 그 처방을 철두철미하게 계속하지는 않았습니다. 이 '만병통치약'은 사실 그다지 대단한 것이 아닙니다. 항생제 가운데 어떤 것은 특정한 세균을 질식시킵니다. 그러나 동시에 그것은 다른 세균, 병독성이 더욱 강한 다른 세균의 성장을 자극하지요. 항생제는 함부로 투약해서는 안 되는 약물이에요. 부인의 경우에는 이 프로테우스 감염이 자궁절제수술로 인해 자극되었다고 생각됩니다. 그러나 모든 증상으로 미루어 볼 때 신장결석이라고 판단되었고, 어떤 검사에서도 신장결석이 잘못된 진단이라는 것이 입증되지 않았습니다. 스펜서 박사가 부인의 신장에 도달했을 때, 우리는 두 신장 가운데 하나를 제거해야 한다는 것을 발견했습니다. 제거하는 수밖에 없었습니다. 이해하시겠습니까?"

델러니는 대답하지 않았다. 버나디가 계속했다.

"우린 아직도 부인의 체내에 감염된 부위가 존재한다는 걸 발견했습니다. 여기저기 흩어져 있는 작은 부위입니다. 수술로 제거할 수 없었지요. 이제 다시 시작해야 합니다. 감염의 주 원천이 제거되었기를 바라면서 말입니다. 우리는 항생제로 나머지 감염 부위를 깨끗이 치료할 수 있습니다."

"희망하면서 말입니까, 박사님?"

"그렇습니다. 희망하면서요, 서장님."

두 사람은 서로를 노려보았다.

"아내는 죽어가고 있는 거지요, 박사님?"

"난 그렇게 얘기하고 싶지 않습니다."

"그렇겠지요. 박사는 그런 말을 할 사람이 아니지요."

델러니는 의자를 박차고 일어나 그 방에서 나왔다.

이제 나는 살인범이다. 나는 버실러스 프로테우스다. 나는 아내의 신장에 들어 있다. 나는……

델러니는 오후의 햇살 속을 걸어 경찰서로 돌아갔다. 그는 아내

곁에 머물러 있어야겠다고 생각했다. 그가 아내 곁에 꼭 머물러야 한다고, 그럴 의무가 있다고 생각한 것은 아니었다. 그러나 그는 아내 곁에 머물러 있을 것이다. 그는 뉴욕 경찰청의 에드워드 델 러니 지서장으로서 능률적으로 활동하는 한은 아내 곁에 머물러 있을 수 없다는 것을 알고 있었다. 그는 낡은 소형 타자기를 꺼내 놓고 순찰부의 부경감 아이바 토어슨에게 즉시 은퇴를 수락해 달 라는 편지를 썼다. 그는 '은퇴 요청서' 양식의 빈 칸을 모두 채우 고 토어슨에게 보내는 개인적인 편지에 아내의 병 때문에 은퇴해 야겠다고 썼다. 그는 편지에 은퇴가 빨리 결정되도록 도와달라고 썼다. 그는 봉투를 봉하고 우표를 붙인 다음 길모퉁이 우체통까지 걸어가서 편지를 넣었다. 그는 집으로 돌아와 옷도 벗지 않은 채 침대에 쓰러졌다.

3분쯤 잤을까. 아니면 여덟 시간쯤 잤는지도 몰랐다. 침대 머 리맡에 놓인 전화가 요란한 소리를 내며 울리자 그는 즉시 깨어 났다.

"에드워드 델러니 서장입니다."

"에드워드, 나 퍼거슨이야. 버나디와 얘기해 봤나?"

"그래."

"참 안됐네, 에드워드."

"위로 고맙네."

"항생제가 아마 좋은 효과를 낼 거야. 감염의 주 요인이 제거되 었으니까."

"나도 알아."

"에드워드, 나 때문에 잠에서 깬 모양이군."

"괜찮아."

"자네가 알고 싶어 할 것 같아서."

"뭘 말이야?"

"롬바드 살인사건 말이야. 그건 망치가 아니었어."

"뭐든가?"

"아직은 몰라. 두개골 상처의 깊이가 약 10에서 15센티미터나 되더군. 끝으로 갈수록 가늘어지는 원추형의 물체, 그러니까 송곳 같은 형태일 거야. 바깥쪽의 구멍, 흉기가 들어간 자리 말이네, 그 부분은 지름이 3센티미터 정도야. 그런데 입구에서부터 마지막 부위까지 점점 더 좁아지거든. 끝이 날카로운 물체였다는 거지. 대 못 같은……. 보고서를 한 장 복사해 줄까?"

"아니야. 난 은퇴할 거야."

"뭐라구?"

"내가 알 일이 아니야. 은퇴요청서를 보냈어."

"아, 하느님 맙소사! 에드워드, 그러면 안 돼. 이건 자네의 생명 이나 마찬가지잖아."

"알아."

델러니는 전화를 끊었다. 잠은 천 리 만 리 달아나버렸다.

그로부터 사흘 뒤 델러니 서장은 기다리던 전화를 받았다. 부경 감 토어슨의 보좌관이 전화를 해서 그날 오후 3시에 토어슨을 만 날 수 있는지를 물었다. 델러니는 제복 차림으로 지하철을 타고 시내로 들어갔다.

델러니가 이름을 말하자 토어슨의 예쁜 비서는 말했다.

"들어가세요, 지서장님. 그분들이 기다리고 계세요."

델러니는 '그분들'이라는 게 누군가 의아스럽게 생각하며 한 번 노크를 하고 무거운 오크나무 문을 밀고 토어슨의 집무실로 들어섰다. 큼직한 소파에 앉아 있던 두 남자가 일어섰다. 부경감 토어슨이 웃는 얼굴로 델러니에게 다가왔다.

아이바 토어슨은 경찰청 내에 있는 델러니의 '랍비'였다. '랍비'는 근래 뉴욕 경찰들 사이에서 통용되는 은어였다. 한 경찰관, 혹은 관리를 개인적으로 좋아해서 그의 성공이나 경력에 관심을 갖고 문제 해결을 도와주기도 하고 승진을 돕기도 하는 본부나 시 정부의 상관을 가리키는 말이었다. '랍비'가 기구 내에서 높은 자리로 승진하면 조만간에 그의 후원을 받는 사람도 승진하게 마련이었다.

이제 50대 후반인 부경감 아이바 토어슨을 그의 부하들은 '제독'이라고 불렀다. 그 이유를 알기는 쉬웠다. 키는 비교적 작은 편이었으나 몸매는 늘씬하고 꼿꼿했으며, 온몸이 탄탄한 근육으로 뒤덮여 있었고, 걸음은 나는 듯 민첩했다. 피부는 흠 하나 없이 깨끗했고 북유럽 사람의 풍모를 지녔다. 그러나 부드러운 인상은 아니었다. 그의 맑고 푸른 두 눈은 상대방을 꿰뚫을 듯 날카로웠다. 은발은 빗질을 한 번도 하지 않는 듯 보이면서도 잘 가다듬어져서 분홍빛 두피가 조금 엿보이는 왼쪽에서부터 그의 머리 모양을 따라 착 달라붙어 있었다.

토어슨은 델러니와 악수를 교환한 다음 다른 사람 앞으로 데리고 갔다.

"에드워드, 존슨 경감님 알지?"

"물론입니다. 반갑습니다, 경감님."

흑인 부처처럼 생긴 존슨이 활짝 웃는 얼굴로 그 커다란 손을 내밀었다.

"반갑네, 델러니 지서장. 어떻게 지냈나?"

"뭐, 그저 그렇습니다. 글쎄, 전……. 하지만 흥미를 느끼실 만한 얘기는 아닙니다."

그 커다란 남자가 킬킬거리자 거대한 배가 위아래로 출렁거렸다.

"나도 알아. 좀 더 자주 만났어야 하는데 우라질 컴퓨터가 날 꼭 붙들어놓는 바람에 움직일 재간이 있어야지. 시내에도 자주 못 나간다니까."

"경감님 논문은 읽었습니다. 체포와 유죄판결 사이의 비율에 관한 글 말입니다."

존슨은 좋아서 활짝 웃었다.

"그랬나? 이 도시에서 그걸 읽은 경찰은 아마 자네 한 사람뿐일걸."

"잠깐, 저도 읽었습니다."

토어슨이 말했다. 흑인 존슨은 투덜거렸다.

"잘도 읽었겠다. 어쩌면 읽기 시작했을지는 모르지. 하지만 그 다음엔 제일 끝 한 문단만 읽고는 집어치웠을 테지."

"정말이라니까요. 하나도 빼놓지 않고 다 읽었습니다."

"자네가 읽지 않았다는 쪽에 크게 걸지. 질문을 해보면 자네가 읽었는지 안 읽었는지 곧 드러나."

"좋습니다. 내기해요."

그때 델러니가 나섰다.

"그건 안 됩니다. 경범죕니다. 두 분 모두를 체포할 수도 있어요. 도박금지법 위반으로요."

"잘 안 될걸. 법정은 개인적으로 내기를 하는 두 신사 사이의 행위는 도박금지법에 의한 규제 대상이 아니라는 판결을 내린 예가 있지. 하비너 대(對) 뉴욕 시 사이의 판례에 나와 있네."

델러니가 반격했다.

"플래시 대 노빅 판례는 모르시는군요. 법정은 도박 중에 진 빚은 그 도박 자체가 불법이기 때문에 법정에서 논란의 대상이 될 수 없다고 판결을 내린 바 있습니다."

토어슨이 나섰다.

"이것 보세요. 법리 다툼을 하려고 여기 모인 게 아닙니다. 앉자구요."

토어슨은 두 사람을 소파에 앉힌 다음 자신은 유리가 덮인 커다란 책상 너머 회전의자에 앉았다. 그는 인터콤의 단추를 눌러 이렇게 지시했다.

"앨리스, 비상연락을 제외하고는 모든 연락 차단해요."

존슨 경감은 델러니를 향해 돌아앉아 궁금하다는 표정으로 물었다.

"델러니 서장, 내 논문에 대해 어떻게 생각하나?"

"그 수치를 보고 충격을 받았습니다, 경감님. 그런데……."

"에드워드, 날 그렇게 어려워하지 말게. 자네가 편하게 대한다고 해서 내가 자네를 무례한 사람이라고 생각할 일은 없으니까."

"예, 그러지요. 그 수치는 충격적이었습니다. 분석은 정말 훌륭했습니다. 하지만 그 결론에는 동의할 수 없습니다."

"무엇 때문에 동의할 수 없다는 건가?"

"경감님은 중죄 혐의로 체포된 혐의자의 5퍼센트만이 유죄판결을 받는다고 했습니다. 그러니까 기소당한 사람을 체포할 때 법정에서 확실히 유죄판결을 받아낼 수 있는 경우에 한해야 한다고 주장했습니다. 그렇다면 한 가지 묻겠습니다. 증거가 충분히 확보되지 않은 상황에서 체포영장을 발부하는 것이 범죄에 대한 억제력으로 작용한다는 점을 간과하고 있는 것 아닙니까? 절대로 유죄판결을 받지는 않는다 해도 혐의자는 경찰에 일단 그 신분과 성명이 드러나게 된 다음에는, 감금당한다는 것이 어떤 것인지 체험한 다음에는, 풀려나기 위해 막대한 변호사 비용을 치른 다음에는 범법행위를 저지르기 전에 훨씬 더 심사숙고하게 될 거라는 점은 고려에 넣지 않은 거 아닙니까?"

존슨은 웅얼거렸다.

"그럴 수도 있고 그렇지 않을 수도 있지. 논문을 쓸 때 체포가 범죄 억제력으로 작용한다는 점은 생각했네. 사실 그 점은 자네 의견에 동의하네. 그러나 만일 내가 법정이 유죄판결을 내리든 내리지 않든 사람을 좀 더 많이 체포해야 한다는 결론을 내렸다고 해보게. 매춘부들, 동성애자들, 도박꾼들을 일망타진해야 한다는 결론을 내렸다고 해보게. 무슨 일이 벌어질 거라고 생각하나? 경찰청 내의 급진주의자들은 그 논문을 틀림없이 신문에 흘릴 것일세. 그러면 시민의 권리 신장을 요구하는 모든 단체가 우리 목을 조르려고 덤벼들 테지. 그 사람들은 틀림없이 우릴 '파시스트 돼지'라고 욕할 것일세."

"그렇다면 대민관계 때문에 결론을 왜곡했다는 겁니까?"

"그렇지."

존슨은 간단히 긍정했다.

"대민관계가 그렇게 중요한 겁니까?"

"중요하지. 경찰청을 위해서. 자네 세계는 자네의 관할구역뿐이지만 내 세계는 청장의 세계지. 더 넓게 보면 시장의 세계이기도 하고."

델러니는 그 거대한 흑인을 쳐다보았다. 벤자민 존슨 경감은 경찰청의 보좌관이었다. 그가 맡은 분야는 통계분석이었다. 그는 덩치가 엄청나게 컸다. 그는 러트거팀의 선수였던 적도 있었고, 당시에는 올아메리카팀의 가드로 선정될 정도로 쟁쟁했다. 운동을 그만둔 뒤부터 살이 찌기 시작했다. 그러나 그 결과는 그리 나쁘지 않았다. 그는 아직도 자신의 덩치를 거뜬히 처리할 줄 알았다. 살이 찌면서 그만큼 위엄이 덧붙은 셈이었다. 마치 어린아이 같은 그의 웃음은 매력적이었다. 그러나 델러니는 잘 알고 있었다. 그 어린이 같은 웃음은 존슨이라는 인물의 놀라운 위장이기도 하다는 것을. 실제의 존슨은 엄격하고 복잡하고 놀라울 만큼 지적이었다. 가슴을 터놓은 듯이 웃을 줄 알고 번쩍이는 건강한 치아를 가지고 있다고 해서 흑인을 그만큼 높은 지위까지 승진시키지는 않는 법이었다.

토어슨이 손을 들었다.

"제발 그런 토론을 계속하려면 따로 날을 잡아서 비프스테이크나 소울 푸드(남부 흑인들이 즐기는 음식의 총칭 ─ 옮긴이)라도 들면서 하십시오."

"난 스테이크로 하겠네."

존슨이 말하자 델러니가 받았다.

"전 소울 푸드가 좋습니다."

토어슨은 정색을 하고 얘기를 시작했다.

"이제 본론으로 들어갑시다. 우선 에드워드, 바바라는 좀 어떤가?"

델러니는 현실로 돌아왔다. 그는 '경찰 얘기'를 좋아했다. 범죄와 형벌에 관해 얘기하면 밤을 새울 수도 있었다. 그러나 그런 얘기는 경찰관들 사이에서만 가능했다. 민간인들은 그런 얘기를 이해하지 못했다. 민간인과 그런 얘기를 한다는 것은 무신론자와 신부가 토론을 벌이는 것과 같다고 할 수 있었다. 그들은 서로 다른 언어로 서로 다른 얘기를 계속할 뿐이다. 무신론자는 이성에 대해 얘기하고, 신부는 신앙에 관해 얘기하고. 이 경우에 경찰관은 무신론자였고 민간인은 신부였다. 양쪽 모두 옳은 동시에 양쪽 모두 옳지 않았다.

델러니는 침착하게 대답했다.

"집사람은 안 좋은 상탭니다. 수술이 끝나고서도 예전처럼 회복되지 않아요. 그건 제 희망 사항일 뿐이었는지도 모르죠. 의사들이 지금도 집사람에게 항생제를 처방하고 있어요. 처음 처방에서는 아무 변화도 일어나지 않았습니다. 그래서 다른 방식으로 처방하고 있지요. 진척을 보일 때까지 계속할 겁니다."

"자네 부인이 병중이라는 얘기를 듣고 안타까웠네, 에드워드. 정확히 무슨 병인가?"

델러니는 조용히 말했다

"프로테우스 감염이랍니다. 집사람 경우에는 소변기관을 통해 감염되었답니다. 그런데 의사들은 도대체 집사람 병세가 어느 정돈지, 완치될 가능성이 얼마나 되는지 알려주지를 않습니다."

존슨이 이해한다는 듯 고개를 끄덕거렸다.

"나도 아네. 내가 의사들이 하는 짓 중에서 제일 싫어하는 게 뭔지 아나? 몸이 아파 견딜 수가 없어서 의사를 찾아가 이유가 뭔지를 묻는단 말이네. 그러면 의사라는 자는 이런 말을 하지. '그건 별일 아닙니다.' 그럴 때 내가 뭐라고 대꾸하는지 아나? '압니다. 내가 아픈 거니까 당신한텐 별일 아니겠지요.'"

델러니는 존슨이 자신을 위로하려는 것임을 알았다. 그는 존슨에게 빙긋 웃어주었다. 토어슨이 다시 입을 열었다.

"전에 한 번도 들어본 적이 없는 병에 대해서는 듣기만 해도 몸서리가 나요. 사람의 몸은 어느 구석이나 잘못될 가능성이 있으니까요. 우리가 이놈의 인생을 탈 없이 살아가고 있다는 건 정말 놀라운 일이지요."

델러니와 존슨의 얼굴에 서글픈 미소가 떠올랐다. 토어슨은 그제야 덧붙였다.

"그건 좋은 일이지요, 뭐. 안 그렇습니까? 자, 에드워드. 여기 자네가 보낸 은퇴 요청서가 있네. 먼저 고백하겠는데, 난 아직 이 은퇴 요청서를 검토조차 한 적이 없네. 은퇴 요청서 자체는 완벽하네. 자네는 은퇴할 권리가 있지. 하지만 우린 먼저 자네와 얘기를 해봐야겠다고 생각했네. 경감님, 여기서부터는 직접 말씀하시지요."

"아니, 자네가 먼저 공을 던져보게."

벤 존슨은 머리를 설레설레 저었다.

"에드워드, 이건 자네 관할에서 벌어진 롬바드 살인사건과 관련된 일이네. 롬바드가 어떤 명성을 지니고 있었고, 대중에게 어떤 인기를 얻고 있었는지는 자네도 잘 알 걸세. 또 이 사건을 신속히 해결하는 것이 경찰청에 얼마나 중요한 일인지도 알 것이고. 그리고 물론 이 사건이 수사 체제가 전면적으로 개편되는 와중에 발생했다는 것도. 브로턴 부청장이 보낸 롬바드 작전 특별 수사대에 관한 지시는 읽었나?"

델러니는 그에 관해 어디까지 얘기할 것인지 생각하느라고 잠시 망설였다. 그러나 브로턴은 속물이었다. 게다가 델러니는 은퇴할 예정이었다. 아무리 브로턴이 못된 놈이라 해도 은퇴한 사람에게까지 해를 끼칠 수는 없을 것이었다.

"읽었습니다. 사실대로 말하자면 브로턴에게 롬바드 작전 특별 수사팀을 제안한 것은 바로 저였습니다. 사건이 벌어진 바로 그날 새벽이었지요. 그때 부청장 차 안에서 단둘이 얘기를 나눴습니다."

토어슨은 고개를 돌려 존슨을 쳐다보았다. 두 남자의 시선이 마주쳐 잠시 움직일 줄 몰랐다. 다음 순간 존슨은 화를 내며 그 커다란 손으로 소파의 팔걸이를 내리치며 소리쳤다.

"내가 말했잖아. 그 멍청이 인종차별주의자 개자식한테는 그런 생각을 해낼 머리가 없다고. 그래, 바로 자네가 그 아이디어를 내놨군, 에드워드?"

"그렇습니다."

"그렇다고 브로턴이 고맙다고 치하할 거라고는 생각 말게. 그 개자식은 '나한테는 만세, 너는 엿이나 빨아라.'라고 말할 놈이니까. 벌써 자네 같은 건 까맣게 잊고 훨훨 하늘을 날고 있을 거야."

토어슨이 다시 입을 열었다.

"바로 그 일 때문에 자네를 만나자고 했네. 브로턴은 하늘을 날고 있지. 우린 그자를 끌어내리고 싶네."

델러니는 토어슨과 존슨을 번갈아 쳐다보았다. 그는 자신이 회피하려고 맹세한 사건에 연루되고 있다는 것을 깨달았다. 그것은 경찰청 내의 상부에서 벌어지는 파벌 싸움과 음모였다. 그것은 정부와 군대와 기업체, 나아가서는 인간이 만든 모든 조직 내에서 두 사람 이상이 결합하여 만들어내는 것이었다.

"'우리'라뇨?"

그는 의심에 차서 물었다.

"물론 존슨 경감님과 날세. 그 밖에도 열 명 정도 더 있네. 모두 우리보다 상급자들이지. 그분들은 자네가 충분히 짐작할 수 있는 이유로 이 단계에서 이름이 공개되는 걸 꺼리고 있다네."

"어떤 계급입니까?"

"청장에 이르기까지 다양하네."

"하시려는 일이 도대체 뭡니까?"

"우선, 우린 브로턴이 싫어. 그자는 경찰청의 치욕이네. 그자는 경찰청에서는 파국이나 마찬가지 존재지! 그자는 권력에 걸신이 들어 자기 권력기구를 만들어가고 있네. 이 롬바드 작전이라는 건 그자에게는 권력을 가진 자리로 올라가는 하나의 계단에 불과하지. 만일 그자가 사건을 해결하는 경우에는 말이네."

델러니가 물었다.

"브로턴의 동기는 뭡니까? 야심? 그자가 원하는 게 뭡니까? 청장? 시장입니까?"

델러니는 존슨을 바라보았다. 그가 미소를 지으면 웃음을 터뜨릴 작정이었다. 그러나 존슨은 웃지 않았다.

"우리는 지금 농담을 하는 게 아닐세, 에드워드. 브로턴은 비교적 젊지. 그자는 자네가 믿지 못할 정도로 권력에 굶주린 자고 이기적이네. 루스벨트는 경찰청장에서 백악관의 주인이 되었네. 브로턴이라고 그런 꿈을 꾸지 말라는 법 있겠나? 하지만 그자가 대통령이 못 된다 해도, 주지사가 못 된다 해도, 아니 시장이나 청장마저 못 된다 해도 우린 그자를 밀어내야겠네."

"파시스트 개자식."

존슨이 중얼거렸다. 델러니가 물었다.

"그래서요?"

"계획이 있네. 들어보겠나?"

"그러지요."

"신중해야 한다는 것, 엄격히 비밀을 지켜야 한다는 것에 대해선 얘기하지 않겠네. 그거야 자네도 충분히 알 테니까. 에드워드, 만일 자네가 오늘 은퇴를 한다 해도 매일매일 집사람 옆에서만 시간을 보낼 수는 없지 않겠나? 바바라는 당분간은 입원해 있어야 할 테니까 말이네. 안 그런가?"

"그렇습니다."

"만일 자네가 오늘 은퇴하면 시간이 많을 거 아닌가? 난 자네를 알지. 자네는 경찰에서 서른 해 가까이 근무했어. 자, 롬바드 살인사건이 벌어진 지 사흘, 아니 이제 나흘이 되어가고 있네. 롬바드 작전 수사대가 생긴 지 사흘이 됐고. 롬바드 작전을 시작한 이래 브로턴은 시내 전역에서 대원들을 끌어 모으고 있지. 그자는 지금 거대한 기구를 건설하고 있어. 그 기구는 시간이 갈수록 더 비대해져 가는 중이네. 그자는 아까도 말했지만 권력에 기갈이 들렸어. 내 자네에게 단언하지만, 브로턴도 롬바드 작전 수사대도 아직 단 하나의 단서도 찾아내지 못했을 걸세. 수사를 이끌어갈 단 하나의 길도 찾아내지 못했을 테지. 수사를 어떻게 할 건지, 왜 그걸 해야 하는지, 누가 그걸 할 것인지도 결정하지 못했을 테고. 내 말을 믿게, 에드워드. 그자들은 자네가 롬바드의 시체를 길에서 보았을 당시에서 단 한 걸음도 전진하지 못하고 있네."

"그렇다 해서 그들이 그 사건을 오늘이나 오늘 밤에, 아니면 지금 당장이라도 해결하지 못할 거라고 단언할 순 없는 일이지요."

"사실이네. 만일 브로턴이 사건을 해결한다면 그자는 우릴 처형해 버릴 걸세. 나와 존슨 경감님, 그리고 그 밖의 다른 친구들도. 브로턴은 멍청이일지도 모르네. 하지만 그자는 교활해. 누가 자기 적인지는 안다는 말이네. 단언하지만 브로턴이라는 자는 오직 롬바드 작전을 처음 제안한 사람이 자네였다는 이유 하나로 자네를 내쫓아버릴 수 있는 인물이네. 그자는 고마움을 느끼는 걸 도대체가 불편해 하는 그런 인간이니까. 어떻게든 그자는 자네를 제거하고 말 걸세."

"나한테는 손도 댈 수 없을 겁니다. 은퇴할 거니까요."

존슨은 생각에 잠긴 음성으로 입을 열었다.

"에드워드, 자네가 은퇴하지 않았다고 가정해 보게. 얼마 동안 휴직을 요청했다고 생각해 보게. 우린 그것을 허락할 생각이네."

"왜 제가 그런 요청을 한단 말입니까?"

"그렇게 하면 자네는 적어도 당분간 251번 지서의 책임으로부터 벗어날 수가 있네. 우린 그 자리에 임시서장을 배치할 걸세. 임시서장을 말이네. 자네는 면직되는 게 아니네. 자네도 부인이 예상보다 훨씬 빨리 완치될 수도 있다는 점은 인정하겠지? 그러면 복직하고 싶을 거 아닌가? 그건 가능한 일이네. 안 그런가?"

"물론 가능하지요."

존슨은 적당한 말을 찾아내려고 애쓰면서 얘기를 계속했다.

"그렇다니까. 그러니까 자네가 휴직을 요청했다고 해보잔 말이네. 현 업무에서 일단 해방되었다고 생각하자는 거지. 그 시간 동안 우리는 자네가 뭘 하기를 바라느냐면…… 롬바드 살인사건의 범인을 잡으라는 걸세."

잠시 쉬었다 나온 말은 너무도 성급하고 빠르게 쏟아져 나왔다.

"뭐라구요?"

"내 말 알아들었잖나. 자네가 브로턴이나 롬바드 작전 특별 수사대보다 먼저 롬바드 살인사건을 해결하란 말일세."

델러니는 충격을 받아 한동안 토어슨과 존슨을 번갈아 바라보았다. 마침내 그는 입을 열어 물었다.

"제정신이십니까? 그러니까 휴직 중인 경찰로서 사적으로 수사를 하라는 겁니까? 경찰청이 뒤에서 떡 받쳐주고 있고, 수백 수천 명의 형사들과 경찰관들, 전문가들이 활약하는 롬바드 특별 수사대보다 먼저 경찰관 한 사람에게 롬바드 살인사건의 범인을 체포하라는 겁니까? 불가능합니다."

토어슨이 참을성 있게 다시 말했다.

"에드워드, 우린 가능성이 있다고 생각하네. 사실 가능성이 크다고 할 수는 없지만 고려해 볼 만한 가치는 충분히 있어. 그렇지. 자네는 민간인 복장으로 일해야 하네. 그래, 자네 혼자뿐이네. 본부에 대원을 요구할 수도 없고 장비를 요청할 수도 없네. 하지만 우리가 필요한 선을 대겠네. 그 선을 통해 자네가 필요로 하는 건 뭐든 다 구해주지. 신분증도 만들어주고, 증거분석과 검사작업도 해주고, 필요한 기록도 다 뽑아주겠네. 만일 브로턴이 알았다가는 우린 모두 작살이 난다네."

델러니는 답답해서 다시 물었다.

"제 말 좀 들어보세요. 브로턴을 끌어내리려는 사람이 둘뿐입니까, 아니면 정말 청장에 이르기까지 열 명 정도가 더 있는 겁니까?"

"있다니까."

토어슨은 음울하게 말했고, 존슨은 당연하다는 듯 고개를 끄덕거렸다.

델러니는 일어나서 뒷짐을 지고 방 안을 서성거리며 얘기를 계속했다.

"뜻대로는 안 될 겁니다. 이런 살인사건을 수사하는 데 얼마나 많은 요원이 필요한지 정말 모르시는 겁니까? 하수도를 수색할 사람, 쓰레기통을 뒤질 사람, 집집마다 찾아다니면서 탐문수사를 벌일 사람, 롬바드의 사생활과 사업과 정치 활동을 조사할 사람, 롬바드가 태어난 날로부터의 인생역정을 조사해서 원수진 사람을 찾아낼 사람 등등. 도대체 어떻게 내가, 아니 누가 됐든 한 사람이 그 모든 일을 다 할 수 있다는 겁니까?"

존슨이 작은 소리로 말했다.

"에드워드, 자네가 그 많은 일을 다 할 필요는 없네. 그건 지금 롬바드 작전 특별 수사대에서 다 하고 있는 일이야. 맹세하지만 자네는 그 모든 정보를 즉시 받아볼 수 있네. 롬바드에 관해서 누군가가 어떤 사실을 알아낸다면 그로부터 스물네 시간 안에 자네는 그 사실을 알 수 있단 말이네."

토어슨이 고개를 끄덕이며 말했다.

"약속하네. 하지만 우리가 어떻게 그렇게 할 것인지는 묻지 말아주게."

델러니는 서둘러 대답했다.

"전 안 하겠습니다. 도대체 제가 지금 롬바드 작전 수사대가 하는 일보다 나은 어떤 일을 할 수 있으리라고 생각하는 겁니까?"

토어슨은 한숨을 내쉰 다음 말했다.

"에드워드, 자신을 과소평가하지 말게. 언젠가 자네 집에서 저녁식사를 하던 때가 생각나는군. 그때 우린 이런 얘기를 했지. 자네가 한 어떤 일에 대해 상관이 공을 가로챈 적이 있었네. 그때 자네는 경위였지. 바바라는 화가 나서 자네에게 자신의 공적은 자신이 차지할 줄 알아야 한다고 했지. 자네 부인 말이 옳아. 에드워드, 자네는 재능이 있네. 천재적이지. 놀라운 수사관이야. 수사에 관해서는 타의 추종을 불허하는 놀라운 사람이지. 자네는 그걸 알면서도 그걸 인정하지 않으려는 것뿐이야. 난 그걸 알아. 그리고 기회만 생기면 그 사실을 말하지. 자네에게 이 사건을 이런 식으로 의뢰하자고 한 것은 내 아이디어였네. 자네가 좋다고 하면 되는 일이지. 그럼 우린 일을 시작하면 되는 거네. 자네가 안 하겠다고, 은퇴하겠다고 고집을 부리면 그것으로 그만이네. 악감정을 가질 이유는 없어."

델러니는 창문으로 걸어가서 사람이 들끓는 거리를 내려다보았다. 뒤얽혀 경적을 울리는 차들 사이로 사람들이 분주히 빠져나갔다. 거리에는 밝고 분주한 활동이 있었다. 경적소리와 사이렌 소리가 들렸다. 멀리 바다로 떠나는 여객선의 기적소리가 들려왔다. 머리 위에서는 착륙하기 위해 케네디 공항으로 하강하는 여객기의 비행음이 들려왔다.

"롬바드 수사대에게 단서가 전혀 없다구요?"

델러니는 여전히 창을 향한 채 물었다. 토어슨이 대답했다.

"단 하나도 없네. 아무것도 없다니까. 그럴듯하다고 생각되는 수사 방향마저 없네. 완전히 아무것도 없어. 빈 괄호라니까. 완전히 텅 비었어. 그래서 브로턴은 스트레스를 받기 시작하고 있네."

델러니는 창을 등지고 돌아섰다. 그 얼굴에 냉랭한 미소가 떠올라 있었다. 그는 존슨 경감을 보며 말했다.

"제가 브로턴에게 살인사건 검거율에 관한 통계를 알려주었습니다. 사건 발생 후 마흔여덟 시간이 지나면 검거율이 얼마나 떨어지는지 아십니까?"

"알지. 그런데 벌써 나흘이 지났네. 지금도 브로턴의 가능성은 점점 더 바닥으로 떨어지고 있지."

델러니는 음울하게 대꾸했다.

"그건 저에게도 마찬가집니다. 만일 제가 이 사건을 맡는다면 말입니다."

그는 다시 창가로 돌아섰다. 그의 두 손은 이제 주머니에 깊게 찔려 있었다. 그는 이 문제를 바바라와 상의하고 싶어 가슴이 떨릴 지경이었다. 그는 언제나 신상에 관한 중요한 결정을 내릴 때마다 바바라와 상의하곤 했다. 그에게는 바바라같이 영리하고 실제적이고 적극적인 여성의 안목이 필요했다. 그 안목으로 행위의 동기와 선택과 가능성과 안전성을 탐색해 봐야 했다. 그는 바바라가 생각하는 대로 생각하고 바바라가 선택하는 대로 선택할 수 있도록 자신을 바바라의 위치에 옮겨놓으려고 노력했다.

델러니는 여전히 그들을 등지고 선 채 물었다.

"전 민간인으로서 일해야 하는데, 신분증을 써도 됩니까?"

존슨이 즉시 대답했다.

"물론이네. 하지만 최소한만."

델러니는 그들이 이런 요청을 하기 전에 일이 잘못될 것을 염려하여 얼마나 완벽한 준비를 하고, 얼마나 철저히 계산을 하고 계획을 세웠는지를 깨닫기 시작했다.

"보고 횟수는요?"

"가능한 한 자주. 하루에 한 번씩. 그게 어려우면 뭔가 찾아낸 것이 있을 때마다. 필요한 것이 있을 때마다 하게."

"누구에게 보고합니까?"

토어슨이 즉시 대답했다.

"날세. 절대 안전한 전화번호를 주겠네."

"집 전화가 도청당하고 있지 않다는 얘기는 마세요."

"절대 안전한 전화번호를 주겠다고 얘기했네."

토어슨은 같은 말을 반복했다. 델러니는 결심했다. 그는 바바라가 그에게 했으리라고 추측되는 말을 시작했다.

"만일 은퇴가 아니라 휴직이라면 전 여전히 경찰청의 명령 계통에 속하는 겁니다. 만일 브로턴이 이런 일이 진행 중이라는 걸 알게 되는 경우 그자는 날 잡아 죽이려 하겠지요. 만난 적이 있어서 그자가 어떤 인간인지 압니다. 이 수사를 맡겠습니다. 단 한 가지 조건이 있습니다. 두 분 중 한 분이나 두 분이 함께 제게 이 사건의 수사를 의뢰한다는 공식적 의뢰서만 써준다면 하지요."

델러니는 고개를 돌려 토어슨과 존슨을 똑바로 쳐다보았다. 그들 두 사람은 델러니를 바라보더니, 다음에는 서로를 쳐다보았다. 토어슨이 입을 열었다.

"에드워드."

"예?"

"그건 우리 목을 내놓으라는 말과 같네."

"압니다. 하지만 그런 것을 받지 않고 수사를 하는 건 내 목을 내놓는 거나 같습니다. 내 목 하나만이오. 만일 브로턴이 이 사실을 알아내는 경우에 말입니다."

"우릴 믿지 못하겠……."

토어슨이 입을 열었으나 존슨이 손을 들어 그를 막았다.

"잠깐, 잠깐만 기다리게. 지금 이 자리에서 짜증이나 부리면서 신뢰니 우정이니 하는 얘기를 하느라고 시간을 낭비하지 말자구. 그래 봐야 나중에 후회밖에 더 하겠나? 잠깐만 생각할 시간을 주게. 델러니의 얘기는 분명히 일리가 있네. 토어슨. 우리가 미처 생각하지 못한 부분을 지적했지. 그러니 우리 모두가 만족할 만한 방법을 궁리해 낼 테니까 잠깐만 생각할 시간을 주게."

존슨은 허공을 노려보기 시작했다. 델러니와 토어슨은 기대에
차서 그를 바라보았다. 마침내 존슨은 무겁게 투덜거리며 의자에
서 일어섰다. 그는 손으로 곱슬곱슬한 머리칼을 문지르더니 토어
슨에게 구석으로 가자는 몸짓을 했다. 그들 두 사람은 구석으로
가더니 작은 소리로 애기를 나누었다. 손짓 발짓까지 해가며 주로
애기를 하는 사람은 존슨이었다. 델러니는 소파에 앉아 지금 아내
와 같이 있다면 얼마나 좋을까 하고 생각했다.

마침내 두 남자의 속삭임이 끝났다. 그들은 델러니 앞에 와서
섰다. 존슨이 입을 열었다.

"에드워드, 만일 우리가 자네에게 롬바드 살인사건의 수사를
비공식적으로, 또는 반(半)공식적으로 의뢰한다는 내용의 편지를
집으로 보내면, 그리고 그 편지에 서명한 사람이 경찰청장이라면
만족하겠나?"

델러니는 깜짝 놀라 멍청히 그들을 쳐다보았다.

"청장님이라뇨? 청장님이 왜 그런 편지에 서명을 한단 말입니
까? 청장님은 바로 얼마 전에 브로턴을 특별 수사대의 지휘자로
임명하지 않았습니까?"

존슨 경감은 무겁게 한숨을 내쉬었다.

"에드워드, 청장은 상당한 능력이 있는 분이네. 온화하고 친절
하지. 사람이 너무 좋아 탈이랄 만큼. 그런데 이 양반은 뉴욕에서
의 경력은 이번이 처음이네. 이런 살벌한 판에서 놀아본 적이 없
다는 거지. 우리 같은 체험은 한 적이 없네. 이제야 배우는 중이
야. 문제는 이 험난한 세상이 그 양반에게 배울 시간을 허용할 것
인가 하는 점이네. 훌륭한 지휘자는 눈앞의 직무를 처리하는 것

못지않게 자신의 목을 보호하는 데도 시간을 써야 한다는 것을 그 양반은 이제야 겨우 깨닫기 시작하고 있어. 십중팔구 최고 지휘자가 버텨 나갈 수 있는 건 바로 주변의 유능하고 부지런한 보좌관들의 활약 덕분일 것이네. 청장은 브로턴이라는 자가 방귀나 뀌고 트림이나 해대는 게 아니라 무슨 짓을 벌이고 다닌다는 것을 깨달았지. 브로턴은 시장의 보좌관들 가운데 몇 명과 제법 친밀한 관계를 유지하고 있네. 게다가 또 다른 요소도 있지. 이건 기업체의 경영 안내서에는 절대로 언급되지 않는 내용이기는 하지만 경찰청 내에도, 연방정부나 주정부나 지방정부 안에도, 나아가서는 모든 기업체와 군대 안에도 이런 요소가 있네. 내 짐작에 청장은 물리적으로는 브로턴에게 겁을 먹은 것 같아. 증거를 댈 수는 없지만 내 느낌으로는 그렇다네. 그런 물리적 힘이야 사실은 많은 경우 매카시즘적 권력의 원천이지. 늙고 연약한 상원의원들은 매카시의 물리적 힘을 두려워했어.

자, 그런데 여기 한 친구가 있네. 마키아벨리 같은 친구지. 청장이 깊이 신뢰하는 경감이네. 청장의 귀에 멋진 얘기를 들려주는 친구라네. 예를 들면 이렇지. '청장님, 브로턴은 좋은 친굽니다. 좀 잔인해서 구미에는 맞지 않지만 일은 제법 해냅니다. 어쩌면 브로턴이 롬바드 살인사건을 해결할지도 모르지요. 하지만 생각해 보세요, 청장님. 가지고 있는 에이스 카드를 다 보여서야 되겠어요? 제 말은 브로턴이 실패하는 경우에 대비해서 다른 계획을 세워둬야 한다는 겁니다. 이런 경우에 잘 써먹을 수 있는 영리한 친구가 하나 있습니다. 일선 지서의 서장인데 지금은 휴직 중이에요. 이 영리한 서장에게 정중하게 편지를 써서 부탁을 하면, 그는 기꺼이 프랭크 롬바드 살인사건을 수사하기 시작할 겁니다. 물론 브로턴에게는 이 사실이 알려지지 않도록 해야겠지요.' 어떤가?"

델러니는 웃음을 터뜨렸다.

"정말 청장님이 그 말을 들을 거라고 생각하십니까? 정말 청장님이 제게 공식적으로 편지를 보낼 것 같습니까?"

"아무튼 우리가 그 편지를 얻어내면 사건을 맡겠나?"

"물론입니다."

다음 날 저녁, 델러니가 막 병원에 가려는 때에 심부름 센터에서 나온 사람이 그의 집에 봉투 하나를 배달했다. 봉투 안에는 편지가 있었다. 편지에 서명한 사람은 경찰청장이었고, 그 내용은 에드워드 델러니 지서장에게 프랭크 롬바드 살인사건에 대한 '신중한 수사'를 공식적으로 의뢰한다는 것이었다. 봉투 안에는 순찰부장이 서명한, '개인적 사유'로 인한 델러니 서장의 무기한 휴직을 허락한다는 서류도 있었다. 델러니는 그제야 토어슨과 존슨, 그리고 그들의 친구들이 대단히 수완이 좋은 작자들이라고 평가하기에 이르렀다.

그는 아이바 토어슨에게 전화를 걸다가 곧 끊었다. 그는 전화통을 내려다보며 잠시 생각에 잠겼다. 그는 토어슨 부경감이 이 전화번호는 '절대 안전'하다고 강조하던 것을 상기했다. 그는 코트를 걸치고 집에서 나가 두 블록을 걸어서 공중전화 부스를 발견하자 그곳에서 전화를 했다. '절대 안전'한 그 전화번호의 주인은 다름 아니라 전화를 받아주는 일을 전문으로 하는 업체였다. 델러니는 공중전화의 번호와 자신의 성만 알려주고 전화를 끊었다. 그는 참을성 있게 기다렸다. 3분이 채 지나지 않아 토어슨이 전화를 했다.

"편지 받았습니다. 동작이 빠르시군요."

델러니가 말했다.

"그래, 거긴 어딘가?"

"집에서 두 블록 떨어진 공중전화 부스입니다."

"좋아. 앞으로도 그렇게 하게. 매번 다른 공중전화를 사용하게."

"알았습니다. 지서장 직무대행은 결정했나요?"

"아직. 추천할 사람이라도 있나?"

"도르프만 경위라고. 아시지요?"

"모르겠는데. 경위라구? 글쎄, 받아들여질지 모르겠군. 중요한 지위라서 말이야. 적어도 부경감은 되어야 할 거야. 경위가 지휘하는 지서가 있다는 얘기는 아직 못 들어봤는걸."

"고려해 보세요. 도르프만의 근무기록을 살펴보시면 아시겠지만 표창을 네 번이나 받은 사람입니다. 훌륭한 행정가지요. 영리한 법률가이기도 하고."

"보증할 수 있나?"

"그 사람이 직접 그 일을 해보기 전에는 평가할 수 없는 법 아닙니까? 또 한 가지 고려할 사항이 있어요."

"뭔가?"

"그가 절 믿는다는 점입니다. 그 이상이지요. 절 좋아해요. 그 친구는 우리 사이의 완벽한 연락책이 되어줄 겁니다. 제가 기록이나 신분증이 필요하거나 검사실에 의뢰할 일 등이 생길 때 그 친구를 연락책으로 쓰면 될 겁니다. 통상적 지서의 서류 속에 같이 넣어 보내면 될 테니 말입니다. 아무도 그걸 눈치 채지 못할 겁니다."

"어느 정도까지 그에게 말해 줄 작정인가?"

"최소한만 얘기할 겁니다. 또 하나. 롬바드 작전에 관한 아이디어를 브로턴에게 제공한 것도 저고, 롬바드 사건이 벌어진 곳도 제 관할구역입니다. 브로턴으로서는 제가 소외된 것에 대해서 화가 나 있거나 질투를 하고 있으리라 보는 게 당연하지 않습니까? 그자는 제가 어떤 반발이나 방해를 하지 않을까 의심하고 있을 겁니다. 난 두 분이 그자에 관해 얘기하는 걸 듣고 그자의 머리가 어떤 식으로 돌아가는지 추측할 수 있었습니다."

"자네 추측이 옳은 것 같군."

"그렇습니다. 그자는 제가 휴직했다는 소식을 들으면 안심하겠지요. 게다가 서장 직무대행으로 임명된 사람이 도르프만이라는 걸 알게 되면 더욱 안심할 겁니다. '겨우 경위라고?' '게다가 수사 경험도 없는 인물이라고?' 브로턴은 그렇게 해서 제가 관할하던 지서를 취약 지역으로 낙인찍을 거고, 그러면 전 발각될 위험을 거의 느끼지 않은 채 도르프만을 연락책으로 쓸 수 있을 거 아닙니까?"

"그건 생각일 뿐이네. 좋은 생각이긴 하지만. 다른 사람들하고 상의해 보지. 어쩌면 가능할지도 모르네. 연락해 주지. 그 밖에는?"

"브로턴은 순찰부서 출신인 걸로 아는데, 그렇다면 롬바드 작전의 수사를 실제로 지휘하는 자는 누굽니까?"

"펄리 부장이네."

"아, 맙소사. 그자는 유능한 수사관입니다."

"자네가 훨씬 나아."

"계속해서 절 격려해 주십시오. 그런 격려가 필요합니다."

"언제 시작할 건가?"

"지금 당장요."

"좋아. 내일 복사 문건을 받게 될 걸세. 알겠나?"

"알겠습니다."

"자주 연락하게."

두 사람은 작별인사를 하고 전화를 끊었다.

델러니는 병원으로 가기 위해 택시를 탔다. 그는 뒷자리에 깊숙이 눌러 앉아 손톱을 깨물며 생각에 잠겼다. 그는 저 옛날의 낯익은 기분, 그 흥분을 다시 맛보기 시작하고 있었다. 델러니는 오랫동안 수사 업무를 수행하는 동안 발휘했던 추리력과 감정을 잊고 지냈다. 그러나 그의 본능은 당연히 되살아났다. 추격이 시작되었다. 그는 사냥꾼이었다.

델러니는 아내의 병실로 들어서면서 의식적으로 환한 웃음을 떠올렸다. 그는 주머니에 손을 넣어 아내를 위해 산 선물을 꺼냈다. 모조 다이아몬드로 만든 펭귄 모양의 싸구려 브로치였다. 번쩍거리는 그 브로치로 아내는 환자복 앞자락을 여밀 수 있을 것이었다. 아내가 그에게 두 팔을 내밀었다. 그는 허리를 굽혀 아내를 껴안았다.

"당신이 오기를 기다리고 있었어요."

"온다고 했잖아. 어때? 좀 나아?"

바바라는 웃음을 지으며 고개를 끄덕거렸다. 델러니는 펭귄을 내밀었다.

"이거 봐. 티파니에서 샀어. 10만 달러도 넘게 줬다구."

아내는 웃음을 터뜨렸다.

"예뻐요. 내가 늘 갖고 싶었던 물건이네요."

그는 아내가 브로치로 환자복을 여미는 것을 도와주었다. 그러고는 코트를 벗고 의자를 침대 옆으로 끌어다 놓고 거기 앉았다. 그는 아내의 손을 잡았다.

"정말 나아졌어?"

"그래요. 이제 사람들을 만나도 될 것 같아요. 아주 가까운 친구들 몇몇만요."

델러니는 너무 과장되지 않게 말했다.

"잘 생각했어. 에디는 다음 주에 올 거고, 엘리자베스는 어떨까?"

"아니에요, 여보. 엘리자베스는 아직 올 형편이 안 되잖아요."

"좋아. 당신 친구들에게 전화를 해줄까?"

"내가 할게요. 만나고 싶은 친구들은 거의 매일 내게 전화를 하고 있어요. 그 친구들에게 만나고 싶다고 말하기만 하면 돼요. 하루에 두세 사람만 만날 거예요. 한꺼번에 다 만나지는 않을 거예요."

그는 잘 생각했다는 얼굴로 고개를 끄덕이며 웃는 아내의 얼굴을 내려다보았다. 아내의 모습을 자세히 살펴본 그는 깜짝 놀랐다. 아내가 너무나 약해져 있었다. 이미 튜브와 플라스틱 병 따위는 사라지고 없었다. 그러나 아내의 얼굴은 그 낯익은 열로 인해 붉은빛이었다. 그의 가슴을 고통스럽게 만든 것은 아내의 연약함이었다. 그처럼 활동적이고 그처럼 강하고 활력에 차 있던 바바라가……. 지금 아내는 너무도 지친 몸으로 누워 있었다. 숨 쉬는 것마저 힘든 것 같았다. 델러니가 잡고 있지 않은 손으로 아내는 힘없이 담요 자락을 붙잡았다.

"에드워드, 식사는 제대로 하고 있어요?"

"물론이지."

"다이어트도 하고 있겠지요?"

"맹세하지."

"잠은 잘 자요?"

그는 손바닥을 밑으로 하여 손을 들어 올렸다가 그 손을 뒤집는 동작을 몇 번 반복했다.

"다 괜찮다니까. 바바라, 당신에게 할 얘기가 있는데."

"무슨 일 있어요? 애들한테 문제가 생겼나요?"

"아이들 문제가 아니야. 아무튼 한 시간쯤 당신과 얘기를 해야겠어. 어쩌면 시간이 더 걸릴지도 몰라. 피곤하지는 않지, 여보?"

"물론이에요, 여보. 이상한 말 마세요. 온종일 잠만 자고 있었는걸요. 당신 조금 흥분했군요. 그렇죠? 무슨 일이에요?"

"나흘 전에 일어난 일이야. 사실대로 말하자면 당신 수술이 있던 바로 그 몇 시간 뒤 새벽이었지. 내 관할구역에서 살인사건이 발생했어."

델러니는 가능한 한 간결하게, 그러면서도 완벽하게 상황을 설명했다. 그는 프랭크 롬바드의 시체가 발견된 상황과 시체의 모습까지도 철저히 설명했다. 그는 경찰청으로서는 사건을 하루 속히 해결하는 것이 얼마나 중요한 일인지 얘기하고, 현재 진행 중인 수사부서의 재편으로 인해 사건을 능률적으로 수사하는 일이 얼마나 방해를 받게 되었는지를 설명했다. 그는 부청장 브로턴과 나눈 개인적인 대화에 대해서도 말했다.

"그 사람 아주 끔찍스러운 사람 같군요."

바바라의 말이었다.

"아, 그렇다고 할 수 있지. 아무튼 이튿날 난 은퇴를 신청했어."

바바라는 깜짝 놀라 침대에서 일어나 앉았다가 다시 누웠다. 그녀의 눈에 눈물이 가득 고였다.

"여보! 설마 그럴 수가!"

"그래. 사실이야. 당신과 더 많은 시간을 보내고 싶었어. 그때는 그것이 옳은 결정이라고 생각했어. 하지만 내 뜻대로는 되지 않았어. 그 뒤에 벌어진 일을 얘기해 줄 테니 들어봐, 여보."

델러니는 부경감 아이바 토어슨과 존슨 경감을 만난 사실도 얘기했다. 그들이 델러니에게 프랭크 롬바드 살인사건에 관한 독자적인 수사를 맡기려는 계획을 품고 있었다는 것도, 그 계획은 브로턴을 끌어내리기 위한 것이라는 것도 얘기했다. 얘기를 듣는 사이에 바바라의 기분이 되살아나는 것을 델러니는 보았다. 그녀는 한쪽 팔에 의지하여 몸을 옆으로 돌리더니 차츰 눈을 빛내며 몸을 반쯤 일으켰다. 바바라는 그들 가족 안에서 정치가였다. 그래서 그녀는 경찰청 안에서 벌어지는 갖가지 사건들과 야심가들의 음모와 파벌에 관한 얘기를 즐겨 들었다.

그는 자신이 롬바드 살인사건을 맡기 전에 더 높은 상급자로부터 공식적으로 수사를 의뢰한다는 편지를 받아야겠다고 주장했다는 얘기도 했다.

"바바라, 내가 제법 현명한 행동을 했다고 생각하지 않아?"

아내는 곧 대답했다.

"정말 잘했어요. 당신이 자랑스러워요. 그 무자비한 밀림에선 '너 자신을 보호하라.'는 것이 첫 번째 철칙이니까요."

그는 경찰청장으로부터 편지를 받았고, 그 편지와 함께 델러니의 무기한 휴직을 허락한다는 공문도 받았다고 얘기했으며, 바로 얼마 전에 아이바 토어슨과 전화로 나눈 대화에 대해서도 얘기했다. 바바라는 행복한 어조로 말했다.

"당신이 도르프만을 추천했다니, 정말 기뻐요. 난 도르프만이 좋아요. 그 사람은 그런 기회를 잡기에 부족함이 없어요."

"그래. 문제는 임시직이라고는 해도 경위를 한 지서의 서장으로 임명한다는 점이야. 갑자기 도르프만을 승진시켰다가는 브로턴이 뭔가 낌새를 챌 거고. 그래서 당분간은 일이 어떻게 되어가는지 봐야겠지. 난 롬바드 작전 수사대에서 나오는 모든 보고서의 복사본을 내일 받기로 되어 있어."

"여보, 그런데 수사 전망이 그다지 밝지 않네요."

"사실이야. 그에 관한 한 롬바드 작전 수사대도 마찬가지야. 토어슨의 말로는 수사대는 지금껏 아무것도 얻어낸 것이 없어. 혐의자의 인상착의 하나도 확보하지 못하고 있어. 그 녀석이 살인을 한 방법과 동기도 파악하지 못하고 있지."

"'그 녀석'이라니, 범인이 여자일 가능성은 없는 건가요?"

"그럴 가능성도 있지. 하지만 확률은 지극히 낮아. 여자는 총이나 칼로 범행을 저지르거든. 다른 흉기를 사용하는 경우는 드물어. 여자가 다른 흉기로 살인을 하는 경우는 대개 피해자가 잠들었을 때야."

"그럼 당신은 정말 거의 백지상태에서 시작하는 건가요?"

"글쎄. 두 가지가 있어. 별로 중요한 단서는 아니지. 펄리 부장도 이런 정도는 알고 있을 거야. 롬바드는 키가 큰 사람이야. 약 185센티미터 정도지. 자, 이걸 봐."

델러니는 의자에서 일어나 병실 안을 둘러보았다. 잡지가 눈에 띄자 그것을 둥글게 말아 한쪽 끝을 움켜쥐었다.

"난 살인범이야. 손에 망치나 나이프, 또는 길고 굵직한 막대를 들고 있어. 나는 피해자의 머리를 내리치지."

델러니는 잡지를 머리 위로 치켜들었다가 거세게 내리쳤다.

"무엇을 봤어, 여보?"

"당신 팔이 쫙 펴지지 않네요. 팔이 굽어 있었어요. 잡지 한쪽 끝은 당신 머리에서부터 약 15센티미터 정도밖에 올라가지 않았구요."

"맞았어. 우리가 평범하게 뭔가를 치는 동작은 바로 그런 거야. 망치질을 할 때도 망치를 든 팔을 머리 위로 끝까지 치켜들지 않아. 망치질을 정확히 하기 위해서는, 팔의 동작을 통제할 수 있도록 팔꿈치를 어느 정도 구부리고 있어야 해. 필요한 힘을 얻을 수 있을 정도만 팔을 들어 올리는 거지. 체험에 바탕을 두고 무의식적으로 그런 계산을 해내는 거야. 카펫에 납작못을 박기 위해서라면 망치를 4 내지 5센티미터만 들어 올리면 되는 거야. 대못 같은 것을 박으려면 망치를 머리 높이나 그보다 더 높이 들어 올려야하고."

"롬바드는 망치로 피살당했나요?"

"퍼거슨은 그렇지 않다고 말했어. 하지만 대단히 강한 힘으로 타격이 가해졌던 것은 틀림없어. 피살자의 머리에 뚫린 구멍의 깊이가 10센티미터나 되니까. 아직 퍼거슨의 보고서는 보지 못했지만."

"살인범이 왼손잡이일 가능성은요?"

"그럴지도 몰라. 하지만 추측한 바로는 그렇지 않을 것 같아. 상처의 위치와 상태가 새로운 사실을 알려주거나 타격을 받은 순간 피살자의 위치가 달리 밝혀지지 않는 한은 말이야."

"추측이 너무 많군요."

"정말 그래. 바바라, 피곤해?"

"아니에요. 지금 얘기를 그만두면 안 돼요, 여보. 당신이 지금 나에게 보여준 그 동작이 왜 그다지 중요한 건지 난 아직 모르고 있어요. 사람이 팔꿈치를 완전히 펴지 않은 상태로 타격을 가한다는 것 말이에요."

"롬바드는 키가 185센티미터 정도야. 어떤 사람이든 뭔가를 아래쪽으로 내리칠 때는 15센티미터 정도 높이로 들어 올리는 법이니까, 만일 살인범이 자신의 머리에서 약 15센티미터 높이로 흉기를 들어 올려 그 타격이 롬바드의 두개골에 가해졌다면 살인범의 신장은 대략 롬바드의 신장과 비슷하거나 5에서 6센티미터 더 크다고 추정할 수 있지 않을까? 타격 부위는 척추뼈와 두개골이 만나는 부분이 아니었어. 두개골의 상부였지. 그래, 이건 추측에 불과해. 하지만 지금 우리가 가진 아주 사소한 물적 증거를 기반으로 해서 추측한 거야. 난 어디서든 추리를 시작하지 않으면 안 되거든."

"여보, 당신 아까 두 가지가 있다고 했어요. 또 하나는 뭐죠?"

"글쎄, 이건 사건이 벌어진 바로 그날 아침에 현장에 있는 동안에 생각해 본 거야. 그저 궁금해서 그랬을 거야. 이 살인사건에서 가장 신경이 쓰이는 부분은 롬바드 정도의 신장과 체격과 힘을 가진 사람이, 더구나 대로상에서 범죄가 일상적으로 벌어진다는 것을 잘 아는 사람이 한밤중에 사람도 없는 곳에서 살인범이 자기 등 뒤로 다가와서 그렇게 참혹하게 내리칠 때까지 자기 몸을 방어할 생각을 왜 하지 않았는가 하는 점이야. 그래서 해본 생각인데……"

델러니는 아내를 위해 다시 한 번 그날 아침 했던 일을 보여주었다. 처음에는 롬바드의 역할을 했다. 그는 코트를 걸치고 고개를 이쪽저쪽으로 돌려 건물들의 로비와 현관을 살펴보며 병실 안을 분주히 걸었다.

"그러다가 요크로 쪽에서 나를 향해 다가오는 사람을 목격하는 거야."

델러니(롬바드)는 앞쪽으로 걷는 동작을 계속하는 한편, 앞에서 다가오고 있다고 가정한 인물을 살펴보는 연기를 하며 설명을 계속했다. 그는 자신을 방어할 준비를 하기 위해, 또는 위험이 감지되면 달아날 준비를 하기 위해 걸음을 늦추었다. 그러나 그는 곧 미소를 지었다. 그 낯선 사람의 모습을 보고 안심하게 된 것이다. 그 낯선 사람 역시 미소를 짓는다. 델러니(롬바드)는 그 사람이 지나갈 수 있도록 길을 조금 비켜주며 걸어간다. 그리고 바로 그때…….

"자, 이번엔 살인범이야."

바바라는 놀라 눈을 크게 떴다. 그는 코트를 벗어 왼쪽 팔에 걸었다. 코트 아래 그는 둥글게 만 잡지를 감춰 쥐었다. 그의 오른쪽 팔은 그가 병실 안을 분주히 걸어 다니는 동안 자연스럽게 흔들렸다. 델러니는 얘기를 계속했다.

"내가 죽여야 하는 사람이 저만큼 오고 있는 것이 보여. 나는 미소를 지으며 계속해서 걸어가. 마치 이 근처에 집이 있어 집으로 돌아가기 위해 발걸음을 재촉하는 사람처럼."

델러니(살인범)는 롬바드를 지나치면서 고개를 돌렸다. 그 순간 그의 오른손이 코트 밑으로 들어가 왼손에 쥐고 있던 둥글게 만 잡지를 바꿔 쥐었다. 동시에 델러니(살인자)는 몸을 돌려세웠다. 피살자 뒤에 서게 된 것이다. 그는 잡지를 머리 위로 치켜들었다가 힘껏 내리쳤다. 그 동작 전체는 몇 초 사이에 이루어졌다.

"그 다음, 난 허리를 굽혀."

그가 말하는 순간 바바라가 고함을 질렀다.

"그놈을 잡아요! 여보, 그놈을 잡아요! 잡아야 해요!"

그는 깜짝 놀라 몸을 일으켰다. 바바라의 음성에 격렬한 증오와 원한이 차 있었다. 그는 서둘러 침대로 가서 바바라를 안으려고 했다. 그러나 바바라는 진정하지 않았다.

"그놈을 잡아야 해요! 당신은 할 수 있어요, 여보. 그 일을 할 수 있는 사람은 당신뿐이에요. 잡아요! 약속하죠? 그놈이 한 건 옳지 못한 짓이에요. 생명이란 너무나 소중한 것이니까요. 그놈을 잡아요! 잡아야 해요!"

델러니는 겨우 바바라를 진정시켰고, 간호사가 와서 진정제를 투여했다. 그녀는 곧 잠이 들었다. 델러니는 병원에서 나왔다. 그러나 아직도 그의 귀에는 아내의 증오에 찬 외침이 들려오고 있었다.

"그놈을 잡아요! 잡아야 해요!"

델러니는 그자를 잡고 말겠다고 다시 한 번 결심했다.

롬바드 작전 특별 수사대의 보고서는 거의 500페이지에 가까웠다. 타자된 보고서와 양식 문건, 사진과 녹음 테이프를 풀어낸 진술, 서명이 된 진술 등등이었다. 뿐만 아니라 서른 장 남짓한 사진이 다른 봉투에 들어 있었다. 살아 있는 롬바드의 사진과 죽은 롬바드의 사진, 그의 아내와 어머니와 두 형제, 정치와 사업관계로 알고 지내는 사람들과 친구들의 사진이었다. 피살자와 아내 사이에는 아이들이 없었다.

델러니 지서장은 서재의 책상 위에 가득 쌓인 이 엄청난 서류들 앞에서 충격을 받았다. 롬바드 작전 수사대가 얼마나 일을 서두르고 있는지를 짐작할 수 있었다. 그는 서류를 분류하여 겉에 '물리적 증거', '개인 이력(롬바드는 브루클린 법률회사의 동업자였다.)', '가족관계', '정치관계', '기타'라고 씌어 있는 두터운 기름 봉투에 각각 넣었다.

서류를 대강 질서 있게 분류하고 정리하는 데 꼬박 두 시간이 걸렸다. 그 다음 그는 호밀 하이볼을 만들어 책상 위에 두 다리를 올려놓고 서류를 읽기 시작했다. 그가 보고서와 기록과 사진을 모두 보았을 때 시간은 새벽 2시에 이르러 있었다. 델러니는 브로턴이 얼마나 완벽하고 철저한 수사를 하고 있는지를 깨닫고 다시 한 번 놀라움을 느꼈다. 그러나 이 놀라울 정도로 많은 서류들 가운데서 건질 것은 아무것도 없었다. 아무런 단서도 아무런 힌트도 아무런 추리도 없었다. 있는 것은 오직 누군가가 롬바드를 죽였다는 사실 하나뿐이었다.

델러니는 두 번째로 서류를 읽기 시작했다. 이번에는 천천히 읽어 내려가면서 노란 공책에 기록을 시작했다. 세 번 읽어야 할 필요가 있다고 판단되는 문건은 따로 분류했다. 그렇게 해서 그가 마지막 문건을 다 읽었을 때는 창으로 새벽빛이 흘러 들어오고 있었다. 그는 의자에서 일어나 몸을 있는 대로 쭉 펴고 기지개를 켜며 하품을 했다. 두 손을 엉덩이에 대고 척추에서 우두둑 소리가 날 때까지 상체를 뒤로 한껏 젖혔다.

그 다음에 부엌으로 들어가서 레몬즙을 넣은 토마토 주스를 커다란 컵으로 가득 마셨다. 블랙커피 세 잔을 만들어 티포트에 넣고 오래되서 굳은 롤빵을 들고 다시 서재로 들어갔다.

델러니는 자신이 기록한 공책을 차근차근 분석했다. 그리고 커피를 마시면서 세 번째로 퍼거슨 박사의 부검 보고서를 읽었다. 그것은 퍼거슨의 보고서가 늘 그런 것처럼 정확한 부검 소견서였다. 여덟 페이지에 달하는 그 소견서에는 외부로 드러난 상처를 실제 크기로 그린 스케치 한 장과 흉기가 통과한 위치와 모양을 나타내는 두개골 스케치 한 장이 포함되어 있었다. 흉기가 통과한 부위는 길게 잡아늘인 이등변 삼각형과 같은 형태였다. 상처의 형태는 일그러진 원형이었고, 크기는 1센티미터가 조금 넘는 정도였다.

그 보고서에서 가장 중요한 부분은 바로 이것이었다.

흉기는 두개골 깊은 곳까지 파고들었다. 오른쪽 후두골이 깨지고 경뇌막이 파열되었으며, 오른쪽 후두엽에 구멍이 생겼다. 소뇌의 파열로 인해 뇌출혈이 발생했고, 뇌실의 손상이 초래되었다. 그 결과 뇌엽에 심각한 압박이 발생하였고, 그 즉시 절명했다.

델러니는 그 부검 소견에 몇 가지를 덧붙여 적어 넣었다. 그가 느끼는 몇 가지 의문점에 대한 질문은 오직 퍼거슨 박사만이 대답할 수 있다는 것을, 그것도 개인적으로 만나봐야만 대답을 얻을 수 있다는 것을 그는 알고 있었다. 그가 롬바드 살인사건에 대해 이처럼 관심을 갖는 이유를 퍼거슨 박사에게 어떻게 설명할 것인지는 그때 가서 풀어야 할 숙제였다.

델러니의 또 다른 의문은 롬바드의 미망인 클라라 롬바드에 관련된 사항이었다. 클라라는 각기 다른 세 명의 형사들한테서 심문을 받았다. 델러니는 필리 부장의 전문가적 식견을 칭찬하지 않을 수 없었다. 그것은 형사심문의 기본적 과정이었다. 세 차례의 심문에 각기 다른 세 형사를 보낸다. 그리하여 그 세 형사와 더불어 책임자가 심문받은 사람의 인간성과 성격에 관하여 토의한다. 그 토의를 통해서 피심문자가 정서적으로 가장 친밀감을 느끼는 것으로 판단되는 한 사람의 형사를 선정하여 두 차례 더 심문을 진행하고 그 결과를 종합한다.

델러니는 보고서를 통해서 미망인 클라라의 구체적 특징을 파악하기 시작했다. 세 번의 심문은 녹음기로 채록되었다가 타자로 정리되어 있었다. 클라라 롬바드는 경솔하고 변덕스러우며 멍청한 여자로 여겨졌다. 남편의 비참한 죽음으로 넋을 잃은 사람처럼 보이기 위해 노력을 기울이는 듯했으나 그러면서도 천진난만한 웃음을 터뜨리기도 하고, 의미가 애매한 농담을 하기도 했으며, 갑자기 보험금에 대해 질문하는가 하면 유언을 공인받는 방법에 대해 궁금증을 나타내기도 했다. 또한 뉴욕 시에 대해 비논리적인 위협을 서슴지 않았고 공공연한 희롱으로밖에는 다른 해석의 여지가 없는 말을 중얼거리기도 했다.

델러니는 그런 것에는 관심이 없었다. 사려 깊은 조사로 클라라 롬바드는 아주 사교적인 여자이며 남편과 동행이건 아니건 파티라면 기꺼이 참석하는 여자였다는 것이 밝혀졌다. 또한 어느 누구도, 심지어는 그녀의 여자친구들도 클라라가 남편에 대해 부정을 저지르는 여자라고는 말하지 않았다.

클라라 롬바드의 증언 가운데 가장 크게 델러니의 관심을 끈 것은 롬바드의 지갑에 관련된 진술이었다. 그 빌어먹을 지갑은 델러니의 신경을 자꾸만 거슬렸다. 지갑이 놓여 있던 위치, 범인이 지갑을 일부러 피살자의 뒷주머니에서 빼내 거기 던져놓았으리라는 사실, 그것이 펼쳐져 있었다는 점, 지갑에 돈이 잔뜩 있었다는 사실 등이 그랬다.

놀랍게도 클라라 롬바드는 오직 한 심문에서만 그 지갑에 무엇무엇이 들어 있었는지를 정확히 증언했다. 그 문건은 '물리적 증거'로 분류된 것 가운데 하나였다. 혹시 지갑에서 분실된 물건이 있는지 확인해 달라는 질문을 받은 미망인은 없다고 단언했다. 그녀는 죽은 남편이 지니고 있던 신분증과 두 장의 신용카드도 그대로 있고, 돈의 액수 역시 남편이 통상적으로 갖고 다니던 약 200달러에서 차이가 없다고 대답했다. 남편이 지갑 안의 '비밀주머니'에 넣어 갖고 다니던 집 열쇠와 사무실 열쇠도 그대로 남아 있다는 것이었다.

델러니는 미망인의 증언을 곧이곧대로 받아들일 수 없었다. 남편이 지갑에 넣고 다니는 물건이 무엇 무엇인지 정확히 알고 있는 아내가 세상에 몇이나 될 것인가. 아내가 핸드백 안에 넣어 가지고 다니는 물건을 정확히 짚어낼 수 있는 남편은 또 얼마나 될 것인가. 아니, 자기가 가지고 다니는 지갑에 돈이 얼마나 들어 있는지를 정확히 아는 사람이 과연 얼마나 되겠는가. 이것을 확인하기 위해 델러니는 읽기를 중단하고 바지 뒷주머니 지갑 안에 얼마가 들어 있는지를 추측해 보았다. 한 55달러쯤 있을 거라고 생각했다. 그는 지갑에서 돈을 꺼내 세어보았다. 42달러였다. 나머지 돈이 어디로 사라져버린 것인지 의아스러웠다.

그 밖에 롬바드 작전 수사대의 보고서 가운데 델러니의 관심을 끈 것은 오직 하나뿐이었다. 피살자의 모친에 관한 심문이었다. 델러니는 그 보고서를 다시 한 번 정독했다. 그가 예측한 대로 소피아 롬바드 부인은 이스트 강과 피살자의 시체가 발견된 지점 사이에 위치한 석조 건물에 살고 있었다.

소피아 롬바드는 아들이 그 집을 방문했을 때의 상황에 대해 심문받았다. 델러니는 그 심문이 아주 재치 있게 이루어졌다는 것을 발견했다. 그녀를 심문한 사람은 다름 아닌 펄리 부장이었다. 아들은 매주 옵니까? 매주 같은 날 옵니까? 그때마다 같은 시각에 옵니까? 다시 말씀드리자면 규칙적으로, 어떤 관례에 따라 방문하는 건가요? 방문하기 전에 전화를 하지는 않습니까? 브루클린에서 여기까지 오는 데 어떤 교통수단을 이용하지요?

대답은 실망스럽고 혼란스러웠다. 프랭크 롬바드는 어머니를 방문할 때 어떤 규칙이나 관례에 따르지 않았다. 그는 그저 틈나는 대로 어머니를 찾아왔다. 때로는 2주일에 한 번, 때로는 한 달에 한 번이었다. 피살자의 어머니는 그러나 "그 아이는 착한 아이였어요." 하고 심문자에게 말했다. "적어도 전화는 매일 했다구요." 어머니를 방문하는 날 프랭크 롬바드는 어머니가 1번로의 시장에 가서 그가 좋아하는 음식을 마련할 수 있도록 미리 전화를 했다.

롬바드는 승용차를 타고 오지 않았다. 어머니의 아파트 부근에는 주차할 장소를 찾기가 힘들기 때문이었다. 그는 지하철을 탔고 지하철역부터는 버스나 택시를 탔다. 그는 밤중에 도로를 걷는 것을 싫어했다. 롬바드는 언제나 자정이 되기 전에 브루클린의 집으로 출발했다.

"아드님이 방문할 때 며느님과 함께 온 적은 있었습니까?" "없었어요." 소피아 롬바드는 짤막하게 대답했다. 델러니는 그 부분을 다시 한 번 읽으며 살짝 미소를 지었다. 가족 간에 불화가 있다는 것을 짐작할 수 있었기 때문이었다.

델러니는 보고서를 정리해 모두 봉투에 넣은 다음 롬바드 작전 관련 서류 전체를 서재 한쪽 구석에 있는 금고 안에 넣었다. 그는 경험이 많은 금고털이라면 그것을 여는 데 1분도 채 걸리지 않으리라는 것을 알고 있었다. 경험이 없는 좀도둑이라 해도 두 명만 있으면 그 금고를 일단 통째로 훔쳐냈다가 나중에 그것을 열 수 있을 것이었다.

눈이 뻑뻑하고 뼈마디가 아렸다. 벌써 아침 7시가 되어가고 있었다. 델러니는 식은 커피를 버리고 위층으로 올라가서 옷을 벗고 침대에 누웠다. 뭔가가 마음속을 따끔따끔 찔러왔다. 롬바드 작전 문건에서 그가 읽은 어떤 내용이 마음속에 남아 쉽게 사라지지 않았다. 그러나 그것은 그에게는 종종 있는 일이었다. 그런 것은 아직 판별되지 않은 단서였다. 델러니는 그 때문에 걱정을 하지는 않았다. 더 이상 그것에 대해 생각하지 않기로 했다. 그는 경험을 통해서 그것이 무엇이든 차츰 정체를 드러내리라는 것을 알고 있었다. 마치 오래전에 들어서 잊어버렸으나 마침내 다시 기억해 낸 어떤 사람의 이름이나 어떤 곡의 멜로디처럼. 그는 시계를 8시 30분에 맞추고 눈을 감았다. 그리고 곧 잠들었다.

델러니가 지서에 도착한 것은 오전 9시가 조금 넘은 시각이었다. 당직은 여자 경사였다. 뉴욕에서 이런 근무에 배치된 두 번째 여경이었다. 델러니는 그녀와 함께 근무일지를 뒤적이며 질문을 했다. 그녀는 키가 컸고 강인한 몸을 지니고 있었다. 그는 자신도 잘 알 수 없는 이유로 그녀를 '천둥 치는 몸'이라 불렀다. 사실대로 말하자면 델러니는 그녀에게 위협받는 느낌이었으나 그녀가 아주 유능한 경관이라는 점을 부정할 수는 없었다. 서류들은 잘 정돈되어 있었다. 처리할 일을 미뤄둔 것은 하나도 없었다. 도난당한 물품의 목록, 안타까운 주정뱅이들과 실종된 인물들과 구타당한 아내들의 명단, 학대받은 아이들과 절도범들, 남의 집을 엿본 사람들과 매춘부들, 죽어가는 노인들과 동성연애자들, 주거침입자들과 노출증 환자들의 명단까지. 그러나 이곳에서의 델러니의 일은 이제 다 끝나가고 있었고 그는 그것을 알고 있었다.

델러니는 위층 집무실을 향해 삐걱거리는 나무 계단을 밟고 올라갔다. 층계참에서 그는 제리 페르난데스 경위와 마주쳤다. 아마도 그것 역시 과거가 되었겠지만, 페르난데스는 251번 지서의 수사과를 지휘하는 임무를 맡았던 사람이었다. 페르난데스는 음울하게 인사했다.

"안녕하세요, 서장님."

델러니는 동정 어린 눈길로 그를 건너다보았다.

"잘 잤나, 경위? 요즘 피곤하지? 어떤가?"

페르난데스의 화가 터져 나왔다.

"젠장, 못살겠습니다. 대원들 가운데 반이 벌써 떠났어요. 나머지도 한 주일 안에 다 떠나버릴 겁니다. 좋습니다. 그건 그런가 보다 할 수도 있어요. 그런데 이놈의 서류작업 좀 보세요! 이 지역을 관할하는 수사반에 처리가 완료되지 않은 모든 사건의 기록을 정리해서 넘겨줘야 합니다. 맙소사, 정말 뒤죽박죽입니다!"

"자넨 어디에 발령받았나?"

페르난데스는 불만에 차서 중얼거렸다.

"미드타운의 금고트럭과에 배속되었습니다. 가멘트 센터를 포함해서 네 개 지서를 관할하게 되어 있답니다. 어떻게 생각하세요? 제가 부지휘자입니다. 맨해튼 전 지역의 형사들을 지휘하게 된다고 합니다. 지휘 체계를 확립하는 데만 1년은 걸릴 겁니다. 도대체 어떤 돌대가리가 이런 아이디어를 냈을까요?"

델러니는 페르난데스의 기분을 이해했다. 페르난데스는 유능하지만 고지식하고 상상력이 없는 형사였다. 그는 251번 지서에 근무하는 동안 훌륭히 업무를 수행했다. 부하들을 잘 훈련시켰고, 강하게 밀어붙여야 할 때는 강했으며 부드럽게 물러서야 할 때는 물러설 줄도 알았다. 그런데 본부에서는 그의 수사대를 해체하고, 부하들을 흩어 수사 전담부서로 전출시키고 있었다. 게다가 페르난데스 자신은 수사반장 아래 배속되는 부지휘자 정도로 격하되는 셈이었다. 그가 화를 내는 것은 당연했다.

"난 브로턴이 자네도 롬바드 작전 특별 수사대에 전출시킬 줄 알았는데?"

델러니가 묻자 그는 얼굴을 찌푸리며 웃었다.

"전 아닙니다. 피부가 완전히 하얗지 않거든요."

두 사람은 웃으며 헤어졌다. 델러니는 집무실로 올라갔다. 그는 한 사람의 편견이나 기록이 경찰청 내에서 얼마나 빠르게 모든 대원들에게 전파되는지 감탄하지 않을 수 없었다. 멍청이 브로턴 하고 그는 생각했다. 페르난데스는 수사에 큰 도움이 될 수 있는 인물이 아닌가. 비록 상상력이 부족하다고는 해도 발로 뛰는 지루한 작업에 관한 한 그는 놀라운 수완을 발휘했다. 중요한 것은 그가 부하들을 어떻게 다뤄야 하는지, 부하들의 특정한 재능을 어떻게 배치할 것인지, 어떻게 해야 부하들이 최선을 다해 수사에 임하는지를 알고 있다는 점이었다.

자리에 앉자마자 델러니는 병원에 전화했다. 입원실의 수간호사는 바바라가 아래층 검사실에 가서 엑스레이를 촬영 중이라고 말해 주었다. 기대했던 대로 잘 견뎌내고 있다는 것이었다. 그런 의례적인 표현에 대한 역겨움을 감춘 채 그는 간호사에게 고맙다고 하고, 나중에 다시 전화하겠다고 말했다.

델러니는 퍼거슨 박사에게 전화를 했다. 예상과는 달리 퍼거슨은 사무실에 있었고 즉시 통화가 가능했다.

"자넨가, 에드워드?"

"그래. 나 좀 만날 수 있겠나?"

"바바라는 어떤가?"

"기대했던 대로 잘 견디고 있어."

"그 말은 어디선가 많이 들어본 소린데? 날 보자는 게 바바라 때문인가?"

"아니야. 롬바드 살인사건 때문이야."

"그래? 자네가 은퇴하지 않았다는 말을 듣고 기뻤어. 무기한 휴직이라면서?"

"소문 한번 빠르군."

"10분쯤 전에 소식을 들었지. 그런데 롬바드 사건은 왜? 그건 브로턴이 맡은 걸로 알고 있는데?"

"그렇지. 하지만 자넬 만나서 할 얘기가 있어. 괜찮겠나?"

퍼거슨은 조심스러워했다. 델러니는 그를 비난할 수는 없었다.

"글쎄. 가만있자, 내가 오늘 34번가에 들를 일이 있어. 오늘이 누님 생일이거든. 그래서 메이시 백화점에서 뭘 사줘야 한단 말야. 무얼 선물하는 게 좋을까?"

"뭘 살지 모를 땐 상품권을 선물해."

"누님은 별로 안 좋아할 거야. 난 누님을 알거든. 누님이 좋아하는 건 뭔가 아주 개인적인 거야."

"실크 스카프가 어떨까? 난 늘 바바라에게 실크 스카프를 선물했어. 바바라가 가진 실크 스카프만으로도 낙하산 하나는 거뜬히 만들 거야."

"좋은 생각이군. 그렇다면 점심이나 같이 할까?"

"좋지."

"메이시 백화점 근처에 좋은 음식점이 하나 있어. 자네 양고기 좋아하나?"

"싫어해."

"바보 같으니. 그 기름지고 향기로운 맛을 싫어하는 사람은 본적이 없는데."

"콩팥 요리도 있나?"

"물론이지."

"그럼 거기서 점심을 먹기로 하지."

"그럼 12시 30분까지 거기로 와. 난 미리 쇼핑을 끝내고 그 시간이 되기 전에 가 있을 테니까. 웨이터에게 내가 있는 식탁을 물어봐. 그 친구가 날 아니까. 식탁은 홀이 아니라 바 안에 있어. 됐지?"

"좋아. 고맙네."

델러니가 말하자 퍼거슨은 어리둥절하여 물었다.

"뭐가? 아무것도 해준 게 없는데?"

"해주게 될 거야."

"내가? 자네가 점심을 산다면야 해줄 수도 있겠지."

"됐어."

에드워드 델러니 서장은 기분 좋게 말했다. 퍼거슨이 불러주는 양고기 식당의 주소를 적은 다음 델러니는 전화를 끊었다.

퍼거슨은 행복에 겨워 외쳤다.

"굴이야! 난 반드시 굴을 먹어야겠어. 고추냉이는 금방 갈아놓은 걸로. 그 다음엔 양고기를 먹어야지."

"알겠습니다. 선생님."

웨이터가 말했다. 델러니도 고개를 끄덕거렸다.

"나도 굴을 주게. 그런 다음 구운 콩팥을 먹겠어. 그건 뭐 하고 같이 나오나?"

"튀김 요리와 샐러드입니다. 선생님."

"튀김은 빼고 샐러드만 부탁하네. 기름과 식초를 넣어서."

"난 뭐든 다 먹겠어."

퍼거슨이 외치고 마티니 잔을 반쯤 비웠다. 델러니가 물었다.

"뭘 샀나?"

"실크 스카프. 다른 게 뭐 있어야지. 에드워드, 무슨 일이야? 자네 휴직 중이잖아?"

"정말 알고 싶어?"

샌포드 퍼거슨 박사는 갑자기 정색을 하며 입을 다물었다. 그는 델러니를 한참 쳐다보다가 대답했다.

"아니야. 알고 싶지 않아. 그런데…… 내 이름이 거명되지 않는다면 모르지만. 어떤가?"

"자네 이름은 절대로 거명되지 않아. 맹세하네."

"다행이군."

굴 요리가 나왔다. 그들은 눈을 빛내며 접시를 내려다보았다. 고추냉이와 뜨거운 음식을 목격한 순간 사무적인 얘기는 중단되었다. 그들은 음식 맛을 보곤 서로를 쳐다보며 만족스럽게 웃었다. 퍼거슨이 물었다.

"다 좋은데, 원하는 게 뭔가?"

"롬바드 사건에 관한 자네의 보고서는……."

"내 보고서를 자네가 어떻게 봤어?"

델러니는 당황하지 않고 그를 마주 쳐다보았다.

"알고 싶지 않다고 한 것 같은데?"

"좋아. 상관없어. 알고 싶지 않아. 그래, 그 보고서가 어쨌다는 건데?"

"몇 가지 물어볼 게 있어."

델러니는 주머니에서 메모지를 꺼내 식탁 위에 놓았다. 그는 묵직한 안경을 꺼내 쓰고 잠시 메모지를 내려다보다가 퍼거슨을 향해 상체를 숙였다. 그는 진지한 어조로 입을 열었다.

"자네의 공식적인 보고서는 아주 완벽해. 그걸 부정할 사람은 없지. 그런데 의학용어가 마구 튀어나오는 바람에 좀 어려워. 물론 이런 보고서는 당연히 그렇게 되는 수밖에 없겠지만."

"그래서?"

"그 의학용어들이 의미하는 바가 뭔지 좀 더 알고 싶어."

"에드워드, 자네 날 갖고 노는군."

"글쎄. 사실은 더 중요한 일도 있어."

퍼거슨은 미소 지었다.

"그게 더 낫군. 자넨 그런 부검 소견서쯤이야 의과대학 3학년만큼이나 능숙하게 해독할 수 있는 사람이니까."

"좋아. 난 자네가 이 소견서에는 객관적 사실만을, 어떤 다른 부검의라 해도 당연히 발견하고 확인할 수 있는 확실한 사실들만

290

을 기술했다는 것을 알아. 또 이런 것도 알지. 어떤 부검의라 해도 마찬가지지만, 부검할 때 의사는 어떤 인상이나 육감, 느낌 같은 걸 갖게 마련이잖아? 자네가 그걸 무슨 말로 표현하건 상관없어. 하지만 그런 건 공식적인 소견서에는 기록할 수 없지. 왜냐하면 객관적 증거가 없는 느낌 같은 걸 공식 문서에 남길 수는 없으니까. 내가 알고 싶은 건 바로 그 느낌이나 인상, 육감 같은 거야."

퍼거슨은 입 안에 굴을 넣고 꿀꺽 삼켰다. 그는 눈을 이리저리 굴리며 장난스럽게 말했다.

"자넨 정말 고약한 친구야. 정말 고약해. 자넨 어느 누구라도 이용해 먹을 거야. 그렇지?"

"그래, 난 누구라도 이용해 먹어. 언제든지."

델러니는 고개를 끄덕거렸다. 퍼거슨은 굴 소스를 부지런히 핥으며 말했다.

"그럼 용어에 대한 얘기부터 시작할까? 아니, 머리의 상처부터 시작하지. 그 상처 많이 본 적이 있는 상처였나?"

"아니, 별로."

"에드워드, 인간의 두개골이나 뇌는 흔히 생각하는 것보다 더 단단해. 탐정소설이나 영화에서 사람이 머리에 총을 한 방 맞고 죽어 나자빠지는 거 본 적 있지? 그런 건 실제로는 불가능한 일이야. 난 머리에 총알을 다섯 방이나 맞고도 죽지 않은 사람을 여럿 봤어. 물론 모두 식물인간이 되어버렸지만 죽지는 않았어. 3년 전에는 자살할 생각으로 자기 머리에다 저구경(低口徑) 리볼버를 한 방 쏜 사람을 본 적이 있어. 스물두 살짜리 젊은이였지. 총알이 문자 그대로 두개골을 관통하고 두개골 천장에 박혔어. 관자놀이에 총알을 한 방 쏘고 자살하겠다고? 잊어줘. 총알은 두개골로 파고 들어가 반대쪽으로 튀어나올 수 있어. 하지만 사람은 죽지 않아. 몇 시간이나 몇 주일 또는 몇 년 동안이라도 살 수 있어. 말도 할 수 없고, 움직이지도 못하고, 내장기관이 말을 안 들을지는 모르지만 살 수는 있지. 굴 맛이 어떤가, 에드워드?"

"좋은데. 자네는?"

"기막혀. 권총을 머리에 쏴서 완벽하게 자살하거나 죽일 수 있는 방법은 오직 한 가지뿐이야. 적어도 39구경 이상은 되는 권총이나 리볼버를 준비해야 해. 라이플이나 엽총도 좋지. 총열을 입 안 깊숙이 밀어 넣어. 총구가 뒤통수를 향해야 해. 그 다음 입을 다물고 이로 총열을 꽉 무는 거야. 그러고는 방아쇠를 당기는 거지. 그러면 뇌수가 반대편 벽에 흩어지겠지. 왜 안 먹어? 그럼 내가 자네 굴 좀 먹어도 되겠나, 에드워드?"

"그래, 그래 주게."

"이제 롬바드 살인사건으로 돌아가 보지. 상처 입구는 뒤쪽에 있었어. 두개골 하부. 척추와 두개골이 맞닿는 부분에서 약간 위쪽. 그 지점이 어떤 곳인지 알아? 사람이 두개골에 상처를 입을 때 즉사하는 단 두 지점 가운데 하나야."

"그렇다면 살인범이 외과 의사나 다름없는 지식을 가지고 있다는 얘기인가?"

퍼거슨은 웨이터에게 손짓을 하여 텅 빈 굴 접시를 가리켜 보이며 말했다.

"그 지점을 의도적으로 정확히 가격하기 위해서는 외과 의사나 다름없는 지식이 필요할 거야. 그러나 그렇다 해도 피살자가 수술

대 위에 반듯이 누워 있지 않은 한은 거의 불가능하다고 봐야겠지. 무기를 휘둘러야 하는 살인자가 그 지점을 정확히 가격할 수 있으리라고 기대하기는 힘든 일이야. 그건 운일 뿐이야. 살인범의 운, 롬바드의 운이 아니라."

"롬바드는 즉사했나?"

"거의 그래. 만일 즉사가 아니었다 해도 몇 초 사이에 사망했을 거야. 가격 지점이 1센티미터만 차이가 났어도 롬바드는 몇 시간, 또는 몇 주일은 더 살 수 있었어."

"그렇게 오래?"

"사람의 두개골은 생각보다 훨씬 강하다고 했잖아. 요즘에도 머리에 파편을 박은 채 살아 돌아다니는 퇴역군인이 얼마나 많은지 알아? 그들은 정상적으로 생활하고 있어. 이따금 두통이 오는 것만 제외하면. 하지만 수술을 할 수는 없어. 그래서 그들은 그렇게 정상적으로 살다가 담배를 너무 많이 피우거나 치즈를 너무 많이 먹어서 죽는 거야."

양고기와 구운 콩팥, 샐러드 접시가 나왔다. 퍼거슨은 양파가 잔뜩 든 튀김 요리를 차지했다. 나이가 343세나 되어 보이는 웨이터와 의논한 다음, 그들은 독한 부르고뉴 포도주 한 병을 주문했다.

"롬바드 얘길 계속해 보게. 상처가 정말 둥글었나?"

델러니는 구운 콩팥을 포크로 찍으며 물었다. 퍼거슨은 아무런 감정도 드러내지 않고 대답했다.

"자넨 정말 영리하단 말야. 보고서에 쓸 때는 '둥근 것으로 보인다.'라고 했지만 어쩌면 세모꼴이었는지도 몰라. 아니면 네모꼴이었는지도 모르고. 느낌이 그래. 에드워드, 관통된 두개골 부위를 본 적 있나? 자넨 진흙 반죽에 쇠촉을 꽉 찔러 넣었다가 뽑아내면 남은 흔적이 말끔할 거라고 생각하나? 그렇지 않아. 관통 부위는 다시 채워져. 뇌수 물질이 흉기에 꿰뚫린 그 부분을 메운다니까. 게다가 혈액과 뼛조각들도 있고 머리칼도 있지. 온갖 종류의 물질들이 있어. 그런데 내가 어떻게 그 모양이 어떤지를 정확히 기술할 수가 있겠어. 콩팥은 어때?"

"맛있어. 나도 전에 여기 온 적 있어. 다만 이 사람들이 자넬 얼마나 잘 대접하는지 잊었던 것뿐이야."

퍼거슨은 접시에 얼굴을 묻고 먹어댔다.

"양고기는 정말 맛있어.난 이 요리가 진짜 좋아. 그 롬바드의 상처 얘기를 다시 하자면…… 상처의 생김새가 원형이 아닌 것 같다는 느낌 말고도 그 흉기가 관통한 부위가 아래쪽으로 조금 구부러진 것 같다는 느낌을 받았어."

"구부러져 있다니?"

"그렇다니까. 휘어져 있었어. 흉기의 날 부분이 자루 부분보다 조금 낮았다고 해야 하나? 구부러져 있었어. 마치 발기했다가 이제 막 힘을 잃기 시작하는 성기처럼. 알아들어?"

"그래. 하지만 자넨 도대체 왜 그 상처의 모양이나 관통 부위의 흔적에 대해 그렇게 불명확하게 말하는 거야? 자네가 쓴 건 읽었지만 그게 도대체 무얼 의미하는 건지 모르겠어."

"내 생각에는, 아니 추측일 뿐인데, 롬바드는 너무 강한 가격을 받아 앞으로 고꾸라진 것 같아. 그 바람에 살인범이 흉기를 놓쳤지. 그래서 살인범은 피살자의 두개골에서 흉기를 빼내기 위해서 앞으로 허리를 굽히고 흉기를 좌우로 흔들어대야 했을 거야. 만일 그 흉기가 세모꼴이나 네모꼴이었다 해도 범인이 흔들어서 흉기를 뽑았다면 남겨진 상처의 흔적은 그렇게 둥근 모양이 될 수 있어."

델러니가 덧붙였다.

"그리고 그 흉기가 살인범에게는 가치 있는 물건이었다는 뜻도 될 거고. 그자는 그 흉기를 뽑아내느라고 시간을 소비했으니까. 흉기가 살인범에게 실제로 중요한 물건이었거나 아니면 그것이 발견되면 살인범의 신원이 노출될 위험이 있기 때문에 그걸 뽑아내느라고 애를 썼겠지. 망치나 파이프, 돌맹이를 흉기로 쓴 살인범은 장갑을 끼고 범행을 저지른 다음 흉기 자체는 버리고 가는 법인데."

퍼거슨 박사는 술잔을 들어 올리며 말했다.

"놀라워. 자네 생각은 정말 놀라워."

"망치가 아니었다는 게 다행이야. 망치는 아니었을 거라고 생각했지만."

델러니가 말했다.

"왜?"

"망치가 흉기로 사용된 사건을 세 번 다룬 적이 있어. 두 사건에서는 손잡이가 부러졌어. 나머지 한 사건에서는 망치머리가 빠져버렸고."

"그렇다면 자네도 두개골이 얼마나 단단한지 알고 있었겠군? 그러면서도 내가 얘기하는 걸 그냥 듣고 있었단 말이야?"

"그런 게 승부의 법칙 아닌가? 다른 건 없었어?"

"뭐가 더 있겠어? 없어. 전부 흐리멍덩해. 증거도 없고, 상처 부위가 둥근지 네모꼴인지 세모꼴인지도 분명치 않고. 그런데 그놈의 흉기가 두개골의 그 부위를 정확히 쳐서 피해자는 즉사했고. 살인범이 외과 의사 같은 지식을 갖고 있었느냐고? 아니야. 그자는 운이 좋았을 뿐이야."

"후식으로 뭘 하지?"

델러니가 물었다.

"커피면 돼."

델러니는 커피를 두 잔 주문하고 나서 또 물었다.

"그 흉기가 무엇이었을까? 육감이나 추측이 아니더라도, 터무니없는 것 같더라도 뭔가 심증이 가는 그런 것도 없어?"

"없다니까."

"상처 안에서 예상할 수 없었던 어떤 것이 나오지도 않았나? 자네가 소견서에는 쓰지 않은 거 말이네."

퍼거슨 박사는 잠시 델러니를 물끄러미 쳐다보다가 웃음을 터뜨렸다.

"자넨 웬만해서는 포기를 않는군. 이상하게도 거기에서 기름이 나왔어."

"기름? 무슨 기름?"

"분석할 수 있을 정도로 많은 양은 아니었어. 하지만 틀림없이 머리기름일 거야. 피살자의 머리칼에 기름이 잔뜩 발라져 있었거든. 그래서 난 피살자의 머리칼이 가격과 함께 상처로 밀려 들어간 거라고 생각했지."

"그 밖에는?"

"없다니까. 자네가 점심값을 낸다니까 브랜디나 한잔 더 해야겠어."

퍼거슨이 택시를 타고 사무실로 돌아간 다음 델러니는 6번로를 향해서 천천히 걸었다. 그는 꽃시장까지 겨우 몇 블록밖에 떨어져 있지 않다는 것을 깨닫고, 천천히 그곳을 향해 걸음을 떼어놓았다. 서두르지 않았다. 경험을 통해서 그는 모든 수사에는 나름대로의 속도가 있는 법임을 알고 있었다. 어떤 사건은 순식간에 해결되고 몇 시간 만에 말끔히 처리된다. 어떤 사건은 천천히 윤곽이 잡히기 시작하므로 시간이 필요하다. 롬바드 사건은 후자에 속했다. 그는 브로턴이 그처럼 서둘렀지만 지금까지 얻은 것은 아무것도 없지 않느냐고 생각하며 스스로를 위로했다. 그러나 그가 지금 브로턴보다 나은 점이 있는가? 퍼거슨이 말한 대로 모든 것이 흐리멍덩했다.

델러니는 마음속에 그리던 것을 3층에서 찾아냈다. 요즘은 제철이 아닌 제비꽃이었다. 그가 바바라의 환심을 사려고 노력하던 시절에 선물했던 꽃이었다. 그 시절에는 노점이나 군밤을 파는 노인네 옆에서 늙은 여자들이 바구니에 꽃을 놓고 앉아 팔았다. 그는 바바라에게 주기 위해 꽃을 살 때마다 "금방 꺾은 싱싱한 제비꽃이에요?" 하고 묻곤 했다. 늙은 여자들은 마음씨가 좋아 그때마다 웃어주었다. 델러니는 가게에 남은 마지막 두 단의 꽃을 사서 택시를 타고 병원으로 갔다.

그가 발소리를 죽여 병실로 들어섰을 때 바바라는 평화롭게 자고 있었다. 그는 아내를 깨우지 않고, 제비꽃을 꽂아둘 만한 그릇을 찾기 위해 병실 안을 두리번거렸다. 그러나 그럴 만한 그릇이 없었다. 델러니는 의자에 앉았다. 제복을 입은 그의 거대한 덩치가 의자에 넘쳐났다. 그는 커다란 주먹 안에 제비꽃을 움켜쥐고 조용히 앉아 아내의 잠든 모습을 지켜보며 기다렸다. 그는 먼지 낀 창문을 흘끗 쳐다보았다. 11월의 날카로운 햇살이 기운을 잃고 약해지면서 차츰 날이 저물어가고 있었다.

델러니는 큰 몸집을 의자에 구겨 넣고 앉아 서글픈 생각에 잠겼다. 결혼이라는 것은 어쩌면 그가 프랑스의 어떤 마을에서 본 적이 있는 소박한 교회의 스테인드글라스 창 같은 것인지도 모른다. 바깥에서 보면 창은 수세기 동안 쌓인 먼지와 때가 우중충할 따름이다. 그러나 교회 안으로 들어가서 태양 광선이 그 유리창을 통과하여 스며드는 것을 보면 먼지마저도 광선을 채색하는 데 일조하여 그 광채는 눈이 부시게 순결하고 현란했으며, 가슴이 떨릴 지경으로 깨끗하고 생생했다.

그는 자신과 바라라의 결혼생활도 마찬가지일 것이라고 생각했다. 외부에서 보면 그 결혼생활은 아마 무미건조하고 때 묻은 것으로 보일 것이다. 그러나 한 가족의 가장으로서 그 결혼을 안에서 바라보면 그것은 밝고 재미있고 감동적이었으며, 더 나아가 성스럽고 신비스럽기까지 했다. 그는 아내의 잠자는 모습을 바라보며 자신의 힘을 그녀에게 나눠 주어 그녀를 완전하게 하고 다시 밝게 웃을 수 있게 하겠다고 마음먹었다. 그 순간 델러니는 더 이상 그런 생각을 견뎌낼 수가 없었다. 그는 의자에서 일어나 제비꽃을 침대 옆에 놓고 메모를 남겼다.

금방 꺾은 제비꽃이에요. 아가씨.

델러니가 지서로 돌아오자 도르프만이 텔렉스로 들어온 전문을 찢어 들고 그를 기다리고 있었다. 그는 숨이 막힌 듯한 소리로 델러니를 불렀다.

"서장님, 이, 이게……."

곧 울음을 터뜨릴 것 같은 얼굴이었다.

"그래, 경위. 그렇게 됐어. 지금부터 말이야, 난 휴직이야. 이리 와서 얘기 좀 하세."

도르프만은 델러니를 따라 서장 집무실로 들어섰다. 그는 델러니의 책상 옆에 놓인 흠집투성이 의자에 앉았다.

"서장님, 전 사모님께서 그 정도로 편찮으시다는 건 전혀 모르고 있었습니다."

"그래. 내 짐작으로는 집사람이 아주 오랫동안 병상에 누워 있어야 할 것 같아. 난 될 수 있는 한 많은 시간을 집사람과 보내고 싶어."

"제가 도와드릴 일은 없을까요?"

"고맙지만 별로 없네. 글쎄, 뭔가 있을지도 모르지. 자네가 집사람에게 전화를 하는 일 같은 것 말이네. 집사람이 자넬 보고 싶어 하는 것 같았어. 시간 나면 전화 한번 해주게."

"지금 당장 전화를 드리겠습니다."

도르프만이 부르짖었다.

"좀 있다 하게. 지금 막 병원에서 오는 길인데, 집사람은 자고 있다네."

"근무시간이 끝나는 즉시 전화를 하겠습니다. 그래서 만일 사모님께서 절 만나고 싶으시다면 곧 달려가겠습니다. 뭘 가져가야 할까요? 꽃이나 사탕이요? 뭐가 좋을까요?"

"아무것도 필요 없어. 하지만 고맙네. 필요한 건 다 있어."

"케이크는 어떨까요? 멋진 케이크요. 사모님께서 간호사들과 나눠 잡수실 수 있잖아요. 간호사들은 케이크를 좋아하거든요."

도르프만이 말했다. 델러니는 미소 지었다.

"좋지. 집사람도 자네가 주는 케이크는 좋아할 거야."

도르프만이 근심스러운 얼굴로 중얼중얼 얘기를 계속했다.

"서장님, 그렇다면 우린 임시서장과 일해야 하는 겁니까?"

"그렇다네."

"누가 임시서장으로 발령받아 오는지 혹시 아십니까?"

델러니는 잠시 이 정직하고 성실한 사람을 조종해야 한다는 것에 부끄러움을 느꼈다. 그것은 미묘한 문제였다. 도르프만의 신임과 애정을 확고히 해둘 필요가 있었다. 델러니는 마침내 이렇게 말했다.

"난 그 자리에 자네를 추천했네, 경위."

도르프만의 푸른 눈이 충격으로 화들짝 커졌다. 그는 숨이 막힌 듯한 얼굴로 델러니를 쳐다보았다.

"저, 저를요?"

그의 충격은 이제 만족감으로 바뀌어가고 있었다. 델러니는 그의 손을 잡았다.

"진정하게. 내가 자넬 추천한 건 사실이지만 본부에서 자넬 발령할 것 같지는 않다네. 자네 근무기록이 나쁘거나 자네가 그 직책을 수행할 수 없기 때문은 아니야. 자네 계급이 직책에 어울리지 않기 때문이지. 지서의 서장으로 근무하려면 경감이나 부경감 정도는 되어야 하거든. 이해하겠나?"

"물론입니다, 서장님. 하지만 전 서장님께서 절 추천했다는 것만으로도 기쁩니다."

"아무튼 난 상부에서 자네를 임시서장으로 발령하지는 않을 거라고 생각하네. 그러니까 만일 내가 자네라면 그런 말은 어느 누구에게도 하지 않을 거야. 특히 자네 아내에게는 말일세. 그런 말을 하고 다녔다가 만일 발령을 못 받으면 자넨 실망할 거고, 또 사람들은 자넬 조롱거리로 만들지도 몰라."

"그런 얘기는 결코 하지 않을 겁니다, 서장님."

델러니는 자신이 롬바드 살인사건을 수사하는 동안 도르프만이 연락책으로 활동해야 한다는 점을 암시할 것인지 말 것인지를 생각해 보았다. 그는 암시하지 않기로 했다. 시점이 좋지 않았다. 게다가 지금까지의 얘기만으로도 도르프만의 머리는 충분히 복잡할 것이었다.

"자네가 발령을 받건 못 받건 우리 집이 바로 옆이라는 걸 기억하게. 만일 무슨 일이 벌어져 내 도움이 필요하거든 주저하지 말고 전화하거나 찾아오게. 진심일세. 괜시리 날 방해하거나 귀찮게 구는 건 아닌지 염려할 필요 없네. 절대로 그럴 리는 없을 테니까. 사실대로 말하면 자네가 이곳에서 무슨 일이 벌어지고 있는지를 알려준다면 난 그게 정말 고마울 거야. 이곳은 내 지서고, 운이 좋다면 언젠가는 다시 이곳으로 돌아올 테니까."

도르프만은 감격하여 말했다.

"저도 그렇게 되기를 바랍니다. 서장님. 꼭 그렇게 되기를 바랍니다. 최고의 행운이 함께 하실 겁니다. 서장님. 사모님께서도 곧 완쾌하시기를 바랍니다."

도르프만은 일어나서 손을 내밀었다.

"고맙네, 경위."

도르프만이 나간 뒤 델러니는 회전의자에 앉아 이쪽저쪽으로 의자를 돌리며 생각에 잠겼다. 도르프만 경위처럼 착하고 섬세한 성격의 인물이 뉴욕 경찰청의 한 분주한 지서를 지휘할 수 있을까? 그것은 때로는 무자비함을, 때로는 부청장 브로턴식의 몰인정을 요구하는 직책이었다. 그러나 그는 곧 그런 무자비함은 배워서 습득할 수도 있다는 것을 상기했다. 아니 무자비한 척 위장할 수 있었다. 그 자신 역시 선천적으로 무자비한 것은 아니었다고 믿고 싶었다. 그가 배운 것처럼 도르프만 역시 필요하면 배우게 될 것이다. 델러니는 무자비함을 배워야 했다. 그러나 그것을 좋아할 수는 없었다. 아마도 그것이 델러니와 브로턴 사이의 본질적 차이점일 것이었다. 그는 그것을 좋아하지 않았다.

델러니는 회전의자를 책상으로 끌어가서 맨 아랫서랍을 열었다. 그는 길쭉한 자료상자를 꺼냈다. 일그러지고 찌그러진 회색 금속상자였다. 그는 상자를 열고 무엇인가를 찾기 시작했다. 자료는 항목별로 정리되어 있었다.

순찰경관 에드워드 델러니가 3급 수사관으로 진급한 직후의 일이었다. 너무 오래전의 일이어서 이제 그것이 정확히 몇 년 전이었는지 그 자신조차 알 수 없었다. 그는 뉴욕 경찰청의 어마어마한 조직과 기능에도 불구하고 민간인 전문가 없이는 해결할 수도 없고, 해결을 위한 길도 찾을 수 없는 문제가 이따금 발생한다는 것을 알게 되었다.

예를 들면 은퇴한 수사관이 한 사람 있었는데, 그는 옛 동료를 돕는 일을 무척 좋아했다. 그는 아마도 세계에서 세탁소 상표를 가장 많이 모아놓은 사람이었을 것이다. 또 매디슨로에서 상점을 하는 여든네 살 난 노파가 있었는데, 그 노파는 결혼도 하지 않은 채 오직 상점만을 운영하며 살았다. 이상하게 생긴 단추를 하나 보여주면 노파는 그 단추가 무엇으로 만들어졌는지, 몇 년이나 된 물건인지, 어디에서 만들어졌는지를 단번에 알아냈다. 귀뚜라미와 여치에 대해서라면 모르는 것이 없는 컬럼비아대학의 교수도 한 사람 있었다. 발굴 경험이라고는 뉴욕 시 인근에서 땅을 파본 것이 고작인 아마추어 고고학자도 있었다. 그런데 그는 돌이나 흙을 보면 몇 블록의 오차 정도로 그것이 어디에서 파낸 흙인지를 알아맞혔다. 브롱스에는 은둔자가 한 사람 있었는데, 그는 고대 문헌을 판독해 내는 데 있어 세계 최고의 권위자 가운데 하나였다. 그는 델러니가 영어를 읽는 것처럼 빠른 속도로 상형문자를 읽어 내려갔다.

이런 전문가들은 기꺼이 경찰의 수사에 협조할 준비가 되어 있었다. 수사에 참여하는 것은 그들에게 일상의 단조로움으로부터 탈출하는 일이었고, 좋은 일을 하는 데 사용함으로써 자신의 재주를 과시하는 기회였다. 그래서 그들은 경찰이 도와달라는 요청으로 일상을 방해하는 것을 환영했다. 단 하나의 문제점은 그들에게 기밀을 유지하도록 만드는 일이었다. 그런 사람들은 자신의 취미를 천직으로 삼고 살아가는 거의 모든 사람들이 그렇듯 한결같이 떠버리들이었다. 그리하여 결국에는 정보를 누설했다.

델러니는 그런 재주꾼들의 목록을 만들어 관리하고 있었다. 그는 스무 해 가까이 그 자료를 보충하고 정리했다. 델러니는 자료를 뒤적여서 필요한 것을 찾아냈다. 그 항목은 이런 제목이었다.

홍기, 골동품, 특이한 물건.

그 재주꾼의 이름은 크리스토퍼 랭글리로 메트로폴리탄 박물관에서 무기와 갑옷을 관리했다. 그에 대한 자료 뒷장에 씌어 있는 항목은 '홍기: 현대'였다. 그는 은퇴한 해병대 대령이기도 했다.

델러니는 메트로폴리탄 박물관으로 전화를 해서(전화번호는 자료에 적혀 있었다.) 무기와 갑옷 분과를 바꿔달라고 부탁하고, 크리스토퍼 랭글리가 있는지 물었다. 젊은 여자가 대답했다.

"랭글리 씨는 3년쯤 전에 은퇴하셨습니다."

"아, 그렇군요. 혹시 그분이 아직 뉴욕에 살고 있는지 알 수 있을까요?"

"예, 뉴욕에 사십니다."

"그렇다면 전화번호부에 이름이 올라 있겠군요?"

"글쎄요. 그렇지 않을 겁니다. 랭글리 씨 번호는 전화번호부에 없을 겁니다."

"그럼 번호를 좀 알려주시겠습니까? 전 랭글리 씨의 친구입니다."

"죄송합니다. 선생님. 알려드릴 수 없습니다."

델러니는 화가 나서 '난 뉴욕 경찰청에서 근무하는 에드워드 델러니 서장이오. 공무를 집행 중이오.' 하고 말하고 싶은 유혹을 느꼈다. 또는 공식적인 경찰의 수사과정을 통해 전화회사에 연락해서 번호를 알아낼 수도 있었다. 그러나 그는 곧 보다 좋은 방법이 있다는 것을 깨달았다. 그가 하는 일을 아는 사람이 적을수록 유리했다.

"내 이름은 에드워드 델러니입니다. 아가씨가 랭글리 씨에게 전화를 해서 내가 그를 찾고 있다고 말씀해 주십시오. 내 전화번호는……."

델러니는 251번 지서의 번호를 일러주었다.

"알았습니다, 선생님. 그렇게 하겠습니다."

"고맙습니다."

그는 도대체 잠자는 시간을 제외하고 하루에 몇 퍼센트 정도를 전화를 하는 데 소비하고 있을까를 생각해 보았다. 전화를 해서 사람을 찾고, 전화를 기다리느라고 보내는 시간이 상당할 것 같았다. 그는 랭글리의 전화를 기다렸다. 다행히도 책상 위의 전화는 5분이 지나지 않아 울렸다.

"델러니!"

크리스토퍼 랭글리는 특유의 소년 같은 목소리로 소리쳤다. (그의 나이는 일흔이었다.)

"맙소사, 델러니 경위를 바꿔달랬더니 교환이 델러니 지서장님이라고 하는 바람에 깜짝 놀랐어. 축하해! 언제 지서장이 됐어?"

"몇 년 됐지요. 어떻게 지내십니까?"

"육체적으로는 건강하지. 하지만 정말 따분해서 못살 지경이야."

"은퇴하셨다는 소식은 들었습니다."

"그러는 수밖에 없었어. 젊은이들에게도 기회를 줘야 하니까. 그렇지 않아? 은퇴한 첫해에는 우스꽝스러운 일을 하며 시간을 보냈지. 훌륭한 식도락가이자 음식평론가, 요리사가 됐어. 젠장, 그래 봐야 무슨 큰 재미가 있겠어? 따분하고 지루해서 몸살이 나. 그래서 자네가 연락했다는 말을 듣고 정말 반가웠어."

"선생님의 도움이 필요합니다. 시간 좀 내주실 수 있겠습니까?"

"얼마든지, 귀여운 친구. 자네가 필요한 만큼 얼마든지. 큰 사건인가?"

델러니는 웃었다. 랭글리가 추리소설을 좋아했다는 것이 생각난 것이다.

"큰 사건이죠. 가장 큰 사건입니다. 끔찍스러운 살인사건이니까요."

랭글리는 숨을 헐떡거렸다.

"아, 그래! 그거 굉장하군. 서장, 오늘 밤 우리 저녁이나 같이 할까? 그 다음 브랜디나 한잔 하면서 무슨 사건인지, 내가 자넬 어떻게 도와주면 되는지 얘기하기로 하세."

"아닙니다. 그런 폐를 끼칠 수야……."

랭글리는 다급하게 말했다.

"폐라니! 무슨 소리야! 자넬 다시 만나는 것만 해도 얼마나 좋은데. 내 요리솜씨도 자랑할 수 있을 테고."

델러니는 저녁에는 병원으로 바바라를 만나러 가야 한다는 생각을 하며 말했다.

"그러면 좀 늦은 시간도 괜찮으세요? 9시면 너무 늦겠지요?"

"상관없어. 난 늦은 시간에 저녁 먹는 걸 좋아해. 전화를 끊자마자 뛰쳐나가서 쇼핑부터 해야겠군."

랭글리는 주소를 말해 주었다.

"알았습니다, 선생님. 그럼 9시에 뵙겠습니다."

"좋아! 이거 재미있겠는데! 뭘 먹을지 아나? 개구리 다리를 먹을 거야. 버터와 마늘로 양념을 하고 튀겨서. 베이컨과 양파 조금하고. 후식으로는 멋진 크림을 먹게 될 거야. 어떤가?"

델러니의 대답은 기운이 없었다.

"좋은데요. 정말 좋아요."

전화를 끊은 다음 그는 생각했다. 맙소사, 이제까지 다이어트를 잘 해오지 않았는가. 그런데 구운 콩팥에다가 이번엔 개구리 다리튀김까지 먹어야 하다니!

젊은 여자가 유모차를 밀면서 센트럴파크를 향해 메디슨가와 5번로 사이를 걸어가고 있었다. 갑자기 그 여자의 가슴에서 23센티미터 길이의 나무막대가 튀어나왔다. 그녀는 무릎을 꿇고 앞으로 쓰러졌다. 유모차가 차들이 치달리는 5번로의 차도로 밀려갔다. 재빠른 행인들이 얼른 붙잡지 않았더라면 아이가 실려 있던 유모차는 차도로 밀려 나가고 말았을 것이었다.

당시에 이스트 강력계(그때는 그런 식으로 불렸다.) 형사였던 델러니가 현장에 도착한 것은 그녀가 절명한 직후였다. 경찰관들과 병원 관계자들은 넋을 잃은 채 죽은 여자를 둘러싸고 서 있었다. 그 나무막대는 흡혈귀를 죽일 때와 흡사하게 여자의 가슴에 박혀 있었다.

그로부터 한 시간이 흐른 뒤 그 나무막대는 석궁에서 발사된 화살이라는 것이 밝혀졌다. 델러니는 메트로폴리탄 박물관의 무기와 갑옷 분과를 찾아갔다. 석궁의 사격법, 유효사거리, 발사 속도 등을 알아보기 위해서였다. 그렇게 하여 그는 크리스토퍼 랭글리를 알게 되었다.

당시 계장이었던 랭글리의 도움으로 델러니는 그 사건을 아무 의문점 없이 해결할 수 있었다. 그러나 그 사건은 기소되지 않았다. 범인은 소년이었다. 소년은 길 건너편의 주택 창문에서 낯선 사람을 향해서 석궁을 발사했다. 소년의 집은 아주 부유했기 때문에 재빨리 소년을 국외로 빼돌려 스위스의 한 학교로 전학시켰다. 소년은 다시는 미국으로 돌아오지 않았다. 지방검사는 델러니의 정황증거가 범죄자의 국내 송환을 요구할 수 있을 정도로 충분하다고 생각하지 않았다. 그 사건은 아직도 미제로 남아 있었다.

그러나 델러니는 그때 크리스토퍼 랭글리가 보여준 열광적인 협조를 결코 잊을 수 없었다. 그래서 그의 이름이 델러니의 '전문가 자료'에 포함되기에 이르렀다. 랭글리는 빙긋이 미소 짓고 있는 경비원을 제외하고는 아무도 없는 텅 빈 진열실 안으로 델러니를 데리고 들어가 구경을 시켜주었다. 경비원이 왜 웃음을 지었는지 델러니는 잠시 후에 알게 되었다.

갑자기 랭글리는 벽에서 양날 검을 떼어냈다. 그것은 게르만족이 16세기에 사용하던 검으로 랭글리의 신장만큼이나 길었다. 그는 검을 손에 쥐고 갑자기 전투자세로 버티고 서서 검을 머리 위로 원을 그리며 휘둘렀다. 그는 허공을 베고 자르고 몸을 재빨리 움직여 피하고 찔렀다.

"그들은 이렇게 이 칼을 썼지."

행글리는 침착하게 말하고 그 검을 델러니에게 넘겨주었다. 델러니는 검을 받았다. 그 순간 칼은 바닥으로 처졌다. 델러니가 추측하기에 그 검은 15킬로그램 정도는 나가는 것 같았다. 깡마른 랭글리가 그 무거운 검을 마치 깃털처럼 가지고 놀았던 것이다.

델러니는 이스트 89번가에 자리 잡은 석조 아파트 건물 5층에 있는 랭글리의 집 문을 열었다. 랭글리는 옛날의 그 모습 그대로였다. 거의 변한 것이 없었다. 보다 젊은 나이였다면 그는 멋쟁이나 바람둥이라는 소리를 들었을 것이다. 이제 그는 일흔 살의 독신노인이 되어 있었다. 옷을 잘 차려입은 데다가 건강해서 그의 안색은 마치 소녀 같았다. 게다가 노포크식의 플란넬 상의 깃에는 노란 데이지 한 송이가 꽂혀 있었다.

"지서장! 정말 반갑네!"

그는 환호하며 두 손을 내밀었다.

편안하게 꾸며진 아파트였다. 전직 박물관 직원은 거실과 침실, 널찍한 부엌으로 꾸며진 꼭대기층 전체를 다 사용하고 있었다. 거실 천장은 전체가 유리였다. 델러니는 그 천장에 철제 바가 설치되어 있는 것을 보고서야 비로소 불안감을 덜었다.

랭글리는 그의 모자와 코트를 받아 옷걸이에 걸었다.

"제복을 입지 않았군, 서장?"

"예, 휴직 중입니다."

랭글리는 호기심에 차서 물었다.

"그래? 얼마나? 오랫동안?"

"저도 잘 모르겠습니다."

"그래. 앉아, 거기. 아주 편안한 의자야. 자, 뭘 갖다 줄까? 칵테일? 하이볼?"

"글쎄요, 전 별로……."

"아직 나도 맛본 적이 없는 이탈리아산 아페리티프를 새로 샀어. 아주 감칠맛이 날 거야. 얼음에 레몬을 좀 짜넣고 마시면 기막힐 거야."

"괜찮겠네요. 선생님도 한잔 하실 겁니까?"

"물론이지. 잠깐만 기다려."

그는 빠른 걸음으로 부엌으로 들어갔다. 델러니는 혼자 남아 방 안을 둘러보았다. 거실 벽면은 거의 책장으로 뒤덮여 있었다. 높고 깊은 선반 가득 책들이 꽂혀 있었다. 대부분이 고대 무기에 관한 서적과 특대형 컬러 사진이 곁들여진 예술 서적들이었다.

장식품 가운데 진짜 무기는 두 점뿐이었다. 하나는 17세기 이탈리아의 화승총, 다른 하나는 아프리카의 전투용 곤봉이었다. 화승총에는 아주 섬세한 은제 양각 무늬가 새겨져 있었고, 전투용 곤봉의 머리에 붙은 돌에는 조각이 되어 있었다. 델러니는 일어나 그것을 살펴보았다. 랭글리가 술잔을 가지고 돌아왔을 때 그는 곤봉을 손에 쥐고 이리저리 돌려보고 있었다.

"콩고의 몽고 부족이 쓰던 물건이야. 실제 전투에서 사용된 적은 없는 의식(儀式)용 도끼지. 균형도 제대로 잡혀 있지 않아. 하지만 그 조각이 마음에 들어서."

랭글리의 설명이었다.

"아름답군요."

"그렇지? 저녁은 10분 뒤에 준비돼. 그동안 잠시 쉬고 있게. 담배 줄까?"

"아닙니다."

"잘 생각했어. 담배는 맛을 분별하는 능력을 떨어뜨리거든. 훌륭한 프랑스 요리의 비밀이 뭔지 알아?"

"뭔데요?"

"청결한 미각 능력과 버터. 기름은 안 돼. 버터라야 해. 가장 풍부하고 가장 순수한 버터를 구해야 해."

델러니는 가슴이 철렁 내려앉았다. 노인은 그의 얼굴에 떠오른 절망감을 알아채고 웃어댔다.

"걱정 마, 서장. 많이 먹으라고 강요하지 않을 테니까. 조금씩 골고루 즐겨. 그게 제일이야."

랭글리는 약속을 지켰다. 접시마다 적은 양의 요리가 담겨 있었다. 델러니는 이제껏 이렇게 맛있는 음식을 먹어본 적이 없었다. 그가 랭글리에게 그렇게 말하자 랭글리는 좋아서 얼굴이 환해졌다.

"후식 더 해야지? 얼마든지 있어."

"전 이제 됐습니다. 커피나 더 마시고 싶어요."

"좋지."

그들은 삼베 커버가 덮인 깨끗한 오크나무 탁자에서 저녁을 먹었다. 델러니는 랭글리가 그 탁자를 책상으로 사용하고 있다는 것을 어렵잖게 짐작했다. 식사를 끝낸 그들은 식탁에서 의자를 멀리 떼어놓고 다리를 꼬고 앉아 담배를 피우며 커피를 마시고, 랭글리가 내놓은 독한 포르투갈산 브랜디를 마셨다.

"이 일에 관해……."

델러니가 막 얘기를 시작하려는데 초인종이 울렸다. 랭글리의 얼굴이 하얗게 질렸다. 델러니는 놀라 그를 바라보았다. 랭글리가 중얼거렸다.

"맙소사. 과부 짐머만이야. 바로 아래층에 사는 여자."

랭글리는 문으로 가서 문구멍을 통해 밖을 내다본 다음 문을 열었다.

"안녕하세요, 짐머만 부인?"

델러니는 앉은 자리에서 그 여자의 모습을 충분히 살펴보았다. 예순 살쯤 되어 보이는 여자로 키는 랭글리보다 15센티미터쯤은 더 컸고, 체중도 더 나갈 것이 분명했다. 뚱뚱한 얼굴 양쪽 옆으로 놋쇠 색깔의 머리칼이 흘러내렸고, 드러난 팔은 마치 정육점에 가면 볼 수 있는 고깃덩이 같았다. 그 거대한 몸에 옷을 너무나 많이 겹쳐 입어서 그녀의 몸은 커다란 나무를 잘라놓은 것만 같았다. 걸음을 옮길 때마다 마치 무릎 아랫부분만이 움직이는 듯 보였다. 그녀는 뻔뻔스레 랭글리의 어깨 너머로 델러니를 쳐다보며 선웃음을 쳤다.

"방해가 안 됐나 모르겠네요. 선생님 댁에 손님이 오셨다는 걸 알고 있었어요. 선생님이 시장에 가시는 소리도 돌아오시는 소리도 다 들었지요. 초인종이 울리는 소리도, 손님이 들어오시는 소리도요. 선생님이 좋아하시는 외국 요리로 식사 대접을 하시는구나 하고 생각했죠. 그런데 제가 우연찮게도 싱싱한 자두로 후식용 과자를 만들었어요. 선생님과 손님께서 이 맛있는 걸 후식으로 드실 수 있겠다 싶어서 가져왔지요."

그녀는 랭글리에게 냅킨이 덮인 접시를 내밀었다. 랭글리는 손끝으로 그것을 받았다.

"고맙습니다, 짐머만 부인. 잠시 들어오셔서……."

"아니에요. 더 이상 방해하고 싶지 않아요."

그러나 그녀는 가지 않고 기대에 차서 랭글리를 쳐다보았다. 랭글리는 초대의 말을 반복하지 않았다. 짐머만은 델러니에게 입을 삐쭉이면서 돌아섰다.

"가볼게요."

"과자 고맙습니다."

"뭘요. 제가 기뻐서 하는 일인데요."

그녀는 랭글리에게 소녀처럼 웃어 보였다. 짐머만이 나가자 랭글리는 문을 닫고, 잠그고, 사슬까지 걸었다. 문에 귀를 대고 여자의 발소리가 계단을 내려가는 것을 확인한 다음에야 그는 델러니 앞으로 돌아와 한숨을 내쉬었다.

"끔찍스러운 여자야! 끊임없이 나에게 음식을 가져온다니까. 그러지 말라고 통사정을 해도 막무가내야. 난 요리엔 자신 있는 사람이야. 쉰 해 동안이나 혼자 요리를 해서 먹고 살았어. 게다가 저 여자가 가져오는 음식들이라니! 이따위 과자 아니면 갈은 고기 구이나 만두, 초에 절인 청어 따위야. 정말 지겨워! 그렇다고 음식을 버릴 수가 있어야 말이지. 저 여자가 그걸 쓰레기통에서 발견했다가는 모욕당했다고 생각할 거 아닌가. 그래서 난 그놈의 음식들을 선물처럼 잘 포장해서 여기서 서너 블록 떨어진 곳까지 걸어가 거기 쓰레기통에 버려야 해. 골치 아픈 여자야."

"선생님에게 반해서 계속 지켜보는 모양이군요."

델러니가 진지하게 말했다. 랭글리는 얼굴을 붉히며 소리쳤다.

"맙소사! 저 여자 남편은, 아니 전 남편은 아주 멋지고 조용한

사람이었어. 은퇴한 모피상이었지. 자, 이걸 부엌에 치워놓고 와
야겠어. 그 다음 하던 얘기를 계속하자구."

랭글리가 부엌에서 돌아오자 델러니는 물었다.

"프랭크 롬바드가 피살되었다는 소식은 신문에서 보셨지요?"

"그래, 봤어. 신문에 난 건 하나도 빼놓지 않고 다 찾아 읽었어.
아주 흥미진진한 사건이더군. 살인이나 암살 따위의 사건이 벌어
지면 늘 어떤 흉기가 사용되었는지 거기에 많은 흥미를 느껴. 아
무튼 그런 걸 들여다보며 평생을 살아왔으니까. 아직도 그런데 관
심이 생길 수밖에. 그런데 그 롬바드 사건은 무기에 대한 묘사가
아주 흐리멍덩하더군. 무기가 뭔지 아직 알아내지 못했나?"

"아직 못 찾아냈습니다. 그래서 여기 온 겁니다. 선생님 도움을
받으려구요."

"자네가 도움을 원한다면 무슨 일이라도 즐겁게 도와야지, 귀
여운 친구."

델러니는 교통경관처럼 손을 쳐들었다.

"잠깐만요, 선생님. 정직하게 말씀드릴 게 있어요. 아까 말씀드
렸지만 전 지금 현직에 있지 않습니다. 휴직 중이지요. 게다가 프
랭크 롬바드 살인사건에 대한 공식 수사반의 일원도 아닙니다."

"그런데 어째서 롬바드 사건에 관심을 갖는 거야?"

"전 이 사건을 개인적으로 수사하고 있습니다."

"알았어. 하지만 좀 더 설명해 봐."

"그러지 않는 게 좋을 것 같아요."

"그럼, 내가 이 개인적인 수사의 목적이 뭔지 물어보는 건 괜찮
겠어?"

"주된 목적은 최대한 신속하게 롬바드 살인사건의 진범을 체포하는 겁니다."

랭글리는 다시 한 번 델러니를 오랫동안 쳐다보며 손가락으로 탁자를 두들겼다. 마침내 손가락의 움직임을 중단하고 그는 손바닥으로 탁자를 내리쳤다.

"좋아. 사용된 흉기가 찌르는 무기였나 휘두르는 무기였나? 그건 다시 말하자면 이런 거야. 칼이나 비수, 단검이나 단도 같은 종류였는지 아니면 장검이나 지팡이, 살상용 도끼나 곤봉, 철퇴 같은 종류였는지를 묻는 거야."

"비율로 보면 휘두르는 무기였을 가능성이 높습니다."

"비율이라! 자네의 그 비율을 내가 잊고 있었군 그래. 이건 자네에겐 사업이니까. 그렇지?"

"사업이죠. 때로는 의지할 데라고는 확률밖에 없는 사업이죠. 그런데 그 찌르는 무기라는 거 말인데요. 칼이나 단검 같은 무기의 날이 사람의 두개골을 파고들 수는 없지요?"

"파고들 수도 있지. 칼날과 손잡이가 충분한 중량을 지니고 있다면 말이야. 예전에 그런 적이 있어. 2차 대전 중에 해병대가 쓰던 전투용 대검은 사람의 두개골을 쪼개버릴 수 있었어. 하지만 대부분 단검으로는 표면에 상처만 입히고 마는 정도지. 그런데 롬바드는 뒤쪽에서 머리를 습격당한 거지?"

"그렇습니다."

"그렇다면 찌르는 무기는 제외시켜도 좋을 것 같아. 칼을 들고 피해자 뒤로 접근하는 암살자는 대개의 경우 어깨뼈 사이로 칼을 찔러 넣어 갈비뼈 속을 파고들어 가서 척추를 손상시키거나 아니면 콩팥을 노리는 법이니까."

델러니는 고개를 끄덕였다. 그는 내심 이 장난꾸러기 같은 노인이 그 나이에도 불구하고 손가락으로 신체의 각 지점을 하나하나 짚어가며 얘기를 풀어 나가는 것에 감탄하고 있었다. 그의 열정은 전혀 식지 않았다. 여전히 우아하고 여전히 건강했다. 랭글리는 얘기를 계속했다.

"좋아. 휘두르는 무기였다고 가정해 보지. 범인이 한 손으로 범행을 저질렀나 아니면 두 손을 다 썼어?"

"아마 한 손이었을 겁니다. 제 생각에 범인은 롬바드 앞에서 다가왔을 겁니다. 두 사람이 교차해 지나는 순간 범인은 돌아서서 그를 내리친 거지요. 롬바드 앞으로 접근하는 동안에 범인은 흉기를 팔에 걸친 코트나 겨드랑이에 낀 신문지 사이에 감추고 있었을 거고요."

"좋아. 그럼 미늘창도 제외해야겠군. 자네 말은 손도끼 정도의 크기였다는 거지?"

"그런 정도였을 겁니다."

"서장, 그게 고대의 무기였을 거라고 생각하는 거야?"

"그건 별로 신빙성이 없는 추측인 것 같습니다. 다시 한 번 확률 얘기를 하자면, 가능성이 희박합니다. 평생 동안 전 고대의 무기가 사용된 살인사건은 오직 두 건밖에 보지 못했습니다. 한 번은 석궁이었어요. 물론 선생님도 이 사건은 아실 겁니다. 나머지 하나는 결투용 권총에서 발사된 탄환으로 사람이 죽은 사건이었고요."

"그렇다면 현대의 무기를 가정해야 한다는 거지?"

"그렇습니다."

"또는 현대의 도구겠지. 많은 현대적 도구들이 고대 무기로부터 변화되어 왔다는 건 아나? 한국 전쟁과 베트남 전쟁에서 육박전이 벌어졌을 때 미군들이 참호 팔 때 쓰는 도구, 그러니까 삽과 곡괭이 따위가 공격과 방어용 무기로 사용된 경우가 많았어. 그러면 이제는 상처에 대해 알아보지. 상처가 박살이 났나 베어졌나? 아니면 구멍이 나 있었나?"

"구멍이 나 있었어요. 꿰뚫린 겁니다. 10에서 15센티미터 깊이로요."

"그래? 그거 재미있군. 구멍의 형태는?"

델러니는 주의 깊게 얘기를 계속했다.

"여기에서 좀 아리송해집니다. 부검의는 공식 부검 소견서에서 대강 둥근 모양이라고 했어요. 지름은 3센티미터 정도. 구멍은 급격히 예리한 한 지점으로 모아집니다."

"둥글다?"

랭글리가 소리쳤다. 델러니는 노인의 표정을 보고 깜짝 놀랐다.

"뭐, 잘못된 거라도 있습니까?"

"부검의가 확실히 둥글다고 했어? 원형이더라 이거야?"

"아닙니다. 확실하진 않아요. 상처 부위는 정확한 측정이나 분석이 불가능한 형편이었어요. 이건 다만 부검의의 추측입니다만, 피살자의 두개골을 뚫은 흉기가 삼각형이나 네모꼴인 것 같다는 생각이 들었다고 합니다. 그런 모양의 굵직한 쇠촉이 상처에 박히고, 피살자가 땅바닥에 고꾸라진 탓으로 범인이 흉기를 놓쳐서 그것을 뽑아내기 위해 위아래로 흔들었을 거라는 거죠. 그 결과 상

317

처 부위의 형태가 둥글게 변형되었을 거라는⋯⋯."

랭글리는 무릎을 치며 고함을 질렀다.

"아하! 바로 그거야! 그 부검의는 쇠촉이 삼각형이나 사각형이라고 생각한다는 거지?"

"그럴 수도 있다는 거지요."

랭글리는 단언했다.

"틀림없이 그래. 내 말을 믿어, 서장. 자네가 말한 그런 모양에 가늘고 길게 두개골을 꿰뚫을 수 있는 무기가 세상에 얼마나 많을 것 같아? 손가락 다섯 개로 꼽을 정도밖에 안 돼. 둥글고 굵은 쇠촉이 북서 해안지방 인디언 부족들 사이에서 사용된 적이 있었어. 또 틀링깃족도 꼭대기에 날카로운 옥을 붙인 전투용 곤봉을 썼지. 하지만 그것은 완전한 구형은 아니었어. 톰슨 인디언도 나무로 만든 둥글고 예리한 날이 달린 전투용 곤봉을 썼지. 침시언 인디언은 뿔과 뼈를 썼는데, 그것은 둥글고 예리했지. 에스키모 부족들도 곤봉을 썼는데, 그 끝에 뼈나 뿔고래, 바다코끼리의 이빨로 만든 촉을 붙여서 사용했어. 내 말이 어떤 뜻인지 알겠나, 서장?"

"잘 모르겠는데요."

"원추형의 쇠촉 같은 것이 붙은 무기는 언제나 자연에서 얻은 물건이었다는 뜻이야. 자연적으로 그렇게 생긴 물질을 구해서 썼다는 말이지. 뿔이나 이빨 같은 것. 또는 나무처럼 무른 물질들이거나. 그렇기 때문에 어렵지 않게 원추형으로 날카롭게 다듬을 수 있었지. 그러나 이제 우리는 강철 따위의 금속을 쓰고 있어. 초기의 금속제 무기는 대장장이가 만들었어. 모루에다가 뜨거운 쇳덩이를 올려놓고 망치로 내리치는 방법으로. 원추 모양의 완전히 둥글고 날카로운 쇠촉을 만드는 것보다는 평평하거나 세모꼴, 혹은 네모꼴의 쇠촉을 만들기가 훨씬 쉽지. 메트로폴리탄 박물관에 근무하는 동안 끝이 둥근 원추형의 미늘창은 한 번도 본 적이 없어. 전투용 망치나 전투용 손도끼도 마찬가지야. 로테르담 박물관에서 둥근 쇠촉이 달린 철퇴를 본 적은 있는 것 같아. 하지만 그것도 확실한 걸 알기 위해서는 목록을 뒤져봐야 할 거야. 어떤 경우에도 초기의 무기들은 거의 예외 없이 평평하거나 세모꼴이거나 네모꼴이거나 때로는 육각형이었어. 완전히 둥글고 예리한 쇠촉은 만들기가 너무 어려웠던 거야. 무덤에 같이 묻혔다가 발굴되어 나오는 철제 무기들을 봐도 그건 사실이라는 게 입증돼. 둥글고 끝날이 예리한 쇠촉보다는 평평하거나 세모나 네모인 쇠촉을 만들기가 훨씬 더 쉽고 값이 덜 들고 신속했던 거야. 자네 부검의의 추측이 옳았다고 나는 생각해. 자네의 그 유명한 '비율'에 비춰봐도 그렇고."

델러니는 고개를 끄덕였다.

"흥미롭군요. 제가 선생님을 뵙고자 한 것은 바로 그런 말씀을 듣고 싶어서였습니다. 하지만 한 가지 더 말씀드려야겠군요. 전 이게 무슨 의미인지 잘 모르겠습니다만, 선생님은 아실 겁니다. 부검의는 상처의 날카로운 끝부분이 상처의 입구 부분보다 조금 낮은 것 같다는 생각이 든다고 합니다. 아시겠어요? 꿰뚫린 상처가 끝을 향해 직선으로 점점 날카로워지는 것이 아니라 아래쪽으로 구부러져 있다는 거지요. 여기 좀 그려볼까요?"

랭글리는 의기양양한 웃음을 터뜨렸다.

"아니야. 그릴 필요 없어. 무슨 말인지 알아."

그는 벌떡 일어나 책장 앞으로 가더니 한동안 책의 제목을 살펴보다가 마침내 커다란 책 한 권을 찾아서 탁자로 돌아왔다. 그는 책을 펼쳐 그림목록을 찾아 항목을 짚어 내려갔다. 몇 페이지를 넘겨 그는 마침내 이렇게 말했다.

"이거야. 이걸 보게, 서장."

델러니는 그것을 내려다보았다. 그것은 한 손으로 쥐게 되어 있는 곤봉이었다. 머리 부분에는 손도끼의 날이 달려 있었고, 다른 한쪽에는 쇠촉이 달려 있었다. 쇠촉의 지름은 약 3센티미터였고 끝으로 갈수록 점점 날카로워졌는데, 동시에 아래쪽으로 구부러져 있었다. 델러니가 물었다.

"이게 뭡니까?"

"이로쿼이 인디언들이 쓰던 전투용 도끼야. 손잡이는 물푸레나무고 이 끝에는 깃털이 달려 있지. 물론 머리 부분은 금속이야. 아마 금속이 뜨거울 때 잘라 다듬었거나 정과 망치로 내리쳐서 날카롭게 다듬었겠지. 백인 상인들이 가지고 들어가서 인디언들의 펠트 가죽과 거래를 했다네."

"선생님 말씀은 인디언이 이 범행을……."

"천만에. 아니야. 다만 이 쇠촉의 끝부분이 아래쪽으로 구부러진 걸 보란 말이야. 사실 지상의 모든 나라와 부족과 종족의 전투용 곤봉이나 전투용 도끼, 미늘창 따위에서 이런 곡선을 관찰할 수 있어. 아주 효율적이거든. 쓰기도 쉽고. 사람을 내리칠 때 수평으로 공격하지는 않을 거 아냐. 자칫 빗나가기 쉬울 테니까. 아래쪽으로 내리치게 마련이지. 그러면 피해자를 찌르고 꿰뚫어 마침내 죽일 수 있지."

"그렇습니다. 정말 그래요."

두 사람은 이로쿼이 인디언의 손도끼를 내려다보며 한동안 아무 말 없이 앉아 있었다. 델러니는 그 무기가 얼마나 많은 사람들을 죽였을지 생각해 보았다. 그는 그 책을 뒤적이기 시작했다. 갑자기 서글퍼졌다. 인간이라는 종족이 다른 사람을 살상하는 힘을 확장하기 위해 기울인 그 엄청난 노력과 기술과 천재적 재능이 서글펐다. 화약과 총포, 장검과 단검, 총검과 곤봉, 석궁, 로마 시대의 센츄리온 탱크, 피리 화살과 대포, 창과 수소폭탄 등이 모두 그런 노력의 결과였다. 아마도 인간의 그런 노력은 영원히 계속될 것이다.

끊임없이 온갖 노력을 기울여 더 정교하고 더 강력한 살인도구를 고안해 내는 인간의 이 모든 행동의 배후에는 어떤 욕구가, 아니 어떤 욕정이 감춰져 있는 것일까? 새총을 쥐고 있는 아이와 총을 쥔 어른, 그 양자가 나타내는 것은 결국 똑같이 험악한 일면이 아닐까? 그렇다면 살인은 고대로부터 전해 내려오는 열정인 것일까? 사랑이나 희생정신처럼 당당한 근거를 가진, 인간의 정신이 표현되는 갖가지 방식 가운데 하나인 것일까?

갑자기 우울해져서 델러니는 의자에서 일어나 억지로 웃음을 지었다. 그는 될 수 있는 한 밝은 어조로 말했다.

"랭글리 선생님, 재미있었습니다. 저녁식사도 아주 맛있었고요. 선생님 말씀은 아주 큰 도움이 됐습니다. 말씀을 듣고 보니 생각할 일이 굉장히 많아지는군요."

랭글리 역시 델러니만큼 우울한 표정이었다. 그는 노곤한 눈으로 델러니를 올려다보았다.

"도움이 되기는 했어, 서장? 여기 올 때 프랭크 롬바드 살인범에 대해 오리무중이었던 것처럼 지금도 마찬가진데."

"도움이 됐고말고요, 선생님. 부검의의 추측을 확인할 수 있었어요. 또 제가 무얼 찾아야 하는지 더욱 분명해졌고요. 이런 사건의 경우 그런 사소한 일마저 큰 도움이 되는 법이거든요."

"서장."

"예, 랭글리 선생님."

"자네의 '개인적 수사'에서 이 흉기만 문제가 되는 건 아니지? 나도 그 정도는 짐작할 수 있어. 그러니까 사람들을 심문해야 하고, 그들의 과거기록을 조사해야 하고, 그렇지? 맞지?"

"그렇습니다."

"자넨 이 흉기를 찾아내는 데에도 상당한 시간을 들여야 할 거야. 그렇지?"

"그런 셈이지요."

"서장, 그렇다면 내가 그 일을 하게 해줘. 내가 해보겠어."

"랭글리 선생님, 하지만 저는……."

"자네가 휴직 중이라는 얘기는 들었어. 이게 개인적인 수사에 불과하다는 것도 알아. 같은 얘기 반복할 필요 없어. 아무튼 자네가 수사를 하는 것은 사실이잖아. 내가 돕는 걸 허락해 줘. 부탁이야. 날 봐. 이제 일흔 살이야. 은퇴했지. 솔직히 말하자면, 난 이놈의 요리나 하면서 세월을 보내는 데 지쳐버렸어. 내 인생은 온통…… 맙소사, 뭐라고 해야 할까? 여기 그냥 앉아서 죽기나 기다리고 있는 꼴이야. 서장, 부탁이네. 내가 무슨 일이든 할 수 있게 해줘. 뭔가 중요한 일 말이야. 롬바드가 피살되었네. 그건 옳은 일이 아니야. 생명이란 너무나 소중한 거니까."

"집사람도 그런 얘기를 하더군요."

델러니가 신기해 하며 말하자 랭글리는 눈을 빛내며 대답했다.

"자네 부인은 뭘 아는 사람이군. 무슨 일이든 좀 하게 해줘. 뭔가 가치 있는 일 말이야. 난 무기에 대해선 잘 알아. 그렇잖아? 자네에게 도움이 될 거야. 정말이야. 기회를 주게."

"전 수사비도 없어요. 선생님께……."

랭글리가 손을 흔들며 델러니의 말을 가로막았다.

"그런 건 잊어버려. 돈은 한 푼도 원치 않아. 택시값도 책값도, 또 뭐가 됐든 다 내가 지불할 수 있어. 일만 하게 해줘. 중요한 일. 알겠지, 서장? 난 그냥 이렇게 사라져버리고 싶지 않아."

서장은 이 전직 박물관 직원이 자신의 우울한 생각의 포로가 되어버린 건 아닌지 의아스러웠다. 랭글리는 어리석은 사람이 아니었다. 그렇다면 이런 지적인 사람이 어떻게 살인 무기 따위를 연구하는 일로 평생을 보냈다는 사실을 정당화시킬 수 있을 것인가? 어쩌면 랭글리가 말하는 대로 그는 다만 은퇴한 뒤의 생활이 너무나 지루한 나머지 무슨 일이든 오직 일을 하고 싶은 것인지도 모른다. 랭글리는 '중요한', '중요한'이라고 반복해서 말하고 있었다. 그 때문에 델러니는 궁금증을 느꼈다. 혹시 죽을 날을 앞둔 이 노인이 일종의 속죄할 기회를 찾는 것은 아닐까? 그것은 아니라 해도 적어도 저 박물관에서 보낸 음울하고 축축한 평생을 씻어버릴 만한 밝고 긍정적인 활동을 하고 싶어진 것은 아닐까?

마침내 델러니는 헛기침을 하며 말했다.

"좋습니다. 고맙습니다, 선생님. 이 흉기에 관해 뭐든 더 알아내게 되면 즉시 연락을 드리겠습니다. 그동안 선생님께서는 나름 대로 그에 관해 조사를 해주십시오."

랭글리는 다시 생생한 얼굴이 되어 외쳤다.

"아! 당장 시작하지. 오늘 밤에는 나한테 있는 책들을 좀 더 뒤적여보고, 내일은 박물관에 가야겠군. 뭔가 알아낼 수 있을 거야. 그런 걸 취급하는 상점에도 가봐야겠어. 무기들을 좀 둘러봐야지. 서장, 이제 나도 형사인가?"

"그렇습니다. 선생님도 형사십니다."

델러니는 웃으며 대답했다. 그가 문으로 가자 랭글리는 벌떡 일어나 옷장에서 그의 모자와 코트를 가지고 왔다. 그는 델러니에게 전화번호부에 등재되지 않은 자신의 전화번호를 일러주었다. 델러니는 그것을 수첩에 적었다. 랭글리는 문을 열자 작은 소리로 속삭였다.

"서장, 마지막으로 한 가지 부탁이 있어. 아래층으로 내려가서 말이네, 짐머만네 현관문 앞을 지날 때는 제발 발소리를 내지 말아줘. 손님이 가서 내가 혼자라는 걸 그 여자가 알게 되는 게 싫어서 그래."

프랭크 롬바드의 집은 브루클린의 플랫부시 구역에 자리 잡은 놀라울 만큼 전원적인 거리에 있었다. 나무들과 잔디밭 사이로 개들이 짖어댔고 아이들이 소리치며 뛰어놀았다. 그의 집은 붉은 벽돌로 지은 2층 집이었다. 건물의 흉측한 모양을 집 전체를 빽빽이 뒤덮은 담쟁이덩굴이 가려주었다. 담쟁이덩굴은 아직도 녹색빛을 잃지 않고 처마 아래까지 타고 올라가 있었다.

두 대의 차를 주차할 수 있는 차고에 이르는 길에는 아스팔트 포장이 되어 있었다. 그 길에 네 대의 차가 범퍼와 범퍼를 맞대고 주차되어 있었다. 집 바로 앞에도 또 다른 차들이 이중으로 주차되어 있었다. 델러니 서장은 길 건너편에서 이런 것들을 살펴보았다. 그는 또한 이중으로 주차된 차들 가운데 하나가 플리머스라는 것도 알아보았다. 3년가량 지난 조금 낡고 먼지가 덮인 차였다. 그 것은 아무런 특징도 눈여겨볼 것도 없는 차, 경찰 수사용 차였다. 앞좌석에 사복 차림의 두 남자가 앉아 있는 것도 보였다.

델러니는 클라라 롬바드를 보호하기 위해서 경호원 한 사람이 배치되어 있는 것을 보고 고개를 끄덕거렸다. 그는 집 안에도 경호원이 한 사람 더 있으리라고 짐작했다. 필리 부장이 그렇게 지시했을 것이다. 그러니까 문제는 이런 것이었다. 만일 델러니가 클라라 롬바드를 심문할 목적으로 집 안으로 들어간다면 경찰관들 가운데 누군가 그를 알아보고 브로턴에게 보고할 것이요, 그렇게 되면 그는 곤경에 빠지게 된다는 것이었다.

델러니는 여전히 롬바드의 집을 바라보며 다음 모퉁이에 서서 이 문제를 곰곰이 생각했다. 그가 코트에 두 손을 깊이 찌르고 거기 서 있는 동안 두 쌍의 남녀가 그 집에서 나왔고, 이중으로 주차되어 있던 한 대의 차가 웃는 두 여자와 한 남자를 태우고 떠나갔다.

델러니는 꾸며댈 이야기를 궁리하기 시작했다. 만일 경호원들이 그를 알아봐서 브로턴이 귀찮게 굴면, 그는 살인사건이 그의 관할구역에서 일어났기 때문에 미망인에게 애도의 뜻을 전할 의

무감을 느꼈다고 대답할 수 있을 것이다. 브로턴은 이런 변명을 완전히 믿지 않을 것이 분명했다. 틀림없이 의심을 품고 롬바드 부인에게 사람을 보내 조사를 할 것이다. 그러나 그것은 이미 델러니로서는 신경 쓸 필요가 없을 것이다. 그는 미망인에게 애도의 뜻을 전할 필요를 느꼈다. 그러므로 애도의 뜻을 전하기 위해 미망인을 방문하기로 했다.

벽돌이 깔린 인도를 따라 롬바드네 집 현관으로 다가가자 요란한 록 음악소리와 커다란 웃음소리, 잔이 깨지는 소리들이 들려왔다. 파티, 그것도 요란한 파티가 벌어지고 있는 듯한 소리였다.

델러니가 초인종을 울리자 한 남자가 문을 열었다. 너무나 잘생긴 붉은 얼굴의 남자였다. 그는 새끼손가락에 하나도 아닌 두 개의 반지를 끼고 있었다.

"들어와요. 어서 들어오라니까. 한 사람쯤 더 와도 아무 상관없어요."

그 남자는 중얼거리면서 들고 있던 하이볼 잔을 흔들어댔다. 그 바람에 짙은 푸른색의 고급 실크 양복에 술이 반이나 쏟아졌다.

"고맙습니다. 하지만 나는 손님이 아닙니다. 잠시 롬바드 부인께 드릴 말씀이 있어서 왔습니다."

그러자 그 남자가 소리쳤다.

"이봐, 클라라! 그 멋진 자태를 좀 보여주시지. 여기 당신 애인이 왔어."

그 남자는 델러니를 곁눈으로 흘겨보더니 먹고 마시고 춤추고 웃으며 고함을 지르는 무리한테로 돌아갔다. 지서장은 거기 선 채 기다렸다. 이윽고 클라라가 나왔다.

육감적인 금발의 여자였다. 델러니는 오스카 와일드가 과부에 대해 쓴 한 구절을 떠올렸다. "그 머리칼은 슬픔 때문에 황금빛으로 물들었구나."라고 했던가? 어깨를 드러낸 칵테일 드레스를 입은 클라라의 몸은 풍만했다. 드레스에는 너무 많은 장식이 붙어 있었다. 금속 조각과 모조 다이아몬드, 매듭과 보석이 박힌 공작 브로치…… 게다가 영문을 알 수 없었던 것은 드레스를 장식한 별 모양의 값싼 양철 배지였다. 거기에는 '가터 경감'이라는 글씨까지 새겨져 있었다. 너무나 많은 장식이 붙은 나머지 그 드레스는 벗어 던져놔도 그 자리에 그대로 서 있을 것 같았다. 클라라는 멍한 눈으로 델러니를 바라보았다.

"누구시죠?"

"클라라 롬바드 부인이십니까?"

"그래요."

"에드워드 델러니 서장입니다. 251번 지서의 전직 서장으로서……"

클라라는 말을 가로채고 소리쳤다.

"맙소사, 또 왔어요? 도대체 얼마나 더 많은 경찰이 와야 하는 거지요?"

"저는 다만 프랭크 롬바드 의원의 죽음에 대해 애도……"

"다섯 번인가 여섯 번인가 셀 수도 없을 정도예요. 이번엔 도대체 뭐예요? 집 안에 사람들이 가득 차 있는 것이 당신 눈에는 보이지도 않아요? 제발 날 좀 내버려둘 수 없어요?"

"전 다만 위로의 말씀을……"

클라라는 화를 내며 소리쳤다.

"정말 고마워 눈물 콧물이 쏟아지네요. 잘들 해보세요. 이건 작별 파티예요. 난 뉴욕하고 작별할 거예요. 당신들 모두하고 작별할 거라구요."

"뉴욕을 떠나신다구요?"

델러니는 깜짝 놀랐다. 브로턴이 이 여자가 떠나는 것을 허락했다는 것이 믿어지지 않았다.

"그렇다니까요, 아저씨. 집도 팔고 차도 팔고 가구도 팔고 다 팔아버렸어요. 토요일이면 햇빛 찬란한 멋진 마이애미에 가 있을 거예요. 새 생활을 시작한다구요. 멋진 새 생활을. 그럼 당신들끼리 실컷 감시를 하건 조사를 하건 해보시죠."

그녀는 돌아서서 파티를 즐기는 사람들 속으로 돌아갔다. 델러니는 다시 모자를 쓰고 롬바드의 집을 나와 모퉁이로 걸어갔다. 그는 신호등이 바뀌기를 기다리면서 오가는 사람들을 물끄러미 바라보고 서 있었다. 롬바드 작전의 보고서를 읽으면서부터 그의 마음 한구석에 생겨나 이따금 의식을 찔러오던 의문이 슬그머니 구체적인 모습이 되어 고개를 쳐들었다. 결국 그렇게 되리라고 짐작했던 대로였다.

피살자의 모친 소피아 롬바드 부인은 심문에서 프랭크 롬바드가 브루클린에서 어머니 집에 올 때 한 번도 차를 몰고 오지 않은 것은 근처에 차를 세워둘 만한 곳이 없기 때문이라고 말했다. 그래서 늘 지하철을 타고 왕래했다고 진술했다.

델러니는 롬바드의 집으로 돌아갔다. 이번에는 집 밖에 있던 경호원들이 그를 눈여겨 살펴보았다. 그는 다시 롬바드의 집 초인종을 눌렀다. 이번에는 클라라가 문을 열었다. 피둥피둥한 얼굴에

환한 미소가 빛나고 있었다. 그러나 초인종을 울린 사람이 델러니라는 것을 알게 되자마자 그 미소는 사라져버렸다.

"하느님 맙소사, 또 당신이에요?"

"그렇습니다. 차 한 대를 판다고 하셨지요?"

"한 대가 아니에요. 두 대 모두예요. 차가 두 대 있으니까요. 싸게 살 기회를 잡았다고는 생각하지 말아요. 벌써 팔렸으니까요."

"남편 말인데요, 돌아가신 남편도 차를 운전하고 다녔습니까?"

"그걸 말이라고 해요? 물론이죠. 왜 그런 걸 물어요?"

"남편이 평소에 면허증을 어디 두고 다니던가요, 부인?"

"맙소사!"

클라라가 소리쳤다. 그러자 그녀 뒤에 새끼손가락에 반지 두 개를 낀 남자가 나타나 속사포처럼 쏘아댔다.

"뭐야, 무슨 일이야? 이자가 당신을 괴롭혀?"

"아무것도 아니에요, 매니. 별 볼일 없는 경찰 일이에요."

클라라는 그 남자에게 대답한 다음 델러니에게 말했다.

"지갑 안에요. 프랭크는 지갑 안에 면허증을 넣고 다녔다구요. 됐어요?"

델러니는 클라라가 그 지갑 안에 없어진 물건이 하나도 없다고 진술했다는 사실을 상기시키려다가 참고 이렇게 말했다.

"방해해서 미안합니다만 부인, 우리가 남편을 발견했을 때는 지갑 안에 운전면허증이 없었습니다. 어쩌면 면허증이 집 안 어딘가에 있을지도 모르겠군요."

"그래요, 그럴 거예요."

클라라는 귀찮다는 듯 대답했다.

"짐을 꾸리는 동안 찾게 되면 연락이나 해주시겠습니까? 면허증을 주정부에 보내 취소시켜야 하니까요."

"그러지요. 알았어요. 찾아볼게요."

델러니는 클라라가 찾아보지 않으리라는 것을 알았다. 그러나 그녀가 찾아본다 해도 달라질 것은 없었다. 그것은 발견되지 않을 테니까. 클라라가 조급하게 물었다.

"또 남은 일 있어요?"

"아니요, 없습니다. 친절히 협조해 주셔서 대단히 고맙습니다, 롬바드 부인."

"그럼 사라져주세요."

클라라는 델러니의 코앞에서 문을 쾅 닫아버렸다.

델러니는 집으로 돌아오자 프랭크 롬바드의 몸에서 발견된 소지품목록을 차근차근 살펴보았다. 또한 아들이 모친의 집을 방문하던 방식에 관하여 소피아 부인이 진술한 내용도 세밀히 읽어보았다. 읽기를 마치자 그는 방이 어두워지기까지 오랫동안 그 자리에 앉아 생각에 생각을 거듭했다. 꼭 한 번 그는 의자에서 일어나 호밀 하이볼을 만들어 잘 섞어서 여전히 생각에 잠긴 채 천천히 마셨다.

마침내 그는 코트를 입고 모자를 쓰고 밖으로 나갔다. 그는 전번과는 다른 공중전화 부스를 찾아 들어갔다. 거의 15분이나 기다린 끝에 부경감 아이바 토어슨이 응답 전화를 했다. 그동안 전화를 쓰려고 찾아왔던 세 사람의 남자가 얼굴을 찌푸리고 사라졌다. 그 가운데 한 사람은 전화 부스를 발로 걸어차기까지 했다.

"에드워드?"

토어슨이 말했다.

"예. 뭔가 찾아냈습니다. 브로턴이 아직 찾아내지 못한 뭔가를요."

토어슨이 숨을 몰아쉬는 소리가 전화기 너머에서 들려왔다.

"그게 뭔가?"

"롬바드한테는 운전면허증이 있었습니다. 차를 두 대나 가지고 있었지요. 그 사람의 아내는 그걸 팔아치워 버렸지만. 뉴욕을 떠난답니다."

"그래서?"

"그 여자 말로는 남편이 운전면허증을 지갑에 넣어 가지고 다녔다고 합니다. 확률로 봐서도 그럴 법한 얘기지요. 그런데 지갑이 발견되었을 때는 면허증이 없었습니다. 제가 소지품목록을 다시 조사했습니다."

토어슨은 한동안 침묵을 지키다가 말했다.

"운전면허증 때문에 살인을 하는 사람은 없네. 50달러만 주면 위조면허증을 얼마든지 구할 수 있는데."

"압니다."

토어슨은 다른 생각을 말했다.

"신분 확인을 위해서였을까? 그 살인범은 청부살인자였다. 그래서 자신을 고용한 사람에게 롬바드를 죽였다는 사실을 확인시키기 위해 면허증을 가져갔다?"

"그럴 필요가 있겠습니까? 그 사실은 바로 다음 날 신문에 대서특필되었는데. 그자를 고용한 사람도 신문은 볼 겁니다."

"아, 참 그렇군. 자네 생각은 어떤가? 왜 운전면허증이 없어졌을까?"

"어쩌면 신분 확인을 위해서였을지도 모르지요."

"뭐라구? 자네 지금 막 그건……."

"청부살인자는 아닙니다. 두 가지 추측이 가능해요. 첫째, 범인은 그걸 기념품이나 전리품으로 가져간 겁니다."

"그건 좀 우스꽝스러운데, 에드워드."

"그럴지도 모르지요. 둘째, 범인은 제3자에게 자신이 살인을 했다는 것을 입증하기 위해 면허증을 가져간 겁니다. 롬바드를 죽인 게 다른 누군가가 아니라 바로 자신이라는 것을 입증하기 위해서죠. 그 사건이 신문에 보도된 뒤에 범인이 피살자의 면허증을 제3자에게 보여주면 범인이 자신이었다는 것을 입증하는 셈 아닙니까?"

토어슨은 오랫동안 침묵을 지키고 있다가 대답했다.

"에드워드, 그건 너무 끔찍스러운데."

"그래요. 끔찍스럽지요."

델러니는 그 순간 자신이 수사한 적이 있는 한 사건을 떠올렸다. 섹스한 다음 살인을 하는 사건으로 범인은 여자였는데, 그녀는 피살자의 눈꺼풀을 머리핀으로 뚫었다.

토어슨이 다시 물었다.

"에드워드, 자네는 범인이 미치광이라고 생각하는 건가?"

"그렇습니다. 그렇게 생각합니다. 휘트먼과 스펙, 언루와 보스턴 교살자, 팬즈램과 맨슨 등과 마찬가지로 미친 자예요."

"아아, 맙소사!"

"제 생각이 옳다면 곧 그것이 밝혀질 겁니다."
"어떻게?"
"그자가 살인을 또 저지를 테니까요."

제 4 장

그는 여자가 흰 소매 끝동이 달린 검은 크레이프 드레스를 걸치고 있다고 생각했다. 잠시 후에야 흰 소매 끝동이 사실은 그녀의 양쪽 팔목에 감긴 붕대라는 것을 깨달았다. 그러나 그는 어서 여자에게 그 얘기를 하고 싶어서 붕대에 대해서는 묻지 않았다. 그 대신 여자의 눈앞에 프랭크 롬바드의 운전면허증을 들이밀었다. 여자는 그것을 보지 않았다. 그녀는 그의 팔을 잡고 한 발, 또 한 발 천천히 계단을 올라가기 시작했다. 그들은 위층으로 올라갔다. 그러나 그는 발기가 되지 않았다.

여자는 그를 위로했다.

"상관없어요. 이해해요. 내 말을 믿으세요. 난 이해해요. 그리고 그 때문에 당신을 사랑해요. 섹스란 의식이고 제의(祭儀)라고 했잖아요. 의식에는 완성이란 없어요. 완성을 기원하는 게 의식이잖아요. 아시겠어요? 의식은 완성을 기원할 뿐 완성을 장악하지

334

않아요. 괜찮아요, 내 사랑. 당신이 실패했다고 생각하지 말아요. 최고였어요. 당신과 난 충족감을 숭배하는 거예요. 알아낼 수 없는 마지막 목표를 끊임없이 기원하는 거예요. 기도하는 사람들이 하는 일도 다 그런 거잖아요?"

그러나 그는 여자의 말을 듣고 있지 않았다. 어서 말을 하고 싶다는 욕구 때문에 어떤 말도 들을 수 없었다. 그는 머리 위의 전등을 잡아 켜고 여자에게 신문 머리기사의 표제를 보여주었다. 그것이면 여자도 그 의미를 알 수 있으리라. 그는 말했다.

"당신을 위해서야. 당신을 위해서 이렇게 했소."

그들은 둘 다 웃음을 터뜨렸다. 그들은 서로 그것이 거짓말이라는 것을 알고 있었던 것이다. 여자는 말했다.

"다 얘기해 줘요. 하나도 빼놓지 말고 자세히. 벌어졌던 일 그대로를 다 알고 싶어요."

여자는 그의 음낭을 부드럽게 감싸 쥐었다. 그것은 죽은 새와도 같이 무력했다.

그는 여자에게 치밀하게 세운 계획을, 그 계획을 세우기 위해 기나긴 시간 동안 했던 생각을 자랑스럽게 얘기했다. 그는 가장 큰 문제가 무기였다고 말했다.

"쓰고 나서 버릴 무기를 찾을 것인가?"

그는 멋을 부려 질문을 던지고 나서 얘기를 계속했다.

"그렇게 하지 않기로 결정했소. 그 무기를 단서로 경찰이 나를 추적할지도 모르니까. 그래서 현장을 떠날 때 가지고 돌아올 수 있는 무기를 택했지."

"다시 쓰기 위해서요."

여자가 중얼거렸다.

"그래. 어쩌면. 그런데…… 내가 등산가라는 걸 얘기한 적 있
나? 전문가는 아니지. 아마추어에 불과해. 하지만 나에게도 등산
용 얼음도끼는 있어. 유용한 도구지만 아주 잔인한 무기가 될 수
도 있지. 단단한 강철로 만들어졌소. 한쪽에는 피톤을 박을 수 있
는 망치가 있고, 다른 쪽에는 강철 곡괭이가 달려 있지. 이런 도끼
는 수백 개나 돼. 손잡이에는 가죽이 덮여 있고 밑둥에는 생가죽
끈이 달려 있지. 사람을 죽이기에 충분할 정도로 무겁지만 감춰
가지고 다니기에는 넉넉하게 작고 가벼워. 주머니 속에 틈이 있어
서 그 안으로 손을 넣을 수 있는 그 코트 알지?"

"모를 리가 있어요?"

여자가 웃어댔다. 그 역시 웃었다.

"그래. 그 코트를 입을 수 있을 거라고 생각했소. 단추는 잠그
지 않고 그냥 걸치기만 하는 거지. 주머니를 통해 왼손을 그 틈 속
으로 집어넣어 생가죽끈을 잡아 얼음도끼를 감추는 거요. 손가락
에 생가죽끈을 걸어두기만 하면 되는 거니까. 남들에게는 절대 보
일 리가 없어. 무기를 쓸 시간이 되면 난 오른손을 코트 사이로 집
어넣어 손잡이를 잡아 그걸 꺼내기만 하면 되는 거지."

"굉장하군요."

"그게 하나의 문제였어. 나는 문제를 풀려고 노력했고 풀었지.
완벽하게 풀었소. 침착하고 냉정하기만 하면, 쓸데없이 서두르지
만 않으면 나는 몇 초 사이에 도끼를 오른손에 거머쥘 수 있지. 몇
초 사이에! 1초나 2초 사이에 말이야. 더 이상의 시간은 필요치 않
소. 그리고 일을 끝낸 다음에는 도끼는 다시 코트 자락 사이로 사

라져버리는 거야. 코트 주머니 속의 틈으로 왼손을 내밀어 손가락에 생가죽끈을 걸기만 하면 되니까."

"그 사람 눈을 봤어요?"

여자가 물었다. 그는 생각을 더듬어 말했다.

"눈? 아니. 그 얘기는 내 방식대로 해야겠군."

여자는 앞으로 몸을 굽혀 그의 가슴에 입술을 댔다. 그는 쾌감으로 눈을 감았다.

"멀리까지 가고 싶지는 않았소. 그 얼음도끼를 감춰 들고 멀리 가면 갈수록 위험은 더 많아지니까. 현장은 바로 집 부근이라야 했소. 가까워야 했지. 그래서는 안 될 이유가 뭐겠소? 낯선 사람을 죽이는 건데. 아무런 동기도 없는 범죄지. 바로 이웃이건 150킬로미터나 떨어진 곳이건 다른 점이라곤 없지. 누가 그 사건과 날 연관 지을 수 있겠소?"

"그래요. 정말 그래요."

그는 여자에게 한적한 거리를 찾아내기 위해 밤에 세 차례에 걸쳐 거리를 헤매고 다녔다고 얘기했다. 그는 가로등의 위치를 확인해야 했고, 버스 정류장과 지하철역, 경비원이 지키고 있는 건물의 로비와 폐점한 가게와 차고를 기억해 둬야 했다.

"미리 예정할 수는 없었소. 이건 우연히 완전한 기회가 포착될 때 해치워야 하는 일이라는 판단이 섰지. 순수한 기회. '순수한'. 그건 좀 우스운 말이지만, 셀리아. 하지만 기회는 순수했소. 맹세할 수 있어. 말하자면 그건 섹스와는 아무런 관련도 없었으니까. 나는 물건을 발기시킨 채 돌아다니지도 않았고, 일을 해치울 때 오르가슴을 느끼지도 않았소. 그런 일은 없었어. 날 믿소?"

"그럼요."

"정말 문자 그대로 순수했소. 맹세할 수도 있어. 종교적이었지. 나는 신의 의지였어. 그게 미친 소리처럼 들릴 거라는 걸 알지만 내 느낌이 바로 그랬소. 어쩌면 미친 짓이었는지도 모르지. 달콤한 발광. 난 지상의 신이었소. 거리의 어둠침침한 곳에서 움직이는 사람의 그림자를 발견하면 난 생각했소. 네가 그냐? 네가 희생자냐? 아아, 하느님! 그건 힘이었소!"

"아, 그래요! 그래요, 내 사랑!"

그는 그 끔찍스러운 방 안에 그녀와 함께 있을 때는 너무나 선량했다. 참으로 선해졌다. 그때 아내에게 부정을 저지른 일이 생각났다. 그 두 차례의 모험은 그에게는 흥미진진했다. 두 여자 모두 침대에서는 아내보다 빼어났다. 그렇다고 해서 그가 그 후에 아내를 덜 사랑하게 된 것은 아니었다. 오히려 부정행위를 저지른 뒤부터 알 수 없는 어떤 이유로 아내에 대한 그의 사랑과 친밀감은 더욱 커졌다. 그는 아내를 애무했고 키스했으며, 아내의 말에 더 귀를 기울였다.

지금, 셀리아에게 살인에 관한 얘기를 하면서도 그는 같은 기분이었다. 그것은 성적인 사랑을 증폭시키는 것이 아니라 애정을 부드럽게 고양시켰다. 그에게는 새로운 정부가 생겼던 것이다. 그는 셀리아의 뺨을 쓰다듬고 그녀의 손가락에 키스했다. 그녀에게 사랑의 말을 속삭였으며 그녀에게서 편안함을 맛보았다. 그가 사랑하는 또 하나의 정부를 발견했기 때문에 모든 사물 가운데에서 그녀에 대한 그의 사랑은 더욱 달콤하고 더욱 뜨거워졌다.

그는 단언했다.

"그건 누군가 다른 사람이 한 것이 아니야. 살인자가 다른 사람이 한 것 같다고 둘러대는 이야기를 들은 적이 있을 거요. 다른 존재가 그를 장악하여 그의 마음을 통제하고 그의 손을 움직이게 했다는 거지. 하지만 난 그렇지 않았어, 셀리아. 나는 그 순간처럼 나 자신의 확고부동하고 절대적인 실존감을 느낀 적이 없어. 알아듣겠소? 그것은 철저한 고독, 완전무결한 나 자신의 실존감이었지. 알아들을 수 있겠소?"

"물론이에요. 그 다음에는요?"

"그자를 내리쳤지. 우린 미소를 교환하고 서로 고개를 끄덕였어. 우린 서로 지나쳤소. 나는 오른손으로 얼음도끼를 거머쥐었지. 미리 연습한 것처럼. 그리고 그자를 내리쳤어. 소리가 났지. 그 소리가 어떠했는지는 얘기할 수 없지만 소리가 났어. 그리고 그자는 앞으로 너무나 갑자기 쓰러져버렸고. 그래서 도끼를 놓치고 말았지. 그런 일이 생기리라고는 예상하지 못했지만 두려워하지 않았어. 맙소사, 난 냉정했어. 냉혹했어! 난 허리를 굽혀 도끼를 잡아 마구 흔들어 뽑아냈지. 발로 그자의 목을 밟고, 두 손으로 도끼를 붙잡아 있는 힘을 다해 뽑아냈어! 해냈어. 난 해냈어! 그리고 그 사람 지갑을 찾아 운전면허증을 뽑아냈지. 당신에게 보여주기 위해서."

"그럴 필요는 없었어요."

"그런가?"

"그럼요. 해낸 걸로 된 거예요."

두 사람은 같이 웃음을 터뜨리며 서로를 끌어안고 더러운 침대로 밀려들어 갔다.

그는 다시 한 번 여자의 몸속으로 들어가려고 시도했으나 성공하지 못했다. 그러나 이번에는 상심하지 않았다. 그는 이미 그녀를 능가하는 존재였으니까. 그는 여자에게 그런 얘기는 하지 않았다. 여자도 벌써 그것을 알고 있을 테니까. 여자는 그의 성기를 입에 가져갔다. 그녀는 그것을 빨지도 핥지도 않았다. 단지 입에 넣었을 뿐이었다. 그것은 따뜻한 교감이었다. 그는 거의 그것을 의식하지도 못했다. 그는 그녀의 그런 행위로 인해 흥분하지도 않았다. 그는 신이었다. 여자는 그를 경배하고 있었다.

그는 꿈꾸는 듯한 어조로 말했다.

"마침내 그 밤에, 그 오렌지색 불빛 속에서 이쪽으로 걸어오는 남자를 발견했을 때, 그래서 그래 너다, 네가 바로 그다 하고 생각했을 때, 난 그 사람에 대한 애정이 솟구치는 것을 느꼈소. 난 그 사람을 사랑했지."

"사랑했다구요? 왜요?"

"모르겠어. 하지만 그 사람을 사랑했어. 그 사람을 존경했지. 그래. 정말이야. 그 사람에게 감사를 느꼈어. 그 사람이 주려는 것을 생각해 봐. 너무 큰 거야. 그걸 나에게 주는 거지. 그래서 그자를 죽였어."

"안녕, 찰스."

블랭크가 말하자 경비원은 깜짝 놀라 돌아보았다. 그의 친절한 음성과 따뜻한 미소가 어리둥절한 모양이었다.

"오늘도 해가 나겠군."

립스키는 어리둥절한 채로 대답했다.

"아, 예, 선생님. 해가 나겠네요. 신문에도 그렇게 나왔구요. 택시를 불러드릴까요, 선생님?"

"그래 주겠나?"

경비원은 거리로 나갔다. 그는 휘파람을 불어 택시를 잡아 그것을 타고 아파트 건물의 입구로 돌아왔다. 그는 택시에서 내려 블랭크를 위해 문을 잡고 섰다.

"좋은 하루 되시기 바랍니다. 선생님."

"자네도."

블랭크는 늘 하던 대로 25센트짜리 동전 하나를 건네주고 택시 운전기사에게 제이비스 버챔 빌딩의 주소를 일러주었다.

"공원을 통해서 갑시다. 그게 더 멀다는 건 알지만 시간 여유가 좀 있으니까."

"좋으실 대로."

"오늘은 햇빛이 좋겠어요."

운전기사는 고개를 끄덕거렸다.

"금방 라디오에서 그런 말을 하더군요. 기분이 퍽 좋으신 모양입니다."

"그럼요. 좋고말고요."

블랭크는 기분 좋게 대답했다.

회사에 도착하자 그는 승강기 안내원에게 인사를 건넸다.

"안녕하시오? 아주 멋진 날 아닙니까?"

"예, 이사님. 종일 날씨가 이랬으면 좋겠어요."

블랭크는 모자와 코트를 벗어 걸며 비서에게도 인사를 건넸다.

"안녕하세요, 클리크 부인? 아주 멋진 날이죠?"

"예, 이사님. 이런 날씨가 계속되면 참 좋겠어요."

"계속될 겁니다."

그는 한동안 비서를 쳐다보고 있다가 덧붙였다.

"클리크 부인, 좀 창백해 보이는데요. 무슨 일 있어요?"

그녀는 상관의 따뜻한 관심에 얼굴을 붉혔다.

"아, 아니에요, 이사님. 괜찮습니다."

"아드님은 요즘 어떤가요?"

"어제 아이한테서 편지를 받았어요. 잘 지내고 있대요. 아시겠지만 그 아인 사관학교에 다니고 있어요."

블랭크는 그건 모르고 있었다. 그러나 그는 고개를 끄덕였다.

"그런데 좀 피곤해 보여요. 금요일에 휴가를 가는 게 어떨까요? 겨울이 길어서 휴식을 취하는 게 좋겠어요."

"어머, 정말 감사합니다, 이사님. 너무 친절하세요."

"미리 알려주기만 해요. 그래야 대신 근무할 사람을 구해놓을 수 있을 테니까. 아주 멋진 옷이로군요."

그녀는 당황해서 말했다.

"고맙습니다, 이사님. 커피는 책상 위에 준비해 뒀어요. 또 위층에서 보내온 보고서도 올려놨습니다. 커피 바로 옆에요."

"무슨 보고섭니까?"

"전 읽지 않아서 모릅니다, 이사님. 봉함되어 있었고, 또 비밀 서류로 분류되어 있었어요."

"고마워요. 편지 쓸 때가 되면 종을 울리지요."

"다시 한 번 감사드립니다, 이사님. 휴가를 주셔서요."

블랭크는 웃으며 괜찮다는 몸짓을 했다. 그는 거대한 책상 앞에 앉아 커피를 마시기 시작했다. 책상 위에 놓인 커다란 서류봉투가 눈에 들어왔다. 굳게 봉함된 그것은 회장 집무실에서 온 서류였다. 겉봉에는 '기밀 사항'이라는 도장이 찍혀 있었다. 그는 봉투를 열지 않았다. 오히려 플라스틱 커피 잔을 들고 일어서서 서쪽을 향한 거대한 유리창으로 다가갔다.

정말 맑은 날이었다. 도심의 스모그는 흔적도 없이 사라졌다. 허드슨 강에 뜬 예인선과 바다로 나아가는 순양선이 훤히 내려다 보였다. 저지 해안의 도로를 따라 달리는 차량들도, 멀리 푸른 언덕들도 내려다 보였다. 모든 것이 밝게 빛났다. 새로운 세계였다. 그는 자신의 멀고 먼 미래를 들여다볼 수 있을 것 같았다.

그는 커피를 다 마시고 커피 잔 안을 들여다보았다. 하얀 포말이 눈에 띄었다. 그것은 비누처럼 미끈미끈했다. 그는 인터콤을 켰다. 클리크 부인의 음성이 들려왔다.

"예, 이사님."

"부탁 하나 들어줄래요?"

"물론입니다. 이사님."

"점심시간에. 아 물론 식사시간을 줄이지는 말아요. 먼저 이 일을 한 다음 식사시간을 연장하면 되겠지요. 택시를 타고 티파니나 젠슨 가게로 가요. 그 비슷한 곳이라도 괜찮아요. 가서 커피 잔과 찻종을 하나 사다 줘요. 도자기로 된 좋은 물건으로. 가볍고 하얀 것이면 좋겠어요. 하나씩 파는 곳도 있으니까 살 수 있을 거예요. 만일 무늬가 있는 것을 사게 되면 매력적이고 멋진 것을, 당신 마음에 드는 것을 사요. 값이 비싸다고 망설이지 말고."

"커피 잔과 찻종을요, 이사님?"

"그래요. 그리고 스푼도 하나 사요. 프랑스풍 은제 스푼이 좋겠어요. 푸른색 에나멜 도료로 무늬가 그려진 물건이 있을 거예요. 그런 거면 마음에 들 것 같은데."

"커피 잔 하나와 찻종, 그리고 스푼을 사면 되는 거지요?"

"그래요. 아, 같은 물건으로 당신 것도 사요. 두 개씩 사라구요."

"아니에요, 이사님. 저는 그런 값비싼……."

그는 엄격하게 말했다.

"두 개씩이에요, 클리크 부인. 그래서 이제부터는 매점에서 내커피를 가지고 오거든 새로 산 그 잔에다 커피를 따라서 내 책상에 가져다 줘요. 그렇게 할 수 있죠?"

"예, 이사님."

"가격이 얼마인지 잘 기억해 둬요. 가고 올 때의 택시 요금을 포함해서. 내가 직접 지불하죠. 적은 돈이 아닐 테니까."

"알았습니다, 이사님."

그는 인터콤을 끄고 회장에게서 온 봉투를 집어 들었다. 그러나 열고 싶은 욕구 같은 것은 느껴지지 않았다. 그는 겉봉을 한동안 살펴보았다. 이윽고 그는 한숨을 쉬며 봉투를 열었다. 두 장의 서류를 그는 건성건성 읽어 내려갔다. 예상했던 서류였다. 그가 제안한 사업 계획서에 대한 답변이었다. 이제 그는 그 계획에 흥미를 느낄 수 없었다. 그가 제안했던 계획은 제이비스 버챔이 발간하는 모든 잡지의 광고와 기사 지면을 결정하는 일을 앰록 II에게 맡기자는 것이었다. 답변서에는 그 제안을 일정한 한계 내에서 허용한다고 씌어 있었다. 첨부된 서류에 나열된 열 종의 잡지들에

한하여, 기간은 6개월로 한정하여 시험적으로 허용한다는 것이었다. 6개월이 지나면 제작부의 회의를 열어 사업 실적을 토의에 붙이겠다는 것이었다.

블랭크는 그 서류를 책상 한쪽으로 던져버리고 하품을 했다. 그는 이 일에 완전히 무심해지고 말았다는 것을 깨달았다. 그 서류는 한 장의 낙서나 마찬가지였다. 잠시 후에야 그는 서류를 집어 들고 사무실에서 터벅터벅 걸어 나갔다.

"컴퓨터실에 있을게요."

그는 클리크 부인의 책상 옆을 지나면서 말했고, 그녀는 그에게 아직도 고마운 기미가 남은 얼굴로 미소 지었다.

블랭크는 방진시설로 들어가 방진모자와 가운을 입고 컴퓨터실로 들어가 별동대 엑스 원을 스테인리스 스틸 책상 주위로 불러 모았다. 그는 그들에게 서류를 회람시켰다. 그 서류는 회장이 보낸 두 장의 서류 가운데 두 번째 장이었다. 그는 아직 직원들에게는 이번 계획이 일정한 한계 내에서 일정 기간 동안만 실행된다는 것을 알리지 않기로 마음먹었다.

블랭크는 일부러 열광적인 어조로 입을 열었다.

"계획대로 실행할 수 있게 됐습니다. 여기 기록된 열 개의 잡지들이 우선 대상들입니다. 프로그램을 만들기 위한 우선 순위를 정하고 싶은데, 좋은 생각 없습니까?"

블랭크의 왼쪽 사람부터 의견을 말하기 시작했다. 블랭크는 그들의 창백하고 중성적인 얼굴을 바라보며 얘기를 들었다. 그러나 그는 그들의 얘기를 한 마디도 귀담아듣지 않았다. 이따금 그는 대꾸했다.

"굉장하군."

"아주 좋아."

"그건 내가 승인을 받을 수 있도록 조처하지."

"글쎄. 안 된다고 하고 싶진 않지만……."

어떤 대꾸라 해도 아무런 차이가 없었다. 그들이 말하는 것이나 그가 말하는 것이나 다를 게 없었다. 중요한 것은 전혀 없었으니까.

중요한 일은 바로 그날부터 시작되었다고 블랭크는 생각했다. 아내와 헤어진 그날부터, 아니면 아내가 침대에서 색안경 쓰기를 거부한 그날부터. 그렇다. 어쩌면 그것은 내가 생각하는 것보다 훨씬 일찍 시작되었는지도 모른다. 다만 내가 그걸 깨닫지 못했을 뿐. 나는 색안경이나 가면 같은 건 알고 있었다. 그리고 가발과 운동, 의상과 아파트, 거울에 관해서는 나중에 알게 되었지. 몸에 사슬을 걸고 벌거숭이로 서 있는 것도. 난 그 모든 것을 알고는 있었다. 적어도 그것을 의식하고는 있었던 거지.

나에게 벌어진 일, 나에게 벌어지고 있는 일에 대해 나는 느끼고 있다. 느낀다는 것, 그것은 좋은 말이야. 그건 촉각적으로 느낀다는 것이 아니라 정서적으로 느낀다는 것이다. 현실을 포착하는 새로운 방법을, 나 자신만의 방법을 느낀다는 것. 그 이전에는, 색안경 사건 이전에는 나는 남성적이고 단선적이고 수직적인 방법으로 현실을 파악하고 정리했다. 그건 앰록 II처럼 무미건조한 일이었지. 그러나 이제는 여성적이고 수평적인 방법으로 현실을 발견하고 탐험하는 거다.

그리고 그렇게 하기 위해서는 차가운 질서, 논리적이고 지능적인 질서를 거부해야만 한다. 더욱 심오한 질서를 터득해야 하는 거야. 아직 나는 그것을 희미하게 보고 있을 뿐이야. 그러나 어딘 가에 심오하고 거대한 질서가 있다는 것은 안다. 지금까지 내가 질서라고 생각했던 것들은 편협하고 뻔하고 갑갑하고 불편한 것 이었다. 그러나 그것이 전부가 아니다. 그럴 리가 없다.

이 여성적이고 수평적인 지각 능력은 더욱 넓은 영역에 적용될 수 있고, 우주의 비논리성과 일견해서는 미친 것처럼 보이는 일들 까지도 설명할 수 있다. 그렇다 해서 이 지각 능력이 과학이나 논 리를 거부하는 것은 아니다. 그 이상의 것을 제공한다. 인간과 생 명에 관한 정서 말이다.

그러나 그게 오직 정서적인 것에 불과한 것인가? 혹은 영적인 것에 불과한 것인가? 적어도 그 지각 능력이 혼돈을 받아들일 것 을 요구하는 것만은 사실이다. 인간이나 앰록 II의 답답하고 불편 한 논리 너머에 자리 잡은 혼돈 말이다. 그래야만 그 혼돈 안에 자 리 잡은 더욱 심오하고 본질적인 질서와 논리와 핵심을 탐구할 수 있으니까. 그것은 진정 새로운 삶이다. 거짓의 진실성, 신화의 현 실성 같은 것. 그 감각은 진정한 현실을 포착하는 완전히 새로운 방식을 요구하는……

아니다. 그렇지 않다. 통상적인 지각을 성취하기 위해서는 한쪽 에 비켜서서 관찰해야만 한다. 그러나 내가 이제 들어와 있는 이 새로운 세계에서는 이 지각력을 획득하기 위하여 참가하고 공유 해야만 한다. 내가 그 최종적인, 결정적인 논리를 알고자 한다면 나 자신이 벌거숭이가 되어 돌진하지 않으면 안 된다. 나에게 용 기가 있는 한.

용기라. 셀리아에게 내가 한 얘기들, 그러니까 내가 피살자를 선택하면서 절대적 힘을 느꼈다는 것, 그때 그 남자에게 사랑을 느꼈다는 것은 모두 사실이었다. 하지만 그녀에게 얘기하지 않은 것도 있지. 그것은 공포였다. 너무도 강한 공포심. 금방이라도 오줌이 나올 것만 같은 끔찍스러운 공포심. 하지만 공포심 역시 그 일부가 아니었을까? 그 정서, 그 느낌의 일부가 아니었을까? 정서에서부터 영적인 고양감에 이르는 느낌의 일부, 셀리아가 늘 나에게 얘기하는 의식과 제의의 일부, 악의 아름다움의 일부가 아니었을까? 이것이 셀리아의 최종적 논리였을 것이다. 그러나 그것이 동시에 나의 최종적 논리일 수도 있을까? 두고 봐야지. 두고 보면 알게 될 것이다.

나는 나 자신을 열어야 한다. 모든 것을 향해서. 나는 유리와 수석이 가득 찬 차가운 집에서 성장했다. 이제 나는 따뜻하고 부드러운 사람이 되어야 한다. 그리하여 우주의 모든 것을, 선과 악을 그 폭과 넓이까지도 받아들여야 한다. 그러나 받아들이는 것만으로는 충분치 않다. 그랬다가는 피해자가 되고 말 테니까. 나는 삶의 한가운데로 뛰어들어야 한다. 그래서 그 삶의 열기가 나를 태우도록 해야 한다. 나는 변해야만 한다.

현실을 포착하기 위해서가 아니라 현실을 체험하기 위해서 그래야 한다. 그것이 바로 나의 길이다. 그렇게 했는데도 최종적 대답은 포착하기 힘들 만큼 두려운 것일지도 모른다. 그러나 내가 공포심을 정복할 수 있다면, 그리하여 죽이고 느끼고 배울 수 있다면, 나는 이 새로운 세계의 혼돈으로부터 의미를 끌어낼 수 있을 것이다. 그리하여 세상에 존재한 적이 없었던 논리를 거기에 부여할 수 있을 것이요. 그렇게 되면 나는 새로운 세계를 완전히 알게 될 것이다.

신은 존재하는 것일까?

블랭크는 셀리아의 집 티크 대문 앞에 서서 청동제 손잡이를 잡아당겨 초인종을 울렸다. 그는 손에 대가 긴 핏빛 장미를 한 아름 안고 있었다. 그는 마치 자신이 사랑하는 여자에게 구애하기 위해 실낱같은 희망을 품고 가슴 떨리는 미소를 지으며 꽃다발을 꼭 움켜쥐고 여자를 방문한 천치 같다는 생각이 들었다.

"잘 있었나, 밸린터?"

"안녕하십니까요, 선생님? 들어오시지요."

그는 문 안으로 들어섰다. 문이 그의 등 뒤에서 닫혔다. 창백한 얼굴의 키다리 집사는 그 특유의 어눌한 어조로 입을 열었다. 오늘 그 말씨에는 어눌함 외에도 슬픔이 깃들어 있다는 것을 블랭크는 곧 알아차렸다. 맥 풀린 얼굴에 흐린 눈빛은 곧 눈물을 흘릴 듯했고, 그의 음성은 장례식을 위한 예배에나 어울릴 듯 슬픔에 젖어 있었다.

"블랭크 선생님, 죄송합니다만요 먼포스 양은 떠나셨습니다."

"떠나? 어디로?"

"갑자기 부르심을 받았습지요. 급히 떠나게 된 데 대한 슬픔을 전해달라고 말씀하셨습니다요."

"빌어먹을."

"그렇습니다요, 선생님."

"언제나 돌아올 것 같나? 오늘쯤?"

"모르겠습니다요, 선생님. 토니 군은 서재에 있습니다. 선생님이 가보시면 좋아할 것입니다요."

"아, 알았네."

토요일 정오였다. 블랭크는 셀리아와 함께 느긋하게 점심을 먹고 쇼핑을 한 다음, 머튼네 가게 '에로티카'에나 들르려고 계획했다. '에로티카'는 토요일 오후면 언제나 사람들로 가득 차 있었고, 그런 손님들을 위해 여흥이 베풀어졌다. '에로티카'에서 나온 다음에는 영화를 볼 수도 있을 것이요, 저녁을 먹고……. 그리고 그 다음에는 뭐든 할 수 있었으리라. 철저하게 계획을 세우지 않았을 때 가장 멋진 데이트를 할 수 있는 법이라고 그는 생각했다.

소년은 술이 달린 소파에 노곤한 모습으로 앉아 있었다. 그 아름다움이란!

"댄!"

소년은 소리치며 손을 내밀었다. 그러나 블랭크는 방을 건너가 소년의 맥없는 손을 마주 잡지는 않았다. 그는 팔걸이가 달린 소파에 앉아 소년을 바라보며 장미를 20달러나 주고 샀다는 사실을 상기했다. 그에게는 그것이 제법 재미있는 아이러니라고 여겨졌다.

토니는 손톱을 내려다보며 말했다.

"셀리아가 말했어요. 대신 용서를 빌어달라구요."

"그건 밸린터가 벌써 했어."

"밸린터가요? 쳇. 한잔 하세요."

그러자 어느 틈엔지 밸린터가 나타났다. 그는 허리를 조금 숙이고 서 있었다. 블랭크는 말했다.

"아니야. 고맙네만 술을 마시기엔 너무 이른 시간이야."

소년은 막무가내였다.

"그러지 마세요. 보드카 마티니면 좋잖아요? 얼음과 레몬즙을 넣어서. 그렇죠?"

블랭크는 잠시 생각해 보다가 대답했다.

"좋아."

블랭크의 얼굴에 웃음이 떠올랐다.

"아드님께는 뭘 갖다 드릴까요?"

웨이터가 묻자 블랭크와 토니는 같이 웃음을 터뜨렸다.

"아들이라구? 그래, 내 아들은 뭘 먹는 게 좋을까?"

블랭크는 토니를 바라보며 말했다.

그들은 프랑스 식당에 들어와 있었다. 별로 좋지도 나쁘지도 않은 곳이었다. 그들은 그런 것에는 상관하지 않았다.

토니는 굴과 개구리 다리, 치즈 드레싱 샐러드를 주문했다. 블랭크는 작은 스테이크와 기름과 식초로 양념을 한 양상치를 주문했다. 두 사람은 마주 보고 웃음을 지었다. 토니는 손을 뻗어 블랭크의 손을 잡으며 웅얼웅얼 말했다.

"고마워요."

블랭크는 부르고뉴 포도주를 마셨고 토니는 '셜리 템플'이라는 이름의 음료수를 마셨다. 소년의 무릎이 그의 무릎에 닿았으나 블랭크는 피하지 않았다. 이 기묘한 연극이 결국 어떤 식으로 막을 내리는지 따라가 보고 싶은 생각이 들었던 것이다.

"커피도 마시니? 학교는 안 다녀?"

블랭크가 묻자 토니는 피로하기 이를 데 없다는 몸짓을 할 뿐이었다.

그들은 매디슨로를 거닐었다. 이따금 두 사람의 손이 스쳤다. 남성복 매장 쇼윈도 앞에 멈춰 선 두 사람은 미소 지으며 서로를 마주 보았다.

"아."

토니가 감탄사를 토해냈다. 블랭크는 소년을 내려다보았다. 소년은 햇빛 아래 서 있었다. 반짝이는 얼굴, 거의 빛나는 것 같은 모습이었다. 정말 아름다운 소년이었다.

"한번 들어가볼까?"

블랭크는 말했다. 그들은 안으로 들어갔다.

나중에 가게에서 나오면서 토니는 매혹적인 웃음을 지으며 블랭크를 바라보았다.

"정말 고마워요. 나 때문에 돈을 너무 많이 썼어요."

"그런가?"

"부자예요, 댄?"

"아니다. 부자는 아니야. 하지만 이런 정도는 큰 부담은 아니지."

"이 핑크색 스웨터가 나한테 어울릴 것 같아요?"

"물론이지. 기막히게 어울릴 거다."

"난 그 그물 같은 짧은 반바지가 마음에 들었어요. 하지만 제일 작은 사이즈도 나한테는 너무 컸을 거예요. 셀리아는 내 속옷을 전부 여자 속옷 가게에서 사줘요."

"그래?"

그들은 좁은 풀밭 한가운데 있는 벤치에 앉아 있었다. 벤치를 놓기에는 기묘한 장소였다. 토니는 블랭크의 왼쪽 귓바퀴를 손가락으로 매만졌다. 그들은 늙은 흑인 한 사람이 끈질기게 연을 날리는 것을 바라보았다. 토니가 물었다.

"댄, 내가 좋아요?"

블랭크는 자신이 두려움을 느낄 만한 여유를 주지 않았다. 그는 몸을 돌려 소년의 부드러운 입술에 키스했다.

"물론 좋아하고말고."

토니는 블랭크의 손을 잡아 그 손바닥에 자신의 손가락으로 끊임없이 원을 그렸다.

"변했어요, 댄."

"내가?"

"그래요. 처음 아저씨가 셀리아를 만나러 나타났을 때는 자신 속에 너무 단단히 갇혀 있었어요. 하지만 이제는 밖으로 나온 것 같이 느껴져요. 얼굴에 미소가 자주 떠올라요. 때로는 큰 소리로 웃기까지 하죠. 전에는 그러지 않았어요. 석 달 전이었다면 나한테 결코 키스하지 않았을 거예요. 그렇지 않아요?"

"아마 그럴 거다. 토니, 이제 돌아가는 게 좋겠다. 밸린터가 이미……."

토니는 밥맛없다는 듯 투덜거렸다.

"밸린터라구요? 쳇! 그 사람은 오직……."

토니는 곧 입을 다물었다.

밸린터는 집 안 어디에도 보이지 않았다. 토니는 안으로 들어가기 위해 가지고 다니던 열쇠로 현관문을 열어야 했다. 블랭크가 가지고 왔던 장미는 현관 탁자 위의 도자기 꽃병에 꽂혀 있었다. 블랭크는 그 장미 향기 외에 또 다른 향기를 맡았다. 그것은 셀리아가 쓰는 향수 냄새였다. 동양적인 엷고 칙칙한 향기였다. 블랭크는 아까 정오에 왔을 때는 이곳에서 그 향수 냄새를 맡지 못했다는 것이 기이하게 여겨졌다.

토니는 그의 손을 잡더니 단호한 걸음으로 콧노래까지 부르며 계단을 올라가 위층의 방으로 들어갔다. 그 방 안에도 셀리아의 향수 냄새가 떠돌았다.

블랭크는 이미 새로운 세계를 파악하기로 다짐하고 있었다. 그뿐만이 아니었다. 그는 저 새로운 인생의 뜨거운 심장 속으로 벌거숭이가 되어 돌진하기로 다짐했다. 프랭크 롬바드를 죽인 것은 그에게는 거대한 지각 변동과도 같았다. 그로 인해 그에게는 거대한 균열이 생겼다. 마치 지진으로 인해 저 견고하고 단단한 지상에 균열이 생겨 푸른 하늘을 향해 거대한 구덩이가 생긴 것과 같았다.

블랭크는 벌거숭이가 되었다. 아름다운 소년 역시 벌거숭이가 되어 분홍빛 피부를 드러냈다. 블랭크가 추구하던 그 느낌이 훨씬 더 빠르고 쉽게 다가왔다. 자신의 그런 느낌에 대한 두려움은 이미 호기심과 갈증으로 변했다. 그는 자신의 내면에 자리 잡은 새로운 구석을 탐색했다. 그것은 너무나 달콤하고 부드러웠다. 그것은 희생당하고 싶은 욕구와 사랑에 대한 갈망이었다. 이제까지 그의 인생에 부족한 것이 무엇이었든, 그는 그것을 찾아내 움켜쥐기로 이미 결심한 것이다. 인생을 새로운 빛으로 조명할 정서와 감정들, 인생의 신비와 목적을 제시해 줄 그 뜨겁고 향기로운 것들로 그 자신을 채우기로 결심했다.

소년의 몸은 마치 뜨거운 천 같았다. 눈꺼풀은 벨벳이었고, 엉덩이는 실크였다. 소년의 두 다리 사이의 살갗은 매끄러운 비단결이었다. 그 어린것을 이용한다는 것이, 그 어린것에게 쾌감을 주고 그 어린것으로부터 쾌감을 얻는다는 것이 지금 이 순간에는 그에게 살인에 못지않게 중요한 일이었다. 그것은 인생에서 그 자신을 확장시키기 위한 또 하나의 적극적 의지였다.

블랭크는 멀리에서 희미하게 들려오는 여자의 웃음소리를 들은 것 같았다. 그리고 다시 한 번 그 먼지투성이 매트리스 위에서 몸부림치는 동안 셀리아의 향수 냄새를 맡았다.

얼마 후 그는 소년의 몸을 두 팔로 끌어안고 입술로 소년의 얼굴에 흐른 눈물을 닦아주었다. 그것은 고통의 눈물이었으나 동시에 쾌감으로 인한 눈물이었다. 또한 그것은 새로운 종류의 포도주였다. 그는 그들이 그로서는 알 수 없는 어떤 이유 때문에 자신을 조종하고 있는 것이라고 생각했다. 그것은 얼마든지 가능한 일이었다. 있을 법한 일이었다. 그러나 그것은 중요치 않았다. 그것이 무엇인지는 모르지만 어떤 이유든 틀림없이 이기적인 이유일 것이기 때문이었다.

순간적으로 블랭크는 깨달았다. 셀리아의 교묘한 말솜씨, 제의에 관한 그녀의 길고 긴 연설, 제의에 대한 그녀의 사랑, 악을 이상화하는 그녀의 생각, 그 모든 것들에서는 자기중심적인 악취가 풍겼다. 그 밖에는 다른 설명이 있을 수 없었다. 셀리아는 자신을 남들로부터 분리시킬 수 있는 방법을 찾고 있었다. 그녀 자신을 분리시키는 한편 좀 더 우월한 자리에 설 수 있는 길을 모색하고 있었다. 그녀는 세계를 정복하기를 원했다. 그녀는 어쩌면 블랭크를 벌써 그 계획표 안의 한 항목으로 편입시켰는지도 모른다.

그러나 블랭크가 그 계획표에 편입되었든 아니든 그를 해방시킨 것은 셀리아였다. 그리고 그녀는 머지않아 블랭크가 그녀를 뛰어넘어 버렸다는 것을 알게 될 것이다. 셀리아의 이기적인 동기가 무엇이든 그는 자신의 고유한 임무를 완성할 것이다. 그것은 인생을 정복하는 것이 아니라 인생과 하나가 되는 것이었다. 인생에 접근하여 그것을 끌어안는 것이었다. 인생을 느끼고 그것을 사랑하며 마침내 인생의 아름다운 불가사의를 깨닫는 것이었다. 앰록 II가 사물을 파악하는 그런 방식이 아니라 그의 심장으로, 내장으로, 생식기로 인생을 파악하는 것이었다. 그리하여 인생 자체의 비밀스러운 공유자가 되고 우주와 하나가 되는 것이었다.

프랭크 롬바드의 두개골에서 얼음도끼를 빼낸 뒤에 블랭크는 규칙적인 걸음으로 집을 향해 걸었다. 그는 오른쪽도 왼쪽도 돌아보지 않았다. 의도적으로 아무 생각도 하지 않았다. 그는 근무 중인 경비원에게 늘 하던 것처럼 친밀하게 고개를 끄덕인 다음 자신의 아파트로 올라갔다. 아파트 안에 들어선 다음에야, 문을 걸어 잠그고 사슬을 건 다음에야 그는 코트도 벗지 않은 채 벽에 기대서서 두 눈을 감고 심호흡을 하여 숨을 가다듬었다.

그러나 아직도 해야 할 일이 있었다. 그는 얼음도끼를 변기 안에 늘어뜨리고 서서 세 차례 물을 내려 도끼를 씻었다. 그렇게 하여 도끼머리에 묻어 있던 피와 날 아랫부분의 톱니 사이에 끼어 있던 회색 이물질을 씻어냈다.

그는 벌거벗은 몸으로 부엌으로 가서 커다란 냄비에 물을 담아 끓이기 시작했다. 그것은 평소에 스파게티와 스튜를 만들 때 쓰는 냄비였다. 그는 초조히 물이 끓기를 기다렸다. 아직도 자신이 한 짓에 대해 생각하지 않았다. 그는 어서 일을 끝내고 싶었고, 앉아서 쉬고 싶었고, 자신의 반응을 관찰하고 싶었다.

물이 펄펄 끓기 시작했다. 블랭크는 도끼를 머리 부분부터 물속에 담그기 시작하여 손잡이 부근의 가죽까지 물속에 넣었다. 예리한 금속 부분이 깨끗이 소독되었다. 그는 도끼를 물 속에서 휘저으면서 세 차례에 걸쳐 같은 일을 반복했다. 그러고는 가스불을 끄고 도끼의 머리를 차가운 물에 식혔다.

도끼가 식어서 만질 수 있게 되자 블랭크는 그것을 주의 깊게 살펴보았다. 그는 작은 나이프를 꺼내어 손잡이 부분을 감싸고 있는 가죽을 들어 올려 들여다보기도 했다. 아무런 흔적도 없었다. 가죽 안으로 흘러 들어간 물질은 아무것도 없었다. 도끼에서는 강철과 가죽 냄새만 풍겼다. 도끼는 오직 금속빛을 반사할 뿐이었다.

그는 부엌 찬장에서 재봉틀 기름통을 꺼내 맨손에 기름을 묻혀 도끼의 표면을 문질렀다. 그 다음 종이타월로 남은 기름을 문질러 닦았다. 그는 종이타월을 쓰레기통에 집어넣었다가 도로 꺼내 변기로 가져가서 불을 붙여 태웠다. 얼음도끼 표면에는 번쩍이는 기름막이 엷게 덮였다. 그는 그 도끼를 배낭과 아이젠을 넣어두는 복도의 옷장 안에 보관했다.

그 다음에야 블랭크는 욕실로 가서 아주 뜨거운 물을 틀어놓고 그 아래 서서 깨끗이 샤워를 했다. 손과 손톱은 작은 솔로 씻었다. 몸의 물기를 닦아낸 다음 그는 화장수를 바르고 분을 뿌렸고, 짤막한 일본식 욕의(浴衣)를 입었다. 그것은 진한 푸른색에 연한 푸른색 두루미가 그려진 옷이었다. 그는 작은 잔에 브랜디를 따라 들고 거실로 들어갔다. 거울이 붙은 벽 앞에 놓인 소파에 앉자 그는 비로소 웃음을 터뜨렸다.

그제야 그는 자신이 한 일을 떠올렸다. 이제 그렇게 해도 좋겠다는 판단이 섰던 것이다. 얼마나 사랑스러운 꿈인가. 그는 자신이 오렌지색 불빛 속을 걸어 피해자를 향해 다가가는 것을 보았다. 그는 미소 짓고 있었다. 코트는 열려 있었고, 왼손은 코트 주머니 속의 열린 틈 사이에 꽂혀 있었으며, 오른손은 자연스럽게 흔들리고 있었다. 오른손 손가락을 딱딱 튀겨댔던가? 그랬을지도 모른다.

미소. 묵례. 그가 재빨리 돌아서서 내리쳤을 때 뜨겁게 솟구치던 피. 그 소리. 블랭크는 그 소리를 기억했다. 그 사람은 엄청난 기세로 앞쪽으로 고꾸라졌다. 그 힘이 블랭크의 손아귀에서 도끼를 빼앗아갔고, 그로 인해 그의 몸이 앞쪽으로 비틀거렸다. 그는 재빨리 얼음도끼를 빼내 사방을 둘러보고 나서 지갑을 꺼냈다. 그리고 차분한 걸음으로 집으로 돌아왔다.

그랬다. 그런데…… 그는 무엇을 느꼈던가? 뭐니 뭐니 해도 그가 가장 먼저 느낀 것은 엄청난 자랑스러움이었다고 생각했다. 그것은 중요했다. 무엇보다도 그것은 참으로 힘들고 위험한 작업이었고, 그는 그 일을 해낸 것이다. 그것은 힘들고 위험한 암벽 등반, 그러니까 뛰어난 기량과 육체적 강인함은 물론이요 철저한 계획을 필요로 하는 기술적인 등반과 크게 다르지 않은 작업이었다.

그러나 가장 경이로웠던 것은, 그를 완전히 경이에 몰아넣은 것은 무엇보다도 그 친밀감이었다! 그가 셀리아에게 피살자에 대해 사랑을 느꼈다고 말한 것은 그 친밀감에 대한 작은 암시에 불과했다. 그녀가 어떻게 그것을 이해할 수 있으랴. 도대체 이 세상에서 어떤 사람이 다른 한 사람의 존재 자체를 박탈하면서, 단 한 차례의 억센 도끼질을 하는 사이에 피살자의 사랑과 증오와 공포와 희망과 나아가서는 영혼 자체를 모두 읽을 수 있다는 것을 이해할 수 있으랴.

아! 그것은 엄청난 것이었다. 다른 사람에게 그처럼 가까워질 수 있다는 것은. 아니, 그저 가까워지는 정도가 아니었다. 하나가 되는 것이었다. 옛날에 블랭크는 아내에게 웃으면서 여자 하나를 찾아내어 셋이서 벌거벗고 한 침대 안에 들어가면 어떻겠느냐고 슬쩍 제안한 적이 있었다. 그렇게 제안하면서 그가 상상했던 제2의 여자는 아무 소문도 내지 않을 정도로 눈치 빠른, 마른 흑인 여자였다. 그러나 아내는 그의 제안을 이해하지 못했다. 그가 제안하는 바가 무슨 뜻인지도 알지 못했다. 만일 아내가 그것을 이해했다 하더라도 아내는 그것을 다만 그의 타락한 취미라고 생각했을 것이다. 한 남자와 두 여자가 벌거벗은 채 한 침대에서 놀아나다니!

그러나 그 제안은 섹스와는 아무런 상관도 없었다. 제안 자체가 전부였다. 블랭크는 아내와 함께 사랑할 수 있는 여자를 바란 것뿐이었다. 그것이 그들 사이에 새롭고 무한히 달콤한 친밀감을 불러일으킬 것이라고 생각했다. 만일 그와 아내가 제2의 여자와 함께 침대에 들 수 있다면, 그리하여 둘이 같이 그 여자의 단단한 젖꼭지를 핥고 애무하여 그와 아내의 입술이 다른 사람의 몸뚱이 위에서 마주친다면, 그렇게만 되어준다면……. 그럴 수만 있다면 그 자체가 얼마나 진하고 얼마나 뜨거운 친밀감인가. 그는 생각만으로도 눈물이 맺힐 것 같았다.

그러나 이제는, 이제는! 자신이 할 일을 다시 한 번 상기하면서 블랭크는 고양된 친밀감을, 다른 존재 속으로 파고드는 기분을, 다른 사람 속으로 녹아드는 기분을 느꼈다. 그것은 사랑과는 비교도 할 수 없는, 사랑보다 훨씬 더 뜨겁고 친밀한 감정이었다. 그가 프랭크 롬바드를 죽였을 때 그는 프랭크 롬바드가 되어버렸던 것이다. 그리고 피살자 프랭크 롬바드는 대니얼 블랭크가 되었던 것이다. 그들은 서로 결합하여 녹아버렸다. 마치 우주를 유영하는 두 사람의 우주비행사처럼 끝이 보이지 않는 우주의 복도를 헤엄쳐 가는 것이다. 천천히 몸을 뒤집으면서, 몸을 틀면서 떠도는 것이다. 영원에 이르기까지. 그들은 결코 부패하지 않는다. 절대로 멈추지도 않는다. 그들은 오직 정열의 포로일 따름이었다. 영원히.

대니얼 블랭크는 플로렌스와 새뮤얼이 같이 있는 것을 볼 때마다 언젠가 본 적이 있는 바다수달의 일생에 관한 영화를 상기했다. 그 아기 수달들! 아기 수달들은 서로 코를 비벼대고, 몸뚱이를 더듬고, 까불고, 장난질을 쳤다. 머튼 부부는 검은 머리칼을 마치 헬멧처럼 보이게 기름을 발라 다듬은 머리 모양을 하고 있었는데, 그것은 정말 틀림없는 펠트 가죽처럼 보였다. 블랭크는 그들을 볼 때마다 저절로 마음속에서 흐뭇한 웃음이 떠오르곤 했다.

　머튼 부부는 블랭크의 아파트 소파에 앉아 있었다. 그들이 같이 스카치 위스키를 한잔 마셔야겠다고 고집을 부렸던 것이다. 그러나 블랭크는 벌써 그들의 빈 잔에 네 번이나 스카치 위스키를 따르고 있었다. 그들 부부는 검은 가죽점퍼를 입고 있었다. 그들의 반짝이는 눈과 담비 같은 모습은 생기로 가득했다. 그들은 넘치는 호기심을 어찌 할 줄 몰랐다.

　머튼 부부는 인생살이의 내밀한 속내를 언제라도 세세히 드러낼 준비(준비라고? 아니, 그들은 그렇게 드러내는 것을 열렬히 좋아했다.)를 하고 있는 사람들이었기 때문에 친구들도 똑같으리라고 생각했다. 그들은 요즘 블랭크와 셀리아의 사랑이 어떻게 되어가는지를 알고 싶어 했다. 두 사람은 이제 육체적으로 친밀해졌는가? 육체관계는 만족스러운가? 블랭크가 그녀에 대해 뭔가 새로운 것을 알아낸 것은 없는가? 그것을 머튼 부부도 알아야 하는 것 아닌가? 그 집에서 앤서니의 역할은 도대체 무엇인가? 밸린터는 또 무엇인가?

　블랭크는 일반적인 대답을 하면서 신비스러운 미소를 지으려고 노력했다. 그러자 그의 제한적인 답변에 실망한 머튼 부부는 마주 보고 앉더니 마치 이 아파트에 블랭크는 없고 자기네만 있는 것처럼 둘이서 대니얼에 관한 토론을 시작했다. 블랭크는 전에도 그들 부부에게 이런 대접을 받은 적이 있었다.(머튼 부부의 질문에 온전히 답하지 않은 모든 친구들이 이런 대접을 받았다.) 블랭크는 그것이 재미있는 경험이라고 생각한 적도 있었다. 그러나 이번에는 불편했다. 아니, 거의 불안하기까지 했다. 그들이 입에 올리는 화제에는 어떠한 제한도 없다는 것을 그는 알고 있었다.

새뮤얼은 플로렌스에게 말했다.

"대니얼 같은 남자가 어떤 특정한 여자와의 성적인 관계가 만족스러운지 직접적으로 질문을 받는 경우에는 언제나 이런 식으로 대답하는 법이야. '내가 어떻게 알겠나? 난 그 여자와 아직 잔적이 없는데.' 그런 대답이 의미하는 바는 '그의 말은 사실이다. 그는 아직 그 여자와 동침하지 않았다.' 혹은 '그의 말은 거짓이다. 그는 다만 여자의 명예를 보호하려는 것뿐이다.' 지. 그렇지?"

플로렌스는 진지하게 고개를 끄덕거렸다.

"그럴 거야. 아니면 '섹스가 너무 형편없기 때문에 그에 대해 언급하고 싶지도 않다. 왜냐하면 그가 실패했거나 그 여자가 실패했기 때문이다.' 혹은 '섹스는 너무나 매혹적이고 너무나 멋있었다. 그래서 말하고 싶지 않다. 그 멋진 추억을 혼자서만 간직하고 싶기 때문이다.' 그렇죠?"

블랭크는 웃음을 터뜨렸다.

"이것 봐. 그만둬. 난 이거……"

새뮤얼이 가로막았다.

"알았어. 잠깐 기다려. 그런데 대니얼 같은 남자가 '그 여자와의 섹스가 어땠어?'라는 질문에 대해 '좋았어.' 하고 대답하는 경우에는 그것을 어떻게 해석해야 할까? 그 여자와 잔 것은 사실이지만, 그저 그랬다?"

플로렌스가 대답했다.

"블랭크는 우리가 그렇게 생각하기를 바라는 것 같아. 뭔가 감추고 있다는 생각이 들어. 그렇지 않아?"

"맞아. 그게 뭘까? 그가 아직 시도해 보지 않은 어떤 행동?"

"심리적으로 보면 일리가 있는 얘기로군. 댄은 벌써 육체적으로 정신적으로 자신보다 열등한 여자와 몇 년 동안 결혼생활을 한 경험이 있는 사람이야. 그렇지?"

"그래. 그 기간 동안에는 섹스가 그저 관례화되어 있었을 거야. 습관적이었겠지. 그러다가 갑자기 별거하고 이혼을 하게 됐어. 그는 새로운 여자를 찾아 두리번거렸어. 하지만 확신을 가질 수 없었지. 어떻게 여자를 다뤄야 하는지를 잊어버렸으니까."

플로렌스가 동의했다.

"바로 그거야. 그는 자신에 대해서도 확신을 가질 수가 없었지. 어쩌면 거부당할지도 모른다는 것이 두려웠을 거야. 뭐니 뭐니 해도 대니얼은 미치광이 강간자는 아니니까. 게다가 만일 거부당한다면 결혼이 실패에 그치고 만 것이 자기 잘못이었다고 생각하게 될 거야. 그런데 그의 자아는 그것을 받아들일 수가 없는 거지. 그러니까 대니얼의 경우, 이 여자에게 아주 조심스럽게 접근했을 거야. 걱정스러웠던 거지. 걱정에 찬 남자가 구애에 성공하는 경우를 본 적 있어?"

새뮤얼은 단정적으로 대답했다.

"한 번도 없어. 성공적인 섹스란 언제나 공격적이어야만 해. 남성 쪽에서의 공격, 또는 여성 쪽에서의 항복."

"여성 쪽에서의 항복은 남성 쪽에서의 공격이라는 방법에 못지않게 유효하지."

"물론이지. 당신 그걸 읽은 기억이 날 거……."

블랭크는 그들의 놀이에 싫증이 나서 부엌으로 갔다. 그는 잔에 보드카를 따랐다. 그가 거실로 돌아왔을 때에도 그들은 여전히 같은 애기를 계속하고 있었다. 그들의 음성은 아까보다 더 컸다. 그때 초인종이 울렸다. 그들 부부는 깜짝 놀라 입을 다물었다. 이제 예상하지 않았던 갑작스러운 초인종 소리나 노크 소리는 대니얼 블랭크에게 불안감을 주기에 충분했다. 그러나 그는 불안감을 감추고 자신을 통제하는 데 성공했다. 그는 침착하게 행동했다.

"누구지?"

그는 누구에게랄 것도 없이 중얼거리며 소파에서 일어나 현관문으로 갔다. 문 앞에서 그는 문구멍을 통해 밖을 내다보았다. 여자의 머리칼이 보였다. 기다란 금발이었다. 패드를 넣은 코트의 어깨도 엿보였다. 하느님 맙소사, 그것은 길다였다. 길다가 여기 웬일로 나타난 것일까?

그러나 블랭크가 사슬을 풀고 문을 열었을 때 나타난 것은 길다가 아니었다. 아니, 길다였고 동시에 길다가 아니었다. 블랭크는 놀라 그 여자를 쳐다보았다. 무슨 일이 벌어진 것인지 알아내기 위해 그는 노력했다. 그 여자도 블랭크를 똑바로 쳐다보았다. 블랭크가 깜짝 놀라 입을 딱 벌린 순간 그 여자는 웃음을 터뜨렸다. 그 여자는 셀리아 먼포트였다.

셀리아라니! 그녀는 어깨에 닿는 기다란 금발 가발을 쓰고 있었다. 금발 끝부분은 위로 조금씩 말려 있었다. 얼굴에는 진하게 화장을 했고 입술에도 주홍색 립스틱을 바르고 있었다. 보잘것없는 트위드 상의와 구겨진 블라우스. 너무 큰 진주가 달린 목걸이. 진홍색 매니큐어. 패드를 넣은 것이 분명해 보이는 브래지어.

셀리아는 블랭크의 옛 아내를 실제로 본 적도 없고 사진을 본 적도 없었다. 그런데도 놀랄 만큼 흡사한 모습이었다. 몸집도 길다처럼 컸고 건강한 안색도 그대로였으며, 자신만만한 몸짓과 팔꿈치와 어깨를 으쓱 치켜 올리는 버릇도 길다와 똑같았다.

"하느님 맙소사! 정말 똑같아!"

블랭크는 경탄했다.

"비슷해 보여요?"

"믿기 어려울 정도야. 하지만 왜 이런 짓을 한 거지?"

"글쎄요. 그저 재미로요. 토니가 말한 대로예요. 당신이 좋아할 거라는 생각이 들었어요."

"좋아. 정말 좋아. 정말 길다하고 똑같군. 당신은 배우가 될 걸 그랬어."

"난 배우예요. 언제나. 들어오라는 말도 안 해요?"

"아, 들어와요. 잠깐만. 머튼 부부가 와 있소. 당신을 길다라고 소개하지. 어떤 반응을 나타내는지 보고 싶군."

블랭크는 셀리아를 거실로 데리고 들어가서 "길다가 왔어요." 하고 외친 다음 옆으로 물러섰다. 뒤에 서 있던 셀리아가 나타났다. 그녀는 머튼 부부를 웃는 얼굴로 바라보며 서 있었다.

새뮤얼은 벌떡 일어서며 소리쳤다.

"길다! 정말 오랜만……"

그는 말하다 말고 입을 다물었다. 플로렌스도 마찬가지였다. "길다!" 하고 말하다 굳어버렸다. 셀리아와 블랭크는 웃음을 터뜨렸다. 잠시 후에야 머튼 부부도 같이 웃기 시작했다.

플로렌스는 다가와 셀리아를 끌어안았다. 그녀는 셀리아의 어깨와 등을 만졌다. 플로렌스는 남자들에게 말했다.

"패드를 넣었어요. 젖가슴은 스펀지구요. 셀리아, 당신 정말 세밀하게도 궁리했군요."

"닮았어요?"

"닮아요? 너무나 똑같아요. 화장까지도요."

새뮤얼의 말이었다. 플로렌스도 대답했다.

"완벽해요. 손톱까지도. 어떻게 그렇게 할 수 있었어요?"

"추측이죠."

셀리아가 말하자 블랭크는 덧붙였다.

"멋진 추측이었어. 하지만 이젠 옷을 벗고 편히 앉지 그래?"

"아니에요. 나는 이게 좋은걸요."

"알았어. 보드카 들겠소?"

"예. 주세요."

블랭크는 부엌으로 가서 그들 모두를 위해 술을 준비했다. 그가 거실로 나왔을 때 셀리아가 스탠드 램프 하나만을 남겨두고 나머지 거실의 불을 꺼버렸다는 것을 알게 되었다. 희미한 불빛 아래 있는 그녀는 더욱 길다처럼 보였다. 너무나 비슷해서 소름이 끼칠 정도였다. 소파에 똑바로 앉은 모습도, 등을 꼿꼿이 세운 자세도, 두 다리로 굳게 바닥을 딛고 선 모습도, 넓적다리의 살 때문에 단정한 자세를 취하기가 어려운 듯 무릎을 조금 벌리고 있는 모습도 너무나 길다와 똑같았다. 블랭크는 그 모습에서 뭔가를 느꼈다.

플로렌스와 새뮤얼이 차례로 물었다.

"왜 변장을 했어요?"

"목적이 뭐죠?"

셀리아 먼포트는 금발 가발을 매만지며 은밀한 웃음을 지었다.

"변장하고 싶다고 생각해 본 적 없어요? 모든 사람들이 그런 생각을 하잖아요. 자신으로부터 벗어나고 싶은 욕구는 누구에게나 있는 법이에요. 직장도 집어치우고, 남편이나 아내나 가족을 버리고, 집을 떠나고, 모든 소유물을 버리고 가능하기만 하면 완전히 벌거벗은 채로 다른 거리로, 다른 도시로, 다른 나라로, 다른 세계로 탈출하여 완전히 다른 사람이 되는 거 말이에요. 새로운 이름으로, 새로운 존재로, 새로운 욕구와 취미와 희망으로 살아가는 거예요. 완전히 다른, 완전히 새로운 존재가 되는 거죠. 어쩌면 그것은 나쁜 삶이 될 수도 있고, 더욱 좋은 삶이 될 수도 있어요. 아무튼 색다른 맛일 거예요. 사람은 누구나 그런 기회를 만들 수 있어요. 그저 기회에 불과한 거지만요. 새로운 환경 속에서 다시 태어나는 것처럼요. 그렇지 않아요, 대니얼?"

그는 열렬히 고개를 끄덕거렸다.

"그래, 그래요."

"난 동의하지 않아. 난 지금의 내가 좋아."

새뮤얼의 말이었다. 플로렌스도 말했다.

"나도 지금의 내가 좋아. 게다가 사람이란 결코 진정으로 변할 수는 없는 법이거든."

"그럴까요? 정말 따분하겠군요."

그들은 사람이 진정으로, 본질적으로 변할 수 있는지에 대해 토론하기 시작했다. 블랭크는 머튼 부부가 그처럼 단정적으로 그 가능성을 부정하는 것을 보면서 음산한 위기를 의식했다. 자신의 내면에서 치솟는 욕구 때문이었다. 그는 입술에 차가운 조소를 머금은 채 침착하고 조용하게 말해 주고 싶었다.

"난 변했어. 프랭크 롬바드를 죽였거든."

블랭크는 그 유혹을 뿌리쳤다. 그러나 잠시 동안 미련을 품고, 그 위험을 즐기면서 생각해 보았다. 그는 말은 하지 않은 채 이렇게 생각하는 것만으로 만족하기로 했다.

'자네들이 아직 모르는 걸 난 알고 있지.'

뚜렷이 이유를 알 수는 없었으나 이런 어린아이 같은 생각을 하는 사이 블랭크는 머튼 부부가 더없이 사랑스러워지는 것을 느꼈다.

차츰 그들 사이에서 화젯거리가 떨어졌다. 블랭크는 커피를 내놓았다. 커피를 마시는 동안 모두 침묵을 지켰다. 보이지 않는 신호를 교환하기라도 한 듯 플로렌스와 새뮤얼은 동시에 일어섰다. 그들은 블랭크에게는 재미있는 시간이었다며 고맙다고 치하하고, 셀리아에게는 그녀의 놀라운 연출과 연기력에 반했다고 말한 다음 떠났다. 블랭크는 문을 잠그고 사슬을 걸었다.

그가 거실로 돌아왔을 때 셀리아는 서 있었다. 두 사람은 서로를 힘껏 끌어안고 키스했다. 블랭크의 혀가 셀리아의 진한 립스틱을 핥았다. 그는 셀리아가 엉덩이에도 패드를 붙였다는 것을 알게 되었다.

"이걸 벗을까요?"

"아니, 그게 좋아."

두 사람은 재떨이를 비우고 잔들을 부엌 싱크대로 날랐다. 블랭크가 물었다.

"자고 갈 수 있어?"

"그럼요."

"잘 생각했어."

셀리아는 욕실로 들어갔다. 블랭크는 집 안을 돌아다니며 창문을 닫아걸고, 불을 껐다. 거실로 돌아오면서 그는 벽면에 붙은 거울들 속에서 자신의 모습이 조각나서 이리 뛰었다가 저리 사라지고, 이리 사라졌다가 저리 나타나는 모습을 보았다.

그가 침실로 들어서자 셀리아는 그를 바라보며 침대 위에 조용히 앉아 있었다.

"무얼 원하세요?"

그녀는 진지하게 물었다. 블랭크는 성급하게 대답했다.

"가발을 그대로 쓰고 있어. 브래지어와 거들도. 아무튼 뭐든지 그대로. 윗도리하고 블라우스는 벗고 싶겠지?"

"속치마는요? 스타킹은?"

"벗어버려."

"목걸이는요?"

"그건 하고 있어. 잠옷 줄까? 실크 잠옷이 있는데."

"좋아요."

"더운가?"

"조금요."

"난방을 잠깐 끄지. 졸려?"

"졸리진 않지만 피곤해요. 머튼 부부 때문에요. 그 사람들은 잠시도 쉬는 적이 없어요."

"나도 알아. 오늘 아침에 샤워했는데, 지금 샤워를 다시 하는 게 좋을까?"

"아니에요. 당신을 안고 싶어요."

"옷을 벗을까?"

"그래요."

잠시 후, 가벼운 담요 속에서 셀리아는 블랭크의 벗은 몸을 끌어안았다. 그는 실크 잠옷 속으로 손을 넣어 패드가 들어 있는 그녀의 브래지어와 거들을 만졌다. 블랭크는 말했다.

"엄마."

"그래, 그래."

셀리아는 달래듯 말했다. 블랭크는 그녀의 품속으로 파고들며 소리 없이 울기 시작했다.

"난 노력하고 있어요. 정말 노력하고 있다구요."

"알아. 안다니까."

셀리아의 대답이었다. 그녀와 성교를 한다는 생각이나 그런 짓을 벌이려는 시도 자체가 블랭크에게는 불쾌했다. 그러나 잠이 오지 않았다. 그는 다시 불렀다.

"엄마."

"돌아누워."

셀리아는 명령했다. 블랭크는 하라는 대로 했다.

"아. 아."

"나 때문에 아프니?"

"아, 그래요! 아파요!"

"내가 지금 길다니?"

"그래요. 하지만 길다는 절대로 이런 짓은 안 했어요."

"더 해줄까?"

"천천히요. 부탁이에요."

"내가 누구지?"

"셀리아."

"뭐라구?"

"길다."

"뭐라구?"

"엄마."

"그게 낫구나. 그게 더 좋지 않니?"

이윽고 블랭크는 잠들었다. 그는 얼마나 잤는지 알 수 없었지만 갑자기 소스라치며 잠에서 깼다.

"당신 악몽을 꿨나봐요. 비명을 질렀어요. 무슨 꿈이었어요?"

셀리아가 말했다.

"그냥 악몽이었어."

그는 셀리아의 품안으로 파고들었다.

"무슨 꿈이었는데요?"

"혼란스러워서 모르겠어."

블랭크는 셀리아에게 가까이 다가갔다. 그의 손은 그녀의 속옷 속에 든 솜과 스펀지를 만지고 있었다. 셀리아가 물었다.

"다시 한 번 해줄까요?"

블랭크는 망설이지 않고 대답했다.

"제발 그래 줘."

아침에 블랭크가 잠에서 깨어났을 때 셀리아는 옆에 누워 있었다. 그녀는 벌거숭이였다. 밤 사이에 가발과 잠옷과 변장을 위한 의상들을 벗어버린 것이다. 그러나 아직도 목걸이는 하고 있었다. 블랭크는 조심스럽게 담요 밑으로 파고들었다. 그는 셀리아의 몸

위에 엎드렸다. 그녀의 몸이 블랭크의 몸 밑에 완전히 깔렸다. 그는 그녀의 따뜻한 체취를 가슴 깊이 들이마셨다. 셀리아의 몸을 부드럽게 덮고 그녀의 몸을 마셨다. 그녀의 샘을 들이마셨다. 마침내 셀리아가 잠에서 깨어날 때까지 그는 탐욕스럽게 마시고 또 마셨다. 그녀가 깨어났는데도 블랭크는 하던 일을 멈추지 않았다. 셀리아도 움직이기 시작했다. 그녀는 손을 뻗어 블랭크의 뒷머리를 꽉 잡았다. 블랭크는 담요의 열기 때문에 거의 졸도할 것처럼 신음소리를 냈다. 그런데도 하던 일을 중단할 수 없었다. 나중에 셀리아는 블랭크의 입을 핥았다.

얼마간의 시간이 흐른 뒤에 그들은 옷을 입고 부엌의 식탁에 앉았다. 셀리아가 물었다.

"또 일을 벌이고 싶어요?"

그것은 질문이라기보다는 선언이었다. 블랭크는 말없이 고개를 끄덕였다. 셀리아가 무엇을 묻는 것인지 정확히 알고 있었다. 그는 셀리아 때문에 닥칠 위험에 대해 생각하기 시작했다.

"앞쪽에서요? 그럴 거죠? 그 사람의 눈을 들여다보면서요. 그리고 나중에 내게 다 얘기해 줄 거죠?"

셀리아가 물었다.

"힘들어."

"당신은 할 수 있어요. 난 당신이 할 수 있다는 걸 알아요."

블랭크는 얼굴을 붉혔다.

"글쎄, 계획을 세워야 해. 물론 운도 좋아야 하고."

"당신은 스스로 운을 만들어내는 사람이에요."

"내가? 하여튼 생각해 보지. 흥미 있는 문제니까."

"부탁 하나 들어줄래요?"

"물론이지. 뭔데?"

"그 일이 끝나면 즉시 내게 와줘요."

블랭크는 잠시 생각해 보았다.

"아마 즉시는 어려울 거야. 하지만 되도록 빨리 가도록 하지. 사건이 벌어지는 바로 그날 밤에. 그러면 될까?"

"난 집에 없을지도 모르는데요?"

블랭크는 그 순간 의심스러운 생각이 들었다.

"내가 언제 일을 벌일 것인지 미리 알고 싶다는 거야? 그건 나 자신도 잘 모르는 일이야. 앞으로도 미리 그걸 알 수는 없을 거야."

"아니에요. 그날이 언제인지, 장소가 어딘지는 알고 싶지 않아요. 다만 그 일이 벌어질 주(週)만은 알고 싶어요. 그러면 내가 집에 머물러 있을 수 있잖아요. 매일 밤 당신을 기다리면서요. 어느 주인지는 미리 알려줄 수 있죠?"

"그러지. 알려줄게. 준비가 되면."

"내 사랑."

셀리아는 다시 한 번 강조했다.

"꼭 눈을 봐야 해요."

버나드 길버트는 인생이라는 것을 진지하게 받아들였다. 그는 언제나 음울했으며 그럴 만한 충분한 이유가 있었다. 어린 나이에 고아가 된 그는 6개월마다 삼촌에게서 고모한테로, 친척에게서 또 다른 친척한테로 떠돌며 살아야 했다. 그때마다 그는 먹는 음식과 자는 침대, 입는 옷 모두가 은인들의 노역과 돈으로 생기는 것이라는 얘기를 되풀이하여 듣고 또 들어야만 했다.

여덟 살의 나이에 길버트는 거리에서 구두를 닦아야 했다. 그 다음에는 심부름 센터에서 갖가지 물건을 배달해야 했고, 식당 웨이터로 일해야 했으며, 삼류 소설을 취급하는 책방에서 경리로 일해야 했다. 그러면서도 그는 언제나 학교에 다녔고, 공부를 했고, 책을 읽었다. 어떤 일을 할 때도 그는 기쁨을 느낄 수 없었다. 이따금 돈이 충분히 모아지면 그는 여자를 사러 갔다. 거기에도 기쁨은 없었다. 무엇을 해야 하는 것일까?

고등학교를 마치고 2년 동안 육군에 입대해서 한심한 세월을 보내고, 시립대학에 들어가 공부를 하는 동안 그는 하루에 너댓 시간씩만 자면서 늘 일을 하고 공부를 하고 책을 읽고 빚을 냈다가는 그 빚을 갚아 나갔다. 그는 그렇게 살아야만 하는 진정한 이유는 생각하지 않았다. 그저 거부할 수 없는 본능을 좇아 살 뿐이었다. 어느 날, 그는 검은 양복을 입은 공인회계사 버나드 길버트가 되어 있었다. 그는 숫자에 밝았으며 맹렬히 일했다. 그러나 인생이란 이런 것일까?

길버트에게는 줏대가 있었다. 고된 일 때문에 위축되지 않았다. 불가피한 경우에 마주치면 굴복했고, 그 다음에는 어깨를 으쓱하고 잊어버렸다. 남성적이었다. 허풍을 떨거나 가슴이 털로 뒤덮인 정복자 같은 타입은 아니었으나 생존 경쟁에서 살아남는 타입이었다. 그에게는 특수한 형태의 용기, 결코 희망을 잃지 않는 용기가 있었다.

길버트가 서른두 살 되던 해에 먼 친척 한 사람이 그를 저녁식사에 초대했다. 그 자리에서 모니카를 만났다.

"모니카, 이쪽은 버나드 길버트예요. 길버트는 공인회계사지요."

그렇게 해서 두 사람은 결혼했고 그의 인생이 시작되었다.

행복하냐고? 믿을 수 없을 정도였다! 하느님이 이렇게 말씀하셨던 것이다.

"길버트야, 서른두 해 동안 널 고생시켰다. 그걸 잘 견뎌냈지. 이제 너는 행복을 맛볼 자격이 있다. 즐겨라, 아들아. 즐겨!"

무엇보다 모니카가 있었다. 모니카는 아름답지는 않았으나 매력적이었고 그녀 역시 맹렬히 일하는 사람이었다. 그들은 침대 속에서 웃었다. 그리하여 두 아이, 메리와 실비아가 태어났다. 아름다운 아이들이었다! 하느님께 감사하게도 아이들은 건강했다. 아파트는 그리 좋지 않았으나 그래도 그것은 가정이었다. 가정! 길버트의 가정, 아내와 아이들이 있는 가정이었다. 이제 그들은 모두 웃으며 지냈다.

고통스러웠던 기억이 희미하게 사라져갔다. 모두 없어져버렸다. 그 비인간성, 다 떨어진 초라한 옷, 모욕과 굴복도 다 잊었다. 길버트는 그제서야 난생 처음으로 기쁨을 이해하기 시작했다. 그것은 축복이었다. 그는 황홀하게 그 축복을 즐겼다. 음울한 성격의 버나드 길버트는 움푹 들어간 뺨과 늘 면도를 해야 하는 턱, 앞으로 굽은 어깨와 의구심을 품은 눈, 숱이 적은 머리를 지녔으며 뼈만 앙상한 몸매였다. 만일, 만일 인생을 다시 살 수 있게 된다면 그는 바이올리니스트가 되고 싶었다. 글쎄.

길버트의 직장은 거대 회계회사였다. 그는 그곳에서 실력을 인정받았고 안정된 지위를 보장받았다. 최근 몇 년 사이에 그는 야간 부업을 시작했다. 의사나 치과의사, 건축사와 화가, 작가 같은 자유직 종사자들의 세금을 처리해 주었다. 그는 회사의 상관들에게도 이 사실을 확실히 알렸다. 상관들은 반대하지 않았다. 길버트는 근무가 끝난 시간에 부업을 했고, 그 일이 회사 업무와 마찰을 빚지 않기 때문이었다.

그의 개인적인 사업은 날로 확장되어 갔다. 회사에서 여덟 시간 동안 일을 하고 집에 돌아와서 다시 두 시간 내지 네 시간 또 일을 한다는 것은 힘들었다. 그러나 그는 그 문제를 모니카와 상의했고 (그는 모든 문제를 모니카와 상의했다.) 만일 그가 견뎌낼 수만 있다면 앞으로 5년에서 10년 사이에 힘든 세월은 지나고 회사에서 나와 길버트 자신의 사업을 시작할 수 있을 거라고 판단했다. 가능한 일이었다. 그래서 모니카는 회계 업무를 가르치는 학원에 등록했고 집에서 공부를 했다. 그리하여 한동안 그녀는 요리와 세탁을 하고 메리와 실비아를 돌보는 일 외에 남편의 일까지 도왔다. 그들 두 사람은 모두 성실한 일꾼이었다. 그러나 그들은 자신들의 그런 점에 대해서는 생각도 한 적이 없었다. 만일 누군가가 그들에게 당신들은 굉장한 일꾼이라고 말했다면 그들은 깜짝 놀랐을 것이다. 일 말고 무엇을 한단 말인가.

그들은 그런 식으로 이스트 84번가의 아파트 3층에서 살았다. 좋은 아파트는 아니었다. 그렇지만 모니카가 칠을 멋지게 했고 침실이 두 개나 있었으며 부엌은 넓었다. 그 부엌에서 모니카는 무교병을 만들었다. 그것은 길버트가 거의 믿을 수 없을 만큼 맛이 좋았다. 또한 그들에게는 오디오도 있었으며, 아이작 스턴의 모든 음반을 갖고 있었고, 길버트가 일을 할 수 있는 카드 탁자도 가지고 있었다. 길버트는 아파트가 호사스럽지 않다는 것을 알고 있었으나, 그에 대해 전혀 부끄러워하지 않았다. 때로 친구들이나 이웃 사람들이 찾아와 같이 즐거운 시간을 보내기도 했다. 길버트 부부는 아이들을 데리고 값비싼 고급 식당에서 외식을 즐기기도 했다. 그곳에서 그들은 겉으로는 아주 근엄한 체했지만 속으로는 키들키들 웃어대곤 했다.

그러나 가장 멋진 시간은 길버트와 모니카가 부업을 끝내고 소파에 나란히 앉아 있을 때였다. 그저 가만히 앉아 있기만 해도 좋았다. 이미 자정은 지난 지 오래고 아이들은 잠들어 있었다. 그들은 소파에 앉아 비발디를 소리 낮춰 들었다. 그저 나란히 앉아서. 길버트는 이런 순간을 위해서라면 남은 평생 동안 엉덩이에 불이 붙을 지경으로 일을 해야 한다 해도 아무런 유감이 없었다. 그런 순간 모니카가 입술로 그의 움푹 꺼진 뺨을 스치기만 하면. 아!

길버트는 1번로 버스 정류장에 내렸을 때 바로 그런 순간들을 생각하고 있었다. 아직 자정은 되지 않은 시각이었다. 아니 자정이 넘은 시각인지도 몰랐다. 그는 시내에서 어떤 병원의 회계장부를 살펴보고 오는 길이었다. 새로운 고객이 될 가능성이 있는 곳이었다. 훌륭한 고객, 큰 고객이 될 수 있었다. 의사들과의 만남은 그가 예상했던 것보다 시간이 더 걸렸다. 그는 끈질기게 세법이 허용하는 일과 허용하지 않는 일에 대해 설명했다. 그는 의사들이 그의 얘기에 설복당했다고 생각했다. 그들은 이 문제에 관해 상의해 보고 한 주일 안에 결정하여 그에게 알려주겠다고 약속했다. 길버트는 좋은 결과가 나올 것이라고 생각했다. 그러나 모니카와

이 문제를 상의할 때는 너무 낙관적으로 얘기해서는 안 된다고 생각했다. 만일의 경우 이 일이…….

길버트는 집이 있는 블록으로 접어들었다. 아직 새 가로등이 설치되지 않은 지역이었다. 그는 멀리 저편 불빛 속에서 한 남자가 이쪽으로 걸어오는 것을 발견했다. 당연히 길버트는 긴장했다. 이런 시간에 이런 곳에서. 그러나 두 사람 사이의 거리가 가까워지자 길버트는 그 남자가 옷을 잘 차려입은 자기 연배라는 것을 알게 되었다. 남자의 코트 단추가 채워지지 않아 앞자락이 펄럭거렸다. 그 남자는 왼손을 주머니에 찌르고 오른손을 앞뒤로 흔들면서 부지런히 걸었다.

두 사람 사이가 더욱 가까워졌다. 버나드 길버트는 그 남자가 자기를 쳐다보고 있다는 것을 깨달았다. 남자는 미소 짓고 있었다. 길버트도 미소로 답례했다. 그 남자는 근처에 사는 것이 분명했다. 친근감을 보이고 있지 않은가. 길버트는 '안녕하세요.' 하고 인사를 하기로 마음먹었다.

두 사람 사이가 두 발자국쯤으로 가까워졌다. 길버트가 "안녕……." 하고 입을 열었을 때 그 남자의 오른손이 코트 앞자락 속을 파고들더니 뭔가 예리한 것이 달린 손잡이를 붙잡았다. 희미한 불빛 속에서도 그 물건은 날카롭게 번쩍거렸다.

버나드 길버트는 '하세요.' 라는 말은 입 밖에 내지 못하고 말았다. 그는 그 남자가 걸음을 멈췄다는 것을 알고 뒤를 돌아보았다. 그때 그 물건이 허공을 가르며 내리꽂혔다. 길버트는 팔을 들어 그것을 막으려 했다. 그러나 그것은 너무 무거웠다. 길버트는 그 남자의 얼굴을 보았다. 잘생긴, 친근감을 주는 얼굴이었다. 남자의 얼굴에는 증오나 광기 같은 것은 담겨 있지 않았다. 오직 친밀 감만이 있었다. 뭔가 아주 단단한 것이 길버트의 이마를 내리쳤다. 그는 자신이 쓰러지고 있다는 것을 알았다. 자신의 등이 땅바닥에 강하게 부딪히는 것을 느꼈고, 그 순간 이제야 발견한 자신의 행복은 어떻게 되는 것일까를 생각했으며, 하느님이 "됐다, 버니야. 그것으로 충분하다." 하고 말하는 소리를 들었다.

〈2권에서 계속〉

밀리언셀러 클럽을 펴내면서

지난 수백 년 동안 소설은 기묘하면서도 교양 넘치고, 자유로우면서도 현실에 뿌리 박고 있으며, 흥미진진하면서도 감동적인 이야기로 독자들의 사랑을 독차지해 왔다.

민담이나 전설 등에 비해 비교적 최근에 탄생한 이야기 형식인 소설이 순식간에 이 야기 왕국의 제왕으로 올라선 것은 현대인들이 살아가면서 느끼는 희망과 절망, 불안과 평화 등 온갖 삶의 양상들을 허구 속에 온전히 녹여 내어 재창조함으로써 이야기를 읽 는 기쁨과 더불어 삶을 재발견하는 즐거움을 주어 온 까닭이다.

사실 이야기를 읽음으로써 삶을 다시 생각하고, 삶을 생각함으로써 이야기를 다시 만들어 온 것은 인간이라면 피할 수 없는 숙명이다.

그런데도 최근 이야기의 제왕이라는 소설의 위기를 말하는 목소리가 점점 늘어나고 있다. 만약에 이 말이 사실이라면, 그리하여 사람들이 소설을 점차 외면하고 있다면, 핏 속에 스며들어 있으며 뼛속에 들어박힌 이야기 본능이 무언가 다른 것에 홀려 있음에 틀림없다.

사람들은 이제 이야기를 소설이 아니라 거리에서, 인터넷에서, 영화에서, 드라마에 서, 광고에서, 대중가요에서 즐기고 있는 것이다.

'밀리언셀러 클럽'은 이러한 소설의 위기를 넘어서려는 마음에서 기획되었다. 국내 뿐만 아니라 전 세계 각국에서 독자들의 사랑을 한껏 받은 작품들을 가려 뽑아 사람들 마음을 다시 소설로 되돌리고 이야기를 한껏 즐길 수 있도록 배려하였다.

'밀리언셀러'라는 이름을 단 것은 소설이 다시 사람들의 마음을 끌어 널리 읽히기 를 바라기 때문이고, '클럽'이라는 이름을 단 것은 소설을 사랑하는 독자들이 이 작품 들을 가운데 놓고 오랫동안 이야기를 나누기를 바라기 때문이다.

앞으로 '밀리언셀러 클럽'에는 예로부터 오늘날까지, 동양에서 서양까지 시대와 장 소를 가리지 않고 널리 독자들의 사랑을 받아 온 작품들 중에서 이야기로서 재미에 충 실할 뿐만 아니라 인간 본연의 모습을 확인시켜 줄 수 있는 소설들이 엄선되어 수록될 것이다.

이 작품들이 부디 독자들을 소설의 바다로 끌어들여 읽기의 즐거움을 극대화함으로 써 이야기 본능을 되살려 주어 새로운 독서 세대를 창출하기를 바라는 마음 간절하다.

제1의 대죄 1

1판 1쇄 찍음 2006년 4월 20일
1판 1쇄 펴냄 2006년 4월 25일

지은이 ｜ 로렌스 샌더스
옮긴이 ｜ 최인석
편집이 ｜ 장은수
발행인 ｜ 박근섭
펴낸곳 ｜ (주) 황금가지

출판등록 ｜ 1996. 5. 3. (제16-1305호)
주소 ｜ 135-887 서울 강남구 신사동 506 강남출판문화센터 5층
전화 ｜ 영업부 515-2000 / 편집부 3446-8773 / 팩시밀리 515-2007
홈페이지 ｜ www.goldenbough.co.kr

값 9,500원

ⓒ (주) 황금가지, 2006. Printed in Seoul, Korea

ISBN 89-8273-981-5   04840
ISBN 89-8273-980-7 (세트)